# 老张的哲学

老舍京味小说集

老舍 著

中国文史出版社
CHINA CULTURAL AND HISTORICAL PRESS

**图书在版编目（CIP）数据**

老张的哲学：老舍京味小说集 / 老舍著 . -- 北京：
中国文史出版社，2022.11

ISBN 978-7-5205-3779-7

Ⅰ . ①老… Ⅱ . ①老… Ⅲ . ①长篇小说—小说集—中
国—现代 Ⅳ . ① I246.5

中国版本图书馆 CIP 数据核字（2022）第 234749 号

责任编辑：梁玉梅

---

出版发行：中国文史出版社

社　　址：北京市海淀区西八里庄路 69 号院　　邮编：100142

电　　话：010-81136606　81136602　81136603（发行部）

传　　真：010-81136655

印　　装：北京新华印刷有限公司

经　　销：全国新华书店

开　　本：700mm×980mm　1/16

印　　张：20.75

字　　数：327 千字

版　　次：2024 年 3 月第 1 版

印　　次：2024 年 3 月第 1 次印刷

定　　价：56.00 元

---

# 目录

赵子曰

# 第一

## 1

钟鼓楼后面有好几家公寓。其中的一家，字号是天台。天台公寓门外的两扇三尺见长，九寸五见宽，贼亮贼亮的黄铜招牌，刻着："专租学员，包办伙食。"

从事实上看，天台公寓的生意并不被这两面招牌限制住：专租学员吗？遇有空房子的时候，不论哪界人士也和学生们同样被欢迎。包办伙食？客人们除非嫌自己身体太胖而想减食去肉的，谁也不甘心吃公寓的包饭；虽然饭费与房租是同时交柜的。

天台公寓的生意也并不因为履行招牌上所说的而减少：唯其不纯粹招待学生，学生才来得更踊跃，唯其饭食不良，住客们才能享受在别个公寓所享不到的利益。例如，拿两件小事说：客人要叉麻雀，公寓的老板就能请出一两位似玉如花的大姑娘作陪。客人们要喝酒，老板就能供给从京北用猪尿脬运来的，真正原封、漏税的"烧刀子"。

天台公寓住着有三十上下位客人，虽然只有二十间客房。因为有两位客人住一间的，而没有一位住两间的。这二十间客房既不在一个院子里，也不是分作三个院子，折衷地说，是截作两个院子；往新颖一点说，是分为内外两部。

两部之中隔着一段粉板墙，上面彩画一些人物鬼狐。有人说画的是《聊斋志异》上的故事。不幸，还没遇见一位敢断定到底画的是《聊斋》上哪一段。

内外两部的结构大大的不相同：外部是整整齐齐的三合房，北、南、西房各五间；内部是两间北房，三间西房（以上共二十间客房）和三间半南房是：堆房、柜房、厨房和厕所。

公寓老板常对有考古癖的客人们说："在公寓开张以前，这本来是两家的房子，中间隔着一堵碎砖砌的界墙。现在那段粉板墙便是界墙的旧址。"此外，他还常含着泪说："拆那堵界墙时候，从墙基发现了一尊小铜菩萨。他把那尊菩萨卖了三块洋钱。后来经别人一转手卖给一个美国人，竟自卖了六百块大洋。"到如今那群有考古癖的人们，想起来就替公寓老板伤心，可是很少有追问那尊小菩萨到底是哪一朝代的。

因为有这样的结构，所以客人们管外部叫"紫禁城"，内部叫"租界"。一因其整齐严肃，一因其散落幽静。证之事实，"紫禁城"和"租界"两个名词用得也颇俏皮恰当，外部的房屋齐整（十五间中甚至于有两间下雨不漏水的！），租价略高，住客们自然地带一些贵族气象。内部呢，地势幽僻，最好作为打牌喝酒的地方，称为租界，信为得体。就是那半间厕所，当客人们不愿见朋友或债主子的时候，也可以权充外国医院，为，好像，政客们的托疾隐退之所。


2

关于天台公寓的人物的描写实在是件难事。一来，住客们时来时去，除了几位没有以常搬家为一种运动的习惯的，很少有一住就是一年半载的。二来，一位客人有一位的特别形体的构造和天赋的特性；要是不偏不向地细说起来，应当给他们一一地写起传记来才对。而且哪一本传记也不会没有趣味，因为哪一个人的生命都有一种特别滋味的。里院王大个儿的爱唱《斩黄袍》，外院孙明远的小爆竹似的咳嗽，王大个儿半夜三更地唱《斩黄袍》，以抵抗孙明远的连珠炮响的咳嗽……就是这些小事也值得写一本小说；再往小里说，崔老板的长杆大烟袋，打杂的李顺的那件短袖长襟宽领缺纽的蓝布大衫，也值得描写一回。然而，取重去轻，我们还不能不简单着写：虽然我们明知道天台公寓的真相决不像我们所写的这样粗简。当我们述说一个人或一件事的时候，我们耳边应当挂着王大个儿的《斩黄袍》和孙明远的咳嗽；眼前应当闪映着崔老板的大烟袋和李顺的那件在历史上有相当价值的蓝布大衫。这样，我们或者可以领略一些天台公寓的复杂情况了。

老太太买柿子是拣大个儿的挑，历史家写历史是选着红胡子蓝靛脸的人物写，就是小说家也常犯这路"势利眼"的毛病；虽然小说家，比老太太和历史家聪明一些，明知道大个儿的柿子未必不涩，红胡子蓝靛脸的人们未必准是英雄。无论怎么说吧，我们不能不由天台公寓全体的人物中挑出几个来写。

## 3

天台公寓的外部以第三号，五间北房当中的那一间为最大，公认为天台公寓的"金銮殿"。第三号的主人也俨然以内外部的盟主自居。

第三号的主人是天台公寓最老的住客，一部《天台公寓史》清清楚楚印在他的脑子里，他的一举一动都有所影响于公寓的大局。不但此也，第三号的主人是位最和蔼谦恭的君子。不用说对朋友们虚恭有礼，就是对仆役们也轻易不说一个脏字；除了有时候茶泡得太淡，酒热得过火，才金声玉振地赞美仆役们几声："混蛋!"不但此也，第三号的主人是《麻牌入门》《二簧批评原理》的著作者。公寓的客人们不单是亲爱他，也很自傲地能和这样一位学者同居。不但此也，第三号的主人在大学，名正大学，学过哲学、文学、化学、社会学、植物学，每科三个月。他不要文凭，不要学位，只是为学问而求学。不但此也，第三号的主人对他父母是个孝子，虽然他有比一脑子还多的"非孝"新思想。每月他至少给他父母写两封信，除催促汇款之外，也照例写上"敬叩钧安!"不但此也……

第三号的主人的姓? 居《百家姓》的首位，赵! 他的名? 立在《论语》第一章的头上，子曰!

赵子曰先生的一切都和他姓名一致居于首位：他的鼻子，天字第一号，尖、高，并不难看的鹰鼻子。他的眼，祖传独门的母狗眼。他的嘴，真正西天取经又宽又长的八戒嘴。鹰鼻、狗眼、猪嘴，加上一颗鲜红多血、七窍玲珑的人心，才完成了一个万物之灵的人，而人中之灵的赵子曰!

他不但得于天者如是之厚，凡加以人事者亦无所不尽其极：他的皮袍，从

"霜降"穿过"五七国耻纪念日"，半尺来长的雪白麦穗，地道西口老羊皮。他的皮鞋，绝对新式，英国皮，日本做的，冬冷夏热，臭闻远近的牛皮鞋。……

道德、学问、言语和其他的一切，不跟别人比较（也没有比较的必要），他永远是第一。他不要文凭、学位；有时候可也说：

"咱若是要学位的时候，不要哲学博士，不要文学博士；咱要世界第一，无所不有的总博士。"

有两件事他稍微有一点不满意：住的房是第三号，和上学期考试结果的揭示把别人的姓名都念完，才找到"赵子曰"三个墨饱神足的大字，有点儿不高兴！然而（然而，一大转也），客人们都管第三号叫"金銮殿"，自然第一号之意寓其中矣。至于名列榜末呢，他照着镜子自己勉励："倒着念不是第一吗！"于是那一点不高兴，一片雪花儿似的那一点，没其立足之地了。

还有一件不痛快的事，这一件可不似前二者之容易消灭：他的妻子，在十年前（赵子曰十五岁结婚），真是九天仙府首席的小脚美人。他在结婚后三个月中，受爱情的激动，就写了一百首七言绝句赞扬她的一对小金莲。现在赶巧了在隆福寺的旧书摊上，还可以花三个铜子买一本赵著的《小脚集》。可是，现在的人们不但不复以窄窄金莲为美，反异口同韵地诋为丑恶。于是"圣之时者"的赵子曰当然不能不跟着人们改换了"美"的观念。他越看东安市场照相馆外悬着的西洋裸体美人画片，他越伤心家中贮藏着的那个丑女。

他本是个海阔天空、心怀高朗的学者，所以他只诚实地赏识真的美，只勤恳地搜求人生的真意，而不信任何鬼气弥漫的宗教。不幸，自从发觉了他那"头"，或者说那"匹"，妻子的短处以后，他懊悔地至于信了宗教以求一些精神上的安慰。他的信仰物，非佛，非孔，非马克思，更非九尾仙狐，而是铁面无私的五殿阎君。牌余酒后，他觉得非有些灵魂上的修养不可，他真的秉着虔诚，匍匐在地地祷告起来：

"敬求速遣追魂小鬼将贱内召回，以便小子得与新式美人享受恋爱的甜美！阎君万岁！阿门！"

祷告之后，他心中轻快了许多，眼前光明了许多，好似他的灵魂在七宝莲池中洗了一回澡。他那个小脚冤家，在他半闭着的眼中，像一条黑线似的飞向地狱去了；然后金光万道，瑞彩千条，无数的维新仙子从天上飘然而降。他的心回复了原位，周身的血脉流得顺了故辙，觉得眼前还有一盏一百二十烛力的西门子电灯，光明！希望！他从无聊之中还要安慰自己，"来吧！再爽快爽快！"于是"金銮殿"中两瓶烧酒由赵子曰的两片厚嘴唇热辣辣直刺到他灵魂的深处！

可怜的赵子曰！

# 第二

## 1

第三号差不多是天台公寓的公众会议厅：一来是赵子曰的势力所在，号召得住。二来是，第三号是全公寓中最宽绰的房子。

第三号的聚谈和野树林一样：远看是绿丛丛的一片，近看却松、槐、榆、柳各有特色；同样，他们的谈话远听是一群醉鬼奏乐，乱吵；近听却各有独立不倚的主张与论调：

"你说昨天那张'白板钓单'钓得多么脆！地上见了一张——"

第一位没有说完，第二位：

"店主东，黄骠马的马字，不该耍花腔儿呀！谭叫天活着的时候——"

第二位没说完，第三位：

"敢情小翠和张圣人裂了锅啦！本来吗——"

第三位没说完，第四位：

"你们想，我入文学系好，还是哲学系好？我的天性近——"

第四位没说完，大家一齐喊：

"莫谈学事！"

第三号的聚谈如此进行，直到大家的注意集于一点，第三号的主人开始收拾茶碗、墨盒和旁的一切可以用作武器的东西。因为问题集中的时候，茶碗、墨盒便要飞腾了。第三号的主人倒不准是胆子小怕流血，却是因为茶碗摔碎没有人负责赔偿。

第三号的聚谈，凭良心说，也不是永远如此，遇到国家、社会、学校发生重大事故的时候，大家也真能和衷共济地讨论救济的方法。不幸，就是有时候打起来，第三号的主人也甘心为国家、社会而牺牲几个茶碗。

## 2

夜深了，若不是钟鼓楼的钟声咚咚地代表着寒酸贪睡的北京说梦话，北京城真要像一只大死牛那么静寂了。鬼似的小风卷着几片还不很成熟的雪花，像几个淘气的小白蛾，在电灯下飞舞。虽然只是初冬的天气，却已经把站街的巡警冻得缩着脖子往避风阁里跑了。

这种静寂在天台公寓里是觉不到的，因白天讲堂上睡足了觉的结果，住客们不但夜间不困，而且显着分外精神。王大个儿的《斩黄袍》已从头至尾唱了三遍。孙明远为讨王大个儿的欢心，声明用他的咳嗽代替喝彩。里院里两场麻雀打得正欢，输急了的狠命地摔牌，赢家儿微笑着用手在桌沿上替王大个儿拍板。外院南屋里一位小鼻子小眼睛的哲学家，和一位大鼻子大眼睛的地理家正辩论地球到底是圆的还是方的。两位的辩论毫无结果，于是由这个问题改到讨论：到底人们应当长大鼻子大眼睛，还是小鼻子小眼睛。……

只有北屋里的方老头儿安稳地睡熟了，只有他能在这种环境下睡得着，因为他是个聋子。

第三号里八圈麻雀叉完，开始会议关于罢课的事情。赵子曰坐在床上，臀下垫着两个枕头，床沿上坐着周少濂、武端。椅子上坐着两位：莫大年和欧阳天风。

天台公寓住着有三十上下位客人，现在第三号的会议却只有此五位：一来因为客人们并不全属于一个大学；二来纵然同是一个大学的学友，因省界、党系之不同，要是能开超过十个人以上的会议，也显着于理不合。

周少濂是位很古老的青年，弯弯的腰像个小银钩虾。瘦瘦的一张黄脸像个小干橘子。两只小眼永远像含笑，鼻尖红着又永远像刚哭完。这样似笑不笑、似哭非哭的，叫人看着不能起一定的情感。细嫩的嗓音好似个七八岁的小姑娘，可是嗓音的难听又决不是小孩子所能办到的。眉上的皱纹确似有四五十岁了，嘴唇上可又一点胡子茬没有。总之，断定他至小有七岁，至大有五十，或者没有什么大错儿。他学的是哲学，可是他的工夫全用在作新诗上。他自己说：他是以新诗来发表他的哲学。不幸，人们念完他的新诗，也不知为什么就更糊涂了。他张口便是新诗，闭口便是哲学。没有俏皮的诗句，该他说话的时候也不说。有漂亮的诗句，不该他说话的时候也非说不可。现在他穿着一件灰布棉袍，罩着一件旧蓝哗叽的西服上身。这样不但带出几分"新"的味道，而且西服口袋多，可以多装一些随时写下来的诗句的纸条儿，以免散落遗失了。

至于武、莫二位呢，他们全是学经济学的。他们听说西洋银行老板、公司经理全是经济专家。他们也听说：银行老板与公司经理十个有九个是秃脑瓢，双下巴颏儿、大肚子；肚子上横着半丈来长的金表链。所以，他们二位也都是挺腰板、鼓肚皮、缩脖子，以显项上多肉。至于二位不同之点虽然很多，可是最容易看出来的是：莫大年的脸，红得像一盘缩小的朝阳，武端的脸是黄得似一轮秋月。莫大年的红脸肉嘟嘟的像个小胖子，人们也叫他小胖子；武端的黄脸肉上也不少，可是没有人想起叫他小胖子。有些人实在想叫他"小肿子"，又觉得不好出口，虽然肿和胖是差不多的。莫大年是心广体胖，心里有什么，嘴里就说什么。武端是心细体胖，心里揣着好的，嘴里却说着坏的，因为坏的说着受听。莫大年是肥棉袍，宽袖马褂，好像绸缎庄的少掌柜的。武端是青呢洋服，黄色法国式皮鞋，一举一动都带着洋味儿。

欧阳天风呢，他在大学预科还不满七年呢，大概差两个学期。他抱定学而不厌、温故知新的态度，唯恐其冒昧升级而根基打得不坚固。他和赵子曰的每科学三个月的方法根本不同，可是为学问而求学的态度是有同样的可佩服的。他的面貌、服装，比赵子曰的好看得不止十倍，可是他们两个是影形不离的好朋友。赵子曰只有和欧阳这么个俊俏的人相处，才坦然不觉自己的丑陋；欧阳天风只有和赵子曰这样难看的人相处，才安然不疑自己的娇美。他们两个好像庙门前立着的那对哼、哈二将，唯其不同，适以相成。他们两个还有一点不同的地方：赵的入学是由家里整堆往外拿洋钱，在公寓中打麻雀西嘟花嘟一五一十地输洋钱。欧阳不但不用从口袋里往外掏钱，却是因叉麻雀赚钱而去交学费。设若工读互助会要赠给半工半读的人们奖牌，那可以无疑地断定，那块金质奖牌是要给欧阳天风的。他们两个的经济政策根本不同，可是在麻雀场上使他们关系越发密切；赵子曰要是把钱输给欧阳天风，除了他以为叉麻雀是最高尚的游戏以外，他觉得无形中做了一桩慈善事业。

# 3

第三号的会议开幕：

"李顺！"主席，赵子曰，坐在床上像一座小过山炮似的喊："李顺！""李顺！"没有应声！

"李——顺！——"主席的脸往下一沉，动了虎威。

没有应声！

"叫李顺干什么？"莫大年问。

"买瓜子、烟卷！没有这两样，这个主席我不能做！"赵子曰挑着眉毛很郑重地说。

"不早了，大概他睡了。"莫大年说着看了看胖手腕上的小金表，"可不是，两点十分了！"

"咱们醒着，打杂的就不能睡！"主席气昂昂地说。

"也别怪李顺，"莫大年傻傻乎乎地替李顺解说，"八小时的工作，不是，不是通行的劳工限制吗？"

"先别讲理论！他该睡，我们不该吃瓜子？"主席理直气壮地一语把莫胖子顶回去了！

屋中静默了一刻。

"不管理论，"莫大年低着头像对自己说，"人道要讲吧！"

"好！"主席说，"老莫，听你的，讲人道，瓜子不吃啦！烟呢，难道也——"

"我有！来！吃一支！"武端轻快地打开银烟盒递给赵子曰。主席的虎项微俯，拿了一支烟。烟卷燃着，怒气渐次随着口中喷出的香雾腾空而散。

"我还是差涵养！"主席摇着头很后悔的样子说，"止不住发怒！你的话，老莫，永远和孔圣人一样的高明！好，现在该商议咱们的事了。我说，老李怎么不来？！"

"好！人家老李哪能和咱们一块会议！"武端慢慢地说，"你猜怎么着？哼！老李决不赞成罢课，不来正好！"

"主席！"周少濂诗兴已动，张着小鲇鱼似的嘴，扯着不得人心的小尖嗓，首先发言，"此次的罢课是必要的。看！看那灰色的教授们何等的冷酷！看！看那校长刀山似的命令，何等的严重！我们若不抵抗，直是失了我们心上自由之花、耳边夜鹰之曲！反对！反对科举式的考试！帝国主义的命令！"他深深地喘了一口气接着说："从文学上看来，这是我的意见！"他又喘了一口气："至于办法、步骤，还不是我脑中的潮痕所能浸到的！虽然，啊，——反对！"

"老周的话透彻极了！"主席说，跟着看了看手中的烟卷，"妹妹的！越吃越不是味儿！"他一撇嘴，猛地把烟卷往地上一扔。

"老赵，你忘了那是老武的金色的烟丝，雪白的烟纸，上印洋字，中含'尼古丁'的烟卷儿吧？"周少濂乘着机会展一展诗才，决没有意思挑拨是非。

"我该死！"主席想起来那是武端的烟，含着泪起誓道歉，"老武！你不怪我，一定！我要有心骂你的烟，妹妹的，我不是人！"

"哼！要不是老周，这顿骂我算挨妥了呢！"武端脸上微微红了一红，把手插在裤袋里，挺了挺腰板说，"你猜怎么着？英雄造笑骂，笑骂造英雄，不骂怎会出英雄！骂你的，主席！"

"得了！瞧我啦！"莫大年笑着给他们分解，"商量咱们的事要紧，欧阳！该你说话了，别尽听他们的！"

欧阳天风刚要发言，被主席给拦回去了。

"老武！你看着，从此我不再吃烟，烟中有'尼古丁'，毒素！"主席不但后悔错骂了人，也真想起吸烟的害处来，"诸位！以后再看见我吃烟，踢着我走！"他看着武端不言语了，才向欧阳天风说："得！该听你的了！"

"我不从文学上看，"欧阳天风满脸堆笑，两条眉向一处一皱一皱的像半恼的、英俊的、恼着还笑的古代希腊的神像，"我从事实上想。校长、教员、职员全怕打。他们要考，我们就打！"说罢他把皮袍的袖口卷起来，露出一对小白肉馒头似的拳头。粉脸上的葱心绿的筋脉柔媚地涨起来，像几条水彩画上的嫩绿荷梗。激烈的言词从俏美的口中说出来，真像一朵正在怒放的鲜花，使看的人们倾倒，而不敢有一丝玩狎的意思。

"欧阳说的对极了！对极了！"主席疯了似的拍着手，扯着脖子喊，比在戏园中捧坤伶还激烈一些。

"我们有许多理由、事实，反对校长。"武端发言，"凭他的出身，你们猜怎么着，就不够做校长的资格！他的父亲，注意，他的父亲是推小车卖布的，你们知道不知道？"说到这里，他往四围一看：心中得意极了，好似探险家在荒海之中发现了一座金岛那样欢喜。"你们猜怎么着，本着平等、共和的精神，我们也不能叫卖布的儿子做校长！"

"老武的话对极了！"主席说，说完打了两个深长而款式的哈欠。

大家被主席引动得也啊哈地打起哈欠来。

"诸位！赞成不？开开一扇窗子进些新鲜空气？"莫大年问。

众人没有回答，莫大年立起来把要往窗子上伸的那只手在大襟上掸了掸烟灰，又坐下了。

"没人理你，红色的老莫！"周少濂用诗人的观察力看出莫大年的脸红得像抹着胭脂似的。

"主席！"莫大年嘟嘟囔囔地说，"我困了！你们的意见便是我的意见，你们商议着，我睡觉去啦！"

"神圣的主席！原谅我！我黑色与白色的眼珠已一齐没有抵抗上层与下层的眼皮包围之力了！"周少濂随着莫大年也往外走。

"老莫！老周！明天见！"主席说。

"主席！"欧阳天风精神百倍地喊，"我们不能无结果而散！问问大家赞成'打'不！"

"诸位！我们决定了：打！"主席说，"将来开全体大会的时候，我就代表天台公寓的学友说：打！是不是？"

"没第二个办法！"欧阳天风说，"没——"

莫大年和周少濂已经走到院中，潄潄的小雪居然把地上盖白了。周少濂跳着脚提着小尖嗓喊：

"老赵！还不出来看这初冬之雪哟！雪哟！白得哟！"

"是吗，老周？"赵子曰从床上跳下来往外跑。武端、欧阳天风也都跟出来。欧阳天风怕冷，抱着肩像个可爱的小猫似的跑进自己屋里去。赵子曰和武端都伸着两臂深深地吸着雪气。一个雪花居然被赵子曰吸进鼻子里去，化成一个小水珠落在他的宽而厚的唇上："哈哈！有趣！"

周少濂立在台阶用着劲想诗句，想了半天好容易想起两句古诗，加上了一两个虚字算作新诗，一边摇头一边哼唧：

"北雪呀——犯了……长沙！"

"胡雪哟——冷啦……万家！"赵子曰接了下句，然后说，"对不对，老周？杜诗！杜诗！"

"老赵！'灰'色的胡云才对！"周少濂说完颇不高兴地走进屋里去。

"老武！"赵子曰放下周少濂，向武端说，"还有烟卷没有？"

"踢着他走！"欧阳天风在屋里笑着嚷。

"踢我？你？留神伤了你的小白脚指头啊！"只要人们会笑，会扯下长脸蛋一笑，什么事也可以说过不算。赵子曰，于是，哈哈地笑起来。


# 第三


## 1

桌上的小洋钟叮叮地敲了六下。赵子曰很勇敢地睁开眼。"起！"他自己盘算着："到公园看雪去！老柏树们挂着白胡子，大红墙上戴着白硬领，美呀！……也有益于身体！"

南屋的门开了。赵子曰在被窝里瓮声瓮气地喊："老李吧？干什么去？"

"踏雪去！"李景纯回答。

"等一等，一同去！"

"公园前门等你，雪下得不厚，我怕一出太阳就全化了！"李景纯说着已走到院中。

"好！水榭西边的小草亭子上见！"赵子曰回答。

街门开了，赵子曰听得真真的。他的兴味更增高了："说起就起！一！二！三！"

"一……二……雪……踏……"他脑中一圈两圈地画了几个白圈。白圈越转越小，眼睛随着白圈的缩小渐渐往一处闭。眼睛闭好，红松，绿雪，灰色的贾波林……演开了"大闹公园"。

太阳慢腾腾地从未散净的灰云里探出头来，檐前渐渐地滴、滴，一声声地往下落水珠。

李顺进来升火，又把赵子曰的好梦打断："李顺！什么时候了？"

"八点多了！先生。"

"天晴了没有？"赵子曰的头依然在蓄满独门自制香甜而又酸溜溜的炭气的被窝里埋着。

"太阳出来好高啦，先生。"

"得！等踏泞泥吧！"赵子曰哀而不伤地叨唠着，"可是，多睡一会儿也不错！今天是？礼拜四！早晨没功课，睡！"

"好热呀——白薯！"门外春二，"昔为东陵侯""今卖煮白薯"的汉军镶蓝旗人，小铜钟似的吆喝着。

"妹妹的！你不吆喝不成吗！"赵子曰海底捞月地把头深深往被里一缩，"大冷的天不在家中坐着，出来挨骂！"

"栗子味咧——真热！"这一声差不多像堵着第三号的屋门喊的。

"不睡了！"赵子曰怒气不打一处来，"不出去打你个死东西，不姓赵！"他一鼓作气地坐起来，三下五除二地穿上衣裤，下地，披上皮袍，跑出去！

"赵先生！真正赛栗子！"春二笑着说，"照顾照顾！我的先生，财神爷！"

"春——二！"

"嗷！来呀，先生！看看咱的白薯漂亮不漂亮！"

"啊？"

"来，先生！我给您哪挑块干瓤儿的！"

赵子曰点了点头，慢慢地走过去。看了看白薯锅，真的娇黄的一锅白薯，煮得咕嘟咕嘟地冒着金圈银眼的小气泡。

"那块锅心几个子？"赵子曰舔了舔上下嘴唇，咽了一口隔夜原封的浓唾沫。

"跟先生敢讲价？好！随意赏！"春二的话说得比他的白薯还甜美，假如在"白薯界"有"卖白薯"与"说白薯"两派，春二当然是属于后一派。

赵子曰忍不住，又觉得不值的，笑了一笑。

春二用刀尖轻轻地把那块"钦定"的白薯挑在碟子里，跟着横着两刀，竖着一刀，切成六小块，然后，不必忙而要显着忙地用小木勺盛了一勺半黏汁，匀匀地往碟上一洒。手续丝毫不苟，做得活泼而有生气。最后，恭恭敬敬双手递给赵子曰。

"雪下完倒不冷啦?"赵子曰蹲在锅旁,一边吃一边说。对面坐着一个垂涎三尺的小黑白花狗,挤鼻弄眼地希望吃些白薯须子和皮——或总称曰"薯余"。

"是!先生!可不是!"春二回答,"我告诉您说,十月见雪,明年必是好年头儿!盼着啵,穷小子们好多吃两顿白面!"

"可是雪下得不厚!"

"不厚!先生!不厚!大概其说吧,也就是五分来的。不到一寸,不!"

赵子曰斜着眼瞪了春二一眼,然后把精神集中到白薯碟子上。他把那块白薯已吃了四分之三,忽然觉悟了:

"呸!呸!还没漱口,不合卫生!咳!啵!"

"先生!白薯清心败火,吃完了一天不漱口也不要紧!"春二笑着说,心中唯恐因为不合卫生的罪案而少赚几个铜子。

"谁信你的话,瞎扯!"赵子曰把碟子扔在地上,春二和那条小黑白花狗一齐冲锋去抢。小狗没吃成"薯余",反挨了春二一脚。赵子曰立起来往院里走,口中不住地喊李顺。

"嗻!嗻!"李顺在院里答应。

"给春二拿一毛钱!"

"嗻!"

"好热呀——白薯!……"


## 2

李景纯是在名正大学学哲学的。秀瘦的一张脸,脑门微向前勺着一点。两只眼睛分外的精神,由秀弱之中带出一股坚毅的气象来。身量不高,背儿略微向前探着一些。身上一件蓝布棉袍,罩着青呢马褂,把沉毅的态度更做足了几分。天台公寓的人们,有的钦佩他,有的由嫉妒而恨他,可是他自己永远是很温和有礼的。

"老赵!早晨没有功课?"李景纯踏雪回来,在第三号窗外问。

"进来,老李!我该死,一合眼把一块雪景丢了!"赵子曰不一定准后悔而带着后悔的样子说。

"等再下吧!"李景纯进去,把一只小椅搬到炉旁,坐下。

"老李，昨天晚上为什么不过来会议？"赵子曰笑着问。

"我说话便得罪人，不如不来！"李景纯回答，"再说，会议的结果出不去'打'，我根本不赞成！"

"是吗？好！老李你坐着，我温习温习英文。"赵子曰对李景纯不知为什么总有几分畏惧的样子。更奇怪的是他不见着李景纯也想不起念书，一见李景纯立刻就把书瘾引起来。他从桌上拿起一本小书，嗽了两声，又耸了耸肩，面对着墙郑重地念起来："A boy, A peach."他又嗽了两声，跟着低声地沉吟："一个'博爱'，一个'屁吃'！"

"把书放下！"李景纯忍不住地笑了，"我和你谈一谈！"

"这可是你叫我放下书？"赵子曰板着面孔问。

李景纯没回答。

"得！"赵子曰扑哧一笑，"放下就放下吧！"他把那本小书往桌上一扔，就手拿起一支烟卷；自然"踢着我走！"的誓谁也没有他自己记得清楚，可是——不在乎！

李景纯低着头静默了半天，把要说的话自己先在心中读了一遍，然后低声地问：

"老赵！你到年底二十六岁了？"

"不错呀！"赵子曰说着用手摸了摸唇上的胡子茬，不错，是！是个年壮力足虎头虎脑的英雄。

"比我大两岁！"

"是你的老大哥！哈哈！"赵子曰老气横秋地用食指弹了弹烟灰，真带出一些老大哥的派头。好像老大哥应当吃烟卷和老爷子该吸鸦片，都应该定在《宪法》上似的。

"老大哥将来做什么呢？"李景纯立起来，低着头来回走。

"谁知道呢！"

"不该知道？"李景纯看了赵子曰一眼。

"这——该！该知道！"赵子曰开始觉得周身有些不自在，用他那短而粗好像五根香蕉似的手指，小肉扒子一般地抓了抓头。又特别从五个手指之中选了一个食指，翻过来掉过去地挖着鼻孔。

"现在何不想想呢?"

"一时哪想得起来!"赵子曰确是想了一想,真的没想起来什么好主意。

"我要替你想想呢?"李景纯冷静而诚恳地问。

"我听你的!"赵子曰无意中把半支烟卷扔在火炉内,两只眼绕着弯儿看李景纯,不敢和他对眼光。

"老赵!你我同学差不多快二年了,"李景纯又坐在炉旁,"假如你不以我为不值得一交的朋友,我愿——"

"老李!"赵子曰显出诚恳的样子来了,"照直说!我要不听好话,我是个dog,Mister dog!"说完这两个英国字,好在,又把恳切的样子赶走了七八分。

"——把我对你的态度说出来。老赵!我不是个喜欢多交朋友的人,可是我看准了一个人,不必他有钱,不必他的学问比我强,我愿真心帮助他。你的钱,其实是你父亲的,我没看在眼里。你的行为,拿你花钱说,我实在看不下去。可是我以为你是个可交的朋友,因为你的心好!——"

赵子曰的心,他自己听得见,直噗咚噗咚地跳。

"——你的学业,不客气地说,可谓一无所成,可是你并不是不聪明;不然你怎么能写《麻雀入门》,怎能把'二簧'唱得那么好呢!你有一片好心,又有一些天才,设若你照现在的生活往下干,我真替你发愁!"

"老李!你说到我的心坎上啦!"赵子曰的十万八千毛孔,个个像火车放汽似的,飕飕地往外射凉气。从脚后跟到天灵盖一致的颤动,才发出这样空前的、革命的、口是心非的(也许不然)一句话。

"到底是谁的过错?"李景纯看着赵子曰,赵子曰的脸紫中又透着一点绿了,好像电光绸,时兴的洋服材料,那么红一缕绿一缕的——并不难看!

"我自己不好!"

"自然你自己不能辞其咎,可是外界的引诱,势力也不小。以交朋友说,你有几个真朋友?以你的那个唯一的好友说,大概你明白他是谁,他是你的朋友,还是仇人?"

"我知道!噢——"

"不管他是谁吧,现在只看你有无除恶向善的心,决心!"

"老李!你看着!我只能用我将来的行为报答你的善意!"赵子曰一着急,

居然把在他心中，或者无论在哪儿吧，藏着的那个"真赵子曰"显露出来。这个真赵子曰一定不是鹰鼻、狗眼、猪嘴的那个赵子曰，因为你闭上眼，单用你的"心耳"听这句话，决不是猪嘴所能喷出来的。

"如果你能逃出这个恶势力，第二步当想一个正当的营业！"李景纯越发地镇静了一些。

"你说我做什么好？"

"有三条道，"李景纯慢慢地舒出三个手指来，定睛看了手指半天才接着说，"第一，选一门功课死干四五年。这最难！你的心一时安不下去！第二，你家里有地？"

"有个十几顷！"赵子曰说着，脸上和心里，好像，一齐红了一红。惭愧，前几天还要指着那些田地和农商总长的儿子在麻雀场上见个上下高低！

"买些农学的书籍和新式农器，回家一半读书，一半实验。这稳当易做，而且如有所得，有益于农民不浅！第三，"李景纯停顿了半天才接着说，"这是最危险的！最危险！在社会上找一些事做。没有充分的知识而做事，危险！有学问而找不到事做，甚至于饿死，死也光明；没学问而只求一碗饭吃，我说的是你和我，不管旁人，那和偷东西吃的老鼠一样，不但犯了偷盗的罪过，或者还播散一些传染病！不过，你能自己收敛，做事实在能得一些经验；自然好坏经验全可以算作经验！总之，无论如何，我们该当往前走，往好处走！哪怕针尖那样小的好事，到底是好事！"

李景纯一手托着腮，静静地看着炉中的火苗一跳一跳的好像几个小淘气儿吐着小红舌头嬉皮笑脸地笑。赵子曰半张着嘴，直着眼睛也看着火苗，好像那些火苗是笑他。伸手钻了钻耳朵，掏出一块灰黄的耳垢。挖了挖鼻孔，掏出小蛤螺似的一个鼻牛，奇怪！身上还出这些零七杂八的小东西！活了二十多年好像没做过一回自觉的掏耳垢和挖鼻牛，正和没有觉过脑子是会思想的、嘴是会说好话的器具一样！

"老赵，"李景纯立起来说，"原谅我的粗鲁不客气！大概你明白我的心！"

"明白！明白！"

"关于反对考试你还是打呀？"李景纯想往外走又停住了。

"我不管了！我，我也配闹风潮！"

"那全在你自己的慎重，我现在倒不好多说！"李景纯推开屋门往外走。

"谢谢你，老李！"赵子曰不知不觉地随着李景纯往外走，走到门外心中一难受，低声地说，"老李！你回来！"

"有话说吗？"

"你回来！进来！"

李景纯又走进来。赵子曰的两眼湿了，泪珠在眼眶内转，用力耸鼻皱眉不叫它们落下来。

"老李！我也有一句话告诉你！你的身体太弱，应当注意！"

他的泪随着他的话落下来了！

只是为感激李景纯的话，不至于落泪。后悔自己的行为，也不至于落泪。他劝告李景纯了，他平生没做过！他的泪是由心里颤动出来的，是由感激、后悔、希望、觉悟、羞耻，一片杂乱的感情中分泌出来的几滴心房上的露珠！他的话永远是为别人发笑而说的，为引起别人的奉承而说的，为应酬而说的！他的唇、齿、舌、喉只会做发音的动作，而没有一回卷起舌头问一问他的心！这是他第一次觉得能由言语明白彼此的心，这是他第一次明白朋友的往来不仅是嘴皮上的标榜，而是有两颗心互相吸引，像两股异性的电气默默地相感！他能由心中说话了，他灵魂的颤动打破一切肢体筋肉的拘束，他的眼皮拦不住他的泪了！可是泪落下来，他心里痛快了！因为他把埋在身里二十多年的心，好像埋得都长了锈啦，第一次在光天化日之下血淋淋地掏出来给别人看！

可是，到底他不敢在院中告诉李景纯，好像莫大的耻辱是在大庭广众之下说从心中发出来的话！他没有那个勇气！

"老赵！你督催着我运动吧！"李景纯低着头又走出去了。

### 3

欧阳天风和武端从学校回来，进了公寓的大门就喊：

"老赵！老赵！"

没有应声！

欧阳天风三步两步跑到第三号去开门，开不开！他伏在窗台上从玻璃往里看：赵子曰在炉旁坐着，面朝里，两手捧着头，一动也不动。

"老赵！你又发什么疯！开门！"

"你猜怎么着？开门！"武端也跑过来喊。

赵子曰垂头丧气地立起来，懒懒地向前开了门。欧阳天风与武端前后脚地跳进去。武端跳动的声音格外沉重好听，因为他穿着洋皮鞋。

"你又发什么疯！"欧阳天风双手扶着赵子曰的肩头问。

赵子曰没有言语，这时候他的心还在嘴里，舌头还在心里，一时没有力气，也不好意思，叫他的心与口分开，而说几句叫别人，至少叫欧阳天风的粉脸蛋绣上笑纹的话。欧阳天风半恼半笑地摇晃着赵子曰的肩膀，像一只金黄色的蜜蜂非要把赵子曰心窝中的那一点香蜜采走不可。赵子曰心中一刺一刺地蜇着，还不忍使那只可爱的黄蜂的小毛腿上不带走他一点花粉。那好似是他的责任。虽然他自觉得是那么丑的一朵小野菊！他至少也得开口，不管说什么话！

"别闹！身上有些不合适！"他的眼睛被欧阳天风的粉脸映得有些要笑的倾向了，可是脸上的筋肉还不肯帮助眼睛完成这个笑的动作。他的心好像东西两半球不能同时见着日光似的，立在笑与不笑之间一阵阵的发酸！

"我告诉你！明天和商业大学赛球，你的'游击'，今天下午非去练习不可！好你个老滑头，装病！"欧阳天风骂人也是好听的，撇着小嘴说。

"赛球得不了足球博士！"赵子曰狠了心把这样生硬的话向欧阳天风绵软的耳鼓上刺！这一点决心，不亚于辛亥革命放第一声炮。

"拉着他走，去吃饭！你猜怎么着？这里有秘密！"武端说。

武端的外号是武秘密，除了宇宙之谜和科学的奥妙他不屑于猜测以外，什么事他都看出一个黑影来，他都想用 X 光线去照个两面透光。他坐洋车的时候，要是遇上一个瘸拉车的，他登时下车去踢拉车的瘸腿两脚，试一试他是否真瘸。他踢拉车的，决没有欺侮苦人的心；踢完了，设若拉车的是真瘸，他多给他几角钱，又决没有可怜苦人的心；总而言之，他踢人和多给人家钱全是为"彻底了解"，他认为多花几角钱是一种"秘密试验费"。他从桌上拿起那顶假貂皮帽，扣在赵子曰的肉帽架上，又从抽屉里拿出一个钱包，塞在赵子曰的衣袋里。他不但知道别人的钱包在哪里放着，他也知道钱包里有多少钱；不然，怎配叫作武秘密呢！

"真的！我不大舒服，不愿出去！"赵子曰说着，心中也想到，"为什么不吃公寓的饭，而去吃饭馆？"

"拉着他走！"武端拉着赵子曰的左臂，欧阳笑了一笑拉着他的右臂，二龙捧珠似的把赵子曰脚不擦地地捧出去。

出了街门，洋车夫飞也似的把车拉过来："赵先生坐我的！赵先生！""赵先生，他的腿瘸！……"

两条小龙把这颗夜明珠捧到车上，欧阳天风下了命令："东安市场！"武端四围看了一看，看到底有没有瘸腿拉车的。没有！他心中有点不高兴！

路上的雪都化了，经行人车马的磨碾，雪水与黑土调成一片又粘、又浓、又光润的黑泥膏。车夫们却施展着点、碾、挑、跳的脚艺（对手艺而言）一路泥花乱溅，声色并佳地到了东安市场。

"先生，我们等着吧？"车夫们问。

"不等，叫我们泥母猪似的滚回去？糊涂！"武端不满意这样问法，分明这样一问，在大庭广众之下把武秘密没有"包车"的秘密揭破，岂有此理！

"杏花天还是金瓶梅？"欧阳天风问赵子曰。（两个，杏花天和金瓶梅，全是新开的苏式饭馆。）

"随便！"赵子曰好像就是这两个字也不愿意说，随着欧阳天风、武端丧胆失魂地在人群里挤。全市场的东西人物在他眼中都似没有灵魂的一团碎纸烂布，玻璃窗子内的香水瓶，来自巴黎；橡皮做的花红柳绿的小玩意，在纽约城做的——有什么目的？满脸含笑的美女们，比衣裳架子多一口气的美而怪可怕的太太们，都把两只比金刚钻还亮的眼睛，射在玻璃窗上；有的挺了挺脖子进到铺子里去，下了满足占据性的决心；有的摸了摸钱袋，把眼泪偷偷咽下去，而口中自言自语地说："这不是顶好的货。"——这是生命？赵子曰在这几分钟里，凡眼中所看到的，脑中登时画上了一个"？"，杏花天？金瓶梅？我自己？……

"杏花天！喝点'绍兴黄'！"武端说。然后对欧阳天风耳语："杏花天的内掌柜的，由苏州来的，嘿，好漂亮啦！"

到了杏花天的楼上，欧阳天风给赵子曰要了一盒"三炮台烟"。赵子曰把烟燃着，眉头渐渐展开有三四厘，而且忘了在烟卷上画那个含有哲学性的"？"。

"老赵！"武端说，"说你的秘密！"

"喝什么酒？"欧阳天风看了武端一眼，跟着把全副笑脸递给赵子曰。——"？"

"不喝！"赵子曰仰着脸看喷出的烟。心中人生问题与自己的志趣的萦绕，确是稀薄多了，可是一时不便改变态度，被人家看出自己喜怒无常的弱点。

欧阳天风微微从耳朵里（其实真说不出是打哪一个机关发出来的。）一笑。然后和武端商量着点了酒、菜。赵子曰唧当一声把酒盅，跑堂儿的刚摆好的，扣在桌上。酒、菜上来，他只懒懒地吃了几口菜，扭着脖子看墙上挂着的"五星葡萄酒"的广告。

"老武！来！划拳！"

"三星！""七巧！""一品高升！"……

赵子曰眼看着墙，心中可是盼着他们问："老赵！来！"他好回答他们："不！不划！"以表示他意志坚定。不幸，他们没问。

"欧阳！三拳两胜一吮当！"武端提起酒壶给欧阳天风斟上一盅。然后向赵子曰说："给我们看着！你猜怎么着？欧阳最会赖酒！"

赵子曰没言语。

"老武！"欧阳天风郑重其事地说，"不用问他，他一定是不舒服！他要说不喝，就是不喝，甚至连酒也不看！这是他的好处！"

赵子曰心里痛快多了！欧阳天风的小金钥匙，不大不小正好开开赵子曰心窝上那把愁锁。会说话的人，不是永远讨人家喜欢，而是遇必要的时候增加人家的愁苦，激动人家的怒气。设若人们的怒气、愁闷，有一定的程度，你要是能把他激到最高点，怒气与愁闷的自身便能畅快、满足，转悲为喜，破涕为笑。正像小孩子闹脾气到不可开交的时候，爽得叫他痛哭一场；老太婆所谓"哭出来就好了！"者，是也。对于不惯害病的，你说："你看着好多了！"当他不幸而害病的时候，他因你这个暗示，那荷梗、灯心的功效就能增高十倍。可是对于以害病吃药为一种消遣的人，你最好说"你还得保养呀！'红色补丸'之外，还得加些'艾罗补脑汁'呀！"于是他满意了，你的同情心与赏识"病之美"的能力，安慰了他。

欧阳天风明白这个！

武端划拳又输了，拿起酒盅一仰脖，嗞的一声喝净，把酒盅向赵子曰一亮："干！"

赵子曰已经回过头来，又是皱眉，又是挤眼，似乎病得十分沉重。香喷喷的酒味一丝一絮地往鼻孔里刺，刺得喉部微微发痒。用手抓了抓脖子，看着好像要害"白喉"似的。

"老赵！"武端说，"替我划，我干不过欧阳这个家伙！"

赵子曰依旧没回答，手指头在桌底下一屈一伸地直动。然后把手放在桌上，左手抓着右手的指缝，好似要出"鬼风疙瘩"。

"老赵！"欧阳天风诚于中、形于外地说，"你是头疼，还是肚子不好？"

"疼！全疼！"赵子曰说着，立刻真觉得肚子里有些不合适。

"身上也发痒？"

"痒得难过！"

"风寒！"欧阳天风不假思索定了脉案。

"都是他妈的春二那小子，"赵子曰灵机一动想起病源，"叫我吃白薯，压住了风！"

"喝口酒试试？"欧阳天风说着把扣着的那只酒盅拿起来，他拿酒盅的姿势，显出十分恳切，至于没有法子形容。

"不喝！不喝！"赵子曰的脑府连发十万火急的电报警告全国。无奈这个中央政府除了发电报以外别无作为，于是赵子曰那只右手像饿鹰捉兔似的把酒盅拿起来。酒盅到了唇边，他的脑府也醒悟了："为肚子不好而喝一点黄酒，怕什么呢！"于是脖儿一仰灌下去了。酒到了食管，四肢百体一切机关一齐喊了一声"万岁"！眉开了，眼笑了，周身的骨节咯吱咯吱地响。脑府也逢迎着民意下了命令："着令老嘴再喝一盅！"

一盅、两盅、三盅，舌头渐渐麻得像一片酥糖软津津地要融化在嘴里，血脉流动地把小脚指头上的那个鸡眼刺得又痒痒又痛快！四盅、五盅，……

"肚子怎么样？"欧阳天风关心赵子曰差不多和姐姐待小兄弟一样亲切。

"死不了啦！——还有一点疼！一点！"

一，二，三，又是三盅！再要一斤！

"你今天早晨的不痛快，不纯是为肚子疼吧？"

"老李——好人！他教训了我一顿！叫我回家去种地！好人！"

"好主意！"武端说，"你猜怎么着？你回家，他好娶王女士！哈哈！"

"李瘦猴有些诡计多端呢！"欧阳笑着说。

…………

灯点上了，不知怎么就点上了！麻雀牌稀里哗啦地响起来，不知怎么就往手指上碰了！

"四圈一散！"赵子曰的酒气比志气还壮，血红的眼睛盯着那张雪白的"白板"。四圈完了。

"再续四圈，不多续！明天赛球，我得早睡！"

…………

"四点钟了！睡去！养足精神好替学校争些光荣！体育不可不讲，我告诉你们，小兄弟们！"

喔——喔——喔！鸡鸣了！

"风雨如晦，鸡鸣不已。"赵子曰念罢，倒在床上睡起来。

他在梦中又见着李景纯了，可是他祭起"红中""白板"把李景纯打得望影而逃！

## 4

商业大学的球场铺满了细黄沙土，深蓝色的球门后面罩上了雪白的线网。球场四围画好白灰线，顺着白线短木桩上系好粗麻绳，男女学生渐渐在木桩外站满，彼此交谈，口中冒出的热气慢慢地凝成一片薄雾。招待员们，欧阳天风与武端在内，执着小白旗，胸前飘着浅绿的绸条，穿梭似的前后左右跳动，并没有一定要做的事。几个风筝陪着斜阳在天上挂着，代表出风静云清初冬的晴美。斜阳迟迟顿顿地不忍离开这群男女，好似在它几十万年的经验中，这是头一次在中国看见这么活泼可爱的一群学生。

场外绾着发辫的卖糖的，一手遮着冻红的耳朵吆喝着："梨糕哑——酥糖噢！"警区半日学校的小学生，穿着灰色肥肿的棉短袄，吆喝着："烟来——烟卷儿！"男女学生头上的那层薄雾渐次浓厚，因为几百支烟卷的燃烧凑在一块儿，也不亚于工厂的一个小烟筒。地上的白灰线渐次逐节消灭，一半是被学生的鞋底碾去，一半是被瓜子、落花生的皮子盖住。

赛球员渐渐地露了面：商业大学的是灰色运动衣，棕色长毛袜，蓝色一把抓的小帽。名正大学的是红色运动衣，黑毛袜，白小帽。要是细看他们身上穿着的，头上戴着的，可以不用迟疑的下个结论："一些国货没有！"虽然他们有时候到杂货店去摔毁洋货。球员们到场全是弯着腿，缩着背，用手搓着露在外面的膝部，冻得直起鸡皮疙瘩，表示一些"软中硬"运动家的派头。入场之先，在场外找熟识的人们——握手："老张！卖些力气！""不用多赢，半打就够！""老孙！小帽子漂亮呀！""往他们腿上使劲踢，李逵！"……球员们似乎听见，似乎没听见，只露着刚才刷过的白牙绕着圈儿向大家笑。到了场内，先攻门，溜腿，活动全身，球从高处飞来，轻轻地用脚尖一扣，扣在地上。然后假装一滑，脊背朝地，双脚竖起倒在地上。别个球员脚尖触地地跑过来，拾起皮球向倒在地上的那位膝上一摔，然后向周围一看，果然，四围的观众全笑了！守门的手足并用，横遮竖挡地不叫球攻入门内。有时候球已打在门后的白线网上，他却高高一跳，摸一摸球门的上框，作为没看见球进了门。……

赵子曰到了！哈啦！哈啦！"赵铁牛到了！""可不是铁牛！"黑红的脸色，短粗的手脚，两腿故意往横着拐，大叉着步，真像世界无敌的运动家。运动袜上系了两根豆瓣绿的绸条，绿条上露着黑丛丛的毛腿。一腿踢死牛，无疑的！

他在场外拉不断、扯不断地和朋友们谈笑，又不住地向场内的同学们点手喊："老孟！今天多出点汗呀！""进来溜溜腿？""不用！有根！"说着向场内走，还回着头点头摆手。走到木桩切近，脚绊在麻绳上，整个大元宝似的跌进场内。四围雷也似的笑成一阵："看！铁牛又要花样呢！"他蹬了蹬腿，打算一个鲤鱼打挺跳起来。可是他头上发沉，心中酸恶，怎么也立不起来。招待员们慌了："拿火酒！火酒！"一把一把的火酒咕唧咕唧地往他踢死牛的腿上拍。……"成了！成了！"他勉强笑着说："腿上没病，脑袋发晕！"

"老赵的腿许不跟劲，今天，你猜怎么着？"武端对欧阳天风说。

"别说丧气话！"

嘀——嘀——

评判员，一个滚斗筋似的小英国人，双腮鼓起多高把银笛吹得含着杀气。

场外千百个人头登时一根线拉着似的转向场内。吸烟的把一口烟含在口中暂时忘了往外喷，吃瓜子的把瓜子放在唇边且不去嗑。……

场内，球员站好，赵子曰是左翼的先锋。

嘀——嘀！

赵子曰一阵怪风似的把球带过中线，"快！铁牛！Long shoot！"把他自己的性命忘了，左旋右转地往前飞跑。也不知道是球踢着人，还是人踢着球，狮子滚球似的张牙舞爪地滚。

敌军的中卫把左足向前虚为一试，赵子曰把球向外一拐，正好，落在敌军中卫的右脚上，一蹴把球送回。

"哈啦！哈啦！"轰的一声，商业大学的学生把帽子、手巾，甚至于烟卷盒全扔在空中，跳着脚喊。

"糟——糕！老赵！"赵子曰的同学一齐叹气。

这一分钟内，商业大学的学生都把眼珠努出一分多，名正大学的全把鼻子缩回五六厘！

赵子曰偷偷往四围一看，千百个嘴都像一致地说："老赵糟糕！"他装出十分镇静的样子，把手放在头上，隔着小帽子抓了一抓；好像一抓脑袋就把踢球的失败可以遮饰过去。（不知有什么理由！）正在抓他的脑袋，恰好球从后面飞来，正打在他的手上，也就是打在头上。他脑中嗡的响了一声，身子向前倒去，眼中一亮一亮地发现着："白板！""东风！""发财！"耳中恍惚地听见："Time out！"跟着四围的人声嘈杂："把他抬下来！""死东西！""死牛！""评判员不会！""打！打！"

欧阳天风跑进去把赵子曰搀起来。他扶着欧阳慢慢走到球门后，披上皮袍坐在地上。他的同学们还是一个劲儿地喊"打！"东北角上跟着有几个往场内跑，跑到评判员的跟前，不知为什么又跑回去了。后来才知道那几位全是近视眼，在场外没有看清评判员是洋人，哼！设若评判员不是洋人？

"哈啦！哈啦！"商业大学的学生又喊起来。赵子曰看得真真的，那个皮球和他自己只隔着那层白线网。

诗人周少濂缩着脖子，慢慢地扭过来，递给赵子曰一个小纸条：

"这赤色军，输啦！

反干不过那灰色的小丑鸭？

可是，输了就输了吧，

有什么要紧，哈哈！"

# 第四

## 1

红黄蓝绿各色的纸，黑白金紫各色的字，真草隶篆各体的书法，长篇短檄古文白话各样的文章，冷嘲热骂轻敲乱咒无所不有的骂话——攻击与袒护校长的宣言，从名正大学的大门贴到后门，从墙脚粘到楼尖；还有一张贴在电线杆子上的。

大门碎了，牌匾摘了，玻璃破了，窗子飞了。校长室捣成土平，仪器室砸个粉碎。公文飞了一街，一张整的也没有。图书化为纸灰，只剩下命不该绝的半本《史记》。天花板上团团的泥迹，地板上一块块的碎砖头。什么也破碎了，除了一只痰盂还忍气吞声地立在礼堂的东南角。

校长室外一条扯断的麻绳，校长是捆起来打的。大门道五六只缎鞋，教员们是光着袜底逃跑的。公事房的门框上，三寸多长的一个洋钉子，钉着血已凝定的一只耳朵，那是服务二十多年老成持重的（罪案！）庶务员头上切下来的。校园温室的地上一片变成黑紫色的血，那是从一月挣十块钱的老园丁鼻子里倒出来的。

温室中鱼缸的金鱼，亮着白肚皮浮在水面上，整盒的粉笔在缸底上冒着气泡，煎熬着那些小金鱼的未散之魂。试验室中养的小青蛙的眼珠在砖块上粘着，丧了它们应在试验台上做鬼的小命。太阳愁得躲在黑云内一天没有出来，小老鼠在黑暗中得意扬扬地在屋里嚼着死去的小青蛙的腿。……

报纸上三寸大的黑字报告着这学校风潮。电报挂着万万火急飞散到全国。教育部大门紧闭，二门不开，看着像一座久缺香火的大神龛。教育团体纷纷召集会议讨论救济办法，不期而同地决定了："看一看风头再说。"雄赳赳的大兵，枪上插着惯喝人血的刺刀，野兽似的把这座惨淡破碎的大学堂团团围住，好像只有他们这群东西敢立在那里！地上一滴滴的血痕，凝成一个一个小圆眼睛似的，静静地看大兵们的鞋底儿！……

## 2

"老赵！你怎么样？"李景纯到东方医院去看赵子曰。

"你来了，老李？"赵子曰头上裹着白布，面色惨黄像风息日落的天色。左臂兜着纱布，右腮上粘着一个粉红橡皮膏的十字；左右相衬，另有一番侠烈之风。"伤不重，有个七八天也就好了！欧阳呢？"

"在公寓睡觉呢！"李景纯越说得慢，越多带出几分情感。脸上的笑纹画出心中多少不平。

"他没受伤？"赵子曰问。他只恐怕欧阳天风受伤，可是不能自止地想欧阳一定受伤；他听了李景纯的话，从安慰中引起几分惊异。

"主张打人的怎会能受伤！"

"难道他没到学校去？"赵子曰似乎有些不信李景纯的话，这时候他倒深盼欧阳受一点伤。他好像不愿他的好友为肉体上的安全而损失一点人格。

"我没去，因为我不主张'打'；他也没去，因为他主张'打'！"

"欸！"赵子曰闭上眼，眉头皱在一处，设若他不是自己身上疼，或者是为别人痛心。

李景纯呆呆地看着他，半天没有说话。别的病房中的呻吟哀叹，乘着屋中的静寂渐次侵进来。李景纯看看赵子曰，听听病人的呻吟，觉得整个的世界陷在一张愁网之中。他平日奋斗的精神被这张悲痛的黑影遮掩得正像院中那株老树那样颓落。赵子曰似乎昏昏地睡去，他蹑足屏息地想往外走。

"老李，别走！"赵子曰忽然睁开眼，向李景纯苦笑了一笑，表示身上没有痛苦。

"你身上到底怎样？"

"不怎样，真的！"赵子曰慢慢抬起右手摸了摸头上的纱布，然后迟迟顿顿地说，"我问你！——我问你！"

"什么事？"

"我问你！——王女士怎样？"赵子曰偷偷看了李景纯一眼，跟着把左右眼交互地开闭，看着自己的鼻翅，上面有一些细汗珠。

"她？听说也到医院来了，我正要看她去。"

"是吗?"赵子曰说完,又把眼闭上。

"说真的,你身上不难过?"

"不!不!"

李景纯心中有若干言语、问题要说,都被赵子曰难过的样子给拦回去。不说,觉得对他不起;说,又怕增加他的苦痛与烦闷。走,怕赵子曰寂寞;不走,心中要说而不好意思说的话滚上滚下像一群要出巢的蜜蜂。正在为难,门儿开了,莫大年满面红光地走进来。他面上的红光把赵子曰的心照暖了几分。

"老赵,明天见!"李景纯好容易得着脱身的机会,又对莫大年说,"你陪着老赵说话吧!"说完,他轻轻地往外走,走到门口回头看了看赵子曰,赵子曰脸上的笑容已不似前几分钟那样勉强了。

"老赵!"莫大年问,"听说你被军阀把天灵盖掀了?"

"谁说的?掀了天灵盖还想活着?"赵子曰心中痛快多了,说话的气调锋利有趣了。

"人家都那么说嘛!"莫大年的脸更红了,红得正和"傻老"的红脸蛋没分别。

"欧阳呢?"

"不知道!大概正在奔走运动呢,不一定!我来的时候遇见老武,他说待一会儿来看你。你问他,他的消息不是比咱灵通吗!"

"王女士呢?"赵子曰自然地说出来。

"我也不知道!管她们呢!"

"老莫,你没事吧?"

"没事,专来看你!"莫大年可说着一句痛快话,自己笑了一笑以示庆贺之意。

"好!咱们谈一谈!"赵子曰说着把两只眼睛睁得像两朵向日葵,随着莫大年脸上的红光乱转,身上的痛苦似乎都随着李景纯走了。"老莫!你知道王女士和张教授的秘密不知道?"

"什么秘密?"莫大年问。

"我问你哪!"

"我,我不知道!"

"你什么也不知道，老莫！除了吃你的红烧鱼头！"赵子曰笑起来，脸上的气色像雷雨过去的浮云，被阳光映得灰中带着一点红。

"老赵！明天见！明天我给你买橘子来！"莫大年满脸惭愧要往外走。

"老莫！我跟你说笑话哪，你就急啦？别走！"

"我还有事，明天来！"莫大年说着出了屋门。刚出屋门，立刻把嘴噘起来。自医院直到天台公寓一刻不停地嘟噜着："什么也不知道！不知道！人人叫咱傻老！傻老！"

## 3

莫大年第二天给赵子曰送了十几个橘子去，交给医院的号房，并没进去见赵子曰。他决不是恼了赵子曰，也不是心眼小耍不开事。他所不痛快的是：生在这个新社会里，要是没有一种眼观六路、耳听八方，到处显出精明强干的能力，任凭有天好的本事、满肚子的学问，至好落个"老好"，或毫不客气叫你"傻蛋"！做土匪的有胆子拆铁路、绑洋人，就有做旅长的资格，还用说别的！以他的家计说，就是他终身不做事，也可以衣食无愁地过他一个人的太平天下。可是他憎嫌"傻蛋"这一类的徽号。他要在新社会里做个新式的红胡子、蓝靛脸的英雄。哪怕是做英雄只是热闹热闹耳目而没有真益处呢，到底英雄比傻蛋强！他明知道赵子曰是和他开玩笑，打哈哈，他也知道"不知秘密"与"爱吃红烧鱼头"算不了什么大逆不道。可是，人人要用赵子曰式的笑脸对待他，还许就是"窝囊废""死鱼头"一类的恶名造成之因呢！这类的徽号不是欢蹦乱跳的青年所能忍受的！新青年有三畏：畏不强硬，畏不合逻辑，畏没头脑！莫大年呢，是天生的温厚，横眉立目耍刺儿玩花腔是不会的。对于"逻辑"呢，他和别的青年一样不明白，可是和别个青年一样地要避免这个"不合逻辑"的罪名。怎样避免？自然第一步要"有头脑"。所以三畏之中，莫大年第一要逃出"没头脑"的黑影，"知秘密"自然是头脑清晰、多知多懂的一种表示，那么，"知秘密"可以算作做新人物的唯一要素。"知秘密"便是实行"不傻蛋主义"的秘宝。

莫大年一面想，一面走，越想心中越难过！有时候他停住脚呆呆地看着古老的建筑物，他恨不得登时把北京城拆个土平，然后另造一座比纽约还新的城。

自己的铜像立在二千五百五十层的楼尖上，用红绿的电灯忽明忽灭地射出："改造北京之莫大年！"

"老莫！上哪儿去？"

莫大年收敛收敛走出八万多里的玄想，回头看了看：

"老武！我没事闲逛。"

武端穿着新做的灰色洋服，蓝色双襟大氅。雪白的单硬领，系着一根印度织的绿地金花的领带。头上灰色宽沿呢帽，足下一尘不染的黄色橡皮底皮鞋。胸脯鼓着，腰板挺着，大氅与裤子的折缝，根根见骨地立着。不粗不细的马蜂腰，被大氅圆圆地箍住，看不出是衣裳做得合适，还是身子天生来地架得起衣裳来。他向莫大年端着肩膀笑了一笑，然后由洋服的胸袋中掏出一块古铜色的绸子手巾，先顺风一抖，然后按在鼻子上，手指轻按，专凭鼻孔的"哼力"噜噜响了两声。这个浑厚多力的响声，闭上眼听，正和高鼻子的洋人的鼻音分毫不差。

莫大年像"看变戏法儿"似的看着武端，心中由羡慕而生出几分惭愧。武端是，在莫大年想，已经欧化成熟的新青年，他自己只不过比中国蠢而不灵的傻乡民少一条发辫而已。

"老莫，玩一玩去，乘着罢课的机会！"

"上哪儿？"莫大年说着往后退了两步，低着头看武端的皮鞋一闪一闪地射金光，又看了看自己脚上的那双青缎厚底棉鞋！

"先上西食堂去吃饭？"武端说。

"我没洋服，坐在西食堂里未免发僵！"这两句话确是莫大年的真经验。因为西餐馆的摆台的是：对于穿洋服说洋话的客人，不给小账也伺候得周到；对于穿华服说华语的照顾主，就是多给小账也不屑于应酬。更特别的，他们对穿洋服的说中国话，对穿华服的说外国话。所以认不清洋字菜单的人们为避免被奚落起见，顶好上山东老哥儿们的"大碗居"去吃打卤面比什么也不惹气。然而：

"那么，上民英西餐馆？你猜怎么着？那里全是中国人吃饭，摆台的也是中国话，而且喝酒可以划拳，好不好？走！"武端把左手插在大氅"廓其有容"的口袋里，右手戴着小羊皮的淡黄色手套，过去插在莫大年右肘之下。两个人并肩而行，莫大年为武端的洋服展览，不便十分拒绝，虽然他真怕吃洋饭。

远远地看见民英餐馆的两面大幌子：左边一面白旗画着鲜血淋漓的一块二尺见方的牛肉，下面横写着三个大字"炸牛排"。右边一面红旗画着几位东倒西歪的法国醉鬼，手中拿着五星啤酒瓶往嘴里灌。武端看见这两面幌子，眉开眼笑地口中直往下咽唾液，正是望幌子而大嚼也解一些"洋馋"！莫大年的精神也振作起一些，觉着这两面大旗的背后，埋伏着一些"西洋文化"！

　　两个人进了民英餐馆，果然"三星，五魁"之声清亮而含着洋味，大概因为客人们喝的是洋酒。柜台前立着的老掌柜的把小帽脱下，拱着手说："来了，Sir！来了，Sir！"摆台的系着抹满牛油的黑油裙，（"白"的时代已经岁久年深不易查考了！）过来擦抹桌案，摆上刀叉和洋式酱油瓶。简单着说：这座饭馆样样是西式，样样也是华式，只是很难分析怎么调和来着。若是有人要作一部"东西文化与其'吃饭'"，这座饭馆当然可以供给无数的好材料。

　　"吃什么，大爷，Sir？"摆台的打着山东话问。乘着武端看菜单之际，他把抹布放在肩头，掏出鼻烟壶，脆脆地吸了两鼻子。

　　两个人要了西红柿炒山药蛋、烧鳜鱼、小瓶白兰地、冷牛舌头和洋焦三仙（咖啡）。

　　武端把刀叉要得漂亮而地道，真要压倒留学生、不让蓝眼鬼。莫大年闭着气把一口西红柿吞下，忙着灌了半杯凉水。

　　"老武，"莫大年没有再吃第二口西红柿的勇气，呷了一点白兰地，笑着问，"告诉我，怎么就能知道秘密？"

　　"目的？哪一种？"武端说完，又把摆台的叫过来，要了一个干炸丸子加果酱。

　　"还有多少种？"

　　"什么事经科学方法分析没有种类呢，真是！"

　　"告诉我两样要紧的，多了我记不住。"

　　"好！你猜怎么着？好，告诉你两种：利用秘密和报告秘密，这是目的。你猜——好！先说目的，后说方法。"武端觉得自己非常宽宏大量，肯把他的经验传授给莫大年。

　　莫大年傻老似的聚精会神地听着。

　　武端呷了一口酒，嚼着牛舌头，又点上一支香烟。酒、牛舌头、烟，在嘴中匀和成一股令人起革命思想的味道。酒顺着食道下行，牛舌头一上一下地运动于齿舌之间，烟从鼻子眼慢慢地往外冒，谁要是这么做，谁也不能不感谢上帝造人的奇妙。他把牛舌头咽净，才正式向莫大年陈说：

"供给秘密是为讨朋友的欢心，博得社会上的信仰。这是在社会上活动唯一的要素，造成英雄伟人的第一步。举个例说：你猜怎么着？张天肆，你知道张天肆？财政部司长，司长！你要问他的出身，不必细说，凭他的名字可以猜得出：他本来叫张四，做了官才改成张天肆，张四，张司长！前三年他还是张四，因为报告给绥远都统一件秘密，你猜怎么着？当时他来了个绥远都统驻京办事处的科员，张科员！前三个月，他又报告给财政总长一件秘密，哈哈，抖起来了，司长！由张四而张天肆而科员而司长，将来，谁能说得定呢，也许张大帅、张总长、张总统、张牛头，因为他住家在三河县牛头镇！由张四而张总统，一根线拴着：知秘密！"武端喘了一口气又吃了一块牛舌头，心里想：设若张四"人以地名"有张牛头的希望，怎见得自己没有"人以物名"而被呼为武牛舌的可能呢！他笑了一笑，接着说："至于利用秘密，你猜怎么着？那可就更有用，更深沉，更——抖了！利用一件秘密，往小里说，你可以毁一个人、一个学校、一个机关；往大里说，推倒一个内阁，逼走一个总统！谁有这份能力，谁就有立铜像的资格，又非张四之流仅仅荣耀一时的可比了；因为小而毁一个人，大而赶走一个总统，不管成功的大小，这样的举动与运用秘密的能力，非天生的雄才大略不办，非真英雄不办，非——你猜——"

"说了半天，是这么两种，是不是？"莫大年问，"告诉我，我该采用哪一种？你现在用的是哪一种，和怎样用法？"

"我？惭愧！我用的是供给秘密！这个比利用秘密好办得多！你猜怎么着？欧阳天风近于利用秘密了，可是他的聪明咱们如何敢比呢！"

"那么，你看，我该先练习报告秘密，是不是？告诉我，怎么得秘密？"莫大年诚恳地问。

"其实，你猜——也没有一定的方法，只在自己留心。你看，瓦特看见开水壶就发明蒸汽机，他得着了开水壶的秘密，事事留心，处处留心，时时留心！嗨！秘密多了！比如说，你在公园喝茶看见一对男女同行，跟着他们！那必有秘密！假如你发现了他们的暗昧的事，得！写在你的小笔记本上，一旦用着，那个结果绝不辜负你跟着他们的劳力！我告诉你，你知道学生会主席孙权怎么倒了，新任主席吴神敏怎么成的功？就是因为吴神敏在公园捉了孙权的奸！再说，就是不图什么，得一些秘密说着玩儿不是也有趣吗！你猜——"

"那么我得下死功夫，先练习耳眼，是不是？"

"一定！手眼身法和练武术一样，得下苦功夫！"

"好！老武！谢谢你！饭账我候啦！告诉我，你还吃什么?!"

## 4

几天医院的生活，赵子曰在他自己身上发现了许多奇迹：右手按着左腕的脉门，从手指上会能觉到自己的心一秒钟也不休息，那么有节有拍地跳动。脑子，更奇怪了，有时候在一阵黑潮狂浪过去之后，居然现出山高月小的一张水墨画。心中现出这种境界，叫他怀疑医院给他的洋药水里有什么不正当作用；至少那种药水的作用与烧酒不同；而作用异于烧酒的东西根本应当怀疑！医院的饭食，不错！设备，周到！然而他寂寞、无聊、烦苦！心中空空的像短了一块要紧的东西，像一位五十岁的寡妇把一颗明珠似的儿子丢了一样的愁闷！生命只是一片泛溢不定的潮水，没有一些着落，设若脑子不经烧酒激刺着！他开始明白人生与烧酒的关系！不但人生，世界文化的发展不过是酒瓶儿里的一点副产品！心房的跳动，脑中的思想，都是因为烧酒缺席，它们才敢这样作怪，才这样扰乱和平！他恨这个胡思乱想的脑子，他命令着他的脑子不准再思想，失败！原来没烧酒泡着的脑子是个天然要思想的玩意儿，他急得直跺脚，没办法，他于无聊中觉悟了：为什么医院中把死人脑子装在酒精瓶子里？因为不用酒泡着，死后也不会得平安，还是要思想！他宁愿登时死了，把脑子装在酒精瓶子里，也比这样活受罪强！他长叹了一声，有心要触柱而死；可是他摸了摸脑瓢，舍不得！"忍耐！忍耐！出了医院再说！忍耐！希望！"

"李景纯的话不错，我应当找些事做。"他忽然想起来了，至于怎么想起来的和怎么单想起做事而忘了李景纯告诉他的读书与种地，不但别人不知道，赵子曰自己也纳闷，好像一颗流星在天空飞过，不知从哪里落下来的，也不知道落到哪里去；好在这在空中一闪是不可磨灭的事实。"找什么事？当教员？开买卖？做官？——对！做官！"他扑哧的一笑，嘴中溅出几点唾星，好像一朵鲜花吐蕊把露水珠儿弹落下来似的。"也别说，会思想也有趣！居然想起做官了！哈哈！"他这一笑叫他想起：他七岁的时候在门外用自己的点心钱买过一只小黄鸟；"七岁就会自动地买一只小黄鸟，快二十六岁了，又自动地想起应该做官。赵子曰呀，要不是圣人——难道是狗？"

"欧阳天风为什么不来？"他脑中那只小黄鸟又飞入他记忆力的最深远的那一处去，欧阳天风的暖烘烘的粉脸蛋与他自己的笑脸，像隔一层玻璃的两朵鲜花互相掩映。"他？正在激烈地奔走运动，一定！别累坏了哇！"他探头往窗外看了看：窗外那株老树慈眉善目地静静地立在那里："没刮风！谢谢老天爷！他的脸可受不住狂风的吹刺啊！哈哈！"

他笑着笑着眼前像电影换片子似的把那天打校长的光景复现出来："校长像屠户门前的肥羊似的绑在柱子上，你一拳我一腿地打，祖宗三代地指着脸子骂。对，聂国鼎还啐了校长一脸唾沫呢。老庶务的耳朵血淋淋地割下来，当当当钉在门框上……"他身上觉得一阵不大合适，心中像大案贼临刑的那一刻追想平生的事迹，说不出是酸是甜，是哭是笑："老校长也怪可怜的！反正我没打他，我只用绳子捆他来着，谁知道捆上一定就打呢！他恨我不恨？我在他背后捆他来着，当然没看见我！——可是呀，就是他看见我，他又敢把咱赵子曰怎样？他敢开除我？也敢！凭咱在学界的势力，凭咱这两膀子力气，他也敢，除非他想揭他未完好的伤口！"这么一想，他心中的不自在又平静了。他觉得自己的势力所在，称孤道寡而有余，小小的校长，一个卖布小贩的儿子，有什么能为！"纵然是错打了他，错就错了吧；谁叫他不去当军阀而做校长呢！军阀做错了事也是对，我反正不惹他们拿枪的；校长做对了也是错，也该打，反正打完他没事！"他越想越痛快，越想越有理，觉得他打校长与不敢惹军阀都合于逻辑。这种合于逻辑的理论，叫他联想到他自己的势力与责任："咱老赵在医院，现在同学的开会谁做主席呢？难道除了咱还有第二个会做主席的？说着玩的呢，动不动也会做主席！就是有会的，他也得让咱老手一步不是！势力、声望、才干所在，不瞎吹！咱还根本不闹风潮呢，要不为做主席！"

他这样一想，开始觉得自己的身体有注意静养的必要，并不是为自己，是为学校、为社会、为国家，或者说为世界！他身上热腾腾地直往外冒热气，身子随着热气不由得往上飞，一直飞到喜马拉雅山的最高峰。立在那里只有他自己可以看清世界，只有他自已有收拾这个残落的世界的能力。身上的伤痕（好在是被军阀打的），觉得有一些疼痛了，跟看护妇要点白兰地喝吧！

他正在这么由一只小黄鸟而到喜马拉雅山活动着他的脑子，莫大年忽然满脸含笑地走进来。赵子曰把刚才所发现的奇迹奇想慌忙收在那块琉璃球似的脑子里，对莫大年说：

"老莫，你昨天给我送橘子来，怎不进来看看你的老大哥，啊？"

"没秘密可报告，进来干吗！"莫大年傻而要露着精细的样子说。

"那么今天当然是有秘密了？"

"那还用说！"

"你看，老莫学得鼻子是鼻子、嘴是嘴了。来！听听你的秘密！"

"你被革除了，老赵！我管保我是头一个来告诉你的，是不是？"莫大年得意扬扬地说。

"你是说笑话呢，还是真事？"赵子曰笑得微有一点不自然了。

"真的！一共十七个，你是头一个！不说瞎话！你的乡亲周少濂也在内！"

赵子曰脸上颜色变了，半天没有言语。

"真的！"莫大年重了一句，希望赵子曰夸他得到消息这么快。

"老莫，你是傻子！"赵子曰笑得怪难看的，只有笑的形式而没有笑的滋味。"你难道不明白不应当报告病人恶消息吗？再说，"他的笑容已完全收起去，声音提高了一些，"凭那个打不死的校长，什么东西，敢开除赵子曰，赵铁牛，笑话！"

莫大年的一团高兴像撞在石头上的鸡蛋，啪嚓的一声，完了！他呆呆地看着赵子曰，脸上的热度一秒钟一秒钟地增高，烧得白眼珠都红了。忽然一语未发扭身便往外走。

"老莫，别走！"赵子曰随着莫大年往外看了一眼，由莫大年开开的门缝，看见远远往外走着一个人：弯弯的腰，细碎的脚步，好像是李景纯。"他又做什么来了？"

"啊？"莫大年回头看着赵子曰。

"没什么，老莫！"

"再见，老赵！"

# 第五

## 1

"子曰兄：

何等的光荣啊！你捆校长，我写了五十多张骂校长的新诗。我们都被革除了，虽败犹荣呀！同乡中能有几个做这样'赤色'的事，恐怕只有你我吧！

惭愧不能到医院去看你，乡亲！因为今晚上天津入神易大学。学哲学而不明白《周易》，如同打校长而不捆起来一样不彻底呀！这是我入神易大学的原因。

盼望你的伤痕早些好了，能到天津去找我！

不必气馁，名正大学不要咱们，别的大学去念！别的大学也不收咱们，拉倒！哈哈！勇敢的乡亲，天津三不管见！

你的诗友，
周少濂。"


念完这封信，赵子曰心中痛快多了！到底是诗人的量宽呀！本来嘛，念书和不念书有什么要紧，太爷不玩啦！对！找老周去！天津玩玩去！

把老莫也得罪了，这是怎会说的！少濂的信早到一会儿，也不至于叫老莫噘着嘴走哇！真他妈的，我的心眼怎那么窄呢！……


## 2

赵子曰身上的伤痕慢慢地好了。除了有时候精神不振作还由理想上觉得有些疼痛以外，在实际上伤疤被新的嫩肉顶得一阵阵痒得钻心，比疼痛的难过多了几分讨厌。医生准他到院中活动活动，他喜欢得像久旱逢甘雨的小蜗牛，伸着小犄角满院里溜达。喜欢之外，他心中还藏着一点甜蜜的希望；这点希望叫他的眼珠盯在女部病房那边，比张天师从照妖镜中看九尾仙狐还恳切细心。那边的门响，那边的笑声，那边的咳嗽，对于他都像很大的用意。楼廊上东来西去一个一个头蒙白纱、身穿白衣的看护妇们，小白蝴蝶儿似的飞来飞去："都是看护妇，没用！——也别说，看护妇也有漂亮的呀！可是——"

一天过去了，只看见些看护妇。

第二天，北风从没出太阳就疯牛似的吼起来。看护妇警告他不要到院中去。他气极了："婚姻到底是天定呀！万一她明天出院，今天又不准我到院子里去，你看，这不是坐失其机吗！风啊！设若这里有个风神，风神根本不是个好东西！设若风是大气的激荡，为什么单在今天激荡！"

他咒骂了一阵，风嬉皮笑脸地刮得更有筋骨了。他无法，只好躺在床上把朋友们送来的小说拿起看。越看越生气：一群群的黑字在眼前乱跳，一群过去，又是一群，全是一样的黑，连一个白净好看的也没有。他把小说用力往地上一摔，过去踏了两脚，把心中的怒气略解了万万分之一。然后背着手，鼓着胸，噘着嘴，在屋中乱走。有时候立在窗前往外看：院中那株老树摇着秃脑袋一个劲儿地乱动："妹妹的！把你连根刨出来！叫你气我！"

他于无可奈何之中，只好再躺在床上想哲学问题。他的哲学与乱想是一而二、二而一的。"酒要是补脑养身的，妇女便是满足性欲的东西。酒与妇女便是维持生活的两大要素！对！娶媳妇喝酒，喝酒娶媳妇；有工夫再出些风头，闹些风潮，挣些名誉。对！内而酒与妇人，外而风潮与名誉，一部人生哲学！……"

把哲学问题想得无可再想，他又想到实际上来："欧阳天风能帮助我，可是相隔咫尺还要什么传书递简的红娘吗？老李的人不错，可是他与她？哼！……有主意了！"

他从床上跳起来，用他小棒槌似的食指按了三下电铃。这一按电铃叫他觉出物质享受的荣耀，虽然他的哲学思想有时候是反对物质文明的。

"赵先生！"看护妇好像小鬼似的被电铃拘到，敬候赵子曰的神言法旨。

"你忙不忙？"赵子曰笑着问。

"有什么事？"

"我要知道一件事，你能给我打听打听不能？"

"什么事，赵先生？"看护妇脸上挂着冬夏常青的笑容，和善恳切地问。

"你要能给我办得好，我给你两块钱的小账，酒钱——报酬！"赵子曰一时想不起恰当的名词来。

"医院没有这个规矩，先生。"

"不管有没有，你落两块钱不好！"

"到底什么事，先生？"

"她是——你——你给打听打听女部病房有位王灵石女士，她住在第几号，得的是什么病，和病势如何。行不行？"

"这不难，我去看一看诊查簿就知道了。"看护妇笑着走出去。

赵子曰倒疑惑了："怎么看护妇这么开通！一个男人问一个女人的病势，难道是正大光明的事？或者也许看护妇们做惯了红娘的勾引事业？奇怪！男女间的关系永远是秘密的，男女到一处，除了我和她，不是永远做臭而不可闻的事吗？医院自然是西洋办法，可是洋人男女之间是否可以随便呢？"他后悔了，他那个"孔教打底，西法恋爱镶边"的小心房一上一下地跳动起来："傻老！我为什么叫看护妇知道了我的秘密呢！傻！可是她一点奇惊的样子没有，或者她用另一种眼光看这种事？——哼，也许她为那两块钱！"

"赵先生！"不大的工夫看护妇便回来了，"王女士住第七号房，她害的是妇女们常犯的血脉上的病。现在已经快好了。"她一说就往外走，毫没注意赵子曰的脸色举动。

"你回来！给你，这是你的两块钱！"

"不算什么，先生！"她笑着摆了摆手，"医院中没有这个规矩。"

赵子曰坐在床上想了半天，想不出道理来。不要小账，不以男女的事为新奇。不用说，这个看护妇的干爸爸是洋人！

他想不透这个看护妇的心理，于是只好不想。他以为天下的事全有两方面：想得透的与想不透的。这想不透的一方面是根本不用想，有人要是非钻牛犄角死想不可，他一定是傻蛋！赵子曰决不愿做傻蛋。于是他把理想丢开，又看到事实上来：

"我以为她是受了伤，怎么又是血脉病呢？李景纯这小子不告诉我，他与她，一定，没有好事！好，你李景纯等赵先生的！不叫你们的脑袋一齐掉下来，才怪！……"

# 第六

## 1

赵子曰的伤痕养好，出了医院。他一步一回头地往女部病房那边看，可怜，咫尺天涯，只是看不见王女士的倩影。他走到渐渐看不清医院的红楼了，叹了一口气，开始把心神的注意由王女士移到欧阳天风身上去。跟着，把脑中印着那个"她"撕得粉碎，一心地快回公寓去见——"他"!

他进了公寓，李顺笑脸相迎地问他身上大好了没有，医院中伺候得周到不周到。赵子曰心中有一星半点地感激李顺的诚恳，可是身份所在，还不便于和仆人谈心，于是哼儿哈儿地虚伪支应了几句。李顺开了第三号的屋门，掸擦尘土，又忙着去拿开水泡茶。赵子曰进屋里四围一看，屋中冷飕飕地惨淡了许多，好像城隍爷出巡后的城隍庙那么冷落无神。他不觉地叹了一口气。

"欧阳先生呢?"赵子曰问。

"和武先生出去了。"李顺回答，"大概回来得快! 嚛!"

赵子曰抓耳挠腮地在屋里等着。忽然院中像武端咳嗽，推开屋门一看，果然欧阳天风和武端正肩靠着肩往南屋走。

"我说——"赵子曰喜欢地跳起多高，嚷着，"我说——"

"哈哈! 老赵! 你可回来了! 倒没得破伤风死了!"欧阳天风一片被风吹落的花瓣似的扑过赵子曰来，两个人亲热地拉住手。赵子曰不知道哭好还是笑好，只觉得欧阳天风的俏皮话比李顺的庸俗而诚恳的问好，好听得不只十万倍。

他又向武端握手，武端从洋服的裤袋中把手伸出，轻轻地向赵子曰的手指上一挨，然后在他的黄肿脸上似是而非地画了一条笑纹。

"进来! 老赵! 告诉我们你在医院都吃什么好东西来着!"欧阳天风把赵子曰拉进屋里去。

"吃好东西? 你不打听打听你老大哥受的苦处!"赵子曰和欧阳天风像两只小猫，你用小尾巴抽我一下，我把小耳朵触着你的小鼻子，那样天真烂漫地斗弄着。

"先别拌嘴，"武端说，"老赵，你猜怎么着? 我有秘密告诉你!"

"走！上饭馆去说！上金来凤喝点老'窨陈'，怎么样？"赵子曰问。

"你才出医院，我给你压惊接风，欧阳作陪！"武端说，"你猜怎么着？听我的秘密，就算赏脸赐光，酒饭倒是小事！"

"不论谁花钱吧，咱欧阳破着老肚吃你们个落花流水，自己朋友！"欧阳天风这样一说，赵子曰和武端脸上都挂上一层金光，非在欧阳面前显些阔气亲热不可。

武端披上大氅，赵子曰换了一件马褂，三个人乌烟瘴气地到了金来凤羊肉馆。

"赵先生，武先生，欧阳先生！"金来凤掌柜的含笑招待他们，"赵先生，怎么十几天没来？又打着白旗上总统府了吧？这一回打了总统几个脖儿拐？"

赵子曰笑而不答，心中暗暗欣赏掌柜的说话有分寸。

掌柜的领着他们三位往雅座走，三位仰着脸谈笑，连散座上的人们看也不看。好像是吃一碗羊杂碎，喝二两白干的人们是没有吃饭馆的资格似的。

进了雅座，赵子曰老大哥似的命令着他们："欧阳！你点菜！老武！告诉我你的秘密！"

"老赵！这可是关于你的事，你听了不生气？"武端问。

"不生气！有涵养！"

"你猜怎么着？"武端低声地说，"王女士已经把相片给了张教授！那个相片在哪里照的我都知道，廊坊头条光容相馆！六寸半身是四块半钱一打，她洗了半打！这个消息有价值没有？老赵！"

赵子曰没言语。

"老武！"欧阳天风点好了菜，把全副精神移到这个秘密圈里来，"你的消息是千真万确！所不好办的，是我们不敢惹张教授！"

"你把单多数说清楚了！"赵子曰说，"是'我'还是'我们'不敢惹姓张的？我老赵凭这两个拳头，哪怕姓张的是三头六臂九条尾巴，我一概不论！为一个女人本值不得拿刀动杖，我要赌这口气！况且姓张的是王女士的老师，我要替社会杀了这种败伦伤俗的狗。"

"老赵原谅我！我说的是'我'不敢惹张教授！可是你真有心斗气，我愿意暗地帮助你！"

"哼！"

"其实，你猜怎么着？张教授也不过是卖酸枣儿出身，又有什么不好斗！"武端说。

"我并不是说张教授的势力一定比咱们大，我说的是他的精明鬼道不好斗！"欧阳天风向武端说，然后又对赵子曰说，"据我看，我们还是斗智不斗力。"

"什么意思？"赵子曰问。

"你先告诉我，你还愿意回学校不呢？"

"书念腻了，回学校不回没什么关系！"

"自然本着良心不念书了，谁也拦不住你；可是别人怎样批评你呢？"欧阳天风笑着说，"难道人们不说：'嗬！赵子曰堂堂学生会的主席，被学校革除之后避猫鼠似的忍了气啦！'老赵，凭这样两句话，你几年造成的名誉，岂不一旦扫地！"

"那么我得运动回校？"赵子曰的精神振作起好多，"放下书本到社会上去服务"的决定，又根本发生了摇动。

"自然！回校以后，不想念书，再光明正大地告退。告退的时候，叫校长在你屁股后头行三鞠躬礼，全体职教员送出大门呼三声'赵子曰万岁'！"

"你猜怎么着？"武端的心史又翻开了一页，"商业大学的周校长在礼堂上给学生们行三跪九叩首礼，这是前三个月的事，我亲眼看见的！三跪九叩！"

酒菜上来了，三个人暂时把精神迁到炸春卷、烧羊尾上面去。杯碟匙箸相触与唇齿舌喉互动之声，渐次声势浩大。没话的不想说，有话的不能说，因发音的器官大部分都被食物塞得"此路不通"！

"你听着，"吃了老大半天，欧阳天风决意牺牲，把一口炸春卷贴在腮的内部，舌头有了一点翻腾的空隙："我告诉你现在同学们的情形，你就明白你与学校风潮的关系了：现在五百多同学，大约着说分成三百二十七党。有主张拥护校长的，有主张拥戴张教授的，有主张组织校务委员会的，有主张把校产变卖大家分钱一散的……一时说不尽。"他缓了一口气，把贴在腮部的炸春卷揭下来咽下去。"主要原因是缺乏有势力的领袖，缺乏像你，老赵，这样有势力、能干、名望的领袖！所以现在你要是打起精神干，我管保同学们像共和国体下的国民又见着真龙天子一样的欢迎你，服从你！——"

"老赵，你猜怎么着？"武端先把末一块炸春卷夹在自己碟子里，然后这样说，"听说德国还是要复辟，真的！"

"那么，"欧阳天风接着说，"你要是有心回校，当然成功。因为凭你的力量使校长复职，校长能不把开除你的牌示撤销吗！回校以后，再告退不念了，校长能不在你屁股后头鞠三躬吗！——"

"可是，我打了校长，现在又欢迎他复职，不是叫人看着自相矛盾吗？"赵子曰在医院中养成哲学化的脑子，到如今，酒已喝了不少，还会这样起玄妙的作用；到底住医院有好处，他自己也这么承认！

"那不是此一时，彼一时嘛！不是你要利用机会打倒张教授夺回王女士吗！这不过是一种手段，谁又真心去捧老校长呢！"

"怎么？"

"你看，捧校长便是打倒张教授，打倒张教授便是夺回王女士！现在咱们设法去偷王女士给张教授的相片，"欧阳天风说着，看了武端一眼，"偷出来之后，在开全体学生会议的时候当众宣布他们的秘密。这样，拥张的同学是不是当时便得倒戈？是！一定！同时，拥护校长的自然增加了势力。然后我们在报纸上再登他几段关于张教授的艳史，叫他名誉扫地，再也不能在教育界吃饭。他没有事做，当然挣不到钱；没有钱还能做风流的事？自然谁也知道，不用我说，金钱是恋爱场中的柱顶石；没钱而想讲爱情，和没眼睛想看花儿一样无望！那么，你乘这个机会，破两顷地，老赵，你呀，哈哈，大喜啦！王女士便成了赵太太啦！"

"可是，"赵子曰心里已乐得痒痒地难过，可是依旧板着面孔地问，"这么一办，王女士的名誉岂不也跟着受影响？"

"没关系！"

"怎么？"

"我们一共有多少同学？"

"五百多。"

"五百五十七个。比上学期多二十三个。"武端说。

"其中有多少女的？"欧阳天风问。

"十个，有一个是瘸子。"武端替赵子曰回答。

"完啦! 女的还不过百分之二,换句话说,一个女子的价值等于五十个男人。所以男女的风流事被揭破之后,永远是男的背着罪名,女的没事;而且越这样吵嚷,女的名誉越大,越吃香! 你明白这个? 我的小铁牛!"

"干!"赵子曰乐得不知说什么好,一连气说了十二个(武端记得清楚)"干"!

## 2

赵子曰遍访天台公寓的朋友,握手,点头,交换烟卷,人人觉得天台公寓的灵魂失而复得! 在他住医院那几天,他们又麻雀甚至于不出"清三翻";烧酒喝多了,只管呕吐,会想不起乱打一阵发酒疯。赵子曰回来了! 可回来了! 头一次坐下打牌就出了十五个贯和,头一次喝酒就有四个打破了鼻子的! 痛快! 高兴! 赵子曰回来又把生命的真意带回来了! 吃酒,打牌,听秘密,计划风潮的进行,唱二簧,拉胡琴,打架,骂李顺——全有生气! 赵子曰忙得头昏眼晕,夜间连把棉裤脱下来再睡的工夫也没有,早晨起来连漱口的工夫也没有,可是他觉得嘴里更清爽! 姓王的告诉他的新闻,他告诉姓张的,姓张的告诉他的消息,他又告诉给姓蔡的;所没有得说,坐在一块讲烟卷的好歹;讲完烟卷,再没得说,造个谣言!

他早晨起来遇上心气清明,也从小玻璃窗中向李景纯屋里望一望,然而:"老李这小子和王女士有一腿,该杀!"

况且自从他由医院出来,朋友们总伸着大拇指称他为"志士""英雄"。只有李景纯淡而不厌地未曾夸奖过他一句。在新社会里有两大势力:军阀与学生。军阀是除了不打外国人,见着谁也值三皮带。学生是除了不打军阀,见着谁也值一手杖。于是这两大势力并进齐驱,叫老百姓们见识一些"新武化主义"。不打外国人的军阀要是不欺侮平民,他根本不够当军阀的资格。不打军阀的学生要不打校长教员,也算不了有志气的青年。只有李景纯不夸奖赵子曰的武功,哼! 只有李景纯是个不懂新潮流的废物!

至于赵子曰打了校长,而军阀又打了赵子曰? 这个问题赵子曰没有思想过,也值不得一想!

## 3

光阴随着冬日的风沙飞过去了，匆匆已是阴历新年。赵子曰终日奔忙，屋里的月份牌从入医院以后就没往下撕。可是街上的爆竹一声声地响，叫他无法不承认是到了新年，公寓中的朋友一个个满脸喜气地回家去过年，只剩下了赵子曰、欧阳天风和李景纯。赵子曰是起下誓，不再吃他那个小脚媳妇捏的饺子，并不是他与饺子有仇，是恨那个饺子制造者；他对于这个举动有个很好的名词来表示："抵制家货！"欧阳天风呢，一来是无家可归，二来是新年在京正好打牌多挣一些钱。李景纯是得了他母亲的信不愿他冬寒时冷地往家跑，他自己也愿意乘着年假多念一些书；他们母子彼此明白、亲爱，所以他们母子决定不在新年见面。

除夕！赵子曰寂寞得要死了！躺在床上？外面声声的爆竹惊碎他的睡意！到街上去逛？皮袍子被欧阳天风拿走，大概是暂时放在典当铺；穿着棉袍上大街去，纵然自己有此勇气，其奈有辱于人类何！桌上摆着三瓶烧酒，十几样干果点心，没心去动；为国家、社会起见，也是不去动好；不然，酒入愁肠再兴了自杀之念，如苍生何！

到了一点多钟，南屋里李景纯还哼哼唧唧地念书。"不合人道！"赵子曰几次开开门要叫："老李！"话到唇边又收回去了。

当当！两点钟了！他鼓着勇气，拿起一瓶酒和几样干果，向南屋跑去：

"老李！老李！"

"进来，老赵！"

"我要闷死了！咱们两个喝一喝！"

"好，我陪你喝一点吧！只是一点，我的酒量不成！"

"老李！好朋友！"赵子曰灌下两杯酒，对李景纯又亲热了好多，"告诉我，你与王女士的关系！我们的交情要紧，不便为一个女人犯了心，是不是？"

"我与王女士，王灵石女士？没关系！"

"好！老李你这个人霸道，不拿真朋友待我！"

"老赵！我们自幼没受过男女自由交际的教育，我们不懂什么叫男女的关系！我们谈别的吧——"

"先生！大年底下的，不多给，还少给吗？"公寓外一个洋车夫嚷嚷着。

"你混蛋！太爷才少给钱呢！"欧阳天风的声音。

"先生，你要骂人，妈的我可打你！"

"你敢，你姥姥——"欧阳天风的舌头似乎是卷着说话。

赵子曰放下酒杯，猛虎扑食似的扑出去。跑到街门外，看见洋车夫拉着欧阳天风的胳臂要动武，欧阳天风东倒西歪地往外夺他的胳臂。

公寓门外的电灯因祝贺新年的原因，特别罩上了一个红纱灯罩。红的灯光把欧阳天风的粉面照得更艳美了几分。那个车夫满头是汗，口中沸吓沸吓地冒着白气，都在唇上的乱胡子上凝成水珠。这个车夫立在红灯光之下，不但不显着新年有什么可庆贺的地方，反倒把生命的惨淡增厚了几分。

"你敢，拉车的！"赵子曰指着车夫说。

"先生，你听明白了！讲好三十个铜子拉到这里，现在他给我十八个！讲理不讲理，你们做先生的？"车夫一边喘一边说。

"欠多少？"李景纯也跑出来，问。

"十二个！先生！"

李景纯掏出一张二十铜子的钱票给了拉车的。

"谢谢先生！这是升官发财的先生！别像他——"拉车的把车拉起来，嘴中叨哩叨唠地向巷外走去。

欧阳天风脸喝得红扑扑的，像两片红玫瑰花瓣。他把脸伏在赵子曰的肩头上，香喷喷的酒味一丝丝地向外发散，把赵子曰的心像一团黄蜡被热气吹化了似的。

"老赵！老赵！我活不了！死！死！"欧阳天风闭着眼睛半哭半笑地说。

"老赵！我们搀着他，叫他去睡吧！"李景纯低声地说。

…………

满天的星斗，时时空中射起一星星的烟火，和散碎的星光联成一片。烟火散落，空中的黑暗看着有无限的惨淡！街上的人喧马叫闹闹吵吵地混成一片。邻近的人家，呱哒呱哒地切煮饽饽馅子。雍和宫的号筒时时随着北风吹来。门外不时的几个要饭的小孩子喊："送财神爷来啦！"惹得四邻的小狗不住地汪汪地叫。……这些个声音，叫旅居的人们不由得想家。北京的夜里，差不多只有大年三十的晚上有这么热闹。这种异常的喧嚣叫人们不能不起一种特别的感想。……

赵子曰在院中站了好大半天，点了点头，叹了一口气！

# 第七

## 1

莫大年在一个住在北京的亲戚家过年，除了酒肉的享受，一心一意地要探听些秘密，以便回公寓去的时候得些荣誉。

那是正月初三的晚间，一弯新月在天的西南角只笑了一笑就不见了。莫大年吃完晚饭对他的亲戚说：去逛城南游艺园。自己到厨房灌了一小酒闷子烧酒，带在腰间。

街上的铺户全关着门。猪肉铺的徒弟们敲着锣鼓，奏着屠户之乐，听着有一些杀气。小酒铺半掩着门，几个无家可归的酒徒，小驴儿似的喊着新春之声的"哥俩好！""四季发财！"马路上除了排着队走的巡警，差不多没有什么行人。偶尔一两辆摩托车飞过，整队的巡警忙着把路让开，显出街上还有一些动作，并不是全城的人们，因新春酒肉过度的结果，都在家里闹肚子拉稀。再说，不时地还听见凄凉而含有希望的"车呀！车！"呢。莫大年踱来踱去，约莫着有十点多钟了，开始扯开大步往东直门走。走到北新桥，往东看黑洞洞的城楼一声不发的好像一个活腻了的老看护妇，半打着盹儿看着这群吃多了闹肚子的病人，嗡——嗡——雍和宫的号声，阴惨惨好似在地狱里吹给鬼们听。莫大年抖了抖精神，从北新桥往北走。走到张家胡同的东口，他四围望了一望，才进了胡同口。胡同里的路灯很羞涩而虚心的，不敢多照，只照出一尺来大一个绿圆圈。隔着十八九丈就有一只灯，除了近视眼的人，谁也不敢抱怨警区不做公益事，只要你能有运气不往矢橛上走。莫大年在黑影里走了五六分钟，约莫着到了目的地。他掏出火柴假装点烟，就势向路南的一家门上照了照"六十二号"。

他摸着南墙又往前走，走到六十号，他立住了，四外没有人声，他慢慢上了台阶。把耳朵贴在街门上听，里边没有动静。他试着推了推门，门是虚掩着，开开了一点。他忙着走下台阶来，心里噗咚噗咚直打鼓，脑门上出了一片黏汗。

哗啷哗啷的刀链响，从西面来了一个巡警。莫大年想拔腿往东跑，心中偶然一动，镇静了几秒钟，反向前迎过那个巡警来。

"借光！这是六十号吗？黑影里看不真！"

"不错！先生！"那个巡警并没停住脚向东走去。

莫大年等巡警走远，又上了台阶。大着胆子轻轻推开门，门洞漆黑得好像一群鬼影做成的一张黑幔。他一步一步试着往里走，除了自己的牙哒哒地响，一点别的声音听不到。出了门洞，西边有一株小树，离小树三四尺，便是界墙。树的西边是北房，门洞与北房的山墙形成一条小胡同似的夹着那株小树。他倚在北房的墙垛探着头看，北屋中一点光亮没有，可是影影绰绰地看见西房，大概是两间，微微有些光亮；不是灯烛，而是一跳一跳的炉中的火光。他定了定神，退回到那株小树，背倚着树干，掏出小酒闷子咂了一口酒。酒咽下去，打了一个冷战，精神为之一振。他计划着：

"她没在家？还是睡了？不能睡，街门还没关好！等她回来！可是怎么问她呢？她认识我，对！⋯⋯可是她要是疑心，而喊巡警拿我呢？"他又喝了一口酒。"我呀？乘早跑！⋯⋯"

他把小酒闷子带好，正要往外跑，街门响了一声！他的心要是没有喉部的机关挡着，早从嘴中跳出来了。他紧靠着树干，闭着气，腿在裤子里离筋离骨地哆嗦。街门开了之后，像是两个人的脚步声音走进来。可是还没有出门洞就停止住了。一个女的声音低微而着急地说：

"你走！走！不然，我喊巡警！"

"我不能走，你得应许我那件事！"一个男子的声音这样说。

莫大年竖着耳朵听，眼前乌漆墨黑，外面两个人嘀咕，他不知这到底是在梦里，还是真事。

"我喊巡警！"那个女的又重了一句。

"我不怕丢脸！你怕！你喊！你喊！"那个男子低声地威吓着。

那个男子的声音，莫大年听着怪耳熟的，他心中镇静了许多。轻轻地扭过头来往外看，什么也看不见。那两个人似乎在门洞的台阶上立着，正好被墙垛给遮住。

那两个人半天没有言语，忽然那个女的向院里跑来。那个男的向前赶了几步，到正房的墙垛便站住了。那个女子跑到西屋的窗外，低声地叫："钱大妈！钱大妈！"

"啊？"西屋中一个老婆婆似由梦中惊醒。

"钱大妈，起来！"

"王姑娘，怎么啦？"

"我走！我走！"那个男子像对他自己说。可是莫大年听得真真的，说完他慢慢地走出去。

"给我两根火柴，钱大妈！"那个女的对屋中的老妇人说。

莫大年心中一动，从树根下爬到北墙，把耳朵贴在地上听：墙外咚咚的脚步是往西去了。他又听了听院中，两个妇人还一答一和地说话。他爬到门洞，一团毛似的滚出去。出了街门，他的心房咚的一声落下去，他喜欢得疯了似的往东跑去。一气跑到了北新桥。只有一辆洋车在路旁放着。

"洋车！交道口！"

"四毛钱！先生！"

"拉过来！"

…………

他藏在一家铺户的檐下，两眼不错眼珠地看着十字道口的那盏煤气灯。

从北来了一个人，借着煤气灯的光儿，连衣裳都看得清清楚楚的。

"不错，是他！"

## 2

初四早晨，李顺刚起来打扫门外，莫大年步下走着满头是汗进了巷口。

"新喜！莫先生！怎么这么早就起来啦？"李顺问。

"赵先生在不在？新喜！李顺！"

"还睡着呢！"

"来，李顺！把这块钱拿去，给你媳妇买枝红石榴花戴！"莫大年从夜里发现秘密之后，看见谁都似乎值得赏一块钱，见着李顺才现诸实行。

"哪有这么办的？先生！"李顺说着把钱接过来，在手心中掂了掂，藏在衣袋中的深处。"谢谢先生！给先生拜年了，这是怎会说的，真是！"

"莫先生！新喜！这里给先生拜拜年！"卖白薯的春二，挑着一担子大山里红糖葫芦和一些小风筝之类（新年暂时改行），往城外去赶庙会。

"新喜！春二！糖葫芦做得好哇！"

"来！孝敬先生一串！真正十三陵大山里红，不屈心！"春二选了一串糖葫芦，作了一个揖，又请了一个安，递给莫大年。可是李顺慌忙地接过去了。

"春二，给你这四毛钱！"

"嘿！我的先生！财神爷！就盼你娶个顺心的漂漂亮亮的财神奶奶！"

…………

"哇啦——噗，哇啦，哇啦，啵，噗！"金銮殿中翻江倒海似的漱起口来。

"老赵！新喜！新喜！"莫大年走过第三号来。

"哇老，噗莫！新——噗！"

"新年过得怎样？"莫大年进了第三号。赵子曰的嘴唇四围画着一个白圈——牙粉——好像刚和磨房的磨官儿亲了个嘴似的。

"别提！要闷死！你们有家有庙的全去享福，谁管我这无主的孤魂！"赵子曰的漱口已告一段落，开始张牙舞爪地洗脸。

"欧阳呢？"莫大年低声地问。

"大概还睡呢！"

"今天咱们逛逛去，好不好？行不行？"莫大年唯恐赵子曰说道"不行"，站在他背后重了三四遍，"行不行？"为的是叫赵子曰明白这个请求是只准赞成而不得驳回的。

"上哪儿？"

"随你！除了游逛之外，还有秘密要告诉你！"

"上白云观？"

"好！快着！说走就走，别等起风！"莫大年催着赵子曰快走，只恐欧阳天风起来，打破他的计划。

赵子曰是被新年的寂苦折磨的，一心盼有个朋友来，不敢冷淡莫大年。忙着七手八脚地擦脸，穿衣裳，戴帽子。打扮停妥，对着镜子照了照，左耳上还挂着一团白胰子沫。

## 3

人们由心里觉得暖和了，其实天气还是很冷。尤其是逛庙会的人们，步行的，坐车的，全带着一团轻快的精神。平则门外 [1] 的黄沙土路上，骑着小驴的村女们，裹着绸缎的城里头的小姐太太们，都笑吟吟到白云古寺去挤那么一回。

"吃喝玩逛"是新春的生命享受。所谓"逛"者就是"挤"，挤得出了一身汗，"逛"之目的达矣。

浅蓝的山色，翠屏似的在西边摆着。古墓上的老松奇曲古怪地探出苍绿的枝儿，有的枝头上挂着个撕破的小红风筝，好似老太太戴着小红绢花那么朴美。路上沙沙的蹄声和叮叮的铃响，小驴儿们像随走随作诗似的那么有音有韵的。……然而这些个美景都不在"逛"的范围以内。

茶棚里的娇美的太太们，豆汁摊上的红袄绿裤的村女们，庙门外的赌糖的、押洋烟的，庙内桥翅下坐着的只顾铜子不怕挨打的老道士……这些个才是值得一看的。

白云观有白云观的历史与特色，大钟寺有大钟寺的古迹和奇趣。可是逛的人们永远是喝豆汁、赌糖、押洋烟。大钟寺和白云观的热闹与拥挤是逛的目的，什么古迹不古迹的倒不成问题。白云观的茶棚里和海王村的一样喊着："这边您哪！高飐眼亮，得瞧得看！"瞧什么？看什么？这个问题要这样证明：设若有一家茶棚的茶役这样喊："这边得看西山！这边清静！"我准保这个茶棚里一位照顾主儿也没有。

所以形容北京的庙会，不必一一地描写。只要说："人很多，把妇女的鞋挤掉了不少。"就够了。虽然这样形容有些千篇一律的毛病，可是事实如此，非这样写不可。

赵子曰和莫大年到了"很热闹"的白云观。

---

[1] 平则门：即阜成门。

莫大年主张先在茶棚里吃些东西，喝点茶；倒不是肚子里饿，是心里窝藏着的那些秘密，长着一对小犄角似的一个劲儿往外顶。赵子曰是真饿，闻着茶棚内的叉烧肉味，肚里不住地咕噜咕噜直奏乐。

"老赵！我该说了吧？"两个人刚坐好，没等要点心茶水，莫大年就这样问。

"别忙！先要点吃食！反正你的秘密不外乎糖豆大酸枣！"赵子曰笑着说，跟着要了些硬面火烧、叉烧肉和两壶白干。

"老赵，你别小看人！我问你，昨天你和欧阳在一块儿来着没有？"

"没有！"

"完啦，我看见他了！不但他，还有她！"莫大年高兴非常，脸上的红光，真不弱于逛庙的村女的红棉袄。

"谁？"赵子曰只要听见有"女"字旁的字，永远和白干酒一样，叫他心中起异样的兴奋。他张着大嘴又要问一声："谁？"

"王女士！"

"可是他们两个是好朋友！"

"我没看见过那样的好朋友！他对她的态度，不是朋友们所应有的，更不是男的对女的所应有的！……"莫大年把夜里的探险，详详细细地说一遍，然后很诚恳地说："老赵！我老莫是个傻子，我告诉你一句傻话：赶快找事做或是回家，不必再蹚浑水！欧阳那小子不可靠！"

"可是我自己也得访察访察不是？万一这件事的内容不像你所想的呢？再说，学校的事我也放下不管？回家？"赵子曰带出一些傲慢的态度，说着咂了一口酒。

"学校将来是要解散！"莫大年坚决地说。

"你怎么知道？"

"李景纯这样说吗！"

"听他的！"

"老赵，得！我的话说完了，你爱逛庙你自己逛吧，我回公寓去睡觉！——听我的话，赶快往干净地方走。别再蹚浑水！回头见！"

# 第八

## 1

赵子曰坐在二等车上，身旁放着一只半大的洋式皮箱，箱中很费周折地放着一双青缎鞋。车从东车站开动的十分钟内，他不顾想别的事，只暗自赞赏这不用驴拉也走得很快的火车："增光耀祖！祖宗连火车没有见过，还用说坐火车！自然火车的发明是科学家的光荣，可是赞美火车是我的义务！"他看了看车中的旅客：有的张着大嘴打着旅行式的哈欠，好像没上车之前就预备好几个哈欠在车上来表现似的；有的拿着张欣生一类[1]的车站上的文学书，而眼睛呆呆地射在对面女客人的腿上；有的口衔着大吕宋烟，每隔三分钟掏出金表看一看；……俗气！讨厌！他把眼光从远处往回收，看到自己身旁的洋式皮箱，他觉得只是他自己有坐二等车的资格与身份！

"莫大年的话确是有几分可靠，可是，"闷！闷！火车拉了两声汽笛。"这样偷跑，不把欧阳的小心急碎？可是，"咕隆咕隆火车走过一道小铁桥。"王女士？想也无益！"他看了看窗外：屋宇、树木、电线杆都一顺边地往外倒退着："哼！"……

车到了廊坊，他觉得有些新生趣与希望，渐渐把在廊坊以北所想的，埋在脑中的深部，而计划将来的一切：

"周少濂接到我的信没有？快信？这只箱子至少叫几个脚夫抬着？两个也许够了？好在只有一双缎鞋！下了火车雇洋车是摩托车？自然是摩托车！坐二等车而雇洋车，不像一句话！……"

车到了老龙头，旅客们搬行李，掏车票，喊脚夫，看表，打个末次的哈欠，闹成一团。赵子曰安然不动地坐在车上，专等脚夫来领旨搬皮箱；他看着别人的忙乱，不由得笑了笑："没有涵养！"

"子曰！子曰！"站台上像用钢锉磨锯齿那么尖而难听地喊了两声。

赵子曰随着声音往四下看：周少濂正在人群中往前挤。他穿着一身蓝色制

---

[1] 张欣生一类，指当时流行的黄色小说，张某是写这种小说的代表人物。

服，头上顶着一个八角的学士帽，帽顶上绣着金线的一个八卦。赵子曰看周少濂的新装束，忍不住地要笑。心里说："真正改良八卦教匪呀！"

"老周！喊脚夫，搬箱子！"

周少濂跳着两根秋秸秆似的小细腿，心肥腿瘦地，勇敢而危险地，跳上车去。他和赵子曰握了握手，把两只笑眼的笑纹展宽了一些，同时鼻子一耸，哭的样式也随着扩充，跟着把他那只皮箱提起来了。

"等脚夫搬！"赵子曰倒不是怕周少濂受累，却是怕有失身份。

"不重！这金黄色的箱子和空的一样！"周少濂提着箱子就往外走，赵子曰也只好跟着走。"这程子[1]好？赤色的乡亲？"

"悲观得很！"赵子曰说。（其实不叫脚夫搬箱子也是可悲的一件事。）

两个人说着话走出了站台，赵子曰向前抢了几步，把一辆摩托车点手叫了过来。他先叫周少濂卜车，然后他手扶着车门往四下一望，笑了笑，弯着腰上了车："法界，神易大学！"

2

天津——法界——神易大学是驰名全世界的以《易经》[2]为主体而研究，而发明，一切科学与哲学的。

神易大学共设八科：哲学、文学、心理、地质、机械、电气、教育和政治。学生入学先读二年《易经》，《易经》念得琅琅上口，然后准其分科入系。入哪一科是由校长占卜决定之。各科的讲义是按照六十四卦[3]的程序编定的。因版权所有的关系，我不敢抄袭那神圣不敢侵犯的讲义，再说道理太深也不是常人所能了解的；我只好把最粗浅的一些道理说明一番：

以乾坤二卦说，在神易大学的地质学科是这么讲：

☰和☷便是地层的横断图，而坤卦当中特别看得出地层分裂的痕迹。设若

---

[1] 程子：方言，一段时间。

[2] 《易经》：又名《周易》，是古代占卜吉凶的著作。由卦、爻两种符号和卦辞、爻辞两种文字构成。

[3] 卦：《易经》中象征自然现象和人事变化的一种符号。以阳爻（—）、阴爻（--）相配合而成。三个爻组成的卦共八个，通称"八卦"，乾、坎、艮、震、巽、离、坤、兑。其中乾卦爻形为（☰），坤卦爻形为（☷）。六个爻组成的卦共六十四个，通称"六十四卦"。

画成这样：▥▥，▥▥便是地层的竖断图。经上所说的："初九潜龙勿用""初二见龙在田"，那是毫无疑义地说明地层里埋着的古代生物化石。所谓"潜龙"，所谓"在田"不是说古代生物埋在地里了吗？所谓"初九""初二"，不是说地层的层次吗？况且，龙又是古代生物；不然，为什么不说"见猫在田"？

再把这两卦移到机械学里讲，那便是阴阳螺丝的说明。假若把这两卦画成这样：☰☷，这不是两个螺丝吗？把它们放在一处：☰☷☰，难道不是一个螺丝钻透一块木板的图吗？

那么，把六十四卦应用到电气学上讲，那更足使人惊叹中国古代文明的不可及：伏羲画卦是已然发明了阴阳电的作用，后圣演卦已经发明了电报！那六十四卦便是不同的收电和发电机。那乾坤否泰的六十四个卦名，便是电报的号码，正如现在报纸上所谓"宥电""艳电"一样。

经中短峭的辞句，正和今日的电报文字的简单有同样用意：如"利见大人""利有攸往""利涉大川"，不过是说：姓利的见着大人了，姓利的已经起程，姓利的过了大江。至于姓利的这个人，是古代的银行大王，还是煤铁大王，虽然不敢断定，可是无疑地他是个大人物；因为经上说了几次"利艰贞"，那不是说姓利的是个能吃苦、讲信用的汉子吗？……

神易大学的校舍按着《易经》上的蒙卦☶建筑的。立意是："非我求童蒙，童蒙求我。"往粗浅里说：来这里念书的要遵守一切规则，有这样决心的，来！不愿受这样拘束的，走！我们就这么办，你来，算你有心向善；你不来，拉倒！有这样的宗旨，加以校址占的风水好，所以在举国闹学潮的期间，只有神易大学的师生依旧弦歌不绝地修业乐道。☶的第一层是办公室、校长室和教员室。第二、第三、第四、第六层是八科的教室。第五层是学生宿舍和图书馆。四围的界墙满画着八卦，大门的门楼上悬着一方镇物——先天太极图。这些东西原来不过是一些装饰，哪知道暗中起了作用：自从界墙上的八卦画好，门上的镇物悬起，对面的中法银行的生意便一天低落一天，不到二年竟自把一座资本雄厚的银行会挤倒歇业，虽然法国人死不承认这些镇物有灵，可是事实所在，社会上一班的舆论全以为神易大学是将来中国不用刀兵而战胜世界列强的希望所在！

车到了神易大学的门外，赵子曰打发了车钱，周少濂把皮箱提起来，两个人往学生宿舍走。赵子曰东看一眼西看一眼，处处阴风惨惨，虽然没有鬼哭神号，这种幽惨静寂，已足使他出一身冷汗。

"老周！现在有多少学生？"

"十五个！"

"十五个？住这么大的院子，不害怕吗？"

"有太极图镇着大门，还怕什么？"周少濂很郑重地说。

赵子曰半信半疑地多少壮起一些胆子来，一声没言语随着周少濂到了宿舍。屋中除了一架木床之外，还有一把古式的椅子，靠着墙立着；离了墙是没法子立住的，因为是三条腿。靠着窗子有一张小桌，上面摆着一个古铜香炉，炉中放着一些瓜子皮儿。桌子底下放着一个小炭盆和一把深绿色的夜壶。墙上黄绿的干苔，一片一片的什么形式都有，都被周少濂用粉笔按着苔痕画成小王八、小兔子、噘着嘴的小鬼儿。纸棚上不怕人的老鼠嗑着棚纸，咯吱咯吱地响；有时还嗞嗞地打架。屋外"啪！""啪！""啪！"很停匀地这样响，好像有两个鬼魂在那里下棋！

"老周！这是什么响？"赵子曰坐在床上，头发根直往起竖。

"老刘在屋里摆先天《周易》呢！老赵，我给你沏茶去！"周少濂说着向床底下找了半天，在该放夜壶的地方把茶壶找出来。"你是喝浅绿色的龙井、深红色的香片，还是透明无色的白水？"

"不拘，老周！"

周少濂出去沏茶，赵子曰心里直噗咚。"啪！""啪！""啪！"隔壁还是那么停匀而惨凄地响，赵子曰渐渐有些坐不住了。他刚想往外走到院子里等周少濂去，隔壁忽然蛤蟆叫似的笑了一阵，他又坐下了！

周少濂去了有一刻来钟才回来，一手提着茶壶，一手拿着两个茶碗。

"老赵你怎么脸白了？"周少濂问。

"我大概是乏了，喝碗茶，喝完出去找旅馆！"赵子曰心里说，"这里住一夜，准叫鬼捏死！"

"你告诉我，住在这里，怎么又去找旅馆？"周少濂越要笑越像哭，越像哭其实是越要笑地这样问。

"我给你写信的时候，本打算住在这里；可是现在我怕搅你用功，不如去住旅馆！"赵子曰说。

"我现在放年假没事，不用功，不用功！"周少濂一面倒茶一面说。

"回来再说，先喝茶。"赵子曰把茶端起来：茶碗里半点热气也看不见。只有一根细茶叶梗浮在比白水稍微黄一点的茶上。赵子曰一看这碗茶，住旅馆的心更坚决了一些。他试着含了一口，假装漱口开开门吐在地上。

"你这次来的目的？子曰！"周少濂说着一仰脖把一碗凉茶喝下去，跟着挺了挺腰板，好像叫那股凉茶一直走下去似的。

"我想找事做！把书念腻烦了！"

"找什么事？"

"不一定！"

"若是找不到呢？"

赵子曰没回答。周少濂是一句跟着一句，赵子曰是一句懒似一句，一心想往外走。

两个人静默了半天，还是周少濂先说话：

"你吃什么？子曰！"

"少濂，我出去吃些东西，就手找旅馆，你别费心！"

"我同你一块儿去找旅馆？"

"我有熟旅馆！在日租界！"赵子曰说着把皮箱提起来了。

"好！把地址告诉我，我好找你去！"

…………

### 3

灰黄的是一团颜色，酸臭的是一团味道，呛哒哗啷的是一团声音。灰黄酸臭而呛哒哗啷的是一团日本租界。颜色无可分析，味道无可分析，声音无可分析。颜色、味道、声音加在一块儿，无可分析的那么一团中有个日本租界。那里是繁华、灿烂、鸦片、妓女、烧酒、洋钱、锅贴儿、文化。那里有杨梅、春画、电灯、影戏、麻雀、宴会，还有什么？——有个日本租界！

一串串的电灯照着东洋的货物：一块钱便买个钻石戒指，五角小洋就可以戴一顶貂皮帽，叫大富豪戴上也并看不出真假来。短袄无裙的妓女，在灯光下个个像天仙般的娇美，笑着，唱着，眼儿飞着，她们的价格也并不贵于假钻石戒指和貂皮帽。锅贴铺的酸辣的臭味，裹着一股子贱而富于刺激的花露水味，叫人们在污浊的空气中也一阵阵地闻到钻鼻子的香气。工人也在那里，官人也在那里，杀人放火的凶犯也在那里，个个人还都享受着他的生命的自由与快活。贩卖鸦片的大首领，被政府通缉的阔老爷，白了胡子的老诗人，也都在那里消遣着。中国的文化，日本的帝国势力，西洋的物质享受，在这里携着手儿组成一个"乐土天国"。

　　杨柳青烧了，天津城抢了，日本租界还是个平安的欢乐窝。大兵到了，机关枪放了，日本租界还是唱的唱，笑的笑，半点危险也没有。爱国的志士激烈地往回争主权，收回租界，而日本租界的中国人更多了，房价更高了。在那里寄放一件东西便是五千元的花费，寄存一条小哈巴狗就是三万块钱。爱国的志士运动得声嘶力尽了，日本人们还是安然做他们的买卖。反正爱国的志士永远不想法子杀军阀，反正军阀永远是烧抢劫夺，反正是军阀一到，人们就往租界跑，反正是阔人们宁花三万元到日租界寄放一条小哈巴狗，也不听爱国志士的那一套演说词，日本人才撇着小胡子嘴笑呢!

　　赵子曰把皮箱放在日华旅馆，然后到南市大街喝了两壶酒，吃了几样天津菜。酒足饭饱在那灰黄的一团中，找着了他的"乌托邦"。

# 第九

## 1

　　"赵先生!"旅馆的伙计在门外叫，"有位周先生拜访。"

　　"请他在客厅等一等，先打脸水!"赵子曰懒睁虎目，眼角上镶着两小团干黄"痴抹糊";看了看桌上的小钟，还不到十一点半呢。他有些不满意周少濂这么早就来，闭上眼又忍了两三分钟，才慢慢往起爬，用手巾擦了两把脸，点上一支香烟向客厅走去。

　　"子曰，才起?"周少濂问。

　　"昨天太累了，起不来!"赵子曰舒着胳臂伸了个懒腰，"你吃了饭没有，一同出去?"

"不！和你谈几句话，回来还有别的事！"

赵子曰不大高兴地坐在一张卧椅上。

"你说你要找事，是不是？"周少濂挑着小尖嗓子问。

"还没有一定的计划！"赵子曰觉得用话把周少濂冰走，比找事还重要，很冷淡地这样回答。

"有一件事我可以替你帮忙，不知道你愿意干不愿意？"周少濂问。

"我说老周，你先同我出去玩一玩！然后再说找事行不行？"赵子曰很不耐烦地说。

"老赵，你知道我是个诗人，"周少濂很得意地说，"到哪里逛去我总要作诗。前两天同朋友到天仙园看了一天戏，到现在我的'观剧杂感诗'还没作完。这首诗没作好之前，我的赤色的乡亲，我简直地不能陪你出去玩！话往回说：我有个盟叔，阎乃伯，在东马路住，他要请我去教他少爷的英文。我想荐举你去，你干不干？"

"你为什么不去？"赵子曰问。

"当然有原因呀，"周少濂把嗓音更提高了一些，也更难听了一些，"我是他的盟侄，你看，他要一耍滑头不给我钱，我岂不是白瞪眼！你去呢，他决不会不送束脩。你说——"

"你这位盟叔是干什么的？"

"第一届国会的参议员，做过一任大名道道尹，听说还有直隶省长的希望呢！"周少濂一气说完，显着很得意似的。

"啊！"赵子曰把精神振起一些，也觉得周少濂不十分讨厌了，"他既是阔人，哪能不给你钱，还是你去好！不过你决定不去，我也无妨试一试！"

"好啦！我给你们介绍！"周少濂半哭半笑地笑了一笑，眉上的皱纹聚在一处，好像饿了好几天的小猴儿。"我决定不去：越是有钱的人越爱钱，前者我和他通融些学费，他给了我个小钉子碰。可是我还不能得罪他，咱这穷诗人是不能又穷又硬的！你一去呢，既显着我能交朋友，又表示出我不指着他的束脩，乡亲，你看是不是？作诗是作诗，办事是办事！我很自傲的是个能办事的诗人！况且还有哲学！——"

"可有一层啊，"赵子曰问，"我——我的英文，说真的，可是二把刀哇！"

"没关系！小阎儿从二十六个字母学起。不深！"

"好！就这么办啦！"赵子曰立起来说，"你不和我去玩一玩？"

"不！我赶紧回学校去作成我的'观剧杂感'呢！再见，赤色的老赵！"周少濂把八卦帽戴上神眉鬼眼地往外走。

## 2

因为吃穿嫖赌是交际场中宇宙起源论的四大要素，赵子曰又给他父亲打了两个电报催促汇款以备应用。他的父亲接电报，放下以捡粪为逍遣的粪箕，忙着从白菜窖里往外刨三十年前埋好的薄边大肚大元宝，然后进城到邮局汇兑，以尽他为赵氏祖宗教养后裔的责任。

赵子曰在接到汇条的前三点钟，还咬牙切齿咒骂他的父亲是"不懂新文化的老财奴"！骂着骂着把汇条骂来了，他稍微回心转意地说："到底还是有个爸爸，比别人容易利用！"跟着他飞也似的跑到邮局兑了现款，然后到估衣街去制办衣裳。到了估衣街，他两眼惊鸡似的往四下望，望了半天只有华纶衣店挂着"专备华贵衣服"的金匾合了他的意。他应节当令地选了一件葡萄灰色华丝葛面、薄骆驼绒里子的大袄和一件"时兴的老花样"的红青团龙宁绸马褂。穿上之后在衣店的四面互照的大镜子里一照，他觉得在天津这几天，只有今天有把自己的相片登在天津《泰晤士报》上的价值。付了衣价，把旧衣服放在衣店叫小徒弟送到旅馆去。他穿着新衣裳到国货店买了一根"国货店中卖的洋货"的金顶橡木手杖。出了国货店，一路上随走随在铺户的玻璃窗上照：左手金顶手杖，右手大吕宋烟，中间素净而有宝色的马褂，抖哇！

他不但只是满意这几件东西买得好，他根本在精神上觉出东西文化的高低只在此一点。西洋文化是"阔气""奢华""势力"，中国文化是"食无求饱""在陋巷人不堪其忧"。设若吃不饱，穿不暖，而且在小破胡同一住，那不被住洋楼、坐摩托车的洋人打得落花流水，还等什么！为保持民族的尊严起见，为东方文化不致消灭净尽起见，这样把门面支撑起来是必要的，是本于爱国的真诚！而且这样做是最经济的一条到光明之路：洋人们发明了汽车，好，我们拿来坐；洋人们发明了煤气灯，好，我们拿来点。这样，洋人有汽车、煤气灯，我们也有，洋人还吹什么牛！这样，洋人发明什么，我们享受什么，洋人日夜地苦干，我们坐在麻雀桌上等着，洋人在精神上岂不是我们的奴隶！

改造中国是件容易的事，只需大总统下一道命令：叫全国人民全吃洋饭，穿洋服，男女抱着跳舞！这满够与洋人争光的了！至于讲什么进取的精神、研究、发明等等，谁有工夫去干呢！

这是赵子曰的"简捷改造论"！

他左顾右盼地不觉地又进了三不管。他本想去吃一些锅贴，喝两壶白干酒；及至看了看胸前的团龙马褂，他后悔不该有这样没出息、辱蔑民族光荣的思想。于是他把步度调匀，挺着腰板，到日界一家西餐馆里去吃西米粥、牛舌汤，喝灰色剂（Whiskey）。


### 3

他正在轧着醉步，气态不凡地赏识着日租界的夜色。忽然，离着他有三步多远，两个金刚石的眼珠，两股埃克司光线把赵子曰的心房射得两面透亮儿。他把醉眼微睁：那两粒金刚石似的眼珠，是镶在一个增一厘则肥、减一厘则瘦，不折不扣完全成熟的美脸上。不但那两只水灵灵的眼睛射着他，那朵小红蜜窝桃儿似的嘴也向他笑。赵子曰敛了敛神，彻底地还了她一笑。她慢慢地走过来，把一条小白纺绸手巾扔在他脚上。他的魂已出壳，专凭本能的作用把那条手巾拾起来。

"女士！你的手巾？"

"谢谢先生！"她的声音就像放在瓷缸儿里的一个小绿蝈蝈，振动着小绿翅膀那么娇嫩轻脆，"我们到茶楼去坐坐好不好？"

"求之不得！奉陪！"他说完这两句，觉得在这种境界之下有些不文雅，灵机一动找补了两句，"遮莫姻缘天定，故把嫦娥付少年！"

那位女士把一团棉花似的又软又白的手腕搀住他的虎臂，一对英雄美人，挟着一片恋爱的杀气，闯入了杏雨茶楼。

两个选了一间清净的茶座，要了茶点，定了定神，才彼此互相端详。那位女士穿着一件巴黎最新式的绿哔叽袍，下面一件齐膝的天蓝鹅绒裙。肩窝与项下露在外面，轻轻拢着一块有头有尾有眼睛的狐皮。柔嫩的狐毛刺着雪白的皮肤，一阵阵好似由毛孔中射出甜蜜的乳香。腕上半个铜元大的一只小金表，系着一条蜈蚣锁的小细金链。足下肉色丝袜，衬着一双南美洲响尾蛇皮做的尖而秀的小皮鞋。头上摘下卷沿的玫瑰紫跳舞帽，露出光明四射的黑发，剪得齐齐的不细看只是个美男子，可是比美男子还多美着一点。笑一笑肩膀随着一颤；咽一口香唾，脸上的笑窝随着动一动；出一口气，胸脯毫无拘束地一大起一大落，起落得那么说不出来的好看。说一声"什么"？脖儿略微歪一歪，歪得那么俏皮；道一声"是吗"？一排皓齿露一露，个个都像珍珠做成的。……

她眼中的赵子曰呢？大概和我们眼中的赵子曰先生差不多，不过他的脸在电灯下被红青马褂的反映，映得更紫了一些。

赵子曰在几分钟内无论如何看不尽她的美，脑中一时无论如何也想不出一个恰当的字眼来形容她。他只觉得历年脑中积储的那些美人影儿，一笔勾销，全没有她美。

"女士贵姓？"赵子曰好容易想起说话来。

"谭玉娥。我知道你，你姓赵！"她笑了一笑。

"你怎么知道我，谭女士？"

"谁不知道你呢，报纸上登着你受伤的相片！"

"是吗？"赵子曰四肢百体一齐往外涨，差一些没把大袄，幸亏是新买的，撑开了绽。他心中说："她要是看了那张报纸，难道别个女的看不见？那么，得有多少女的看完咱的相片而憔悴死呀？！"

"我看见你的相片，我就——"谭玉娥低着头轻轻地捻着手表的弦把，脸上微微红了一红。

"我不爱你，我是水牛！不！骆驼！呸；灰色的马！"

"我早就明白你！"

"爱情似烈火的燃烧，把一切社会的束缚烧断！你要有心，什么也好办！"赵子曰一时想不起说什么好，只好念了两句周少濂的新诗。

"我明白你！"谭女士又重了一句。

…………

两个谈了有一点多钟，拉着手出了杏雨茶楼。赵子曰抬头看了看天，满天的星斗没有一个不抿着嘴向他笑的。在背灯影里，他吻了吻她的手。

# 4

赵子曰翻来覆去一夜不曾合眼，嘴唇上老是麻酥酥地像有个小虫儿爬，把上嘴唇卷起来闻一闻还微微地有些谭女士手背上的余香。直到小鸡叫了，他才勉强把眼合上：他那个小脚媳妇披散头发拿着一把铁锄赶着谭女士跑，一转眼，王女士从对面光着袜底浑身鲜血把谭女士截住。那个不通人情的小脚娘举起铁锄向谭女士的项部锄去。他一挺脖子，出了一身冷汗，把脑袋撞在铁床的栏杆上。他摸了摸脑袋，愣眼慌张地坐起来，窗外已露出晨光。

"好事多磨，快快办！"他自己叨唠着，忙着把衣裳穿好，用凉水擦了一把脸，走出旅馆直奔电报局去。

街上静悄悄的，电影园、落子馆，全一声也不响，他以为日租界是已经死了。继而一阵阵的晓风卷着鸦片烟味，挂着小玻璃灯的小绿门儿内还不时地发散着"洗牌"的声音，他心中稍微安适了一些，到底日租界的真精神还没全死。

他到了电报局刚六点半钟，大门关得连一线灯光都透不出来。门上的大钟稳稳当当地一分一分往前挪，他看了看自己的表，也是那么慢，无法！太阳像和人们耍捉迷藏似的，一会儿从云中探出头来，一会儿又藏进去，更叫赵子曰怀疑到："这婚事的进行可别像这个太阳一会出来，一会进去呀！"

八点了！赵子曰念了一声"弥陀佛"！眼看着电报局的大门尊严而残忍地开开了。他抱着到财神庙烧头一股高香的勇气与虔诚，跑进去给他父亲打了个电报：说他为谋事需钱，十万万火急！

打完电报，心中痛快多了，想找谭女士去商议一切结婚的大典筹备事宜。"可是，她在哪儿住？"哈哈！不知道！昨天只顾讲爱情忘了问她的住址了！这一打击，叫他回想夜间的噩梦，他拄着那条橡木手杖一个劲儿颤："老天爷！城隍奶奶！你们要看着赵铁牛不顺眼，可不如脆脆地杀了他！别这么开玩笑哇！"

除了哭似乎没有第二个办法，看了看新马褂，又不忍得叫眼泪把胸前的团龙污了；于是用全身的火力把眼眶烧干，这一点自治力虽无济于婚事的进行，可是到底对得起新买的马褂！

"对！"他忽然从脑子的最深处挤出一个主意来，"还是找周少濂，叫他给咱算卦！诚则灵！老天爷！我不虔诚，我是死狗！哪怕大约莫着算出她住在哪一方呢，不就容易找了吗？对！"

"对，对，对，对……"他把"对"编成一套军乐，两脚轧着拍节，一路黑烟滚滚，满头是汗到了神易大学。

神易大学已经开学，赵子曰连号房也没通知一声，挺着腰板往里闯。

"老周！少濂！"赵子曰在周少濂宿室外叫。

屋中没有人答应，赵子曰从玻璃窗往里看，周少濂正五心朝天在床上围着棉被子练习静坐，周身一动也不动，活像一尊泥塑小瘦菩萨。

"妹妹的！"赵子曰低声地嘟囔，"我是该死，事事跟咱扭大腿！"

"进——来！子曰！"周少濂挑着小尖嗓子嚷。

"我搅了你吧？"

"没什么，进来！"周少濂下了床把大衣服穿上。

"老周！我求你占一卦，行不行？"赵子曰用手掩着鼻子急切地说。

周少濂忙着开开一扇窗子，要不是看见赵子曰掩着鼻子，他能在那里静坐一天也想不起换一换空气。

"什么事？说！心中已知道的事不必占卜！要计划！"周少濂一面整理被窝，一面说。所谓整理被窝者就是把被窝又铺好，以便夜间往里钻，不必再费一番事。

"咳！少濂！你我同乡同学，你得帮助——"

"有什么了不得的事？"

"说实话吧！我昨天遇见一个姑娘，姓谭，我们要结婚。我问你，你知道她不知道？"

"姓谭？——"

"你知道她？"

"我不知道！我先告诉你一件事，"周少濂说，"阎乃伯已经告诉我，请你去教英文。你想几时到馆？"

"现在我没工夫想那个！"赵子曰急着说。

周少濂张罗着漱口洗脸，半天没言语。赵子曰把眉头皱起多高也想不起说话。

"哈哈!"周少濂一边擦脸一边笑着说,"我有主意啦!——"

"快说!"

"——咱们先到阎乃伯那里去。你慢慢地和他交往,交往熟了,他就能给你办那件事。她要是暗娼呢,他必知道——"

"她不是暗娼!女学生!"

"女学生也罢,妓女也罢,反正阎乃伯能办!做官的最——"

"我上他家做教师,怎能和馆东说这个事?"赵子曰急赤白脸地说。

"你别忙呀,听我的!"周少濂得意扬扬地说,"做官的最尊敬娶妾立小的人们。你一跟阎乃伯说,他准保佩服你。他一佩服你,不但他给帮忙,还许越交越近,给你谋个差事。你要是做了官,咱们直隶满城县就又出了个伟人。你看一县里出一个伟人、一个诗人,是何等的光荣!我的傻乡亲!"

"老周你算有根!走!找阎乃伯去!"

# 第十

## 1

**星期一至星期六:**

| 上午 | 八时至十时 | 《春秋》(读,讲)、《尚书》(背诵) |
| | 十时至十二时 | 《晨报》(读世界新闻)、国文 |
| 下午 | 一时至二时 | 古文(背诵) |
| | 二时至三时 | 习字(星期一、三、五) |
| | 二时至三时 | 英文(星期二、四) |
| | 三时至四时 | 珠算、笔算 |
| | 四时至五时 | 游戏、体操(星期一、三、五) |
| | 四时至五时 | 昆曲、音乐(星期二、四) |

**星期日:**

上午　温读古文经书。

下午　　　旅行大罗天，三不管。或参观落子馆。

这是阎少伯，阎乃伯议员的少爷的课程表。

阎乃伯的精明强干，不必细说，由这张课程表可以看得出来。

阎乃伯议员的少爷很秀美，可是很削瘦。虽然他一星期在院子里的砖墁地上练三次独人的游戏和体操。虽然他每星期到大罗天游艺场旅行一次。阎乃伯议员有些不满意他的少爷那么瘦弱！


## 2

赵子曰除在阎家教书之外，昼夜奔走交际。政客、军官、律师、议员、流氓、土棍，天天在日租界的烟窟金屋会面。人人夸奖他是个有用之材，人人允许给他介绍阔事，人人喜欢他的金嘴埃及烟，人人爱喝他的美人牌红葡萄酒，人人说话带着"妈的"！人人家里都有姨太太。这种局面叫他想起在北京的时候，左手翻着讲义，右手摸白板，未免太可笑而可耻了。这种朋友的亲热与挥霍又不是京中那几个学友所能梦见的了。

更可喜地，在阎家教书不过一个礼拜，而阎乃伯竟会把"老夫子"改成"老赵"，而且有一天晚上酒饭之后，阎乃伯居然拍着他肩头叫了一声："赵小子！"他暗自惊异自己的交际手腕，于这么短的期间内，会使阎乃伯——议员，叫他老赵，甚至于更亲热地叫他赵小子！

从报纸上得到名正大学解散的消息，他微微一笑把报纸放下，这个消息和那张报纸有同样的不值得注意。现在他把"阎乃老""张厚翁""孙天老"叫得顺口流；什么"欧阳"咧，"老莫"咧，甚至于"王女士"咧，已经和他小的时候念的《大学》《中庸》有同样的生涩了。现在他口中把"政治""运动""地位"等名词运用得飞熟，有时候还说个"过激党"，什么"争主席""示威"等无意义的词句已经成了死的言语。虽然王女士的影儿有时候还在他脑中模糊地转那么一转，可是他眼前的野草闲花，较之王女士的"可远观而不可近玩"又有救急的功效多多了。

阎少伯把英文的二十六个字母还没有学会，赵子曰已把谭女士的事告诉阎乃伯了。阎乃伯听了满口答应给他帮忙，并且称赞他是个有来历的青年，因为阎乃伯的意见是：

"自由恋爱是猪狗的行为。嫖妓纳妾是大丈夫堂堂正正的举动。所以为维持风化起见，不能不反对自由恋爱，同时不能不赞助有志嫖妓纳妾的。"

## 3

糊里糊涂地已把冬天混过去了。天津河里的水已有些春涨了。赵子曰日夜盼谭女士的消息，可是阎乃伯总不吐确实的口话。有时候去找周少濂谈一谈，周少濂是一点主意没有，只作新诗。赵子曰急得把眼睛都凹进去一些，吃饭不香，睡觉不宁，只有喝半斤白干酒，心里还觉痛快一些。

他一个人在同福楼京饭馆吃完了饭，闷闷不乐地往旅馆走。日租界的繁华喧闹已看惯了，不但不觉得有趣，而且有些讨厌得慌了。他一进旅馆，号房的老头儿赶过来低声对他说：

"赵先生，有位姑娘在你的房里等你。"

赵子曰点了点头，没说话，疯了似的三步两步跑到自己屋里去。

小椅子上坐着个妇人，脸色焦黄，两眼哭得红红的，身上穿着一件青袄，委委屈屈的像个小可怜儿。

赵子曰倒吸了一口旅馆中含有鸦片烟味的凉气："你是谁?"

"谭玉娥!"她低声地回答。

"你干什么来了?"赵子曰一屁股坐在床上，气哼哼地掏出一支烟卷插在嘴里。

"难道你变了心?"谭女士用袖子抹了抹眼泪。

"谁叫你变了模样!"赵子曰"嚓"的一声划着一根火柴，把洋烟点着，狠狠地吸了几口。

"你肚子里有半斤酒，我脸上加上三分白粉，你立刻就回心转意，容易! 容易!"她哭丧着脸说。

"你是怎回事，到底?"

"咳!"

"说话! 我的子孙娘娘! 说话!"

"赵先生!"谭玉娥很郑重地说，"我求你来了! 你是满城人?"

"不错!"

"我也是满城人，咱们是乡亲，所以我来求你！"

"啊！"赵子曰听见乡亲两个字，心里的怒气消去了许多。"到底是怎回事？姑娘！"

"六年前我由家里出来，到女子师范学校念书，咳！"谭女士好像咽了一口眼泪，接着说，"和一个青年跑到天津，我们快活地在一块儿住了一年零三天，他，他姓赵，也姓赵——他死了！我既没在师范学校毕业，自然没有资格做事；又不能回家，父母不要我；除了再嫁没有求生的方法！再嫁是我唯一的事业！于是我泪在眼窝，笑在眉头，去到处钓鱼似的钓个男人！那时候，我二十五岁，我的面貌还不似这么丑，穿上两件衣裳还可以引动你们男人的注意！结果，我钓着一个盐商，在我的那个赵——死后三个月中！我为衣食饱暖不能不和那个盐商同榻，虽然我真不爱他！在他睡熟之后，我才能落几个泪珠！可是，咳！我的命太苦了，至于图个身上饱暖的福气也没有：他，那个盐商，又被军阀打死，财产抢个一空。我，只剩下一条命，我还得活着——"

赵子曰不知不觉地把半支烟卷扔在痰盂里。

"我的心死了，只为这块肉体活着，死是万难的事！"谭玉娥叹了一口气，接着说，"后来我遇见了一个奉军军官，我们又住在一处。住了不到一年，他的钱挥霍完了，直奉战争之后，他把差事也搁下了。他是有钱会花，没钱便什么事也做，不顾廉耻，不讲人情的，于是他逼着我——用手枪逼着我去拆白！"谭玉娥呆呆看着墙上的画儿，半天也想不起往下说。

"谭——往下说。"赵子曰的声音柔和多了。

"他天天出去给我采访无知的青年，叫我去引诱他们。我不必细说。一来二去轮到你的身上了，我一听说你也是满城人，我不忍下手了。我准知道你在这里住，可是我始终不肯来。今天他到北京去了，我乘着这个机会来见你。我来求你，不是骗你。你能不能把我带回家乡去？你要我呢，我情愿为婢为奴；你不要我呀，我愿意回到故土去死。我一个人走不了，因为他不给我一个铜子，他怕我逃走。我那身漂亮衣服，他带到北京去，唯恐我变卖了好做逃跑的路费。赵先生，你得救我！他今天夜里就回来，你要是发善心救我，还要快办！赵先生！"

谭玉娥说着，给赵子曰跪下了。

赵子曰一声没言语，把她搀起来。又点着一根烟卷皱着眉想主意。

赵子曰真为难了：带她回家，军官不是好惹的呀！虽然我不怕打架，可是有手枪的人们不比老校长们那么老实呀！……我应当带她回家，她是我的乡亲！……到家怎么办？收她做妾，她又不真好看！真叫她回故乡去死，于心何忍！……再说万一带她回家，那个军官拿手枪找我去呢？不妥！

"谭姑娘！"赵子曰又坐在床上，手捧着脑门说，"我只能帮助你一些钱，不能带你回家！一来我家中有妻子，二来家事我不能自己作主。我给你一些钱，你设法脱逃吧！我应当把你送回家去，咱们是乡亲，可是我有我的难处！谭姑娘，"他说着把皮夹掏出来，"这里是三十块钱，你拿去吧！"

"咳！"谭玉娥立起来，含着眼泪把钱接过去，很小心地放在衣袋里："赵先生，这是我的机会，我得赶紧走！以后怎么样，我不知道。我活着一天，不会忘了你的恩惠！咳！赵先生，半斤烧酒就能叫你把老掉了牙的妇女当作美人，一双白脸蛋就能叫你丧掉生命！我是个没脸的妇人，这两句话是由无耻中得来的经验！我无法报答你的善心，只送给你这两句话吧！赵先生——"谭玉娥抹着泪往外走。

# 第十一

## 1

中国人是最喜爱和平的，可是中国人并不是不打架。爱和平的人们打架是找着比自己软弱的打，这是中国人的特色。军阀们天天打老乡民，学生们动不动便打教员，因为平民与教员好欺侮。学生们不打军阀正和军阀不惹外国人一样。他们以为世界上本来没有公理，有枪炮的便有理，有打架的能力的便是替天行道。军阀与学生都明白这个道理，所叵怪的是他们一方面施行这个优胜劣败的原理，一方面他们对外国人永远说："我们爱和平，不打架！"学生们一方面讲爱国，一方面他们反对学校的军事训练。一方面讲救民，一方面看着军阀横反，并不去组织敢死队去杀军阀。这种"不合逻辑"的事，大概只有中国的青年能办。

外国的中学学生会骑马、打枪、放炮。外国卖青菜的小贩，也会在战场上有条有理地打一气。所以外国能欺侮中国。中国的学生把军事训练叫作"奴隶的养成"，可是中国学生天天喊"打倒帝国主义"！设若这么一喊就真把帝国主义打倒，帝国主义早瓦解冰消了！不幸，帝国主义的大炮与个个人都会打枪的国民，还不是一喊就能吓退的！

赵子曰是个新青年，打过同学，捆过校长，然而他不敢惹迫着谭玉娥做娼妓的那个军官。

那个军官是非打不可的东西！

不打，也好，为什么不把他交法庭惩办？啾！赵子曰不好多事！不好多事为什么无缘无故地打校长一顿？

赵子曰是怕事！是软弱！是头脑不清！他一听兵队两个字，立刻就发颤，虽然他嘴里说："打倒军阀！"一个野兽不如的退职军官还不敢碰一碰，还说"打倒军阀"！

军阀不会倒，除非学生们能领着人民真刀真枪地干！军阀倒了，洋人也就把大炮往后拉了！不磨快了刀而想去杀野兽，与"武大郎捉奸"大概差不了多少。

没有"多管闲事"的心便不配做共和国民！没有充分的军事训练便没有生存在这种以强权为公理的世界的资格！

赵子曰辞了阎家的馆，给周少濂写了个明信片辞行，鲇出溜 [1] 地往北京跑。怕那位军官找他打架！

## 2

这两个来月的天津探险，除了没有打枪放火，其余的住旅馆、吃饭店、接吻、吸烟，赵子曰真和在电影儿里走了一遭似的。

他坐在火车上想：

到底是京中的朋友可靠呀！阎乃伯们这群滑头，吃我喝我，完事大吉，一点真心没有！

也别说，到底认识了几个官僚，就算没白花钱！

---

[1] 鲇出溜：鲇是一种滑溜的无鳞鱼。"鲇出溜"是北京方言，像鲇一样，很快、无声溜走的意思。

谭玉娥怪可怜的！给她三十块钱，善事！做善事有好报应！

…………

当赵子曰在天津的时候，天台公寓的人们最挂念他的是崔掌柜的和李顺。两个来月崔掌柜的至少也少卖十几斤烧酒，李顺至少也少赚一两块钱。赵子曰虽然不断称呼李顺为混蛋，可是李顺天生来的好脾性，只记着赵子曰的好处，而忘了"混蛋"的不大受用。况且赵子曰骂完混蛋，时常后悔自己的鲁莽而多赏李顺几个钱呢。

崔掌柜的是个无学而有术的老"京油子"。四方块儿的身子，顶着个葫芦式的脑袋。两只小眼睛，不看别的，只看洋钱，长杆大烟袋永远在嘴里插着：嘴里冒烟，心里冒坏；可是心里的坏主意不像嘴里的烟那样显然有痕迹可寻。

李顺呢是长瘦的身子，公寓的客人们都管他叫"大智若愚"。因为他一吃打卤面总是五六大红花碗，可是永远看不见脸上长肉。两只锈眼，无论昼夜永像睡着了似的，可是看洋钱与铜子票的真假是百无一失。所以由身体看，由精神上看，"大智若愚"的这个徽号是名实相符的。

李顺正在公寓门外擦那两扇铜招牌，一眼看见赵子曰坐着洋车由鼓楼后面转过来。他扯开嗓子就喊：

"赵先生回来啦！"

这一声喊出去，掌柜的、厨子、账房的先生和没有出门的客人，哄的一声像老鸦炸了窝似的往外跑。抢皮箱的，接帽子的，握手的，问这两天打牌的手气好不好的……问题与动作一阵暴雨似的往赵子曰身上乱溅。李顺不得上前，在人群外把镇守天台公寓一带的小黑白花狗抱起亲了一个嘴。

赵子曰在纷纷握手答话之中，把眼睛单留着一个角儿四下里找欧阳天风，没有他的影儿；甚至于也没有看见武端与莫大年。他心中一动，不知是吉是凶，忙着到了屋中叫李顺沏茶打洗脸水。

"李顺！"赵子曰擦着脸问，"欧阳先生呢？"

"病啦！"

"什么？"

"病啦！"

"怎么不早告诉我？啊！"

"先生！你才进门不到五分钟，再说又没有我说话的份儿——"

"别碎嘴子！他在哪儿呢？"赵子曰扔下洗脸毛巾要往南屋跑。

"他和武先生出去了，大概一会儿就回来。"李顺说着给赵子曰倒上一碗茶。

"李顺，告诉我，我走以后公寓的情形！"赵子曰命令着李顺。

"嗬！先生！可了不得啦！了不得啦！"李顺见神见鬼地说，"从先生走后，公寓里闹得天塌地陷：你不是走了吗？欧阳先生，其实我是听武先生说的，和莫先生，也是听武先生说的，入了银行；不是，我是说莫先生入了银行；在欧阳跟莫先生打架以后！——"

"李顺，你会说明白话不会？说完一个再说一个！"赵子曰半恼半笑地说。

"是！先生！从头再说好不好？"李顺自己也笑了，"你不是走了吗，欧阳先生想你的出京是李景纯先生的主意。所以他天天出来进去地卖嚷嚷，什么瘦猴想吃天鹅肉咧，什么瘦猴的屁股朝天自己挂红咧；嗬，多啦！他从小毛猴一直骂到马猴的舅舅，那些猴儿的名字我简直地记不清。干脆说吧，他把李先生骂跑了。先生知道李先生是个老实头，他一声也没言语鲇出溜地就搬了。李先生不是走了吗，莫先生可不答应了。嗬！他红脸蛋像烧茄子似的，先和欧阳先生拌嘴；后来越说越拧葱，你猜怎么着，莫先生打了欧阳先生一茶碗，一茶碗——可是，没打着，万幸！武先生，还有我们掌柜的全进去劝架，莫先生不依不饶地非臭打欧阳先生一顿不可！嗬！咱们平常日子看着莫先生老实巴交的，敢情他要真生气的时候更不好惹！我正买东西回来，我也忙着给劝，可了不得啦，莫先生一脚踩在我的脚指头上，正在我的小脚头上的鸡眼上莫先生碾了那么两碾，嗬！我痛得直叫唤，直叫唤！到今天我的脚指头还肿着；可是，莫先生把怒气消了以后，给了我一块钱，那么，我把脚疼也就忘了！干脆说，莫先生也搬走了！"李顺缓了一口气，接着说："听武先生告诉我，莫先生现在入了一个什么银行，做了银行官，一天竟数洋钱票就数三万多张，我的先生，莫先生是有点造化，看着就肥头大耳朵的可爱吗！莫先生不是走了吗？欧阳先生可就病了，听武先生说——武先生是什么事也知道——欧阳先生是急气闷郁；可是前天我偷偷地看了看他的药水瓶，好像什么'大将五淋汤'——"

"胡说！"赵子曰又是生气又要笑地说，"得！够了！去买点心，买够三个人吃的！"

"先生！今天的话说得明白不明白？清楚不清楚？"李顺满脸堆笑地问。

"明白！清楚！好！"

"明白话值多少钱一句，先生？"

"到月底算账有你五毛钱酒钱，怎样？"赵子曰说，他知道非如此没有法子把李顺赶走。

"谢谢先生！嗻！"李顺拔腿向外跑，刚出了屋门又回来了，"还有一件事没说：武先生又买了一双新皮鞋！嗻！"

李顺被五毛钱的希望领着，高高兴兴不大的工夫把点心买回来。

"赵先生，武先生们大概是回来了，我在街上远远地看见了他们。"

"把点心放在这里，去再沏一壶茶！"

## 3

赵子曰说完，往门外跑去。出门没走了几步，果然欧阳天风病病歪歪地倚着武端的胳臂一块儿走。赵子曰一见欧阳的病样，心中引起无限感慨，过去和他握了握手。欧阳的脸上要笑，可是还没把笑的形式摆好又变成要哭的样子了。两个人谁也没说话，赵子曰愣了半天，才和武端握手。武端用力跺了跺脚，因为新鞋上落了一些尘土；然后看了赵子曰一眼。赵子曰的精神全贯注在欧阳的身上，没心去问武端的皮鞋的历史。于是三个人全低着头慢慢进了第三号。

"老赵你好！"欧阳天风委委屈屈地说，"你走了连告诉我一声都不告诉！我要是昨天死了，你管保还在天津高乐呢！"

"我没上天津！"赵子曰急切地分辩，"我回家了，家里有要紧的事！"

"你猜怎么着？"武端看着赵子曰的皮箱说，"要没上天津怎么箱子上贴着'天津日华旅馆'的纸条？"

"回家也罢，上天津也罢，过去的事不必说！我问你，"赵子曰对欧阳天风说，"你怎么病了？"

"李瘦猴气我，莫胖子欺侮我！他们都是你的好朋友，我这个穷小子还算什么，死了也没人管！"

"老李入了京师大学，莫大年入了天成银行，都有秘密！"武端说，"连你，你猜怎么着？你上天津也有秘密！"

"我不管别人，"赵子曰拍着胸口说，"反正我又回来找你们来了！你们拿我当好朋友与否，我不管，反正我决不亏心！"

"老武！"欧阳天风有气无力地对武端说，"不用问他，他不告诉咱们实话；可是，他也真许回家了，从天津过，住一夜。"

"就是！我在日华旅馆住了一夜——其实还算不了一夜，只是五六点钟的工夫！欧阳，你到底怎样？"

"我一见你，心中痛快多了！肚子里也知道饿了！"

"才买来的点心，好个李顺，叫他沏茶，他上哪儿玩去啦！李——顺！"

"嗻！——茶就好，先生！"

# 第十二

## 1

已是阴历三月初的天气，赵子曰本着奋斗的精神还穿着在天津买的那两件未出"新"的范围的衣裳，在街上缓步轻尘地呼吸着鼓荡着花香的春风。驼绒大袄是觉着有些笨重发燥了，可是为引起别人的美感起见，自己还能不牺牲一身热汗吗？

他进了地安门，随意地走到南长街。嫩绿的柳条把长宽的马路夹成一条绿胡同，东面中央公园的红墙，墙头上露出苍绿的松枝，好像老松们看腻了公园而要看看墙外的景物似的。墙根下散落地开着几朵浅藕荷色的三月蓝，虽然只是那么几朵小花，却把春光的可爱从最小而简单的地方表现出来。路旁卖水萝卜的把鲜红的萝卜插上娇绿的菠菜叶，高高兴兴地在太阳地里吆唤着春声。这种景色叫赵子曰甚至于感觉到："在天津日租界玩腻了的时候，倒是要有这么个地方换一口气！"

他一面溜达，一面想：

我总得给老莫和欧阳们说和呀！我走这么几天，这群小兄弟们就打架，我做老大哥的不能看着他们这样犯心呀！还就是我，压得住他们；好！什么话呢，赵子曰不敢说别的，天台公寓的总可以叫得响，跺一跺脚就把全公寓震个乱颤！……对！找老莫去，得给他调解！这群小孩子们，嘤！

想到这里，不由得精神振作起来，掏出手巾擦了擦脸上的汗，然后大模大样地喊过一辆洋车到西交民巷天成银行去。

## 2

到了银行，把名片递进去，不大的工夫莫大年出来把赵子曰让到客厅去。莫大年的样子还是傻傻乎乎的，可是衣裳稍微讲究了一些；幸而他的衣服华美了一点，不然赵子曰真要疑心到莫大年是在银行当听差，而不是李顺所谓的银行官了。这次不是赵子曰长着两只"华丝葛眼睛"而以衣服好坏断定身份的高低，而是"人是衣服马是鞍"的哲学叫他不愿意看见莫大年矫揉造作地成个"囚首丧面"的"大奸慝"[1]！

"老莫！抖哇！"赵子曰和莫大年亲热地握着手不忍分开，"不出三年你就是财政总长呀！好老莫！行！有劲！"

"别俏皮我，老赵！你几时回来的？"莫大年问。

"回来有些天了，想不到公寓的朋友会闹得七零八落！"赵子曰说着引起无限感慨，"今天特意来找你，给你们说和说和，傻好的朋友，干什么犯意见呢！"

"你给谁说和，老赵？"

"你和欧阳天风们！小兄弟们，老大哥不在家几天，你看，你们就打架！"赵子曰笑着说。

"别人都好说，唯独欧阳天风，我恨他到底！"莫大年自来红的脸又紫了。

"老莫，小胖子！别这么说，"赵子曰掏出烟卷给了莫大年一支，自己点上一支，"这不像银行老板的口吻！"

"老赵，别挖苦我！"莫大年恳切地说，"关于王女士的事是我告诉你的不是？可是从你走后，欧阳一天到晚骂老李！老李委委屈屈地搬走，我能看得下去不能？再说，欧阳要是没安着坏心，为什么你一走，他就疑心到有人告诉了你和王女士的事？老赵，你我是一百一的好朋友，你爱欧阳，不必强迫我！我老莫是傻老，我说不出什么来，反正一句话说到底，我不愿意再见欧阳！"

---

[1] "囚首丧面"的"大奸慝"："囚首丧面"形容久不梳洗肮脏的人。"大奸慝"指很邪恶的人。

"你看，小胖子！刚入了银行几天就长行市[1]！别！你得赏我个脸！"赵子曰一半嘲弄一半劝导着说，"我们，连欧阳在内，全不是坏人，可是都有些小脾气；谁又不是泥捏的，可哪能没些脾气！是不是，小胖子？你不愿和他深交呢，拉倒；可是你得看在我——你的老大哥——的脸上，到一处喝盅酒，以后见面好点头说话！相亲相爱才是'德谟克拉西'的精神，不然，我可要叫你'布耳扎维克'了！'布耳扎维克'就是'二毛子'的另一名词！哈哈！"

"我问你，"莫大年有些活动的意思了，"你给我们调解，有老李没有？"

"啊？老李？"赵子曰仰着脸看天花板上的花纹，想了半天，"说真的，老莫，我真怕他！不但我，人人怕他，他要是在这里，我登时说不出话来！"

"那么，你不请他？"莫大年盯了赵子曰一眼。

"不请他比请他好——"

"干脆说吧，老赵！"莫大年抢着说，"有老李我就去，谁叫你有这番好心呢；没老李我也不去！老李是可怕，傻好人是比机灵鬼可怕——"

"我也没说老李是不好人哪！"

"——我告诉你老赵，咱们这群人里，老李算第一！学问、品行、见解，全第一！要不是他劝告我，我还想不起入银行来学习一种真本事！我佩服他！他告诉我的话多了，我记不清，我只记得几句，这几句我一辈子忘不了！他说：打算做革命事业是由各方面做起。学银行的学好之后，便能从经济方面改良社会。学商业的有了专门知识便能在商界运用革命的理想。同样，教书的、开工厂的和做其他的一切职业的，人人有充分的知识，破出命死干，然后才有真革命出现。各人走的路不同，而目的是一样，是改善社会，是教导国民；国民觉悟了，便是革命成功的那一天。设若指着吹气冒烟，脑子里空空如也，而一个劲说革命，那和小脚娘想到运动会赛跑一样，无望，梦想！这是他说的，我自然学说不清，大概就是这个意思。我越想这个话越对，所以我把一切无理取闹的事搁下，什么探听秘密咧，什么乱嚷这个主义那个问题咧，全叫瞎闹！老李是好人，是明白人！老赵！还是那句话，你不请老李我也不去！老赵，对不起！我得办事去。"莫大年立起来了，"怎样给我们说和我听你的，可是得有老李！"

---

[1] 长行市：比喻身份地位变了，身价高了。

"那么，你今天能不能同我出去吃饭？"赵子曰也立起来了。

"对不起！银行的规则很严，因为经理是洋人，一分一厘不通融，随意出去叫作不行！等着我放假的日子，咱们一块儿玩一玩去。再见，老赵！"

莫大年说完，和赵子曰握了握走进去，并没把赵子曰送出来。

赵子曰心中有些不高兴，歇里歇松地往外走，一边走一边叹息："小胖子疯了！叫洋人管得笔管条直！哼！"

## 3

赵子曰软软地碰了莫大年一个小钉子，心中颇有恼了他的倾向；继而一想，莫胖子到底有一股子牛劲，不然，他怎能进了洋人开的银行呢；这么一想，要恼莫大年的心与佩服他的心平衡了；于是自己嘟囔着："为什么不显着宽宏大量，不恼他呢！"

至于给他们调解的进行，他觉得欧阳天风和李景纯是各走极端，没有"言归于好"的可能。如果把他们约到一处吃吃喝喝，李景纯，设若他真来了，冷言冷语，就许当场又开了交手仗。这倒要费一番工夫研究研究，谁叫热心为朋友呢，总得牺牲！

他回到公寓偷偷地把武端叫出来：

"老武，来！上饭馆去吃饭，我和你商议一件事！"

"什么事？"武端问。

"秘密！"

听了秘密两个字，武端像受了一吗啡针似的，抓起帽子跟着赵子曰走，甚至于没顾得换衣裳。到了饭馆，赵子曰随便要了些酒菜，武端急于听秘密，一个劲儿催着赵子曰快说。

"别忙！其实也不能算什么秘密，倒是有件事和你商议。"

"那么，你冤了我？"武端很不高兴地问。

"要不告诉你有秘密，你不是来得不能这么快吗！"赵子曰笑了，"是这么一回事：我刚才找老莫去啦，我想给你们说和说和。嗬！老莫可不大像先前那样傻瓜似的了，入了银行没几天，居然染上洋派头了——"

"穿着洋服？"武端插嘴问。

"——倒没穿着洋服，心里有洋劲！你看，不等客人告辞，他站起来大模大样地说：'对不起！我还有事，改天见！'好在我不介意，我知道那个小胖子有些牛脖子。至于给你们说和的事，小胖子说非有老李不可。老武你知道：欧阳和老李是冰炭不能同炉的，这不是叫我为难吗？我不图三个桃儿两个豆儿，只是为你们这群小兄弟和和气气地在一块，看着也有趣不是？我还得问你，老莫好像是很恨欧阳，我猜不透其中的秘密，大概你知道得清楚？"

"闹了半天你是问我呀？好！听我的！"武端把黄脸一板。心中秘密越多，脸上越故意做出镇静的样子来。好像戏台上的诸葛亮，脸上越镇静，越叫人们看出他揣着一肚子坏："先说我自己：我和谁都是朋友，你猜怎么着？老莫和欧阳打架，并不是和我，而且我还给他们劝解来着。欧阳呢，我天天陪着他上医院；老莫呢，我们也不短见面；老李呢，我虽然不特意找他去，可是见面的时候点头哈腰的也不错。打听秘密是我的事业，自然朋友多不是才能多得消息吗！所以，你要给他们调停，我必去，本来我就没和他们决裂。至于欧阳和老莫的关系，我想：欧阳是恨老李与王女士的关系，而老莫是一时的气粗，决不是老莫成心和欧阳捣乱。这个话对不对，还待证明，我慢慢地访察，自有水落石出的一日。老李呢，我说实话，他和王女士真有一腿；自然这也与我无关，不过我尽报告秘密的责任！你猜——"

"那么，你除了说秘密，一点办法没有？"赵子曰笑着问。

"有办法我早就办了，还等你？！"

"我已经和老莫说得满堂满馅儿的，怎么放在脖子后头不办？"赵子曰问。

"没办法就不办，不也是一个办法吗？"武端非常高兴地说："日后见着老莫，你就说：老李太忙没工夫出来，欧阳病还没好，这不完了？！"

"对！"赵子曰如梦方醒，哈哈地笑起来，"管他们的闲事！来，喝酒！"

谈话的美满结果把两个人喝酒划拳的高兴引起来；喝酒划拳的快乐又把两个人相爱的热诚引起来。于是，喝着，划着，说着，笑着，把人世的快乐都放在他们的两颗心里。

"老赵！"武端亲热地叫着，"你是还入学呀，是找事做？"

"不再念书！"赵子曰肯定地说。

"你猜怎么着？我也这么想，念书没用！"

"同志！来，喝个碰杯！"

两个人吃了个碰杯。

"找什么事，老赵？"

"不论，有事就做！"

"排场总得要，不能说是个事就做？"

"自然，我所谓的事是官事！做买卖，当教员，当然不能算作正当营业！"

"你猜怎么着？我也这么想，就是做官！做官！"

"同志！再要半斤白干？"

"奉陪！你猜——"武端扑哧的一声自己笑出来：既然说了"奉陪"，干什么还用说"你猜怎么着"呢。

两个人又要了半斤白干酒。

"老赵！我想起来了，有一件事你能做，不知你干不干？"武端问。

"说！只要不失体统我就干！"赵子曰很慎重地说。

"这件事只是你能做！"武端诚恳而透着精明的样子说，"现在有些人发起女权发展会，欧阳也在发起人之中，他们打算唱戏筹款，你的二簧唱得蛮好，何不加入露露头角！我去给你办，先入会，后唱戏，你的事就算成功了！"

"怎么？"赵子曰端着酒杯问。

"你看，伟人、政客、军官，他们的太太、姨太太、小姐，哪个不喜欢听戏。"武端接着说，"你一登台，立下了名誉，他们是赶着巴结你。自然你和他们打成一气，做官还不容易吗？我是没这份本事，我只能帮助你筹备一切。你看，你要是挂着长胡子在台上唱，我穿着洋服在台下招待，就满打一时找不到事，这么玩一玩也有趣不是？再说，一唱红了，做官是易如反掌呢！你看杨春亭不是因为在内务总长家里唱了一出《辕门斩子》就得了内务部的主事吗！你猜——"武端每到喘气的时候总用个"你猜怎么着"，老叫人想底下还有秘密不敢插嘴。

"可是唱戏也不容易呀！"赵子曰是每逢到武端说"你猜怎么着"就插嘴，这有点出乎武端意料之外。

"我管保说，"武端极诚恳地说，"你的那几嗓子比杨春亭强得多；他要能红起来，你怎么就不能？你猜——"

"制行头，买髯口，都要一笔好钱呢！"

"不下本钱还行啊？可是这么下一点资本比花钱运动官强：因为即使失败，不是还落个'大爷高兴'吗！"

"谁介绍我入会？"赵子曰心中已赞成武端的建议。

"欧阳自然能给你办！"

"好！快吃！吃完饭找他去！"


# 第十三

## 1

欧阳天风一清早就出去了，留下话叫赵子曰和武端千万早些赴女权发展会的成立大会去。赵子曰起来之后和武端商议赴会的一切筹备事项。筹备事项之中当然以穿什么衣服为最重要，因为他们是要赴"女"权发展会。武端是取"洋服主义"，大氅虽然穿着有点热，可是折好放在胳臂上，岂不是"有大氅不穿而放在胳臂上，其为有大氅也无疑"吗！可是赵子曰的驼绒大袄不能照这么办（这是华服不及洋服的一点！），要穿夹袍吧，又没有驼绒大袄那么新鲜漂亮。他搓拳跺脚地一个劲儿叨唠："这怎么好?！这怎么好?！"

"穿上夹袍，"武端建议，"胸前带上个小红缎条，写上：'有好大袄，没穿。'岂不是全包括住了吗！"

"可是'没穿'的范围太宽呀，"赵子曰皱着眉，摇着头说，"人家知道我把大袄是放在箱子里，还是寄放在当铺里？不妥！"

"冒下子险！"武端又想了半天才说，"来个'华丝葛大衫主义'！虽然脱了棉袍就穿大衫有点冷，可是你的身体强壮，还怕冷吗！再说，你猜怎么着？心中有一团增加体面的热力，冷气也不容易侵进来！是不是？"

"干！"赵子曰叹了一口气，"死了认命！都是那个该死的爸爸不给我寄钱！反正我要是冻死，在阎王爷面前也饶不了他个老东西！有生发油没有？老武！"

"有！要香水不要？"武端很宽宏大量而亲热地问。

"要！香香的！不然，一身臭汗气在女权会里挤来挤去，不叫她们给打出来才怪！"

武端忙着把生发油、花颜水拿来。赵子曰先把头发梳得晶光瓦亮（琉璃瓦），然后大把地往脸上捧花颜水。把脸上的糟面疙瘩杀得生疼，他咧着嘴坚持到底地用力往脸上搓。直搓得血筋乱冒，才下了"适可则止"的决心。然后启锁开箱往出毕恭毕敬地请华丝葛大衫。

武端把大氅折好，绸子里儿朝外，放在左臂上。右臂插在赵子曰肘下，两朵香花似的从天台公寓出发。

翠蓝的天上挂着几片灰心白边的浮云，东来西去地在天上浮荡着。两个人坐在车上，全仰着头细观天象。那几块浮云一会儿挤到一块把太阳遮住，武端擦着汗乐了；一会儿你推着我、我拥着你地散开，赵子曰挺挺胸膛扑哧地一笑。这样，一个盼着天阴，一个希望天晴，心意不同而目的一样地到了湖广会馆。

会馆门外扎着彩牌，用纸花结成的四个大字："女界万岁"。

时候还早，除了主事的几位男女忙着预备一切，会场上还没有几个人。赵子曰往四下里看，找不到欧阳天风。他只好和武端坐在一条凳子上闲谈。会场宽大，坐定之后，赵子曰觉得有些冷飕飕的。他问武端：

"你热不热，老武？"

"有些发燥呢！"

"把大氅给我，我——给你拿着！"

两个人正在交涉大氅的寄放问题，欧阳天风满头是汗地跑进来。

"欧阳！"赵子曰立起来叫，"你怎么倒来晚了？"

"老赵，你过来！"欧阳天风点手往外叫赵子曰。武端也随着立起来，跟着赵子曰往外走。走到会场外的大门夹道，欧阳对赵子曰低声地说："你坐在讲台下第一排凳子上，把帽子放在旁边占下一个空位。回头王女士来，我把她领到你那里去！老武！"欧阳天风回头叫武端，武端急于要听秘密，把笑脸递过来，欧阳说："今天你得帮忙，别坐在那里不动！"

"叫我做什么？"武端笑着问。

"招待员！来，跟我拿标帜去！"

武端的洋服主义就是胸前差着一朵红花，听欧阳天风这样说，他乐得心里都像疯了似的；若不是极力地压制收敛，当时就得吐一口鲜血。

赵子曰不管他们，忙着跑回会场，坐在第一排凳子上，把帽子放在旁边。他一心秉正地祷告着：她可快来呀！把什么做主席、当招待的光荣全忘去，恭恭敬敬地坐在那里等着她。

欧阳天风和武端都胸前挂上红花，出来进去地走。武端把全身的重力放到脚踵与脚尖上去，把皮鞋底儿轧得吱吱地响。

快十一点钟了，赵子曰已经规规矩矩地在那里坐了四十分钟，会场中人渐渐多起来。赵子曰一手按着他的帽子，一面扭着脖子往外看：凡是一对男女一块儿进来的，总叫他心里一跳；继而一看不是欧阳与王女士，又叫他心里一酸。无意中把脖子扭的角度过大，看见背后隔着几条凳子坐着李景纯。赵子曰忙着把头回过来，呆呆地看着讲台上的黑板。这样有几分钟，他觉得这个"不扭脖子主义"有些不可能。于是又试着慢慢向后扭，还没扭到能看见后面的程度，早就把笑容在脸上画好，轻轻地叫了一声：

"老李！"

"老赵！"李景纯点了点头，"你好吗？老没见！"

"可不是老没见！你胖了，老李！"

"是吗？"

"胖多了！"

"老赵你不冷吗，穿这么薄？"李景纯诚恳地问。

"不冷，还热呢！"说着，赵子曰打了个冷战，"你看，还打'热'冷战呢！哈哈！你是会员不是，老李？"

"不是！"

"怎么不入会？我可以介绍你入会！"

"看一看，看清楚了再决定入会不入。"

两个人的谈话无法再继续了。

赵子曰一只眼睛无多有少地瞭着李景纯，一只眼睛聚精会神地往外望：欧阳天风在会场门口穿梭似的活动，只是看不见王女士的影儿。好容易欧阳天风往里走了几步，赵子曰立起来把嘴噘起多高向他努嘴。

"她就来，别急！"欧阳天风跑过来低声地说，说完又跑出去。

会场中男男女女差不多坐满了，在喊喊喳喳说话中间，外面哗啷哗啷振了铃。欧阳天风又跑过来低声告诉赵子曰。

"举魏丽兰女士做主席！"

"哪个是？"

"那个！"欧阳天风偷偷地用手向台右边一指，"那个穿青衣裳的！"

"嗬！我的妈！"赵子曰一眼看到那位预来的主席，把舌头伸出多长一时收不回去，"我说，这么丑的家伙做主席，我可声明出会！"

"别瞎说！"欧阳天风轻轻打了赵子曰一下又走出去，沿路向会员们给魏女士运动主席。

说真的，魏女士长得并不丑，不过没有什么特别娇美的地方就是了。圆圆的脸，浓浓的眉，脸上并没擦着白粉。身量不矮，腰板挺着，加以一身青色衣裙，更把女子的态度丢失了几分。赵子曰虽然是个新青年，他的美的观念，除了憎嫌缠足以外，并不和赞美樱桃口杨柳腰的古人们有多大分别。况且他赴女权会的目的是在看女人，看艳美娇好的女人，所以他看见魏女士的朴素不华，不由得大失所望了！

## 2

铃声停止，台下吵嚷着推举主席：台下嚷的是举魏丽兰女士做主席，往台上走的也正是"魏丽兰"三个字的所属者那位女士。赵子曰把头低下不敢仰视，他后悔忘了把墨色的眼镜带来。

主席正在报告发起的原因及经过，欧阳天风又过来对赵子曰说：

"张教授回来要演说，挑他的缝子往下赶他！"

"那好办！到底她来不来？"赵子曰低声而急切地问。

"来！就来！"

主席报告完了，请张梦叔教授演说。张教授上了台，他有四十上下的年纪，黄净脸，长秀的眉，慈眉善目的颇有学者的态度。

"女权发展会可叫男人讲演，岂有此理！"赵子曰旁边坐着的一个青年学生说。

"等挑他的毛病，往下赶他！"赵子曰透着十分和气地对那个青年说。

"诸位男女朋友！今天非常荣幸，得与女权发展会诸同志会面。"张教授和声悦色地说，声音不大而个个字说得清楚好听，"……从前女子的事业不过是烹调、裁缝——"

"你胡说！"场中一位女士立起来，握着小白拳头嚷，"什么'裁缝'？我们女子学'缝纫'，裁缝是什么东西——"

"打他！打！"赵子曰喊。

"裁缝与缝纫，"场中一个男人立起来雄猛而严重地说，"据我看，并没有什么分别。难道做衣服只缝不裁？或者裁缝这个名词还比缝纫强呢！再说，张教授说的是'从前的女子事业'，我请这位女士听明白了再说话！"

这几句话颇惹起一部分人的欢迎，鼓掌的声音虽不像个雷，也不减于一片爆竹的爆发。张教授含笑向大家点了点头继续讲：

"——女权的得到不是凭空说的，在欧战的时候，英国女子代替男子做一切事业，甚至于火车站上扛东西、卸货物全是女子去做。那么，战后女子地位的增高与发展是天然的，因为她们真在社会上尽了职，叫男人们无从轻视她们。至于我们的女子事业，我实在不敢说是已经发达，倒是要说简直没有女子事业——"

"这是侮蔑中华女界！"后面七八位女士一齐扯着尖而悍的嗓子喊，"怎么没有女子事业？我们这几个女子就是做女教员的！啊？——"

"下去！打！打他！"赵子曰拼着命地喊。跟着他立起来把衣袋中的一把铜元，哗啦一声向台上扔去。主席往外退了几步，男的争着往台上跑，女的就往场外逃，乱成了一团。

张教授被几个朋友围住，赵子曰们不得下手，于是把"打他"改为"把他逐出去"！张教授随着几个朋友一声没言语走出去。

主席定了定神，又请陈骚教授演说。台下的人们还没听清楚，陈教授已跳上台去，向人们深深鞠了一躬。

"诸位男女同志！"陈骚教授霹雳似的喊了一声，把会场中的喧哗会一下子压下去，"从人类历史上看，女子对于文化进展的贡献比男子多，因为古代历史上的记载全是女权比男权大，这是事实！"

台下鼓掌延长至三分钟。

"现在的社会组织，看着似乎男子比女子势力大，其实不然，我试问在场的两个问题：第一，没有女子，可有家庭，可有社会，可有国家，可有人类？——"

"没有！！"台下惊天动地地喊。

"第二，"陈教授瞪着眼睛喊，"可有几个男子不怕老婆的？"

"没有！"台下女的一齐喊。只有一个男子嚷了一声："我就不怕！"

"你不怕？"陈教授笑着问，"你根本不知道尊重女权！"

"哈拉！哈拉！"台下女的跺着脚喊。鼓掌的声音延长至十分钟，不能再叫陈教授说话，也好，陈教授鞠了一躬下去了。

陈教授忽然下台，主席只好宣布选举会长职员。会员们全领了票纸，三五成群地商议着举谁好。女会员们想不起举谁，而一个劲儿地骂会中预备的铅笔不好使。

赵子曰把票放在票瓯里，不等听选举结果就往外跑。

"老赵！"武端在门口伸着大拇指向赵子曰说，"你算真行！"

"欧阳呢？"赵子曰问。

"他走了，和一个军官的儿子叫贺金山的吃饭去了！"

"好，这小子把我冤了！"赵子曰叹了一口气。

"怎么？"

"王女士没来！"

"你没看见李景纯吗？"武端贼眉鼠眼地问，"他来，她就不能来！你猜——"


# 第十四

## 1

凡是抱着在社会国家中做一番革命事业的，"牺牲"是他的出发点，"建设"是他最后的目的，而"权利"不在他的计较之内。这样的志士对于金钱、色相，甚至于他的生命全无一丝一毫地吝惜；因为他的牺牲至大是一条命，而他所树立的至小是为全社会立个好榜样，是在历史上替人类增加一份光荣。赵子曰是有这种精神的，从他的往事，我们可以看出：以打牌说吧，他决不肯因为爱惜自己的精神而拒绝陪着别人打一整夜。他决不为自己的安全，再举一个例，而拒绝朋友们所供献给他的酒；他宁叫自己烂醉如泥，三天伤酒吃不下去饭，也不肯叫朋友们噘着嘴说："赵子曰不懂得交情！"这种精神是奋斗、牺牲、勇敢！只有这种精神能把半死的中国变成虎头狮子耳朵的超等强国，那么，赵子曰不只是社会上一时一地的人物，他是手里握着全中国的希望的英雄。

什么是牺牲的对象？忠君？爱父母？那都是一百年前的事！那些事的范围都是狭小的！赵子曰是迎着时代走的，随着环境变的，他的牺牲至少也是为讨朋友们喜欢，博得社会上的信仰；比如拼命陪着朋友们吃酒，挨着冻穿华丝葛大衫，都是可注意的有价值的事实。自然，这样的事实不能算他的重要建设，可是以小见大，这几件小事不是没有完全了解新思潮的意义的人们所能办到的。

有了这样崭新的见解，然后才能捉住一个主义死不松手，而绝对的牺牲，而坚持到底，而有往风涛上硬闯的决心！所以，有时候我们看赵子曰的意见与行事似乎有前后不一致的样子，其实那根本是我们不明白：什么叫绝对牺牲，什么叫坚持到底。我们要是明白这些，细心地从他的主义与行事的全体上来解剖，我们当时可以见出他的前后矛盾的地方正是他有时候不能不走一段歧路而求最后的胜利。以他捆校长和他不再念书说吧，我们不留心看总以为他是荒唐；可是，我们在下这个判断以前，应当睁大了眼睛看：为什么捆校长？为什么不再念书？假如我们想出：捆校长是为打倒学阀，爱护教育；不再念书是为匀出工夫替社会做革命事业；那么，这是不是他有一定的主义与坚定不挠的精神？

如此，赵子曰说"西"，我们该往"东"看；赵子曰今天说"是"，我们应当明天在"不"那里等着他。东就是西，西就是东，今天的"是"里有个明天的"不是"，明天的"不是"便有个今天的"是"。这才是真能随着环境走而不失最终目的的人物，这才是真能有出奇制胜随机应变的本事。在我们没有明白"是"中的"不是"、"不是"中的"是"以前，我们不应当随便下断语来侮蔑这样的英雄；我们不应当用我们狭陋的心来猜测赵子曰的惊风不定、含蕴万端的心意与计划。

又说回来了：赵子曰的为国为民牺牲一切是可佩服的。现在，他要替女权发展会牺牲色相，唱戏募捐了。

## 2

夜间，赵子曰把打牌的时间缩短，有时候居然在三点钟以前就去睡觉，以便保养嗓子。早晨，提着一团精神不到九点钟就起来，口也不漱到城外护城河岸去溜嗓子。沿着河岸一面走一面喊："啊——哦——儿吓啊——"把河中的小鱼吓得都不敢到水皮儿上来浮，苇丛中的青蛙都慌着往水里跳。直喊到他口燥喉干，心中发空，才打道进城回公寓。

赵子曰所预备的戏是《八大锤》《王佐断臂》。

第三号的地上垫上三尺多厚的麻袋，又铺上三层地毡。没黑带晚，哪时高兴哪时第三号主人就从床上脊背朝下往地上硬摔，学着古人王佐的把胳臂割下来还闹着玩似的摔个"抢背"。东墙上新安上一面大镜，摔完"抢背"，手里拿着割下来的那只臂（其实是一根木棍），向着镜子摇头耸鼻地哆嗦一阵，一边哆嗦，嘴里一边念："呛，呛，呛，吧嗒呛。"正和古人哆嗦的时候也有乐器随着分毫不差。

有时候他挂上三尺来长的，吃饭现往下摘、吐唾沫现往起撩的黑胡子，足下穿上三寸多厚的粉底高靴，向着镜子朝天地扭。呛！一摸胡子。哒！一甩袖。呛哒！一拐腿腕向前扭一步。这样从锣鼓中把古人的一举一动形容得惟妙惟肖。

离登台之期将近！除了挂胡子、穿靴子之外，他头上又扎上了网巾。网巾扎好：把眉毛吊起多高，眼睛挤成两道缝，而且脑门子发僵，有些头昏眼花。可是，他咬着牙往下忍，谁叫古人爱上脑箍呢，唱戏的能不随着史事走吗？牺牲的真精神？

装束已毕，把一床被子挂在八仙桌前当台帘，左手撩袍，右手掀被子，口中一声："呱——呛！"他轻脆地往外一步跨出来。走了两步，然后站住要眼珠，眼珠滴溜乱转约有半分钟的工夫，才又微微点了点头。点完了头，用双手的大拇指在整副的黑胡子边儿上摸了一摸；因为古人的胡子是只运动边部而不动中心的。然后欲前而横地摆了两步，双手轻轻正一正冠，口中"喋！喋！"学着小锣的声音，古人正冠的时候总是打两下小锣的。

这样练习了几次，然后自拉自唱地仿效着古人的言语声调。原来古人的言语是一半说一半唱。或者说：言语与歌唱没有分别。欢喜也唱，悲哀也唱，打架也唱，拌嘴也唱。老太太也唱，小小子也唱，大姑娘也唱，小妞儿也唱。而且无论白天黑夜想唱就唱，甚至于古代的贼人在半夜里偷东西的时候，也是一面偷一面唱。歌唱以前往往先自己道一个姓名，这个理由直到现在才有人明白：据心理学家说，中国古代的人民脑子不很好，记忆力不强，所以非自己常叫着自己的姓名不可；不如此，是有全国的人们都变成"无名氏"的危险。

## 3

赵子曰私下用了七八天的工夫，觉得有了十二分的把握，于是把欧阳天风、武端和旁的两三位朋友请过来参观正式演习。"诸位，床上站着！"赵子曰挂着长髯在被子后面说，"地上是我一个人的戏台！先唱倒板，唱完别等我掀帘，你们就喊'好儿'！'迎头好'是最难承受，十个票友倒有九个被'迎头好'给吓回去的。有多大力量用多大力量喊，听见没有？"

吩咐已毕，他在被子后面唱倒板："金乌坠……玉兔东……上哦……哦……哦——"

"好哇！！！"大家立在床上鼓着掌扯开嗓子喊。

"呛——呛！"赵子曰自己念着锣鼓点，然后轻脆地一掀被子，斜着身扭出来。

"好！好！"又是一阵喝彩。

赵子曰心中真咚咚地直跳，用力镇静着，摸胡子，正帽子，耍眼神，掀起胡子吐了一口唾沫，又用厚底靴把唾沫搓干，一点过节也没忘。然后唱了一段原板二簧。唱完了把蓝袍脱下，武端从床上跳下来，帮助王佐换上青袍。王佐等武端又上了床，才把一口木刀拿起来往左臂上一割。胳臂割断，跳起多高，一个鹞子翻身摔了下去。然后"呱哒呱哒"慢慢往起爬，爬起来，手里拿着那只割下来的胳臂，头像风车似的摇了一阵……

该唱的唱了，该说的说了，该摔的摔了，该哆嗦的哆嗦了；累得赵子曰满身是汗，呼哧呼哧地喘。欧阳天风跳下床来给他倒了一碗开水润润嗓子。

"怎样，诸位？"赵子曰一面卸装一面问。

"好极了！你算把古人的举动态度琢磨透了！"大家争着说。

"好，日夜咂摸古人的神气，再不像还成呀！"赵子曰骄傲自足地一笑。

"'真'就是'美'，"内中一位美术院的学生说，"因为你把古人的行动做真了，所以自然观着美！你那一摸胡子、一甩袖子，纱帽翅一颤一颤地动，叫我没法子形容，我只好说真看见了古人，真看见了古代的美！"

"老武！腔调有走板的没有？"赵子曰听了这段美术论，心中高兴极了，可是还板着面孔，学着古人的"喜怒不形于色"，故意问自己有无欠缺的地方。

"平稳极了！"武端说，"你猜怎么着。就是'岳大哥'的'岳'字没有顿住，滑下去了！是不是？"

"那看哪一派！"欧阳天风撇着小嘴说，"谭叫天永远不把'岳'字顿住！"

（欧阳天风到北京的时候，谭叫天早已死了！谭叫天到上海去的时候，欧阳天风还不懂什么叫听戏！）

"到底是欧阳啊！——"赵子曰点头咂嘴地说，"老武！你的二簧还得再学三年！"

"先别吹腾！"欧阳天风笑着说，"那顶纱帽不可高眼！"

"怎么？"

"差着两盏电灯！"欧阳天风很得意地说，"你看，人家唱《秋胡戏妻》的时候，桑篮上还有电铃，难道你这个王佐倒不如秋胡的媳妇阔气？不合逻辑！"

"安上电灯，万一走了电，王佐不但断了臂，也许丧了命哇！"赵子曰很慎重地说，"小兄弟！别乱出主意！"

"黄天霸、杨香五的帽子上现在全有电灯，就没有一个死了的，你为什么单这样胆小？"欧阳天风拍着赵子曰的肩膀说，"你的戏一点挑剔没有，除了短两盏电灯！我保险，死不了！"

这个问题经几个人辩论了两点多钟，大家全赞成欧阳天风的意见。于是赵子曰本着王佐断臂的牺牲精神，在纱帽上安了两盏小电灯，一盏红的，一盏绿的。

# 第十五

## 1

"李顺!"赵子曰由戏园唱完义务戏回来,已是夜间一点多钟。

"嗻!"李顺从梦中凄凄惨惨地答应一声,跟着又不言语了。

"李——顺!!"

"嗻!"李顺揉着眼睛,把大衣披上走出来。

"你愿意挣五角钱不?李顺!"

"钱?"李顺听了这个字,像喝了一口凉水似的,身上一抖,完全醒过来,"什么?先生!钱?"

"钱!五角!"赵子曰大声地说,"你赶紧快跑,到后门里贴戏报子的地方,把那张有我的名字的报子揭下来!红纸金字有我的名字,明白不明白?不要鼓楼前贴着的那张,那张字少;别揭破了,带着底下的纸揭,就不至于撕破了!办得了办不了?"

"行,先生!这就去?"李顺问。

"可不这就去,快去!"

"五毛钱?"

"没错儿,快去!"

李顺把衣纽扣好,抖了抖肩膀,夜游大仙似的跑出去。

赵子曰把刚才唱完的《王佐断臂》的余韵还挂在嘴边,一边哼唧着,一边想绕着戏馆子大梁的那些余音,不知到什么时候才能散尽。哼唧到得意之际,想到刚才台前叫好喝彩的光景,止不住地笑出了声。

"赵子曰会这么抖?"他自己说,"真他妹妹的没想到!"他合上眼追想戏园中的经过:千百个脑袋,一个上安着两只眼睛,全看着谁?我!赵子曰!"好!"千百张嘴,每张两片红嘴唇,都说道谁?喝谁的彩?我!赵铁牛!"好!"那"抢背"摔的,嘿!真他妈的脆!包厢里那些姨太太们,台根底下那个戴着玳瑁眼镜的老头儿——"好吗!""好!"

他想着,念叨着,笑着,忽然推开门跳出去。到了院中,看看南屋黑洞洞的，欧阳天风还没有回来。"傻小子，穷忙！台下忙十天，也跟不上台上露一出哇！也别说，欧阳也怪可怜的，把小脚丫都跑酸了！"

他在院中来回走了半天，李顺"哪"的一声把街门推开，瞪着眼，张着嘴，呼哧呼哧地直喘。双手把那张红戏报子递给赵子曰。

"来！进来！"赵子曰把李顺领到屋里去，"慢慢地拉着，别使劲！"两人提心吊胆地像看唐代名画似的把那张戏报子展开。赵子曰把脑袋一前一后地伸缩着念："初次登台，谭派须生，赵子曰。烦演：《八大锤》《王佐断臂》，车轮大战，巧说文龙，五彩电灯，真刀真枪，西法割臂，改良说书。"他念完一遍，又念了一遍，然后，又念了一遍。跟着又蹲下去看看戏报子的反面，没看见别的，只有些干糨糊皮子和各色碎纸块。

"李顺！"赵子曰抿着嘴，半闭着眼，两个鼻孔微微地张着，要笑又不好意思的，要说话又想不起说什么好："李顺！啊？"

"先生！你算真有本事就结了！"李顺点着头儿说，"《八大锤》可不容易唱啊！十年前，那时候我还不像这么穷，听过一回那真叫好：文武带打，有唱有念！嗬！大花脸出来，二花脸进去，还有个三花脸光着脊梁一气打了三十多个旋风脚！嗬！白胡子的，黑胡子的，还出来一个红胡子的！简直地说，真他妈的好！——"

"你听的那出，王佐的纱帽上可有电灯？"赵子曰撇着嘴问。

"没有！"

"完了，咱有！"

"我还没说完哪，我正要说那一出要是帽子上有了电灯可就'小车子不拉——推好了'！就是差个电灯！——"

"慢慢卷起来！"赵子曰命令着李顺，"慢着，别撕了！明天你上廊坊头条松雅斋去裱，要苏裱！明白什么叫苏裱呀？"

"明白！"李顺恭而敬之地慢慢往起卷那张戏报子，"就是不明白，我一说苏裱，裱画匠还不明白吗？先生！"

"裱好了，"赵子曰很费思索地说，"我再求陆军次长写副对子。一齐挂在这小屋子里，李顺，你看抖不抖？！"

"抖！先生！谁敢说不抖，我都得跟他拼命！"李顺说。

"好啦！你睡觉去吧！明天想着上松雅斋！"

"嗻！忘不了！"李顺规规矩矩走出去，走到门外，回头看了看赵子曰，偷偷地要笑而又不敢，捂着嘴到了他自己的屋里才笑出来。

赵子曰本想等着欧阳天风和武端回家，再畅谈一回。可是戏台上的牺牲过大，眼睛有些睁不开了。于是决定了暂把一肚的话埋那么一夜，明天再说。

他倒在床上颠来倒去地梦着：八大锤，锤八大，大八锤，整整捶了一夜。

## 2

第二天早晨，李顺把脸水拿进来，看见赵子曰在地上睡得正香。大概是梦里摔"抢背"由床上掉下来。

"先生，我说赵先生，热水您哪！"李顺叫。

"李顺！"赵子曰愣眼呱哒地坐起来说，"把水放下，拿那张戏报子去裱！"

"嗻！我先把先生们的脸水伺候完，先生！就去，误不了！"

## 3

果然不出武端所料：唱过义务戏以后，赵子曰又交了许多新朋友。票友儿、伶人们全不短到天台公寓来，王大个儿的《斩黄袍》也不敢在白天唱了。票友儿与伶人们都称呼他为"赵老板"，有劝他组织票房的，有劝他拜王又宸为师的。赵子曰不但同意了他们的建议，而且请他们到饭馆足吃足喝一阵。

专唱扫边老生的票友李五自荐给赵子曰说戏。唱二花脸的张连寿见面就说："赵老板成了名角的时候，可别忘了咱傻张啊！"于是在一个礼拜内李五和张连寿居然吃了赵子曰十顿金来凤羊肉馆。他们越把赵老板叫得响，赵老板越劝他们点菜。菜越上来得多，他们越把赵老板叫得响。直到他们吃得把赵老板三个字都叫不出来了，赵老板才满意了自己的善于交际。

拉胡琴的小辫儿吴三情愿天天早晨给赵子曰吊嗓子，纯是交情，不取分文。赵子曰心中老大不过意，吴三是坚决不要钱。过了几天，吴三和赵子曰要了五块钱，说给赵子曰买一把蛇皮胡琴，赵子曰的心中舒服多了。

闹腾得快到五月节了，这群新朋友除吃喝赵老板以外，还没有一位给赵老板打主意谋事的。赵子曰心中有些打鼓。

"我说，老武！戏也唱了，新朋友也交上啦，可是事情还一点苗头看不出来呀?!"

"别忙啊！"武端稳稳当当显出足智多谋的样子说，"哪能刚唱一出就马上抖起来呢！——"

"可是我已经花了不少——"

"不花钱还成呀！你猜——"

"好！听你的！"


# 第十六

## 1

设若诗人们睁着一只眼专看美的方面，闭着一只眼不看丑的方面，北京的端阳节是要多么美丽呢：

那粉团儿似的蜀菊，衬着嫩绿的叶儿，迎着风儿一阵一阵抿着嘴儿笑。那长长的柳条，像美女披散着头发，一条一条地慢慢摆动，把南风都摆动得软了，没有力气了。那高峻的城墙长着歪着脖儿的小树，绿叶底下，青枝上面，藏着那么一朵半朵的小红牵牛花。那娇嫩刚变好的小蜻蜓，也有黄的，也有绿的，从净业湖而后海而什刹海而北海而南海，一路弯着小尾巴在水皮儿上一点一点；好像北京是一首诗，它们在绿波上点着诗的句读。净业湖畔的深绿肥大的蒲子，拔着金黄色的蒲棒儿，迎着风一摇一摇地替浪声击着拍节。什刹海中的嫩荷叶，卷着的像卷着一些幽情，放开的像给诗人托出一小碟子诗料。北海的渔船在白石栏的下面，或是湖心亭的旁边，和小野鸭们挤来挤去地浮荡着；时时的小野鸭们噗喇噗喇擦着水皮儿飞，好像替渔人的歌唱打着锣鼓似的："五月来呀南风儿吹"，噗喇，噗喇。"湖中的鱼儿"，噗喇，"嫩又肥"，噗喇，噗喇……那白色的塔，蓝色的天，塔与天的中间飞着那么几只野灰鸽：一上一下，一左一右，诗人的心随着小灰鸽飞到天外去了。

再看街上：小妞儿们黑亮的发辫上戴着各色绸子做成的小老虎，笑涡一缩一鼓地吹着小苇笛儿。光着小白脚丫的小孩子，提着一小竹筐虎眼似的樱桃，娇嫩地吆喝着："赛了李子的樱桃哇！"铺户和人家的门上插上一束两束的香艾，横框上贴上黄纸的神符，或是红色的判官。路旁果摊上摆着半红的杏儿，染红了嘴的小桃，虽然不好吃，可是看着多么美！

不怪周少濂常说："美丽的北京哟！美丽的北京端阳节哟！""哟"字虽然被新诗人用滥了，可是要形容北京的幽美是非用"哟"不可的；一切形容不出的情感与景致，全仗着这个"哟"来助气呢。

可是社会上的真相并不全和诗人的观察相符，设若诗人把闭着的那只眼睛睁开，看看黑暗的那一方面，他或者要说北京的端阳节最丑的了：

屠户门前挂着一队一队的肥猪大羊。血淋淋的心肝，还没有洗净青粪的肚子，在铁钩上悬着。嗡嗡的绿豆蝇成群地抱着猪头羊尾啙一些鲜血，蝇子们的残忍贪食和非吃肉不算过节的人们比较，或者也没有多大的分别。小孩子们围着羊肉铺的门前，看着白胡子老回回用大刀向肥羊的脖子上抹，这一点"流血"与"过节"的印象，或者就是"吃肉主义"永远不会消失的主因。

拉车的舍着命跑，讨债的汗流浃背，卖粽子的扯着脖子吆喝，卖樱桃、桑葚的一个赛着一个地嚷嚷。毒花花的太阳，把路上的黑土晒得滚热，一阵旱风吹过，粽子、樱桃、桑葚全盖上一层含有马粪的灰尘。做买卖的脸上的灰土被汗冲得黑一条白一条，好像城隍庙的小鬼。

拉车的一口鲜血喷在滚热的石路上，死了。讨债的和还债的拍着胸膛吵闹，一拳，鼻子打破了。秃着脑瓢的老太太和卖粽子的为争半个铜子，老太太骂出二里多地还没解气。市场上卖大头鱼的在腥臭一团之中把一盘子白煮肉用手抓着吃了……

这些个混杂污浊也是北京的端阳节。

屠场挪出城外去，道路修得不会起尘土，卖粽子的不许带着苍蝇屎卖……这样：诗人的北京或者可以实现了。然而这种改造不是只凭作诗就办得到的！

## 2

"老武！欧阳！"赵子曰在屋中喊，"明天怎么过节呀？"

"你猜怎么着？"武端光着脚，趿拉着鞋走过第三号来，"明天白日打牌，晚上去听夜戏。好不好？"

"不！听戏太热！"欧阳天风也跑过来，"听我的：明天十点钟起来，到中央公园绕个圈子。绕得不差什么的，在春明馆喝点酒吃点东西。我的请！我可有些日子没请你们吃饭了？是不是？吃完饭，回到公寓，光着脊梁凉凉快快地把小牌一打。晚饭呢，叫公寓预备几样可口的菜，叫李顺去到柳泉居打真正莲花白。吃完晚饭，愿意要呢再接续作战，不愿意呢，出去找个清静的地方遛个弯儿。这样又舒服，又安静，比往戏园子里钻强不强？再说，要听戏叫老赵唱两嗓子，对不对，赵老板？"

"还是你的小心眼儿透亮！"赵子曰眉开眼笑地说，"好主意！李——顺！"……

3

"哈哈！老莫！傻兄弟！你可来了！"赵子曰跳起来欢迎莫大年。

"老赵，老武，你们都好？"莫大年笑着和他们握手。

"好！老莫你可是发福了！"武端也笑着说。他现在对莫大年另有一番敬重的样子，大概他以为在银行做事的人，将来总有做阁员的希望。

"老赵，我来找你明天一块儿上西山，去不去？——"莫大年说着看了武端一眼，"老武也——"

"我正想上西山！"武端赶快地回答。他并不是忘了他们已定的过节计划，而是以为和在银行做事的人一块儿去逛可以增加一些将来谈话的材料。

"咱们三个？不够手哇！"赵子曰说。

"什么不够手？"莫大年问。

"三家正缺一门吗！"

"上山去打牌？"莫大年很惊异地问。

"这是老赵的新发明呢！"武端扑哧地一笑。

"等一等我告诉你，"赵子曰很高兴地说，"我先问你，喝汽水不喝？"

"不喝！叫李顺沏点茶吧！"莫大年回答，"李顺还在这儿吗？"

赵子曰叫李顺沏茶，李顺见了莫大年亲人似的行了一个礼，可惜没有他说话的份儿，他只好把茶沏来，看了莫大年几眼走出去。

"你看，老莫！"赵子曰接着说，"在山上找块平正的大石头，在大树底下，把毡子一铺，小牌一打。喝着莲花白，就着黑白桑葚、大樱桃，嘿！真叫他妈的好！"

"我不能上山去打牌！"莫大年低声地说。

"我告诉你，小胖子！"赵子曰又想起一个主意来，"我想起来了：卧佛寺西院的小亭子上是个好地方。你看，小亭子上坐好，四围的老树把阳光遮住，树上的野鸟给咱们奏乐。把白板滑出溜地摸在手里，正摸在手里，远远地吹过来一阵花香，你说痛快不痛快?! 小胖子，听你老大哥的话，再找上一个人一块儿去！"

"老莫可和欧阳说不来！"武端偷偷地向赵子曰嘀咕。

"我已约好老李，你知道老李不打牌？"莫大年看见武端和赵子曰嘀咕，心中想到不如把李景纯抬起来，把赵子曰的高兴拦回去。"咱们要是打牌，叫老李一个人去逛，岂不怪难堪的?!"

赵子曰没言语。

"对了！我想起来了，老赵！"武端向赵子曰挤了挤眼，"老路不是明天约咱们听夜戏吗? 这么一说，咱们不能陪着老莫上山了！"

"对呀！我把这件事忘了，你看！"赵子曰觉得非常的精明，能把武端的暗示猜透。

…………

李景纯和莫大年第二天上了西山。


# 第十七


## 1

端阳节，一个旋风似的，又在酒肉麻雀中滚过去了。人们揉揉醉眼叹口气，还是得各奔前程找饭吃。武端们于是牌酒之外又恢复了探听秘密。

"子曰！子曰！"武端夜间一点多钟回来，在第三号门外叫。

"老武吗?"赵子曰困眼蒙眬地问，"我已经钻了被窝，有什么事明天早晨再说好不好?"

"子曰！秘密！"

"你等一等，就起！"赵子曰说着披上一件大衣光着脚下地给武端开门，回手把电灯捻开。

武端进去，张着嘴直喘，汗珠在脑门上挂着，脸色发绿。

"怎么了？老武！"赵子曰又上了床，用夹被子把脚盖上，用手支着脸蛋斜卧着。

"老赵！老赵！我们是秘密专家，今天掉在秘密里啦！"武端坐在一张椅子上，帽子也没顾得摘。

"到底怎一回事，这么大惊小怪的?！"赵子曰惊讶地问。两眼一展一展地乱转像两颗流星似的。

"欧阳回来没有？"武端问，说着端起桌上的茶壶咕咚咕咚地灌了一气凉茶。

"大概没有，你叫他一声试试！"

"不用叫他！有他没我！"武端发狠地说。

"什么？"赵子曰噗的一声把被子踹开，坐起来。

"你看了《民报》没有，今天？"武端从衣袋里乱掏，半天，掏出半小张已团成一团儿的报纸，扔给赵子曰："你自己念！"

"票友使黑钱，女权难展。夜戏不白唱，客串贪金。"赵子曰看了这个标题，心中已经打开了鼓。"……赵某暗使一百元，其友武某为会员之一，亦使钱五十元。呜呼！此之谓义务夜戏！……"赵子曰咽了一口凉气，因手的颤动，手中的那半篇报纸一个劲儿沙沙地响。

武端背着手，咬着嘴唇，呆呆地看着赵子曰。

"这真把我冤屈死！冤死！"赵子曰把报纸又搓成一个团扔在地上，"谁给我造这个谣言，我骂谁的祖宗！"

武端还是没言语，又抱着茶壶灌了一气凉茶。

"登报声明！我和那个造谣生事的打官司！"赵子曰光着脚跳着嚷。

"你跟谁打官司呀？"武端翻着白眼问，"欧阳弄的鬼！"

"老武！这可是名誉攸关的事，别再打哈哈！"赵子曰急切地说，"你知道欧阳比我知道的清楚，你想想他能做这个事?！他能卖咱们?！"

"不是他！是我！"武端冷笑了一声。

"凭据！得有凭据呀！"

"自然有！不打听明白了就说，对不起'武秘密'三个大字！"

赵子曰又一屁股坐在床上，用手稀里糊涂地搓着大腿。武端从地上把那团报纸捡起来，翻来覆去地念。胃中的凉茶一阵一阵叽里咕噜地乱响。

## 2

"哈哈！你们干什么玩儿哪?"欧阳天风开门进来，两片红脸蛋像两个小苹果似的向着他们笑，"老武！有什么新闻吗?"

武端头也没抬，依然念他的报。赵子曰揉了揉眼睛，冷气森森地说了句："你回来了?"

欧阳天风转了转眼珠，笑吟吟地坐下。

赵子曰是不错眼珠地看着武端，武端是把眼睛死盯在报纸上，一声不言语。

武端把报纸往地上一摔，把拳头向自己膝上一捶。

赵子曰机灵地一下子站起来，遮住欧阳天风。

"老赵，不用遮着我，老武不打我！"欧阳天风笑着说，"事情得说不是，就是他打我，也得等我说明白了不是?！"

"不是共总一百五十块钱吗，"武端裂睉着眼睛说，"我打一百五十块钱的！"

"老武！老武！"赵子曰拍着武端的肩膀说，"你等他说呀！他说的没理，再打也不迟！欧阳你说！说！"

"老武！老赵！"欧阳天风亲热地叫着，"你们两个全是阔少爷，我姓欧阳的是个穷光蛋。吃你们、喝你们、花你们的钱不计其数。我一个谢字都没有说过，因为我心里感激你们是不能用言语传达出来的。如今呢，这一笔钱我使啦。你们知道我穷，你们知道我出于不得已。这一百多块钱在你们眼中不算一回事，可是到我穷小子的手里就有了大用处啦！"

"钱不算一回事，我们的名誉！"武端瞪着眼喊。

"是呀！名誉！"赵子曰重了一句，大概是为平武端的气。

"别急，等我说！"欧阳天风还是笑着，可是笑得不大好看了，"当咱们在名正大学的时候，我办过这样的事没有？老赵?"

"没有！"

"我们的交情不减于先前，为什么我现在这样办呢?"

"反正你自己明白！"武端说。

"哈哈！这里有一段苦心！"欧阳天风接着说，眼睛不住地瞄着武端，"你们二位不是要做官吗？同时，你们二位不都是有名闹风潮的健将吗？以二位能闹风潮的资格去求做官，未免有点不合适吧？那么由闹风潮的好手一变而为政界的要人，其中似乎应当有个'过板'；就是说：把学生的态度改了，往政客那条路上走；什么贪赃、受贿、阴险、机诈，凡是学生所指为该刨祖坟的事，全是往政界上走的秘宝！事实如此，这并不是我们有意作恶！比如说，老赵，有人往政界举荐你，而你的资格是闹风潮、讲正义、提倡爱国，你自己想想，你这辈子有补上缺的希望没有？反之，你在社会上有个机诈敢干、贪钱犯法的名誉，我恭贺你，老赵，你的官运算是亨通！卖瓜的吆喝瓜，卖枣儿的吆喝枣儿，同样，做学生的吆喝风潮，做官的吆喝卖国；你们自然明白这个，不必我多说。现在呢，你们的姓名登在报纸上了，你们的名誉算立下了；这叫作不用花钱的广告；这就是你们不再念书而要做官的表示！再说，就事实上说，我们给女权发展会尽义务筹款，我问问你们，钱到了她们手里干什么用？还不是开会买点心喂她们？还不是那群小姐们吃完点心坐在一块儿斗小心眼儿？那么，你们要是不反对供给她们点心吃，我看也就没有理由一定拦着我分润一些！她们吃着你们募来的钱，半个谢字不说；我使这么几块钱，和你们说一车好话，你们倒要恼我，甚至要打我，你们怎么这样爱她们而不跟我讲些宽宏大量呢！"

赵子曰的两片厚嘴唇一动一动要笑又不愿笑出来，点着头咂摸着欧阳天风的陈说。武端低着头，黄脸上已有笑意，可是依然板着不肯叫欧阳天风看出来。欧阳天风用两只一汪水的小眼睛看了看他们两个，小嘴一撇笑了一笑，接着说：

"还有一层，现在做义务事的，有几个不为自己占些便宜的？或者有，我不知道！人家可以这样做，做了还来个名利兼收，我们怎就不该做？我告诉你们，你们要是听我的指挥往下干，我管保说，不出十天半月你们的'委任状'有到手的希望。你们要还是玩你们学生大爷的脾气，那只好做一辈子学生吧，我没办法！做官为什么？钱！赔钱做官呀？地道傻蛋！你们也许说，做官为名。好，钱就是名，名就是钱！卖国贼的名声不好哇，心里舒服呢，有钱！中国不要他，他上外国；中国女子不嫁他，他娶红毛老婆！名、钱、做官，便是伟人的'三位一体'的宗教！——"

"哈哈！"赵子曰光着脚跳开了天魔舞。

"哼！"武端心中满赞同欧阳天风的意见，可是脸上不肯露出来，"哼！你猜——"

"老赵！还有酒没有？"欧阳天风问。

"屈心是儿子，这一瓶藏了一个多礼拜没动！来！喝！我的宝——喝！"

## 3

欧阳天风的人生哲学演讲的结果：武端把西服收起来换上华丝葛大褂，黄色皮鞋改为全盛斋的厚底宽双脸缎鞋。赵子曰除制了一件肥大官纱袍外，还买了一顶红结青纱瓜皮小帽。武端拿惯手杖，乍一放下手中空空的没有着落，欧阳天风给他出主意到烟袋斜街订做一根三尺来长的银锅斑竹大烟袋，以代手杖；沉重而伟大的烟袋锅，打个野狗什么的，或者比手杖更加厉害。如此改扮停妥，彼此相视一笑。欧阳天风点头咂嘴地赞美他们：

"有点派头啦！"

赵子曰在厕所里静坐，忽然想起一个新意思，赶快跑到武端屋里去：

"老武！又是一个新意思！从今天起，不准你再叫我'老赵'，我也不叫你'老武'！我叫你'端翁'，你叫我'子老'！你看这带官味儿不呢？"

"我早想到了！"其实武端是真佩服赵子曰的意思新颖，"好，就这么办！老赵，哦，子老！欧阳说今天他给咱们活动去，你也得卖卖力气钻钻哪！我告诉你有一条路可以走：你记得女权发展会的魏丽兰女士？——"

"一辈子忘不了！哪时想起来哪时恶心？"赵子曰不用闭眼想，那位魏女士的丑容就一分不差地活现出来。

"别打哈哈！老赵，你猜怎么着，子老！"武端说着把大烟袋拿起来拧上一锅子老关东烟，把洋火划着倒插在烟锅上，因为他的胳臂太短，不如此是不容易把烟燃着的。"你知道她是谁的女儿不知道？"

"还出得去魏大、魏二？干脆，我不知道！"

"她是做过警厅总监的魏大人的女儿！不然的话，女权发展会就会立得了案啦？"武端说到这里，两眼睁得像两盏小气死风灯，好像把天涯地角的一切藏着秘密的小黑窟窿全照得"透亮杯儿"似的。"那天你唱《八大锤》的时候，她直问我你是谁。你猜怎么着？我告诉她：这就是名冠全国学生界的铁牛赵子曰！她没说什么，可是她不错眼珠地看着你。你猜——"

"看我干吗?" 赵子曰打了一个冷战。

"你有点不识抬举吧！" 武端用大烟袋指着赵子曰说。

"往下说，端翁！我不再插嘴好不好?" 赵子曰笑着说。

"我的意思是这么着：咱们俩全不是为钱，是为名誉、势力。魏女士既有意于你，你为何不'就棍打腿'和她拉拢拉拢？我呢，有个舅父在市政局做事，我去求他。你去运动魏女士，她的父亲做过警察总监，还能在市政局没有熟人吗？如此，我们两下齐攻，你猜怎么着，就许成功！你进去呢往里拉我，我进去呢也忘不了你！万一欧阳运动有效，我们还许来一份兼差，是不是? 子老!"

"可是有一样，" 武端把烟袋放下，十二分恳切地说，"你要注意！你的言语、行动，可都得够派头！欧阳的话我越咂摸越有味:'穿着运动衣去运动官，叫作自找没趣！'念书的目的就是做官，可是念书时候的行为是做官的障碍；今天放下书本，今天就算勾了一笔账；重开张，另打鼓，卖什么吆喝什么！你说是不是？所以无论到哪里，去见谁，先等别人开口，然后咱们随着人家的意见爬；千万别像当学生的时候那么固执己见！比如，人家骂学生一句，咱就骂十句；人家要拆学堂，咱就登时去找斧子；人家骂过激党是异端邪说，咱就说过激党该千刀万剐，五雷轰顶！这么办，行了，做官有望了！你猜——"

"端翁！" 赵子曰笑得嘴也闭不上了，"你由欧阳的一片话，会悟出这么些个道理来，你算真聪明，我望尘莫及！可是有一样，叫我去拉拢魏女士，我真受不了！我小的时候，爸爸给我买个难看的小泥人，我还把它摔个粉碎；如今叫我整本大套地去和女怪交际，你想想，端翁，我老赵受得了受不了?!"

"王女士倒好看呢，你巴结得上吗?!" 武端含着讥讽的腔调说。

"说真的，王女士怎样了？端翁！欧阳那小子说给我介绍她，说了一百多回了，一回也没应验！"

"先别说这个！有了官有了势力，不就凭她吗？再比她好上万倍的，说'要'马上就成功！不准再提这个事！计划你怎样去见魏女士！" 武端的面容十分严厉，逼着赵子曰进行谋差事。

"这真是打着鸭子上树呀！" 赵子曰摇着头说。

"这么办！"武端想了半天，然后说，"我先上女权会找她，然后你到会里去找我；我给你们俩介绍。介绍以后，子老，那可就全凭你的本事了。自然，胖子不是一口吃起来的，凡事要慢慢地来，可是头一见面就砸了锅，是不容易再锯起来呀！"

"好，你先走，我老赵明白，不用你嘱咐！"

武端忙着去洗脸，分头发，换衣裳。装束完了，又嘱咐赵子曰一顿，然后摇摇摆摆往外走。走到街门又回来了：

"我说老赵，子老！我又想起一件事来：你前者在天津认识的那个阎乃伯，可做了直隶省长，这也是一条路哇！"

"我早在报上看见了！"赵子曰回答，"可是只在他家教了三天半的书，他要记得我才怪；再说那个家伙不可靠！我说端翁！拿上你的大烟袋呀！"

"不拿！女权会里要不开大烟袋！回头见，你可千万去呀！你猜怎么着？——"

# 第十八

## 1

"赵先生！电话！"李顺挑着大拇指向赵子曰笑着说。

（李顺对于天台公寓的事，只有两件值得挑大拇指的：接电话和开电灯。）

"哪儿的？"赵子曰问。

"魏宅，先生！"

"喂！……啊？是的！是的！"赵子曰点着头，还笑着，好像跟谁脸对脸说话似的，"必去，是！……啊？好！回头见！"他直等耳机里咯喽咯喽响了一阵，又看了看耳机上的那块小黑炭，才笑着把它挂好。

他慌手忙脚地把衣冠穿戴好。已经走出屋门，又回去照了照镜子，正了正帽子，扯了扯领子，又往外走。

…………

去得慌促回来得快，赵子曰噘着大嘴往公寓走。

"老武！老武！"赵子曰进了公寓山嚷海叫地喊武端。

"先生！"李顺忙着跑过来说，"武先生和欧阳先生到后门大街去吃饭，留下话请先生回来找他们去。金来凤回回馆！"

"李顺！你少说话！我看你不顺眼！"赵子曰看见李顺，有了泄气的机会。

"嘁！"李顺晓得赵子曰的威风，小水鸡似的端着肩膀不敢再说话。

"叫厨房开饭！什么金来凤、银来凤，瞎扯！"赵子曰"咣"的一声开开屋门进去。

"嘁！开平常的饭，还是给先生另做？"李顺低声下气地问。

"瞧姓赵的配吃什么，瞧姓赵的吃得起什么，就做什么！别跟我碎嘴子，我告诉你，李顺，你可受不住我的拳头！"

"嘁！"

## 2

"老赵怎还不来呢？"武端对欧阳天风说。

两个人已经在金来凤等了四五十分钟。

"咱们要菜吧！"欧阳天风的肚子已经叽里咕噜奏了半天乐，"老赵呀，哼！大概和魏女士——"说到这里，他看了武端一眼，把话又咽回去了。

"好，咱们要菜，"武端说着把跑堂的叫过来，点了三四样菜，然后对欧阳天风说，"他不能和她出去，他不爱她，她——太丑！"

"可是好看的谁又爱他呢！"欧阳天风似笑非笑地说。

"欧阳，我不明白你！"武端郑重地说，"你既知道好看的姑娘不爱他，可为什么一个劲儿给他拉拢王女士呢？"

"你要王女士不要，老武？"欧阳天风问。

"我不要！"

"完啦！老赵要！你如有心要她，我敢说句保险的话：王女士就是你姓武的老婆！明白了吧？"欧阳天风笑了笑，接着说，"我问你，你为什么给老赵介绍魏女士？"

武端点了点头，用手捏起一块咸菜放在嘴中，想了半天才说："我再先问你一句，你可别多心，你和王女士到底有什么关系？"

跑堂的把两个凉碟端上来，欧阳天风抄起筷子夹起两片白鸡一齐放在嘴里，一面嚼着一面说：

“你先告诉我，我回来准一五一十地告诉你！要不然，先吃饭，吃完了再说好不好？”

“也好！”武端也把筷子拿起来。

热菜也跟着上来了。两个人低着头扒搂饭，都有一团不爱说的话，同时，都预备着一团要说的话。那团要说的话，两个人都知道说也没用。那团不爱说的话，两个人都知道不说是不行。于是两个嘴里嚼着饭、心里嚼着思想，设法要把那团要说的话说得像那团不爱说的话一样真切好听。这个看那个一眼，那个嘴里嚼着饭；那个看这个一眼，这个正夹起一块肥肉片，可是，这个夹肉片和那个的嚼饭，都似含着一些不可捉摸的秘密。两个的眼光有时触到一处，彼此慌忙在脸上挂上一层笑容，叫彼此觉得脸上的笑纹越深，两颗心离得越远。

欧阳天风先吃完了，站起来漱口，擦脸，慢慢地由小碟里挑了一块槟榔；平日虽然没有吃槟榔的习惯，可是现在放在嘴里嚼着确比闲着强。武端跟着也吃完，又吩咐跑堂的去把汤热一热，把牙签横三竖四地剔着牙缝。两个人彼此看了一眼：一个嚼槟榔，一个剔牙缝，又彼此笑了一笑。

汤热来了，武端一匙一匙地试着喝。本来天热没有喝热汤的必要，可是不这么支使跑堂的，觉得真僵得慌。他喝着汤偷偷看欧阳天风一眼，欧阳正双手叉腰看着墙上的英美烟公司的广告，嘴里哼唧着二簧。

“算账，伙计！”武端立起来摸着胸口，长而悠扬地打了两个饱嗝儿，“写上我的账，外打二毛！”

“怎么又写你的账呢？”欧阳天风回过头来笑着说。

“咱们谁和谁，还用让吗！”武端也笑了笑，“咱们回去看老赵回来了没有，好不好？”

“好！可是，咱们还没有说完咱们的事呢？”

“回公寓再说！”

## 3

两个人亲亲热热地并着肩膀，冷冷淡淡地心中盘算着，往公寓里走。到了公寓，不约而同地往第三号走。推开门一看：赵子曰正躺在床上哧呼大睡。

"醒醒！老赵！"欧阳天风过去拉赵子曰的腿。

"搅我睡觉，我可骂他！"赵子曰闭着眼嘟囔。

"你敢！把你拉下来，你信不信？"

"别理我，欧阳！谁要愿意活着，谁不是人！"赵子曰揉着眼睛说，好像个刚睡醒的小娃娃那样撒娇。

"怎么了，老赵？起来！"武端说。

"好老武，都是你！差点没出人命！"赵子曰无精失采地坐起来。

"怎么？"

"怎么？今天早晨我是没带着手枪，不然，我把那个老东西当时枪毙！"赵子曰怒气冲天发着狠地说。

"得！老武！"欧阳天风笑着说，"老赵又砸了锅啦！"

"我告诉你，欧阳！你要是气我，别说我可真急！谁砸锅呀?！"赵子曰确是真生气了，整副的黑脸全气得暗淡无光，好像个害病的印度人。

欧阳天风登时把笑脸卷起，一手托着腮坐在床上，郑重其事地皱上眉头。

"老赵！"武端挺起腰板很慷慨地说，"那条路绝了，不要紧，咱们不是还有别的路径哪吗！不必非拉着何仙姑叫舅母啊！"

赵子曰点了点头，没说什么。

武端心中老大地不自在，尤其是在欧阳天风面前，更觉得赵子曰的失败是极不堪的一件事。

欧阳天风心中痛快得了不得，嘴里却轻描淡写地安慰着赵子曰，眼睛绕着弯儿瞄着武端。

"老赵！到底怎回事？说！咱姓武的有办法！"武端整着黄蛋脸，话向赵子曰说，眼睛可是瞧着欧阳天风。

"他妈的我赵子曰见人多了，就没有一个像魏老头子这么讨厌的！"赵子曰看武端挂了气，不好再说话了，"不用说别的，凭他那缕小山羊胡子就像汉奸！"

武端点了点头，欧阳天风微微地一笑。

赵子曰把小褂脱了，握着拳头说：

"你看，一见面，三句话没说，他摇着小干脑袋问我：'阁下学过市政？'——"

"你怎么回答来着？"武端问。

"'没有！'我说。他又接着说：'没学过市政吗，可想入市政局做事！'——"

"好可恶的老梆子！"欧阳天风笑着说。

"说你的！老赵！"武端跟着狠狠唾一口唾沫。

"我可就说啦，'市政局做事的不见得都明白市政。'你们猜他说什么：'哼！不然，市政局还不会糟到这步田地呢！'我有心给他一茶碗，把老头子的花红脑子打出来！继而一想谁有工夫和半死的老'薄儿脆'斗气呢！我也说得好：'姓赵的并不指着市政局活着，咱不做事也不是没有饭吃！'我一面说一面往外走，那个老头子还把我送出来，我头也不回，把他个老东西僵在那块啦！"

…………

# 第十九

## 1

赵子曰和武端坐着说话，他说："欧阳上哪儿啦？"

武端冷淡地回答："管他呢。"

赵子曰和欧阳天风坐着闲谈，他问："老武呢？"

欧阳天风小嘴一咧："谁知道呢。"

赵子曰见着武端，武端在他耳根下说："我告诉你，你猜怎么着？欧阳要和王女士没有暧昧的事，我把脑袋输给你！"

赵子曰见着欧阳天风，欧阳拉着他的手亲热而微含恫吓地说："你要是再和魏丫头来往，别说我可拿刀子拼命！"

赶巧三个人遇在一块儿，其中必有一个——不是赵子曰——托词有事往外走的，弄得赵子曰心中迷离迷糊地只是难过，不知怎么办才好。想给他们往一处捏合吧，他们面上永远是彼此看着笑，并没有一点不和的破绽。不给他们说和吧，他们脸上的笑容好似两把小钢刀，不定哪一时凑巧了机会就刀刃上见点血。他立在两把刀的中间，是比谁也难过而且说不出道不出。

"老赵！"武端，乘着欧阳天风没在公寓里，跑过第三号来说，"走！请你吃饭！"

"噢——"赵子曰说了半截又咽回去了，"好！上哪儿？"

"随你挑！朋友的交情是一来一往的，咱姓武的不能永远吃别人不还席，哈哈！"

赵子曰知道那个专吃别人不还席的是谁，心中比自己是白吃猴还难过，可是他勉强笑着说：

"东安楼吧！"

"好！东安楼！我说，我打算约上老李，李景纯，你想怎样？"武端脸上显出只许叫赵子曰答应、不准驳回的样子。

"好哇！老没见老李，怪想他的呢！"赵子曰心中一百多万不喜欢见李景纯，可是看着武端的样子，要不答应这个要求，武端许从衣袋中掏炸弹。"再说，反正你请客，客随主人约，是不是？"

武端跑到柜房打电话约李景纯，李景纯推辞不开，答应了在东安楼见面。

已是学校里放暑假的天气，太阳像添足了煤的大火炉把街上的尘土都烧得像火山喷出来的灰砂。路旁卖冰激凌的、酸梅汤的，叮叮地敲着冰铲儿，叫人们听着越发觉得干燥口渴。小野狗们都躺在天棚底下，一动也不动地伸着舌头只管喘，可是拉洋车的和清道夫还在马路上活动，或者人们还不如小狗儿们的造化？清道夫们自自然然地一瓢一瓢往街心上洒水，洒得那么又细又匀；洒完就干，干了再洒，好像以半部《论语》治天下的人们念那半部《论语》似的那么百读不厌。

武、赵二人到了东安楼，李景纯已经在那里等了半天。

李景纯穿着一身河南绸的学生服，脚上一双白番布皮底鞋，叫赵、武二人心中一跳，好像看见诸葛亮穿洋服一样新异。

"哈喽！老李！真怪想你的了！"赵子曰和李景纯握了握手。

"好吗？老赵！我们还是在女权会见着的，又差不多三个月了！"李景纯说。

"可不是！"赵子曰听见"女权会"三个字，想起魏家父女，胃中直冒酸水。

"老武！"李景纯对武端说，"谢谢你！我可有些日子没吃饭馆了！"

"好！今天请你开斋！"武端说着不错眼珠地看着李景纯的白鞋和河南绸的

学生服，看了半天，到底板不住问出来："老李，你怎么也往维新里学呀？居然白鞋而河南绸其衣裤，这未免看着太洋气呀！"

"老武！"李景纯微微一笑，"你又想错了！你以为穿上洋服就是明白了西洋文化，穿着大袄便是保存国粹吗？大概不然吧！我以为衣食住既是生活的要素，就不能不想一想哪样是合适的，哪样是经济的。中国衣服不好，为什么？想！想完了而且真发现中服的缺点了，为什么不设法改良而一定非整本大套地穿西服不可！西服好，为什么？想！想完了而且真发现西服的好处了，为什么不先设法自己制作西服的材料而一定去买外国货！这不是文化不文化的问题，而是求身体安适与经济的问题！老武！别嫌我嘴碎，凡事，哪怕是一个尖针那么小，全要思想一番啊——"

"我说老武，咱们要菜吧！"赵子曰皱着眉恳求武端。

"好！老李，你吃什么？"武端问。

"不拘，你要菜，我就吃，我是不会要！可是千万别多要！"

"得！听我的！老赵！"武端向赵子曰说，"今天只准吃半斤酒，吃完饭我要和你明明白白地谈一谈。"

赵子曰因有李景纯在席，打不起精神和武端说笑，一声没言语。武端点了几样菜，真的只要了半斤酒。

酒喝完了，吃饭。饭吃完了，武端说了话：

"老赵！今天我特意把老李请来，叫他告诉告诉你欧阳的行为！大概你不至于不信任老李吧？"

"怎么啦？老武！"李景纯很惊异地问。

"不用问，老李！说说欧阳在公寓怎样欺侮你来着！"武端急切地说。

"过去的事提它干什么呢！"李景纯说。

"老李，我求你说！"武端的眼珠拿出来一大块似的，"不然，老赵总看欧阳是他的好朋友，咱们不是！"

"我看谁都是好朋友！"赵子曰反抗着说。

"老武，你听着！"李景纯已猜透几分武端的心事，慢慢地说，"交朋友不必一定像比目鱼似的非成天黏在一块儿不可呀！情义相投呢，多见几面；意见不合呢，少往一处凑。亲热的时候呢，也别忘了互相规正；冷淡的时候呢，也不必彼此怨谤。欧阳那个人，据我看，是个年少无知的流氓，我不愿与他交朋友，我不屑与他惹气，我可也不愿意播扬他的劣迹。他欺侮我，没关系，我不理他就完了；他要真是做大恶事，我也许一声不言语杀了他，不是为私仇，是为社会除个害虫！我前者警告过老赵，他不信，现在——"

"是这么一回事！"武端不大满意李景纯的话，忙着插嘴说，"我和老赵托魏女士向她父亲给我们介绍，谋个差事。老李你知道，我和老赵并不指着做官发财，是想有个事做比闲着强。有一天老赵见着魏老者，欧阳吃了醋，他硬说我有心破坏他与老赵的交情。后来我问他到底与王女士的关系，你猜怎么着，他倒打一耙问我：'你想老赵能顺着你的心意和魏女士结婚不能？'老李你看，这小子要得要不得！而且最叫我怀疑的是他与王女士的关系，其中必有秘密。"武端说完看着李景纯，李景纯不住地点头。赵子曰一声不发，只连三并四地嗑瓜子。

"老武！"李景纯镇静了半天才说，"当你信任欧阳的时候，我要说他一句'不好'，你能打我一顿；现在你看出他的劣点来了，我要说他'好'，你能打我一顿！这一点，你与老赵同病。你们应当改，应当细想一想！老武你叫我说欧阳的坏处，我反说了你的欠缺，原谅我，我以为朋友到一处彼此规劝比讲究别人的短处强！我知道你必不满意我，可是我天性如此，不能改！——不能改！至于欧阳与王女士有什么关系，我真不知道！我只以为我们有许多比娶老婆要紧的事应当先去做。我不反对男女交际，我不反对提倡恋爱自由，可是我看国家衰弱到这步田地，设若国已不国，就是有情人成了眷属，也不过是一对会恋爱的亡国奴，难道因为我们明白恋爱，外国人，军阀们，就高抬贵手不残害我们了吗？老赵！老武！打起精神干些正经的，先别把这些小事故放在心里！老武，谢谢你！我走啦！"

李景纯拿起草帽和武、赵二人握了握手，轻快地走出去。

武端深深喘了一口气，赵子曰把胡琴从墙上摘下来，笑吟吟地吱扭着。

"先别拉胡琴！"武端劈手把胡琴抢过来扔在桌上，"老李这家伙真他妈的别扭！"

"有不别扭的！你又不爱！没事请丧门神吃饭，自己找病吗！"

## 2

"老赵!"欧阳天风乘着武端出去了,把赵子曰困在屋里审问,"你告诉我句痛快话,你到底有心娶王女士没有? 你这个人哪,我真不好意思说,真哪,不懂香臭! 那么丑的个魏丫头你也蜜饯饯似的亲着——"

"谁爱她,魏女士,谁是个孙子!"赵子曰急赤白脸地分辩,"我要利用她! 现在呢我们又吹了灯,你没听见我说要枪毙那个魏老头子吗! 我告诉你,你个小——不用和老大哥敲着撩着耍嘴皮子! 说真的!"

"这像自己朋友的话啦!"欧阳天风似乎非被人叫作什么小——才欢喜,脸上又红扑扑地笑出一朵花儿来。"我告诉你,你打算利用魏丫头,叫作白费蜡! 谁是你们的介绍人? 老武! 老武要是看出那条路顺当好走,他为什么不去,而叫你去? 他要是明知道魏老头子不好斗而安心叫你去碰钉子,那怎算知己的朋友?! 好,我不多说,反正现在你不信任我,我知道你爱老武——"

"你要是瞎说,我可捶你一顿!"赵子曰笑得一双狗眼挤成两道细缝,轻轻地打了欧阳天风的肉肉嘟嘟的小脊梁盖儿一下。

"得了老大哥! 不说了!"欧阳天风笑着说,"说正经的! 你到底对王女士怎么样? 告诉我! 你要知道:现在张教授是大发财源,我听说他那部新著作,一下子就卖了三千块! 这是一。还有李瘦猴儿天天摽着她,一步不肯放松;瘦猴儿近来居然穿上白鞋、绸子学生服,也颇往漂亮里打扮,这是二。有这么两块臭胶黏着她,你要是不早下手,等别人把稠的捞了去,你可是白瞪眼!"

"我现在一心谋差事呢!"赵子曰说,"差事到手,再娶媳妇,不是更威风吗?"

"我也盼着你做官哪!"欧阳天风鼓着小蜜桃儿的嘴说,"你做了官,我不是也就跟着抖起来了吗! 可是有一样,娶媳妇比做官更要紧! 你看:当咱们在学校的时候,你说你念不下去书。为什么? 短个知心的女友! 男女之际,大欲存焉,这是上帝造人的一点秘密! 不信,你今天娶了她,不几天的工夫就能找到事情做;因为心中一痛快,人得喜事精神爽,你才能鼓起精神去做事。照你现在这样无精少采的,半死不活的,而想去谋事,那叫老和尚看嫁妆,下辈子见吧! 比如你去见政客伟人,一阵心血来潮,想起贵府上那位小粽子式脚儿的尊夫人；人家问东，你要不答西才怪！你能谋上差事才怪！我说的对不对？老赵！"

赵子曰闭上眼睛细细地回想：乍结婚时候的快乐，和这几年的抑郁牢骚，两相比较，千真万确正和欧阳天风的话一个样。欧阳的一片话恰好是他自己心中那部痛史的短峭精到的一篇引言。几年来所欲洒而未洒的眼泪，都被欧阳这几句点破，好像锋快的小刀切在熟透的西瓜上，红瓤黑子地迎刃而裂。官事的不成，学业的不就，烟酒的沉溺，金钱的糜费，全有了可以自恕的地方。心中不真乐，怎会不荒唐！心中不痛快，怎能念书、做官！他从前只以为疯着心要再婚是一种兽欲上的需要；现在他才明白，再婚是在兽欲而上的一种要求；如能把这一点要求满足了，成圣成贤，立铜像，竖硬盖大王八驮着的石碑，胥在斯矣！子曰：——赵子曰！曰——"婚而时结之，不亦乐乎！"

欧阳天风看着赵子曰深思默想，呆呆的，不敢搅乱他。赵子曰一会儿点点头，一会儿张张嘴，比孙大圣过火焰山还奇幻。忽然他把手一拍，说：

"是这么着！欧阳你去办！老大哥决定了：先娶妻后做官！"

"老赵你真算聪明就完了，我佩服你！"欧阳天风笑着说，"三天之内，准保叫你见她一面！老赵！先给我十块钱，这回不说'借'了！方便不方便？"

"拿去！老大哥有钱！"

# 第二十

## 1

"欧阳先生！"欧阳天风刚进天台公寓的大门，李顺大惊小怪地喊，"欧阳先生！可了不得啦！市政局下了什么'坏人状'，武先生做了官啦！"

"委任状大概是？"欧阳天风心中一动，却还镇静着问，"他补的是什么官，知道不知道？"

"官大多了！什么'见着就磕'的委员哪！"

"建筑科，是不是？"

"正对！就是！嗬！武先生乐得直打蹦，赵先生也笑得把屋里的电灯罩儿打碎！乐了一阵，他们雇了一辆大汽车出前门去吃饭了。"李顺指手画脚地说，"先生你看，武先生做了官，连我李顺也跟着乐得并不上嘴，本来嘛，没有祖上的阴功能做——"

"他们上哪儿吃饭去了？"欧阳天风抢着问。

"上——什么楼来着！你看——"

"致美楼？"

"对！致美楼！"

欧阳天风把眼珠转了几转，自己扑哧一笑，并没进屋里去，又走出大门去了。出了公寓，雇了辆车到致美楼去。

"啊哈！老武——武大人！"欧阳天风跳进雅座去向武端作揖，"大喜！大喜！"

武端正和赵子曰疯了似的畅饮，忽然见欧阳天风闯进来，武端本想不招待他，继而心中转了念头，站起来还了个揖请他坐下。赵子曰一心地怕武端不理欧阳天风，忙着向欧阳打招呼；可是欧阳连看赵子曰也不看，把那团粉脸整个地递给武端。

"武大人，前几天我告诉你什么来着，应验了没有？喽！穿上华丝葛大衫，拿上竹竿大烟袋，非做官不可吗！"欧阳天风说着自己从茶几上拿了一份匙箸，吃喝起来。

武端本想给欧阳天风个冷肩膀扛着，可是细一想：既然做了官，到底不应当多得罪人，知道哪一时用着谁呢。况且自己的志愿已达，何必再和欧阳斗闲气。于是把前嫌尽弃，说说笑笑地一点不露痕迹。

欧阳天风和武端说笑，不但不理赵子曰，而且有时候大睁白眼地硬顶他，赵子曰的怒气不从一处来，忽然把筷子往桌上一拍，立起来拿起大衫和帽子就往外走。

"怎么啦？老赵！"武端问。

"我回公寓，心中忽然一阵不合适！"赵子曰说着咚咚地走下楼去。

武端立起来要往外走，去拉赵子曰。欧阳天风轻轻拍了武端的肩膀一下，又递了个眼神，武端又莫名其妙地坐下了。

"老赵怎么啦？欧阳！"武端问。

"不用管他，我有法子治他！"欧阳天风笑着说，"我问你，老武，一件要紧的事！你是要娶魏女士吗？现在做了官，当然该进行婚事！"

"我和魏女士没关系，不过彼此认识就是了。"武端咬言咂字地说，颇带官僚的味道，"再说，我的差事并不是托她的人情！没关系！"

"那么，你看王女士怎样？"欧阳天风很恳切地问。

"你不是给老赵介绍她哪吗？"武端心中冷淡，面上笑着说。

"他说他又改了主意，不再娶了。所以我来问你，我早就有心这么办，你可别想我看你做了官巴结你！"欧阳天风又自己斟上一杯酒，"说真的，王女士的模样态度真不坏！"

"可是，我现在还没意思结婚，先把官事弄好再说！"武端笑着说。

这件事要是搁在委任状下来以前，武端登时就去找赵子曰告密。可是，现在做了官，心中总得往宽宏大量里去。前几天一心一意要知道欧阳天风与王女士的秘密，甚至和欧阳犯心闹气；现在呢，就是欧阳有心告诉他，他也不愿意听；因为做官的讲究混含不露，讲究探听政治上的隐情，哪还有工夫听男女学生的事情呢。武端认清了两条路：做学生的时候出锋头是嘴上的，越说得花哨，越显本事；做官的时候出锋头是心里的劲儿，越吞吐掩抑越见长处。

"那么你无意结婚？"欧阳天风钉了一句。

"没有！"

"也对！"欧阳天风又转了转眼珠，"做官本来是件要紧的事嘛！我说，你给老赵也运动着吧？"

"正在进行，成功与否还不敢定！"

"我盼着你们两个都抖起来，我欧阳算有饭吃了！"

"自然！"

"老武！你回公寓吗？"

"不！还要去访几位同事的，晚上还要请客！"

"那么，咱们晚上公寓见吧！谢谢你，老武！"欧阳天风辞别了武端，慌着忙着回公寓。

## 2

"老赵！老赵！"

"谁呀？"赵子曰故意地问。

"我？"欧阳天风开开屋门进去。

"欧阳天风呀！还理咱这不做官的吗？"赵子曰本来在椅子坐着，反倒一头躺在床上。

"老赵！你可别这么着！"欧阳天风板着脸说，"我一切的行动全是为你好！"

"不理我，冰着我，也是为我好？嘻嘻！"

"那是！难道你不明白前几天我和老武犯心吗？现在他做了官，不用说，你得求他提拔你了。可是，设若他一想：咱们俩是好朋友，他因为恨我，就许也把你搁在脖子后头！我舍着脸去见他，并不是为我，我决不求他，为你！为你！你走后，你看我这个托付他，给你托付！为真朋友嘛，舍脸？杀身也干！你姓赵的明白这个？"

"得！算你会说！小嘴儿叭嗒叭嗒小梆子似的！"赵子曰坐起来笑了。

"干吗会说呀，我真那么办来着！我问你，老武给你运动得怎样了？"

"他说只有文书科有个录事的缺，我告诉他不必给我活动，咱老赵穷死也不当二十块钱的小录事！"

"什么？你拒绝了他？你算行！姓赵的，你这辈子算做不上官了！"欧阳天风真的急了，一个劲摇头叹息。

"不做官就不做，反正不当小录事！"赵子曰坚决而自尊地说。

"比如你为我去当录事，把二十块钱给我，你去不去？"

"我给你二十块钱，不必去当录事！再说，我可以给你谋个录事，假如你有当录事的瘾！"

"我也得会写字呀，这不是打哈哈吗！也好，老赵，我佩服你的志愿远大！得！把这一篇揭开，该说些新鲜的了：后天，礼拜六，下午三点钟到青云阁茶楼上去见她！……"

## 3

青云阁商场所卖的国货，除了竹板包锡的小刀小枪和血丝糊拉的鬼脸儿，要算茶楼中的"坐打二簧"为最纯粹。这种消遣，非是地道中国人决不会欣赏其中的滋味。所谓地道中国人者是：第一，要有个能容三壶龙井茶、十碟五香瓜子的胃；第二，要有一对铁做的耳膜。有了这两件，然后才能在卧椅上一躺，大锣正在耳底下当当地敲着"四起头"，唢呐狼嚎鬼叫地吹着"急急风"。

有些洋人信口乱道，把一切污浊的气味叫作"中国味儿"，管一切乱七八糟不干净的食品叫"中国杂碎"。其实这群洋人要细心检查检查中国人的身体构造，他们当时就得哑然自笑而钦佩中国人的身体构造是世界上最进化的、最完美的。因为中国人长着铁鼻子，天然地闻不见臭味；中国人长着铜胃，莫说干炸丸子，埋了一百二十多年的老松花蛋，就是肉片炒石头子也到胃里就化。同样，为叫洋人明白中国音乐与歌唱，最好把他们放在青云阁茶楼上；设若他们命不该绝，一时不致震死，他们至少也可以锻炼出一双铁耳朵来。他们有了铁耳朵之后，敢保他们不再说这大锣大鼓是野蛮音乐，而反恨他们以前的耳朵长得不对。

欧阳天风和赵子曰到了青云阁，找了一间雅座，等着王女士。"坐打二簧"已经开锣，当当当当敲得那么有板有眼地把脑子震得生疼。锣鼓打过三通，开场戏是《太师回朝》。那位太师的嗓音：粗而直像牛，宽而破像猪。牛吼猪叫声中，夹着几声干而脆的彩声，像狗。这一团牛猪狗的美，把赵子曰的戏瘾勾起来了。摇着头一面嗑瓜子一面哼唧着："太师爷，回朝转……"

"我说，她可准来呀？"赵子曰唱完《回朝》，问，"上回在女权会你可把我骗了！"

"准来！"欧阳天风的脸上透着很不自然，虽然还是笑着。

两个人嗑着瓜子，喝着茶，又等了有半点多钟，赵子曰有些着急，欧阳天风心中更着急，可是嘴里不住地安慰赵子曰。

瓜子已经吃了三碟，王女士还是"不见到来"，赵子曰急得抓耳挠腮，欧阳天风的脸蛋也一阵阵地发红。

小白布帘一动，两个人"忽"的一声全立起来，跟着"忽"的一声又全坐下了。原来进来的是个四十多岁的仆人，穿着蓝布大衫，规规矩矩地手中拿着一封信。

"哪位姓赵呀？先生！"

"我！我！"

"有封信，王女士打发我送给先生！"那个人说着双手把信递给赵子曰，"先生有什么回话没有？"

欧阳天风没等赵子曰说话，笑着对那个人说："你坐下，喝碗茶再走！"

"嗷！不渴！"

"你坐下！"欧阳天风非常和蔼地给那个人倒了一碗茶，"你从北大宿舍来吧？李先生打发你来的？"

那个人看了看欧阳天风，没有言语。

"说！不要紧！"欧阳天风还是笑着说，"我们和李先生是好朋友！"

"嗷！李先生嘱咐我，不叫我说。先生既是他的好朋友，我何必瞒着，是，是李先生叫我来的！"

"好！老赵！你给他几个钱叫他回去吧！回去对李先生说，信送到了，不必提我问你的话！"

赵子曰给了那个仆人四角钱，那个仆人深深地给他们行了一礼，慢慢地走出去。

赵子曰把信打开，欧阳天风还是笑着过来看：

"子曰先生：

你我素无怨嫌，何必迫我太甚！你信任欧阳天风，他是否好人？我不能去见你，你更没有强迫我的权利！你细细思想一回，或者你就明白了你的错处。设若你不思想，一味听欧阳的摆布，你知道：你我只都有一条命！

王灵石"

赵子曰一声没言语，欧阳天风还是干笑，脸上却煞白煞白的了！

# 4

赵子曰直等看着欧阳天风脱衣睡了觉，他才回到自己屋中去。一个人坐了半天，盼着武端回来再说一会话儿，钟打了十二点，武端还没有回来。他丧胆失魂地上床去睡。已经脱了衣裳心中忽然一动，又披上大衫到南屋去看。走到南屋的阶下把耳朵贴在窗上听，没有声音。他轻轻推开门，摸着把电灯捻开，他心里凉了一半；床上并没有欧阳天风，可是大衫和帽子还在墙上挂着。他三步两步跑到厕所去看，没有！

赵子曰可真着了急，跑回欧阳天风屋里坐在床上把前后的事实凑在一处想："他到底和她有什么关系？我怎么浑着心从前不问他！"啪，啪，打了自己两个嘴巴。"老李、老武全警告过我。对，还有老莫。我怎么那样粗心，不信他们的话！"啪，啪，又打了两个嘴巴，可是没有第一次的那么脆亮。"啊！"他跳起来了。"想起老莫，就想起她的住址来了。对！"他顾不得把电灯捻灭，也顾不得去穿上衣裤，只把大衫纽子扣好；光着眼子穿大衫，向大街上跑。跑到街上就喊洋车，好在天气暑热，车夫收车比较的晚了，他雇了一辆到张家胡同。

约莫着到了张家胡同中间，他叫车夫站住。他下了车回手一摸，坏了，只摸着了滑出溜的大腿，没带着钱。要叫车夫在这里等着，自己慢慢地去找王女士的门，车夫一定不放心。叫车夫拉到王女士的门口去，他又忘了她的门牌是多少号，登时叫车夫把他拉回公寓去，自己干什么来了？这一着急，身上出了一层黏汗。

"我说拉车的！"他转悠了半天，低声地说，"我忘了带钱！你在这里等一等，我上东边有点事，回头你把我拉回鼓楼后天台公寓，我多给你点钱，行不行？"

"什么公寓？"

"天台！"

"你是赵先生吧？天黑我看不清，先生！"拉车的说。

"是，我姓赵！你是春二？"赵子曰如困在重围里得了一支救兵，"好，春二你在这里等着我！"

"没错儿，先生！"

赵子曰把春二留在胡同中间，他自己向东走，他只记得莫大年说王女士院中有株小树，而忘了门牌多少号。于是他在黑影里努着眼睛找小树。又坏了，路北、路南的门儿里，有好几家有小树的，知道哪一株是莫大年所说的小树呢？他耐着性儿，慢慢擦着墙根，沿着门看门上的姓名牌；几家离着路灯近的，影影绰绰的看得见；几家在背灯影里，一片黑咕隆咚什么也看不见。他小老鼠似的爬来爬去，一阵阵的夜风从大衫中吹了个穿堂，他觉得身上皮肤有些发紧，他站在那里，进退两难地想主意；脑子的黑暗好像和天色的黑暗连成一片，一点主意没有。忽然腿肚子上针刺一疼，他机灵地一下子拔腿往西走；原来大花蚊子不管人们有什么急事，见着光腿就咬。

"春二！"他低声地叫。

"嘁！赵先生！上车您哪！"

赵子曰上了车，用大衫紧紧箍住腿。春二把车拉起来四六步儿地小跑着。

"我说先生，黑间半夜还出来？"春二问。

"哼！"

"先生看咱拉的在行不在行？才拉一个多礼拜！做买卖，哈，我告诉您——哪，所以的，哈，不进铜子！没法子，哈，拉吧！咳！哈！拉死算！"春二一边喘一边说。这种举动在洋车界的术语叫作"说山"。如遇上爱说话的坐车的，拉车的就可以和他一问一答的而跑得慢一些，而且因言语的感动，拉到了地方，还可以有多挣一两个铜子的希望。可是这种希望十回总九回不能达到，所以他们管这个叫"说山"，意思是：坐车的人们的心，和山上的石头一样硬。春二拉车的第三天，就遇上了一个大兵，他竟自把那个大兵说得直落泪。拉到了海淀，那个大兵因受了春二的感动，只赏了春二三皮带，并没多打。

赵子曰满心急火，先还哼儿哈儿地支应春二，后来爽得哼也不哼、哈也不哈了。可是春二依然百折不挠地说，越说越走得慢。

到了天台公寓，赵子曰跳下车来，告诉春二明天来拿钱。春二把车拉走，一边走一边自己叨唠："敢情先生没穿裤子，在电灯底下才看出来，可是真凉快呀……"

赵子曰进了大门，往南屋看，屋里的灯还亮着呢。他拉开门看：欧阳天风穿着小褂呆呆地在椅子上坐着。桌子上放着一把明晃晃的小刺刀。他见赵子曰进来，吓了一跳似的，把那把刺刀收在抽屉里。两眼直着出神，牙咬得咯吱咯吱吱的响。

"我说，你到底是怎么回事?"赵子曰定了定神，问。

欧阳天风用袖子擦了擦脸，跟着一声冷笑，没有回答。

"说话! 说话!"赵子曰过去用力地摇晃了欧阳天风的肩膀几下。

"没话可说!"欧阳天风立起来，鞋也没脱躺在床上。

"嘿! 你真把我急死! 说话!"

"告诉你呢，没话可说! 她跑啦! 跑啦! 你要是看我是个人，子曰，睡你的觉去，不必再问!"

# 第二十一

## 1

第二天早晨起来，赵子曰到欧阳天风屋里去看，欧阳已经出去了。把他抽屉开开，喘了一口气，把心放下了，那把刺刀还在那里。他把它拿到自己屋中去，藏在床底下。

他洗了洗脸，把春二车钱交给李顺。到天成银行去找莫大年。

莫大年出门了。

赵子曰皱着眉头往回走，到公寓找武端。武端只顾说官场中的事，不说别的。

他回到自己屋中，躺在床上。眼前老有个影儿：欧阳天风咬着牙往抽屉里收刀!

自从赵子曰在去年下雪的那天，思想过一回，直到现在，脑子的运动总是不得机会。

刀! 咬着牙的欧阳天风! 给了赵子曰思想的机会!

赵子曰要是个宁舍命不舍女人的法国人，他无疑地是拿刀找李景纯! 不，他是中国人!

他要是个一点人心没有的人，他应该帮助欧阳天风去行凶! 不幸，他的激烈的行动都是被别人蛊惑的，他并没有安着心去作恶。捆校长、打教员，是为博别人的一笑，叫别人一伸大拇指，他并没有和人决斗的勇气！他也许真为做好事舍了命，可是他的环境是只许他为得一些虚荣而仿佛很勇敢似的干。

就是李景纯真夺了他的情人，他也不敢和李景纯去争斗。他始终怕李景纯，或者这个畏惧中含着一点"敬仰"的意思。就是他毫无敬畏李景纯的心，他到底觉得李景纯比他自己多着一些娶王女士的资格。他是结过婚的人，他自己知道！他的妻子离了他不能活着，他的家庭也不会允许他和她离婚，他自己也知道这个！

他爱欧阳天风并不和爱别人有多少差别，不过是欧阳天风比别人谄媚他、愚弄他多一些方法与花样就是了。

凡是能耍花样的就能支配赵子曰，这一点他自己觉不出来！

耍花样到了动刀杀人的地步，赵子曰傻了！他没有心杀人，可是欧阳天风的动刀和他有关系！他没办法！

他若是生在太平的时候，这些爱情的趣剧也本来是有滋味的。他可以不顾一切，只想达到"有情人成眷属"的含有喜气的目的。他的社会是一团乌烟瘴气，他的国家是个"破鼓万人捶"的那个大破鼓。这个事实不必细想他也能理会得到。他知道：明白恋爱的男女不会比别人少挨大兵的打，自由结婚的人们也不会受外国人的特别优遇！他应当牺牲一点个人的享福替社会上做点事，他应当把眼光放远一些，他应当把争一个女子的心去争回被军人们剥夺的民权。这些个话，李景纯告诉过他，现在他想起来了！

然而想起来好话和照着办与否是两件事！他的心挤在新旧社会势力的中间：小脚儿媳妇确是怪可怜的，同时王女士是真可爱！个人幸福本当为社会、国家牺牲了的，可是，自家管自家的事又是遗传的"生命享受论"！新的办法好，旧的规矩也不错，到底哪个真好，他看不清！穿西服也抖，穿肥袖华丝葛大衫也抖，为什么一定要"抖"？谁知道呢！

劝欧阳天风不要行凶，到底他和王女士有什么关系？找李景纯去求办法，李景纯又和她有什么关系？回家，不愿看那个小脚娘，也觉着没脸对父母！不回家，眼前就是白刀子进去红刀子出来的事！

朋友不少，李五可以告诉他怎样唱《黄金台》的倒板，武端可以教给他怎么请客、打牌。没有能告诉他现在该当怎办的。只有李景纯能告诉他，可是怎好找他去！

教育是没用的，因为教育是教人识字的，教育家是以教书挣饭吃的。赵子曰受过教育，可是没听过怎样立身处世，怎样对付一切。找老人去问，老人撅着胡子告诉他："忠孝双全，才是好汉。"找新人去求教，新人物说："穿上洋服充洋人！"

在这种新旧冲突的时期，光明之路不是闭着眼瞎混的人所能寻到的，不幸，赵子曰又是不大爱睁眼的人。

现在他确是睁着眼，可是哪能刚一睁眼就看明"三条大道走中间"的那条中路呢！

越想越没主意，不想眼前就是祸，赵子曰急得落了泪！

## 2

赵子曰老以为他自己是个重要人物。

现在，欧阳天风由天台公寓搬走了，连告诉赵子曰一声都没有！武端板着黄脸，县太爷似的一半闲谈，一半教训似的和赵子曰说东说西。找莫大年去，又怕他没工夫闲谈。找李景纯去，又怕他不招待。虽然李顺还是照旧地服侍他，可是他由心中觉出自己的不重要了！

心里要是不痛快，响晴的天气也看成是黑暗的。连票友李五也不来了，其实赵子曰只有两天没请他吃饭。勉强着打几圈牌，更叫他生气，输钱倒是小事，手里握着一对白板就会碰不出来！他妈的……

到屋里看看那张苏裱的戏报子，也觉得惨淡无光。"赵子曰"三个大金字不似先前那么放光了！

## 3

欧阳天风搬走之后，赵子曰的眼睛掉在坑儿里，两片厚嘴唇噘得比平常长出许多。戏也不唱了，只抱着瓶子"灰色剂"对着"苏打水"喝，越喝越懊恼！

他又找了莫大年去。

"老赵！你怎么啦？"莫大年问。

"老莫！我对不起你！"赵子曰几乎要哭，"你在白云观告诉我的话，是真的！"

"你看，我哪能冤你呢！"

"老莫！我后悔了！"赵子曰把欧阳天风怎样半夜拿刀去找王女士的情形大概地说了一遍，"现在我怎么办？他要真杀了她，我于心何忍！他要是和李景纯打架，老李哪是欧阳的对手！老莫，你得告诉我好主意！"

"哼！"莫大年想了半天才说，"还是去找老李要主意，我就是佩服他！"

"难道他不恨我！"

"不能！老李不是那样的人！你要是不好意思找他去，我给他打电话叫他去找你。他听说你为难，一定愿意帮助你，你看好不好？"

"就这么办吧！老莫！"


# 第二十二

## 1

赵子曰正在屋里发愣，窗外叫："老赵！老赵！"

"啊！老李吧？进来！"

李景纯慢慢推开屋门进去。擦了擦头上的汗，然后和赵子曰握了握手。这一握手叫赵子曰心上刀刺地疼了一下！

"老李！"赵子曰低声地说，"王女士怎样了？别再往坏处想我，我后悔了！"

"她现在十分安稳，没危险！"李景纯把大衫脱下来，慢慢地坐在一张小椅子上。"老赵，给我点凉水喝，天真热！"

"凉茶行不行——"

"也好！"

"我问你，欧阳找你去捣乱没有？"

李景纯把一碗凉茶喝净，笑了一笑："没有！他不敢！人们学着外国人爱女人，没学好外国人怎样尊敬女人，保护女人！欧阳敢找我去，我叫他看看怎样男人保护女人！老赵！我的手腕虽然很细，可是我敢拼命，欧阳没那个胆气！"

赵子曰低着头没言语。

"老赵！我找你来并不为说王女士的事，我来求你办一件事，你愿意干不愿意?"

"说吧！老李！我活了二十多岁还没办过正经事呢！"

"好！"李景纯身上的汗落下去了，又立起来把大衫穿上，"老赵，你听着，等我说完，你再说话。我是个急性子，愿意把话一气说完！"

"老李你说！"

"我现在有两件事要办，可是我自己不能兼顾，所以找你来叫你帮助我。我要求你做的事是关于老武的：我听得一个消息，老武和他的同事勾串美国人，要把天坛拆毁，一切材料由美国人运到美国去，然后就那个地址给咱们盖一座洋楼，还找给市政局多少万块钱。老武这个人是：有人说胖子好看，他就立刻回家把他父亲的脸打肿；他决无意打他父亲，而是为叫他父亲的脸时兴好看。他只管出风头而不看事情的内容。这次要拆天坛也是如此，他决不是为钱，是要在官场中显显他办事的能力。

"我想，我们国家衰弱到这样，只有这几根好看的翎毛——古迹——支撑着门面，我们不去设法保存修理，已经够可耻的了，还忍心破坏吗?！为什么美国人要买那些东西，难道美国人懂得什么叫爱古迹，什么是'美'，我们就不懂得吗？老赵你和老武不错，我愿意叫你劝劝他，他听了呢更好；不然呢，为国家保存体面起见，跟他动武也值得的。我不主张用武力，可是真遇上糊涂虫还非此不可！我决不是叫你上大街去卖嚷嚷，老赵，你听明白了！因为我们要是打着白旗上大街去示威，登时就有人说我们是受了英国人的贿赂，不愿把天坛卖给美国人，那么，天坛算是拆妥了！我的意思是：先去劝他；不听，杀！杀一个，别的人立刻打退堂鼓；中国的坏人什么也不怕，只怕死！为保存天坛杀了我们的朋友，讲不来，谁叫公私不能两全呢！

"你也许疑心：为什么因保存一个古迹至于流血杀人？老赵！这大有关系：一个民族总有一种历史的骄傲，这种骄傲便是民心团结的原动力；而伟大的古迹便是这种心的提醒者。我们的人民没有国家观念，所以英法联军烧了我们的圆明园，德国人搬走我们的天文台的仪器，我们毫不注意！这是何等的耻辱！试问这些事搁在外国，他们的人民能不能大睁白眼地看着？试问假如中国人把英国的古迹烧毁了，英国人民是不是要拼命？不必英国，大概世界上除了中国人没有第二个能忍受这种耻辱的！所以，现在我们为这件事，哪怕是流血，也得干！引起中国人的爱国心，提起中国人的自尊心，是今日最要紧的事！没有国家观念的人民和一片野草似的，看着绿汪汪的一片，可是打不出粮食来。

"现在只有两条道路可以走：一条是低着头去念书，念完书去到民间做一些事，慢慢地培养民气；一条是破命杀坏人。我是主张和平的，我也知道青年们轻于丧命是不经济的；可是遇到这种时代还不能不这样做！这两样事是该平行并进的，可是一个人不能兼顾，这是我最为难的地方，也就是今天替你为难的地方：我劝过你回家去种地，顺手在地方上做些事，教导教导我们那群无知无识的傻好乡民。可是，跟老武去拼命，也不算不值得，我不知道叫你做哪样去好！"

"老李！"赵子曰说，"我听你的！叫我回家，我登时就走！叫我去卖命，拿刀来！"

"这正是我为难的地方呢！"李景纯慢慢地说。

"我知道你不是个愿把别人牺牲了的人。"赵子曰想了半天才说，"这么办：我自己挑一件去做，现在先不用告诉你。也许我今天就回了家，也许我明天丧了命。我回了家呢，我照着你告诉我的话去做些事；我丧了命呢，我于死的前一分钟决不抱怨你！"

"好吧！你自己想一想！自然，我还是希望你回家！"

李景纯立起来要往外走。

"等一等！老李！"赵子曰把李景纯拉住，问，"你要办的是什么？你不是说有两件事我们分着做吗？"

"我的事，暂时不告诉你！再见！老赵！"


## 2

赵子曰等着武端直到天亮，武端还没回来。他在床上忍了一个盹儿，起来洗了洗脸到市政局去找武端。到了市政局门口，老远地看见武端坐着辆洋车来了。车夫把车放下，武端还依旧点着头打盹。

"先生，醒醒吧！到了！"车夫说。

"啊？"武端睁开两只发面包子似的眼睛，一溜歪斜地下了车。

武端正迷离迷糊地往外掏车钱，赵子曰对那个车夫说：

"再喊一辆，拉鼓楼后天台公寓！"

说完，他把武端推上车去，武端手里握着一把铜子又睡着了。……

到了天台公寓，赵子曰把武端拉到第三号去。武端一头躺在床上就睡，一句话也没说，赵子曰把屋门倒锁上，从床底下把欧阳天风的那把刺刀抽出来。

"醒醒！老武！"

"啊！六壶？我刚碰了白板！"武端眼也没睁，嘟囔着。

"你——醒——醒！"赵子曰堵着武端的耳朵喊。

武端勉强睁开了眼，赵子曰把刺刀在他眼前一晃，武端揉了揉眼，看见眼前是把刀，登时醒过来了。他的已经绿了的脸更绿了，好像在绿波中浮着一片绿树叶。

"怎回事？"武端说完连着打了三个哈欠。

"老武！朋友是朋友，事情是事情，我指着这把刀问你一句话：你是打算卖天坛吗？"

"是！"武端的嗓音都颤了，"并不是我一个人的主意！"

"我先找你，别人一个也跑不了！"赵子曰啪的一声把刀放在桌上，"反对这件事的理由很多，不必细说，你只想想美国人为什么要买就够了！你我是好朋友，我先劝告你，你答应我撤销前议，咱们是万事全休，一天云雾散！不然，老武，你看见这把刀没有？你杀我也好，我杀你也好，你看着办！"

武端看着赵子曰神色不正，不敢动，也不敢喊叫；他知道赵子曰的力气比他大，又加上自己一夜没睡觉，身上一点力量没有。他知道：要是一喊叫，救兵没到以前，自己的脖子和脑袋就许分了家！

"老赵！你许我说话不许？"武端想了半天大着胆子问。

"说你的！"赵子曰说着给武端一条湿手巾，"擦擦脸，醒明白了再说！"

"老赵，我问你三个问题！"武端用湿手巾擦了擦脸，真的精神多了，"是好朋友呢，回答我的问题！专凭武力不讲理呢，我干脆把脖子递给你！你猜——"

"说！我接着你的！"赵子曰冷笑了一声。

"第一，谁告诉你的这件事？"

"老李！"

"好！第二，除了为保存天坛，还有别的目的没有？是不是要——"

"指着卖古物占便宜，我骂他的祖宗！"

"也好！第三，我要是因撤销前议而被免了职，你担保给我找事吗？"

"我管不着！"

"那未免太不讲交情啊！"武端现在略壮起一些胆子来，"我一一解说这三个问题，你听着——"

"赵先生！电话！"李顺在门外说。

"谁？"

"莫先生！"

"告诉他等一会儿再打！"

"嗻！"

"说你的！老武！"

"第一，老李为什么告诉你，不告诉别人？"武端问，"他为什么现在告诉你，而以前没求你做过一回事？是不是他和王女士的关系已到成熟的程度，要挑拨你我以便借刀杀人？你杀了我，你也活不了；我杀了你，自然你不会再活；你死了，他不是就无拘无束地可以娶她吗？"

"王女士与我没关系，你这些猜测是没用，我听听你的第二！"

"好！你知道拆天坛改建什么不知道？"

"不知道！"

"盖老人院！把一座老废物改成慈善机关，大概没有人反对吧？你口口声声说保存古物，我问问你，设若遇上内乱，叫大兵把天坛炸个粉碎，大兵能负责再盖一座吗，或者改造一个老人院吗？你要是拦不住大兵的枪炮炸弹，我看也就没有理由来干涉我；况且我要做的是破坏古物，建设慈善事业！

"还是那句话，你若是要从中找些便宜，好！老赵！我姓武的满可以为力；比如说谋个修盖老人院的监工员，自要你明说，我一定可以替你谋得到！

"至于我自己，这是第三个问题，不为利，只为名，这个大概你明白！我办好这件事，外国人给市政局几十万块钱，局子里就可以垫补着放些个月的薪水；那就是说：由局长到听差的全得感念咱的好处。这么一办，一方面救不少穷做官的，一方面我自己树立些名声。我知道拆卖古物是不光荣的，可是在这种政府之下，为穷苦无告的老人设想，为穷做官的设想，还是一件地道的善事。你要责备我，最好先责备政府，政府要是有钱，难道做官的还非偷偷摸摸地卖古物不可？所以从各方面想，这件事我非做不可，不为钱，为名，为得较高的地位！有人拦着我不叫我做，好，给我找好与建筑科委员相等的事！不然，我不能随便打退堂鼓！"

赵子曰心里打开了鼓：李景纯的话有理，武端的话也不算没理。他呆呆地看着桌上那把刀，一声没言语。

"赵先生，电话，还是莫先生！"李顺在院内说，"莫先生说有要紧的事！"

赵子曰看了看武端，皱着眉走出去。

"喂！老莫！是……什么？……老李？……我就去！"

赵子曰把电话机挂好，脸上一点血色也没有了，跑到屋里，抓起帽子就往外跑。

"怎么啦？老赵！"武端问。

"老李被执法处拿去了！"赵子曰只说了这么一句，惊慌着跑出大门去。

## 3

"老莫！怎么样？"赵子曰急得直跺脚。

"我已疏通好，我们可以先去见老李一面，他现在在南苑军事执法处！"莫大年脸也是雪白，哆哩哆嗦地说，"快走！你身上没带着什么犯禁的东西呀？到那里要检查身体！一把小裁纸刀也不准带！"

"身上什么也没带！走！老莫！"

两个人跑到街上，雇了一辆摩托车向南苑去。坐在车里，一路谁也没说话。到了南苑司令部，莫大年去见一位军官。那个军官只许他们见李景纯五分钟。然后把赵子曰也叫进去，检查了身体，那个军官派了两名护兵把他们领到执法处的监牢去。

两个护兵一个是粗眉大眼的山东人，一个是扁脑勺、薄嘴唇的奉天人。两个人的身量全在六尺出头，横眉立目，有虎豹的凶恶，没有虎豹的尊严威美。腰中挂着手枪，背上十字插花的两串子弹，做贼做兵在他们心中没有分别，只要有手枪与子弹他们便有饱饭吃。

军营的监狱在司令部的南边。一溜矮房，围着土打的墙，墙外五步一岗地围着全身武装的大兵。新栽的小柳树，多半死少半活着地在土墙内外稀稀地展着几条绿枝。一个小铁门，门外立着一排兵：明晃晃的枪刺在日光下一闪一闪的，把那附近一带的地方都照得冷森森的，虽然天上挂着一轮暑天的太阳！

那一溜小矮房共有三十多间，每间也不过三尺长二尺宽。没有床铺，没有椅凳，什么也没有，只有大铁链上锁着个活人。四围的土墙离这列房子前后左右都有一丈来的：左边晒着马粪，右边是犯人每天出来一次大小便的地方。院中有苍蝇和屎蜣螂飞得嗡嗡地乱响，和屋中的锁链声连成一片世间仅有的悲曲！屋子里是湿松的土地，下雨的时候，墙角一群一群地长着小蘑菇。四面没有窗子，前面只有一扇铁门，白天开着，夜间锁上：屋里的犯人时常有不等再开门，就在铁门后与世长辞了！四围的粪味和屋中的奇臭，除了抵抗力强于牛马的，很少有能在那里活上十天半月的！门外的兵们成年地在那里立着，他们不怕，因为他们的身体构造是和野兽一样的。

到了监狱，两个兵把他们领到李景纯那里。李景纯只穿着一身裤褂，小褂的肩部已撕碎，印着一片片的血迹，两只细腕上锁着手镯，两条瘦腿上绊着脚镣，脸上青肿了好几块，倚着墙低着头站着。

那个奉天兵过去踢了铁门两脚："妈的，有人看你来了！"李景纯慢慢抬起头来往外看。看见赵子曰们，他又把头低下去了。

赵子曰、莫大年的眼泪全落下来了。

"有话快说！"两个兵一齐向他们说。

莫大年掏出两张五块钱的票子塞在两个兵的手中，两个兵彼此看了一眼，向后退了十几步。

"谢谢你们！老赵！老莫！"李景纯低着头看着手上的铁镯慢慢地说，"这是咱们末次见面了！"

"老李！到底为什么？"赵子曰问。

"一言难尽！时间大概也不容我细说！"

莫大年摸了摸衣袋中的钱包，又看了那两个大兵一眼，对李景纯说："快说！老李！"

"我有把手枪，是四年前我在家中由一个逃兵手里买的，还有几个枪弹。"

李景纯往前挪了两步，低声地说，"是为我自杀用的！因为那时候我的厌世思想正盛。后来我改了心，我以为人间最不光荣的事是自杀；所以那把枪成了暗杀的利器了，自杀与暗杀全不是经济的，可是因时事的刺激，叫我的感情胜过了理智；无论怎么说吧，暗杀比自杀强，因为我要杀的人是人民的公敌，我不后悔，这样丧命比自杀多少强一点！"

莫大年不忍地看李景纯，把头斜着向旁边看。和李景纯紧临的房子内，一个囚犯正依着铁门咬着牙用腕上的铁链往下刷腿上被军棍打伤的脓血，铁链一动随着大绿豆蝇嗡的往起一飞。莫大年把头又回过来了。

"老赵，你还记得在女权会遇见的那个贺金山！他的父亲是，在那个时候，大名镇守使。他和欧阳天风是赌场妓院的密友。他的父亲，贺占元，现在奉命做京畿守卫司令。贺占元在大名的时候，屈死在他手里的人不计其数。现在他到北京就职，他要大施威吓，除在通衢要巷枪毙几个未犯死罪的囚犯外，还要杀一两个较有名声的人以压制一切民众运动。欧阳天风既和贺金山相好，所以他指名叫贺金山告诉他父亲杀张教授。你们当然猜得到，他为什么这样办。

"我从王女士那里得来这个消息，因为前几天欧阳天风喝醉了威吓她，说漏了嘴。我呢，并不是为张教授卖命，因为我们没有十分亲密的关系；我是为民间除害！老赵！我昨天找你去的时候，我的主意已决定，可是我没告诉你；做这种事是不能不严守秘密的。今天早晨我在永定门外等着他，嘻！没打死他！详细的情形，你们等看报纸吧，不必细说，我自恨没有成功，我什么也不后悔，只后悔我只顾念书而把身体的锻炼轻忽了；设若我身体强，跑动得快，我也许成功了！嘻！完了！——"

"你放心，老李！我们当然设法救你！"莫大年含着泪说。

"不必！老莫！老赵！假若你们真爱我，千万不必救我！所谓营救者，不出两途：一、鼓动风潮，多死些个人，为我而死些人，我死不瞑目；二、花钱贿赂；我没打死他，人民的公敌，反拿钱去运动他，叫他发一笔财，我愿意死，不忍看这个！——"

那两个大兵又走过来了，莫大年偷偷地把钱包递给他们，他们又退回去了。李景纯叹了一口气，看了莫大年一眼。然后接着说：

"我常说：救国有两条道，一是救民，一是杀军阀，——是杀！我根本不承认军阀们是'人'，所以不必讲人道！现在是人民活着还是军阀们活着的问题，和平，人道，只是最好听的文学上的标题，不是真看清社会状况有志革命的实话！救民才是人道，那么杀军阀便是救民！军阀就是虎狼，是毒虫，我不能和野兽、毒虫讲人道！

"黑暗时代到了！没有黑暗怎能得到曙光！

"老莫！老赵！你们好好地去做事，去教导人民，你们的工作比我的难，比我的效果大！我只是舍了命，你们是要含着泪像寡妇守节受苦往起抚养幼子一样困难！不用管我，去做你们的事！"

"只有两件事求你们：到宿舍收拾我的东西送回家去和帮助我的母亲——"李景纯哭了，"你们看着办，能怎样帮助她就怎样办！她手里有些钱，不多！我只求你们这两件事，老赵、老莫，你们走吧！"

莫大年两眼直着，说不出来话，也舍不得走。赵子曰跺了跺脚，隔着铁栏拉住李景纯上着手镯的手："老李！再见！"说完，他扯着莫大年往外走。

走到监狱外面，赵子曰咬着牙说：

"老莫！你去办你的，我办我的，快办！不用听老李的！非运动不可！你另雇车，我坐这辆车去赶天津的快车，有什么消息给我往天津神易大学打电话！"

## 4

"老李！我尽我的力量给你办，成功与否我不敢说！"武端对李景纯说，"不幸失败了，你一定死；那么，我今天在你未死以前求你饶恕我以前的过错！我总以为我聪明、强干，有见识，其实我是个糊涂虫！我不是不知道什么是好，什么是歹；可是我嘴里永远不说好的，只说歹的；因为说着好听，招笑！我心里明镜似的知道你是好人，老李，可是今天早晨我还故意地告诉老赵：你和王女士有秘密！老李！你饶恕我不？原谅我不？我是混蛋！我以为我多知、多懂、多知秘密，其实我什么也不明白，甚至于不知道我自己到底在哪儿立着呢，到底我是干什么的！老李，我后悔了！你的光明磊落把我心中的黑影照亮了！你要是不幸死了，在你死的以前别再想我是个坏人！我知道你决不计较我，可是我更进一步希望你在死前承认我是个有起色的朋友——"

"一定！"李景纯点了点头。

"拆卖天坛的事，老李你放心吧，我决不再进行。不但如此，我还要辞职，往回力争。至于我将来的事业，还没有一定的计划。老李，我向来没和你说过知心的话，今天你不能不教训我了，假如你承认我是个朋友！你说我该做什么？"

"老武！我谢谢你！"李景纯低着头说，"以往的事不必再说，你的错处吧，我的不好吧，全是过去的，何必再提！现在呢，我求你千万不必为我去运动，也不必再来看我，设若我还可以再活几天。因为：我们能互相了解，不见面也是真朋友，生死不能变动的；我们不能互相了解，天天见面又有什么用；况且，你来看我一次总要给兵们几个钱，我真不爱看你这么做！

"你的将来，我只能告诉你：潜心去求学！比如你爱学市政，好，赶快去预备外国文，然后到外国去学；因为这种知识不是在'五经四书'里所能找出来的，也不是只念几本书所能明白的。到外国去看，去研究，然后才能切实地明白。学好以后，不愁没有用处；因为中国的将来是一定往建设上走的，专门的人才是必需的。自然，也许中国在五千年后还是拿着《易经》讲科学，照着八卦修铁路；可是我们不应这样想，应当及早预备真学问，应当盼着将来的政府是给专门人才做事的机关，不是你做官拿薪水为职业的养老院。几时在财政部做事的明白什么是财政，在市政局的明白市政，几时中国才有希望；要老是会作八股的理财，会讲《春秋》的管市政，我简直地说：就是菩萨、玉皇、耶稣、穆罕默德，联盟来保佑中国，中国也好不了！

"老武！快去预备，好好地预备！不必管我，我甘心一死！我最自恨的是我把几年工夫费在哲学上，没用！设若我学了财政、法律、商业，或是别的实用科学，我也许有所建树，不这么轻于丧命！我恨自己，不是后悔，我愿意死了！

"至于我和王女士的事，老武，你去到我宿舍的床底下找，有两封她的信，你和老赵们看看就明白了。这本来不是件要紧的事，可是临死的人脑子特别细致，把生前一切的事要想一个过儿，所以我也愿意你们明白我与她的关系。完了！老武！再见！"

# 第二十三

## 1

"你能同我去找阎乃伯不能？"这是赵子曰见着周少濂的第一句话。

"他做了省长还肯见我！"周少濂提着小尖嗓说。

"你不去？现在可是人命关天！"

"我不去！去了好几回了，全叫看门的给拦回来了！再说，到底有什么事？"

"老李被执法处拿去了，性命不保！这你还不帮着运动运动吗？！"

"是吗？"周少濂也吓愣了，愣了一会儿，诗兴又发了，"我不去，我得先作挽诗，万一老李死了，我的诗作不得，岂不是我的罪恶！"他说着落下泪来！

周少濂是真动了心，觉得只有赶快作挽诗可以减少一点悲痛！诗一作成，天大的事也和没事一个样子了！

"没工夫和你说！你不去，我自己去！"赵子曰说完就往外跑。

到了阎乃伯的宅子，赵子曰跳上台阶就往里闯。

"咳！找谁？"门前的卫兵瞪着眼问。

"我前者是你们府上的教师，我要见见你们上司！"赵子曰回答。

"省长进京了，去给新任贺司令贺喜去了！"

"嘿！"赵子曰急得干跺脚，想了半天才说，"我见见你们太太成不成？"

"我们太太病了！"

"我非见不可！我是你们少爷的老师，你能不叫我见吗？！"赵子曰说着就往里走。

"你站住！我们少爷死啦！"那个卫兵把赵子曰拦住。

"我非见你们太太不可！"赵子曰急赤白脸地说。

"好！我给你回禀一声去，你等着！"那个卫兵向赵子曰恶意地笑了一笑。

那个卫兵不慌不忙地往里走，赵子曰背着手来回打转，心里想：见了她比见他还许强，妇女们心软，好说话。正在乱想，那个卫兵回来了，说：

"我们太太是真病了！不过你一定要见，我也没法子。你见了她，她要是——你可别怨我！"

赵子曰一声没言语，随着卫兵往里走。走到书房的跨院，阎太太正在院里立着。她穿着一件夏布大衫，可是足下穿着一双大红绣花的棉鞋，呆呆地看着院中那盆开得正盛的粉夹竹桃。书房的门口站着两个十七八岁的丫头，见赵子曰进来，两个交头接耳地直嘀咕。

"这是我们的太太！"那个卫兵指给赵子曰，然后慢慢地走出去。

"阎太太！"赵子曰过去向她行了一礼。

"你来了？我的宝贝！啊，我的宝——贝！"阎太太看着赵子曰连连地点头，好像小鸡喝水似的。直愣愣地看了半天，她忽然狂笑起来，笑得那么钻脑子的难听。笑了一阵，她向前走了两步，说：

"啊！你不是我的宝贝呀！好！我念得你，你阎乃伯！阎——乃——伯！——你就是赔我的儿子！你把我儿子害了，你！"她的声音越来越高，脸上越来越难看。赵子曰往后退了几步，她一个劲往前赶。"好！你！你成天叫我儿子念书，念死啦！念死啦！你还娶姨太太，你！你就是赔我的儿子！哎——哟——我的宝贝哟！"她坐在地上放声痛哭起来。两个丫头跑过来把她扶起来。赵子曰一语未发往外走。

"我不冤你吧？"那个卫兵向赵子曰一笑。

赵子曰顾不得和卫兵惹气，低着头走出去；一边走一边想：还是得找周少濂去。因为他想：他自己回京去见阎乃伯，一定见不到；周少濂到底和阎乃伯有关系，所以还是求周少濂帮助他较着妥当。……

"怎样？老赵！"周少濂笑着问。

"不用说！少濂，你要是可怜我，先给我弄碗茶喝！我从早晨到现在水米没打牙！"

周少濂看赵子曰的脸色那么难看，不敢再说笑话，忙着去给他沏茶。茶沏好，他由床底下的筐篮中掏了半天，掏出几块已经长了绿毛的饼干，递给赵子曰。

"我吃不下东西去，少濂！给我一碗茶吧！"赵子曰坐在床上皱着眉说。

"子曰！你是怎么一回事？这么大惊小怪的！"

赵子曰一面吃茶，一面略略地把李景纯的事说了一遍，然后说：

"少濂！你一定得随我进京！哪怕我管你叫太爷呢，你得跟我走！"

"子曰！"周少濂郑重地说，"现在已经天黑了，就是赶上火车，到京也得半夜，也办不了事。不如你休息休息，我们赶夜间三点钟的车，一清早到京，不是正好办事吗？"

"不！这就走！"赵子曰的心中像包着一团火似的说，"事情千变万化，早到京一刻是一刻！我急于听北京的消息！"

"我是为你好，子曰！你在这里睡个觉，明天好办事呀！你要打听消息，去打个电话不就行了吗！"

赵子曰心中稍微活动了一点，身上也真觉得疲乏了，于是要求周少濂领他到电话室去。他先给莫大年打电话，莫大年没在家。又想给武端打电话，又怕武端不可靠；可是除了武端还没有地方可以得些消息，他为难了半天，结果叫了天台公寓的号头。电线接好，武端说：莫大年奔走了几处，很有希望，大概可以办到把李景纯移交法厅。他自己也正在运动，可是没有什么效果。最后武端说："你明天一早能回来，就不必夜里往回赶了，现在老李很安稳。"

赵子曰心中舒展了一些，慢慢地走到宿舍去。周少濂忙着出去买点心。点心买来，赵子曰吃了一两块，又喝了一壶茶。周少濂七手八脚地把自己的床匀给赵子曰，他自己在地上乱七八糟地铺了些东西预备睡觉，其实还不到十点钟。他一个劲儿催着赵子曰睡，赵子曰是无论如何睡不着。

"老周，你能去借个闹钟不能？"赵子曰问，"我怕睡熟了醒不了！"

"没错！老赵！我的脑子比闹钟还准，说什么时候醒，到时准醒！睡你的！睡呀！"周少濂躺在地上，不留神看好像一条小狗，歪不横棱地卧着。

"睡不着！老周，把窗户开开，太闷得慌！"

周少濂立起来把窗子开开一扇，跟着又悄悄地关上了，因为他最怕受夜寒。可是赵子曰听见窗子开开，深深在床上吸了一口气觉得空气非常的新鲜，满意了。

## 2

武端坐在屋里拿着《真理晚报》看：

"大暗杀案之经过：

"今早八时京畿守卫司令兼第二百七十一师师长贺占元将军由南苑师部乘汽车入城，同行者有刘德山营长、宋福才参谋。车至永定门外张家屯附近，突有奸人李景纯（系受过激党指使）向汽车连放数枪。刘营长左臂受伤甚重，贺司令与宋参谋幸获安全。汽车左右侍立卫兵奋勇前进，当将刺客捉获，解至师部军法处严讯。

"本报特派专员到师部访问，蒙贺司令派宋参谋接见。宋参谋身着军衣，面貌魁梧，言谈爽利，虽甫脱大险而谈论风生，毫无惊惧之色，真儒将也！本报记者与宋参谋谈话约有十分钟之久，兹将谈话经过依实详载如下：

"问：贺司令事前有无所闻？

"答：妈的，没有！

"问：所乘汽车是否军用的？

"答：不是，贺司令自己的！

"问：行至何处听见枪声？

"答：大概离火车道不远。

"问：同行者？

"答：俺们三个：贺司令、刘营长和我，还有他妈的几位弟兄。

"问：车中情形？

"答：司令和咱趴在车内，刘营长没留神吃了一个黑枣。

"问：怎样捉住刺客？

"答：四个弟兄一齐下去把那小子捉住。

"问：刺客是否与贺司令有私仇？

"答：没有，那小子是过激党！

"问：怎样惩办他？

"答：妈的，千刀万剐！

（说至此，宋参谋怒形于色，目光如炬！）

"问：贺司令对过激党有无除灭方法？

"答：有！杀！

"谈话至此，本报记者向宋参谋致谢告辞。临行之时，宋参谋叮咛嘱告本报记者：将经过事实依实登载，以使过激党人闻之丧胆。并云：贺司令治军有年，爱民如子（前在大名镇守使任内，曾经绅商赠匾一方，题曰：民之父母）。不惜性命誓与奸人狗党一决死战。

"本报记者敬聆之下，极为满意！旋要求至监狱一视刺客。蒙宋参谋格外优遇允准，并派卫兵二名护送至狱。

"刺客姓李名景纯，直隶正定府人。身体短悍，面貌凶恶。手脚系以铁锁，依然口出狂言，侮蔑政府。本报记者试与彼谈话，彼昂然不对，唯连呼'赤党万岁'而已。本报记者以彼凶顽不灵，不屑多费口舌，即摄取相片一张，退出监牢。卫兵导出师部，并向本报记者行举手礼云。

"本报记者因不能与刺客谈话，旋即各方面搜集事实，以飨读者：

"李景纯前肄业名正大学，专以鼓动风潮为事。前次之殴打校长，即彼主使。

"名正大学解散后，彼入京师大学。与同党数人受过激党津贴每月百二十元，并领有手枪子弹，以谋刺杀要人，破坏治安。"

"⋯⋯⋯⋯⋯

"贺司令镇静异常，照旧办公，并闻已定有剪扫奸党办法。

"今日午时有商会代表特送绍酒一坛，肥羊四只，到师部为贺司令压惊，颇蒙贺司令优遇招待云。"

⋯⋯⋯⋯⋯

<h1 style="text-align:center">3</h1>

赵子曰要求周少濂一同进京去见阎乃伯。周少濂是非作完诗不能做别的事，而作成一首诗又不是一两天所能办到的。于是赵子曰一个人回北京。

"怎样了？老武！"赵子曰一进大门就喊。

"没消息！刚才老莫打电话说：他又到南苑去，叫咱们等他的信！"说着，两个人全进了第三号。"老赵！这里有两封信，老李叫你看！"武端递给赵子曰几张并没有信封的信。

"景纯学兄：

"你对我的爱护，我似乎不应当说，其实也真说不出来！二年来经你的指导，学问上的增进，我很自傲地说，我不辜负你的一片诚心训诲；对于身体上，我的笔尖和眼珠一齐现在往纸上落：设若没有你和张教授，我不知道又沦落到什么地步去了！我见着你的时候，不如我坐定了想你的时候感激你的深切；因为见着你的时候，你的言语态度，叫我把'谢你'两个字在嘴中嚼烂了也说不出来；可是我坐定想你的时候，我脑中现出一个上帝的影儿，我可以叫着你的名字感谢你！

"当我生下来的时候，我吸了世上的第一口气，我就哭了，这或者是生命的悲剧的开场锣吧？我五岁的时候，我明明白白又哭了几场，哭我的父母！以后我不哭了，不是没有不哭的事，是没有哭的胆量，一个孤女在别人家抚养着，我敢哭吗？现在我又哭了，哭你和张教授，因为你们对我的爱护，不是泛泛一笑所能表出我的感激的！

"你知道我现在的苦境，可是我一向没告诉过你我的过去的惨剧。不是我要瞒着你，是我怕你替我落泪；泪是值得为好朋友落的，可是我愿看你笑，不愿看你用哭把笑的时间占了去，生命是多么短的，还忍得见面的时候不多笑一笑吗？现在我不能不告诉你了，因为前天你问我，我再不说未免显着我的心太狠似的。前天我本来可以当面告诉你，可是我又想说的不如写的详细，所以我现在写这封信。盼望你看这封信的时候，同时也念我的心，或者这张印着泪痕的纸，和我哭着对面和你说话一样真切。

"我说不出来我的心情，我写事实吧：

"我从父母死后，和我的叔父同居，在上海。叔父的爱我出于至诚，这就是我不敢再哭的原因。叔父无时无刻不疼怜我，我无时无刻不挂着笑容讨叔父的欢心；叔父与侄女的爱情是真的，可是与父母子女间的爱情差着那么一点：不敢彼此对着面哭。更可痛心的：自从我做错了事以后，我的叔父没有像父母原谅子女的心，在我痛悔悲哀之际，没有一个亲人来摸一摸我的头发，或拭一拭我的泪！我自己的错！可是我希望叔父爱我，甚至溺爱我！这一点希望永没有达到，不是叔父心硬，是我自己不好；叔父爱我，不能溺爱我！我每月给叔父写一封信，没有回信！我还是写，永远写，他的恼恼是应该的，是近于人情的。我只盼望落在信纸上的泪和他的泪亲个吻，不敢奢望！不幸，他越看我的信而越发怒……嗐！我只好不用这么想吧！他总有饶恕我的一日，我老这么盼着，直到我死！

"我的错事是在上海做的，那时候我正在中学念书，我不用说是谁的发动，凡男女的事，除了强占外，很少有不是双方凑合的。那么，我要是把这个罪过全推在别人头上去，我于做错了事之外，还又添上几分诬人之罪。我做错了，我只怨自己年少无知，我没有一丝一毫的陈腐道德观念在脑中萦绕着；可是我的叔父与我说了末次的'再见！'他是个老人，我不怪他！设若我的情人能保持着我们甘心冒险的态度和天长地久的誓愿，我敢说：不但我与他谁也不错，而且我们还要快乐地永久在一块儿。谁知道我的命就这么苦，我的眼睛就这么瞎，把一个流氓认成可以托以终身的人。至于在没看清他以前，就把身体给了他！我不以这个为羞耻，假如我认明白了他；不幸，我看错了，先把失贞丧节的话放在旁边，从事实上想，我当怎样活着！他不可靠，叔父不要我，叫我一个孤女怎么着！设若哭就能哭出一条活路来，那么我就哭那条生路，决不哭我的过错；因为我根本不承认那是道德上的堕落，就没有什么旧道德观念环绕着我的泪腺！

"在我认识他的时候，嗐！我说出他的姓名来吧：他是欧阳天风！他就是那么好看；我只看明白了他的俊俏的面貌，可怜，没看清他那不俊俏的心！他那时候在大学预科念书，是由张教授（那时候张在中学当教员）补助他的学费。张教授是他的一个远亲。当我们同住的时候，张教授一点怒气没发，还依旧地供给他。不但供给他，也帮助我，好像我丢了一个叔父，又找着了一个父亲。他用张教授的钱去嫖去赌去喝酒，而且反恨张教授给他的钱不够用。于是我去见张教授说明我的懊悔，请他设法援助我。张教授始而劝告他，无效！继而断绝了他的补助，而专供给我。他，于是，开始恨张教授了！好心帮助人是要招恨的，我为人类叹息一声！他对张教授无可如何，可是他能欺侮我，于是张教授为成全我的原因，把我带到北京来。他供给我在中学毕了业，又叫我入大学，这是咱们见面的时候，也就是张教授与欧阳成了仇敌的时候。

"他也来到北京。他的立意是强迫我由着他的意思嫁人，他好从中使钱。姓王的、姓赵的、姓李的，多得很，他日夜处心积虑地把我卖了，他好度他的快活的日子。对我他以夫妻的关系逼迫，因为我们并没正式结婚，自然也就无从说离婚；那么，我不答应他呢，他满有破坏我的名誉的势力。对张教授呢，他恫吓，讥骂，诬蔑，凡是恶人所能想到的，他全施用过。所幸者，张教授一味冷静不和他惹气，我呢，有你和张教授的保护，还未曾落在他的手里。

"将来如何，我不知道！我只有听从张教授的话，我自己没主意。我只有专心用功以报答他的善意！

"对于你，还是那句话：我感谢你，可是没有言语可以传达出来！

"不能再写了，笔像一根铁柱那么笨重，我拿不动了！

"明天见！

王灵石启"


"景纯学兄：

"昨天晚上他（欧阳）又来了，他已经半醉，在威迫我的时候，无意中说出来：'你再不依我，我可叫贺司令杀姓张的！'

"我与张教授决定东渡了，不然，我与他的性命都有大危险！

"我们在日本结婚！

"以前的事，在我死前永远深深刻在心中作为一课好教训。你的恩惠，我不能忘，永不能忘！

"咱们再见吧！我与张教授结婚的相片，头一张是要寄给你的！

"我好想拉着你的手说：'再见！'

"事急矣，不能多写。今晚出京！

"再说一声：再见！

王灵石启"


## 4

赵子曰看完那两封信，呆呆地愣了半天，一句话没说。

莫大年哭着进来了，赵子曰和武端的心凉了半截！赵子曰嘴唇颤着问：

"怎样了？老莫！"

"老李被枪毙了，昨夜三点钟！"莫大年哭得放了声，再说不出来话。

赵子曰也哭失了声，武端簌簌地落泪。

三个人哭了一阵，赵子曰先把泪擦干："老武！老莫！不准哭了！老武！你去收老李的尸，花多少钱是你一个人的事，你能办不能？"

"我能！"

"把尸首领出来，先埋在城外，不必往他家里送！"赵子曰说，"几时有机会，再把他埋在公众的处所，立碑纪念他，他便是历史上的一朵鲜花，他的香味永远吹入有志的青年心里去。老武！这是你的责任！你办完了这件事，是愿和军阀硬干呀，还是埋首去求学，在你自己决定。这是老李指给我们的两条路，我们既有心收他的尸身，就应当履行他的教训——"

"老赵你放心吧，我已经和老李说了：我力改前非，求些真实的知识！"武端说。

"老莫！帮助老李的母亲是你的事，你能办不能？"赵子曰问。

"我能！"莫大年含着泪回答。

"不只是帮助她，你要设法安慰她，把她安置个稳当的地方！没有她，老李不会做这么光明的事！老莫，你明白老李比我早，我不必再多说。"

三个低着头呆呆地坐了半天，还是赵子曰先说了话：

"老莫！老武！你们做你们的去吧！我已打好我的主意！咱们有无再见面的机会，不敢说！我们各走各自的路，只求对得起老李！咱们有缘再会！"

# 我这一辈子

# 一

我幼年读过书，虽然不多，可是足够读《七侠五义》与《三国志演义》什么的。我记得好几段《聊斋》，到如今还能说得很齐全动听，不但听的人都夸奖我的记性好，连我自己也觉得应该高兴。可是，我并念不懂《聊斋》的原文，那太深了；我所记得的几段，都是由小报上的"评讲《聊斋》"念来的——把原文变成白话，又添上些逗哏打趣，实在有个意思！

我的字写得也不坏。拿我的字和老年间衙门里的公文比一比，论个儿的匀适、墨色的光润与行列的齐整，我实在相信我可以做个很好的"笔帖式"。自然我不敢高攀，说我有写奏折的本领，可是眼前的通常公文是准保能写到好处的。

凭我认字与写的本事，我本该去当差。当差虽不见得一定能增光耀祖，但是至少也比做别的事更体面些。况且呢，差事不管大小，多少总有个升腾。我看见不止一位了，官职很大，可是那笔字还不如我的好呢，连句整话都说不出来。这样的人既能做高官，我怎么不能呢？

可是，当我十五岁的时候，家里教我去学徒。五行八作，行行出状元，学手艺原不是什么低搭的事，不过比较当差稍差点劲儿罢了。学手艺，一辈子逃不出手艺人去，即使能大发财源，也高不过大官儿不是？可是我并没和家里闹别扭，就去学徒了；十五岁的人，自然没有多少主意。况且家里老人还说，学满了艺，能挣上钱，就给我说亲事。在当时，我想象着结婚必是件有趣的事。那么，吃上二三年的苦，而后大人似的去耍手艺挣钱，家里再有个小媳妇，大概也很下得去了。

我学的是裱糊匠。在那太平年月，裱匠是不愁没饭吃的。那时候，死一个人不像现在这么省事。这可并不是说，老年间的人要翻来覆去地死好几回，不干脆地一下子断了气。我是说，那时候死人，丧家要拼命地花钱，一点不惜力气与金钱地讲排场。就拿与冥衣铺有关系的事来说吧，就得花上老些个钱。人一断气，马上就得去糊"倒头车"——现在，连这个名词儿也许有好多人不晓得了。紧跟着便是"接三"，必定有些烧活：车轿骡马，墩箱灵人，引魂幡，灵花，等等。要是害月子病死的，还必须另糊一头牛和一个鸡罩。赶到"一七"念经，又得糊楼库、金山银山、尺头元宝、四季衣服、四季花草、古玩陈设、各样木器。及至出殡，纸亭纸架之外，还有许多烧活，至不济也得弄一对"童儿"举着。"五七"烧伞，六十天糊船桥。一个死人到六十天后才和我们裱糊匠脱离关系，一年之中，死那么十来个有钱的人，我们便有了吃喝。

裱糊匠并不专伺候死人，我们也伺候神仙。早年间的神仙不像如今晚儿的这样寒碜，就拿关老爷说吧，早年间每到六月二十四，人们必给他糊黄幡宝盖、马童马匹和七星大旗什么的。现在，几乎没有人再惦记着关公了！遇上闹天花，我们又得为娘娘们忙一阵。九位娘娘得糊九顶轿子，红马、黄马各一匹，九份凤冠霞帔，还得预备痘哥哥痘姐姐们的袍带靴帽和各样执事。如今，医院都施种牛痘，娘娘们无事可做，裱糊匠也就陪着她们闲起来了。此外还有许许多多的"还愿"的事，都要糊点什么东西，可是也都随着破除迷信没人再提了。年头真是变了啊！

除了伺候神与鬼外，我们这行自然也为活人做些事。这叫作"白活"，就是给人家糊顶棚。早年间没有洋房，每遇到搬家、娶媳妇，或别项喜事，总要把房间糊得四白落地，好显出焕然一新的气象。那大富之家，连春秋两季糊窗子也雇用我们。人是一天穷似一天了，搬家不一定糊棚顶，而那些有钱的呢，房子改为洋式的，棚顶抹灰，一劳永逸；窗子改成玻璃的，也用不着再糊上纸或纱。什么都是洋式好，耍手艺的可就没了饭吃。我们自己也不是不努力呀，洋车时行，我们就照样糊洋车；汽车时行，我们就糊汽车，我们知道改良。可是有几家死了人来糊一辆洋车或汽车呢？年头一旦大改良起来，我们的小改良全算白饶，水大漫不过鸭子去，有什么法儿呢！

## 二

上面交代过了：我若是始终仗着那份儿手艺吃饭，恐怕就早已饿死了。不过，这点本事虽不能永远有用，可是三年的学艺并非没有很大的好处，这点好处教我一辈子享用不尽。我可以撂下家伙，干别的营生去；这点好处可是老跟着我。就是我死后，有人谈到我的为人如何，他们也必须要记得我少年曾学过三年徒。

学徒的意思是一半学手艺，一半学规矩。在初到铺子去的时候，不论是谁也得害怕，铺中的规矩就是委屈。当徒弟的得晚睡早起，得听一切的指挥与使遣，得低三下四地伺候人，饥寒劳苦都得高高兴兴地受着，有眼泪往肚子里咽。像我学艺的所在，铺子也就是掌柜的家；受了师傅的，还得受师母的，夹板儿气！能挺过这么三年，顶倔强的人也得软了，顶软和的人也得硬了；我简直可以这么说，一个学徒的脾性不是天生带来的，而是被板子打出来的；像打铁一样，要打什么东西便成什么东西。

在当时正挨打受气的那一会儿，我真想去寻死，那种气简直不是人所受得住的！但是，现在想起来，这种规矩与调教实在值金子。受过这种排练，天下便没有什么受不了的事啦。随便提一样吧，比方说教我去当兵，好哇，我可以做个蛮好的兵。军队的操演有时会有会儿，而学徒们是除了睡觉没有任何休息时间的。我抓着工夫去出恭，一边蹲着一边就能打个盹儿，因为遇上赶夜活的时候，我一天一夜只能睡上三四点钟的觉。我能一口吞下去一顿饭，刚端起饭碗，不是师傅喊，就是师娘叫，要不然便是有照顾主儿来定活，我得恭而敬之地招待，并且细心听着师傅怎样论活讨价钱。不把饭整吞下去怎办呢？这种排练教我遇到什么苦处都能硬挺，外带着还是挺和气。读书的人，据我这粗人看，永远不会懂得这个。现在的洋学堂里开运动会，学生跑上两个圈就仿佛有了汗马功劳一般，嗬！又是搀着，又是抱着，往大腿上拍火酒，还闹脾气，还坐汽车！这样的公子哥儿哪懂得什么叫作规矩，哪叫排练呢？话往回来说，我所受的苦处给我打下了做事任劳任怨的底子，我永远不肯闲着，做起活来永不晓得闹脾气，耍别扭，我能和大兵们一样受苦，而大兵们不能像我这么和气。

再拿件实事来证明这个吧：在我学成出师以后，我和别的耍手艺的一样，为表明自己是凭本事挣钱的人，第一我先买了根烟袋，只要一闲着便捻上一袋吧唧着，仿佛很有身份，慢慢地，我又学了喝酒，时常弄两盅猫尿咂着嘴儿抿几口。嗜好就怕开了头，会了一样就不难学第二样，反正都是个玩意吧咧。这可也就出了毛病。我爱烟爱酒，原本不算什么稀奇的事，大家伙儿都差不多是这样。可是，我一来二去地学会了吃大烟。那个年月，鸦片烟不犯私，非常的便宜；我先是吸着玩，后来可就上了瘾。不久，我便觉出手紧来了，做事也不似先前那么上劲了。我并没等谁劝告我，不但戒了大烟，而且把旱烟袋也撅了，从此烟酒不动！我入了"理门"。入"理门"，烟酒都不准动；一旦破戒，必走背运。所以我不但戒了嗜好，而且入了"理门"；背运在那儿等着我，我怎肯再犯戒呢？这点心胸与硬气，如今想起来，还是由学徒得来的。多大的苦处我都能忍受。初一戒烟戒酒，看着别人吸，别人饮，多么难过呢！心里真像有一千条小虫爬挠那么痒痒触触地难过。但是我不能破戒，怕走背运。其实背运不背运的，都是日后的事，眼前的罪过可是不好受呀！硬挺，只有硬挺才能成功，怕走背运还在其次。我居然挺过来了，因为我学过徒，受过排练呀！

提到我的手艺来，我也觉得学徒三年的光阴并没白费了。凡是一门手艺，都得随时改良，方法是死的，运用可是活的。三十年前的瓦匠，讲究会磨砖对缝，做细工儿活；现在，他得会用洋灰和包镶人造石什么的。三十年前的木匠，讲究会雕花刻木，现在得会造洋式木器。我们这行也如此，不过比别的行业更活动。我们这行讲究看见什么就能糊什么。比方说，人家落了丧事，叫我们糊一桌全席，我们就能糊出鸡鸭鱼肉来。赶上人家死了未出阁的姑娘，叫我们糊一全份嫁妆，不管是四十八抬，还是三十二抬，我们便能由粉罐油瓶一直糊到衣橱穿衣镜。眼睛一看，手就能模仿下来，这是我们的本事。我们的本事不大，可是得有点聪明，一个心窟窿的人绝不会成个好裱糊匠。

这样，我们做活，一边工作也一边游戏，仿佛是。我们的成败全仗着怎么把各色的纸调动得合适，这是要心路的事儿。以我自己说，我有点小聪明。在学徒时所挨的打，很少是为学不上活来，而多半是因为我有聪明而好调皮不听话。我的聪明也许一点也显露不出来，假若我是去学打铁，或是拉大锯——老那么打，老那么拉，一点变动没有。幸而我学了裱糊匠，把基本的技能学会了以后，我便开始自出花样，怎么灵巧逼真我怎么做。有时候我白费了许多工夫与材料，而做不出我所想到的东西，可是这更教我加紧地去揣摩，去调动，非把它做成不可。这个，真是个好习惯。有聪明，而且知道用聪明，我必须感谢这三年的学徒，在这三年养成了我会用自己的聪明的习惯。诚然，我一辈子没做过大事，但是无论什么事，只要是平常人能做的，我一瞧就能明白个五六成。我会砌墙、栽树、修理钟表、看皮货的真假、合婚择日、知道五行八作的行话上诀窍……这些，我都没学过，只凭我的眼去看，我的手去试验；我有勤苦耐劳与多看多学的习惯；这个习惯是在冥衣铺学徒三年养成的。到如今我才明白过来——我已是快饿死的人了！——假若我多读上几年书，只抱着书本死啃，像那些秀才与学堂毕业的人们那样，我也许一辈子就糊糊涂涂地下去，而什么也不晓得呢！裱糊的手艺没有给我带来官职和财产，可是它让我活得很有趣；穷，但是有趣，有点人味儿。

刚二十多岁，我就成为亲友中的重要人物了。不因为我有钱与身份，而是因为我办事细心，不辞劳苦。自从出了师，我每天在街口的茶馆里等着同行的来约请帮忙。我成了街面上的人，年轻，利落，懂得场面。有人来约，我便去做活；没人来约，我也闲不住：亲友家许许多多的事都托付我给办，我甚至于刚结过婚便给别人家做媒了。

给别人帮忙就等于消遣。我需要一些消遣。为什么呢？前面我已说过：我们这行有两种活，烧活和"白活"。做烧活是有趣而干净的，"白活"可就不然了。糊顶棚自然得先把旧纸撕下来，这可真够受的，没做过的人万也想不到顶棚上能有那么多尘土，而且是日积月累攒下来的，比什么土都干、细，钻鼻子，撕完三间屋子的棚，我们就都成了土鬼。及至扎好了秫秸，糊新纸的时候，新银花纸的面子是又臭又挂鼻子。尘土与纸面子就能教人得痨病——现在叫作肺病。我不喜欢这种活儿。可是，在街上等工作，有人来约就不能拒绝，有什么活得干什么活。应下这种活儿，我差不多老在下边裁纸递纸抹糨糊，为的是可以不必上"交手"，而且可以低着头干活儿，少吃点土。就是这样，我也得弄一身灰，我的鼻子也得像烟筒。做完这么几天活，我愿意做点别的，变换变换。那么，有亲友托我办点什么，我是很乐意帮忙的。

再说呢，做烧活吧，做"白活"吧，这种工作老与人们的喜事或丧事有关系。熟人们找我定活，也往往就手儿托我去讲别项的事，如婚丧事的搭棚、讲执事、雇厨子、定车马，等等。我在这些事儿中渐渐找出乐趣，晓得如何能捏住巧处，给亲友们既办得漂亮，又省些钱，不能窝窝囊囊地被人捉了"大头"。我在办这些事儿的时候，得到许多经验，明白了许多人情，久而久之，我成了个很精明的人，虽然还不到三十岁。

三

由前面所说过的去推测，谁也能看出来，我不能老靠着裱糊的手艺挣饭吃。像逛庙会忽然遇上雨似的，年头一变，大家就得往四散里跑。在我这一辈子里，我仿佛是走着下坡路，收不住脚。心里越盼着天下太平，身子越往下出溜。这次的变动，不使人缓气，一变好像就要变到底。这简直不是变动，而是一阵狂风，把人糊糊涂涂地刮得不知上哪里去了。在我小时候发财的行当与事情，许多许多都忽然走到绝处，永远不再见面，仿佛掉在了大海里头似的。裱糊这一行虽然到如今还阴死巴活地始终没完全断了气，可是大概也不会再有抬头的一日了。我老早地就看出这个来。在那太平的年月，假若我愿意的话，我满可以开个小铺，收两个徒弟，安安顿顿地混两顿饭吃。幸而我没那么办。一年得不到一笔大活，只仗着糊一辆车或两间屋子的顶棚什么的，怎能吃饭呢？睁开眼看看，这十几年了，可有过一笔体面的活？我得改行，我算是猜对了。

不过，这还不是我忽然改了行的唯一的原因。年头儿的改变不是个人所能抵抗的，胳臂扭不过大腿去，跟年头儿较死劲简直是自己找别扭。可是，个人独有的事往往来得更厉害，它能马上教人疯。去投河觅井都不算新奇，不用说把自己的行业放下，而去干些别的了。个人的事虽然很小，可是一加在个人身上便受不住；一个米粒很小，教蚂蚁去搬运便很费力气。个人的事也是如此。人活着是仗了一口气，多咱有点事儿，把这些气憋住，人就要抽风。人是多么小的玩意儿呢！

我的精明与和气给我带来背运。乍一听这句话仿佛是不合情理，可是千真万确，一点儿不假，假若这要不落在我自己身上，我也许不大相信天下会有这宗事。它竟自找到了我；在当时，我差不多真成了个疯子。隔了这么二三十年，现在想起那回事儿来，我满可以微微一笑，仿佛想起一个故事来似的。现在我明白了个人的好处不必一定就有利于自己。一个人好，大家都好，这点好处才有用，正是如鱼得水。一个人好，而大家并不都好，个人的好处也许就是让他倒霉的祸根。精明和气有什么用呢？现在，我悟过这点理儿来，想起那件事不过点点头，笑一笑罢了。在当时，我可真有点咽不下去那口气。那时候我还很年轻啊！

哪个年轻的人不爱漂亮呢？在我年轻的时候，给人家行人情或办点事，我的打扮与气派谁也不敢说我是个手艺人。在早年间，皮货很贵，而且不准乱穿。如今晚的人，今天得了马票或奖券，明天就可以穿上狐皮大衣，不管是个十五岁的孩子还是二十岁还没刮过脸的小伙子。早年间可不行，年纪身份决定个人的服装打扮。那年月，在马褂或坎肩上安上一条灰鼠领子就仿佛是很漂亮阔气。我老安着这么条领子，马褂与坎肩都是青大缎的——那时候的缎子也不知怎么那样结实，一件马褂至少也可以穿上十来年。在给人家糊棚顶的时候，我是个土鬼；回到家中一梳洗打扮，我立刻变成个漂亮小伙子。我不喜欢那个土鬼，所以更爱这个漂亮的青年。我的辫子又黑又长，脑门剃得锃光青亮，穿上带灰鼠领子的缎子坎肩，我的确像个"人儿"！

一个漂亮小伙子所最怕的恐怕就是娶个丑八怪似的老婆吧。我早已有意无意地向老人们透了个口话：不娶倒没什么，要娶就得来个够样儿的。那时候，自然还不时行自由婚，可是已有男女两造对相看的办法。要结婚的话，我得自己去相看，不能马马虎虎就凭媒人的花言巧语。

二十岁那年，我结了婚，我的妻比我小一岁。把她放在哪里，她也得算个俏式利落的小媳妇；在订婚以前，我亲眼相看的呀。她美不美，我不敢说，我说她俏式利落，因为这四个字就是我择妻的标准；她要是不够这四个字的格儿，当初我决不会点头。在这四个字里很可以见出我自己是怎样的人来。那时候，我年轻、漂亮，做事麻利，所以我一定不能要个笨牛似的老婆。

这个婚姻不能说不是天配良缘。我俩都年轻，都利落，都个子不高；在亲友面前，我们像一对轻巧的陀螺似的，四面八方地转动，招得那年岁大些的人们眼中要笑出一朵花来。我俩竞争着去在大家面前显出个人的机警与口才，到处争强好胜，只为教人夸奖一声我们是一对最有出息的小夫妇。别人的夸奖增高了我俩彼此间的敬爱，颇有点英雄惜英雄、好汉爱好汉的劲儿。

我很快乐，说实话：我的老人没挣下什么财产，可是有一所房。我住着不用花租金的房子，院中有不少的树木，檐前挂着一对黄鸟。我呢，有手艺，有人缘，有个可心的年轻女人。不快乐不是自找别扭吗？

对于我的妻，我简直找不出什么毛病来。不错，有时候我觉得她有点太野；可是哪个利落的小媳妇不爽快呢？她爱说话，因为她会说；她不大躲避男人，因为这正是做媳妇所应享的利益，特别是刚出嫁而有些本事的小媳妇，她自然愿意把做姑娘时的腼腆收起一些，而大大方方地自居为"媳妇"。这点实在不能算作毛病。况且，她见了长辈又是那么亲热体贴，殷勤地伺候，那么她对年轻一点的人随便一些也正是理之当然；她是爽快大方，所以对于年老的正像对于年少的，都愿表示出亲热周到来。我没因为她爽快而责备她过。

她有了孕，做了母亲，她更好看了，也更大方了——我简直地不忍再用那个"野"字！世界上还有比怀孕的少妇更可怜、年轻的母亲更可爱的吗？看她坐在门坎上，露着点胸，给小娃娃奶吃，我只能更爱她，而想不起责备她太不规矩。

到了二十四岁，我已有一儿一女。对于生儿养女，做丈夫的有什么功劳呢！赶上高兴，男子把娃娃抱起来，耍巴一回；其余的苦处全是女人的。我不是个糊涂人，不必等谁告诉我才能明白这个。真的，生小孩，养育小孩，男人有时候想去帮忙也归无用；不过，一个懂得点人事的人，自然该使做妻的痛快一些，自由一些；欺侮孕妇或一个年轻的母亲，据我看，才真是混蛋呢！对于我的妻，自从有了小孩之后，我更放任了些；我认为这是当然的合理的。

再一说呢，夫妇是树，儿女是花；有了花的树才能显出根儿深。一切猜忌，不放心，都应该减少，或者完全消灭；小孩子会把母亲拴得结结实实的。所以，即使我觉得她有点野——真不愿用这个臭字——我也不能不放心了，她是个母亲呀。

## 四

直到如今，我还是不能明白那到底是怎么一回事。

我所不能明白的事也就是当时教我差点儿疯了的事，我的妻跟人家跑了。

我再说一遍，到如今我还不能明白那到底是怎回事。我不是个固执的人，因为我久在街面上，懂得人情，知道怎样找出自己的长处与短处。但是，对于这件事，我把自己的短处都找遍了，也找不出应当受这种耻辱与惩罚的地方来。所以，我只能说我的聪明与和气给我带来祸患，因为我实在找不出别的道理来。

我有位师哥，这位师哥也就是我的仇人。街口上，人们都管他叫作黑子，我也就还这么叫他吧；不便道出他的真名实姓来，虽然他是我的仇人。"黑子"，由于他的脸不白；不但不白，而且黑得特别，所以才有这个外号。他的脸真像个早年间人们揉的铁球，黑，可是非常的亮；黑，可是光润；黑，可是油光水滑的可爱。当他喝下两盅酒，或发热的时候，脸上红起来，就好像落太阳时的一些黑云，黑里透出一些红光。至于他的五官，简直没有什么好看的地方，我比他漂亮多了。他的身量很高，可也不见得怎么魁梧，高大而懈懈松松的。他所以不至教人讨厌他，总而言之，都仗着那一张发亮的黑脸。

我跟他是很好的朋友。他既是我的师哥，又那么傻大黑粗的，即使我不喜爱他，我也不能无缘无故地怀疑他。我的那点聪明不是给我预备着去猜疑人的；反之，我知道我的眼睛里不容沙子，所以我因信任自己而信任别人。我以为我的朋友都不至于偷偷地对我掏坏招数。一旦我认定谁是个可交的人，我便真拿他当个朋友看待。对于我这个师哥，即使他有可猜疑的地方，我也得敬重他、招待他，因为无论怎样，他到底是我的师哥呀。同是一门儿学出来的手艺，又同在一个街口上混饭吃，有活没活，一天至少也得见几面；对这么熟的人，我怎能不拿他当作个好朋友呢？有活，我们一同去做活；没活，他总是到我家来吃饭喝茶，有时候也摸几把索儿胡玩——那时候"麻将"还不十分时兴。我和蔼，他也不客气；遇到什么就吃什么，遇到什么就喝什么，我一向不特别为他预备什么，他也永远不挑剔。他吃得很多，可是不懂得挑食。看他端着大碗，跟着我们吃热汤儿面什么的，真是个痛快的事。他吃得四脖子汗流，嘴里稀啦呼噜地响，脸上越来越红，慢慢地成了个半红的大煤球似的；谁能说这样的人能存着什么坏心眼儿呢！

一来二去，我由大家的眼神看出来天下并不很太平。可是，我并没有怎么往心里搁这回事。假若我是个糊涂人，只有一个心眼，大概对这种事不会听见风就是雨，马上闹个天昏地暗，也许立刻把事情弄个水落石出，也许是望风捕影而弄一鼻子灰。我的心眼多，决不肯这么糊涂瞎闹，我得平心静气地想一想。

先想我自己，想不出我有什么不对的地方来，即使我有许多毛病，反正至少我比师哥漂亮、聪明，更像个人儿。

再看师哥吧，他的长相、行为、财力，都不能教他为非作歹，他不是那种一见面就教女人动心的人。

最后，我详详细细地为我的年轻的妻子想一想：她跟了我已经四五年，我俩在一处不算不快乐。即使她的快乐是假装的，而愿意去跟个她真喜爱的人——这在早年间几乎是不能有的——大概黑子也绝不会是这个人吧？他跟我都是手艺人，他的身份一点不比我高。同样，他不比我阔，不比我漂亮，不比我年轻；那么，她贪图的是什么呢？想不出。就满打说她是受了他的引诱而迷了心，可是他用什么引诱她呢，是那张黑脸、那点本事、那身衣裳、腰里那几吊钱？笑话！哼，我要是有意的话嘛？我倒蛮可以去引诱引诱女人；虽然钱不多，至少我有个样子。黑子有什么呢？再说，就是说她一时迷了心窍，分别不出好歹来，难道她就肯舍得那两个小孩吗？

我不能信大家的话，不能立时疏远了黑子，也不能傻子似的去盘问她。我全想过了，一点缝子没有，我只能慢慢地等着大家明白过来他们是多虑。即使他们不是凭空造谣，我也得慢慢地察看，不能无缘无故地把自己、把朋友、把妻子，都卷在黑土里边。有点聪明的人做事不能鲁莽。

可是，不久，黑子和我的妻子都不见了。直到如今，我没再见过他俩。为什么她肯这么办呢？我非见着她，由她自己吐出实话，我不会明白。我自己的思想永远不够对付这件事的。

我真盼望能再见她一面，专为明白明白这件事。到如今我还是在个葫芦里。

当时我怎样难过，用不着我自己细说。谁也能想到，一个年轻漂亮的人，守着两个没了妈的小孩，在家里是怎样的难过；一个聪明规矩的人，最亲爱的妻子跟师哥跑了，在街面上是怎么难堪。同情我的人，有话说不出；不认识我的人，听到这件事，总不会责备我的师哥，而一直管我叫"王八"。在咱们这讲孝悌忠信的社会里，人们很喜欢有个王八，好教大家有放手指头的准头。我的口闭上，我的牙咬住，我心中只有他们俩的影儿和一片血。不用教我见着他们，见着就是一刀，别的无须乎再说了。

在当时，我只想拼上这条命，才觉得有点人味儿。现在，事情过去这么多年了。我可以细细地想这件事在我这一辈子里的作用了。

我的嘴并没闲着，到处打听黑子的消息。没用，他俩真像石沉大海一般，打听不着确实的消息，慢慢地我的怒气消散了一些；说也奇怪，怒气一消，我反倒可怜我的妻子。黑子不过是个手艺人，而这种手艺只能在京津一带大城里找到饭吃，乡间是不需要讲究烧活的。那么，假若他俩是逃到远处去，他拿什么养活她呢？哼，假若他肯偷好朋友的妻子，难道他就不会把她卖掉吗？这个恐惧时常在我心中绕来绕去。我真希望她忽然逃回来，告诉我她怎样上了当，受了苦处；假若她真跪在我的面前，我想我不会不收下她的，一个心爱的女人，永远是心爱的，不管她做了什么错事。她没有回来，没有消息，我恨她一会儿，又可怜她一会儿，胡思乱想，我有时候整夜地不能睡。

过了一年多，我的这种乱想又轻淡了许多。是的，我这一辈子也不能忘了她，可是我不再为她思索什么了。我承认了这是一段千真万确的事实，不必为它多费心思了。

我到底怎样了呢？这倒是我所要说的，因为这件我永远猜不透的事在我这一辈子里实在是件极大的事。这件事好像是在梦中丢失了我最亲爱的人，一睁眼，她真的跑得无影无踪了。这个梦没法儿明白，可是它的真确劲儿是谁也受不了的。做过这么个梦的人，就是没有成疯子，也得大大的改变；他是丢失了半个命呀！

## 五

最初，我连屋门也不肯出，我怕见那个又明又暖的太阳。

顶难堪的是头一次上街：抬着头大大方方地走吧，准有人说我天生来的不知羞耻。低着头走，便是自己招认了脊背发软。怎么着也不对。我可是问心无愧，没做过一点对不起人的事。

我破了戒，又吸烟喝酒了。什么背运不背运的，有什么再比丢了老婆更倒霉的呢？我不求人家可怜我，也犯不上成心对谁要刺儿，我独自吸烟喝酒，把委屈放在心里好了。再没有比不测的祸患更能扫除了迷信的；以前，我对什么神仙都不敢得罪；现在，我什么也不信，连活佛也不信了。迷信，我咂摸出来，是盼望得点意外的好处；赶到遇上意外的难处，你就什么也不盼望，自然也不迷信了。我把财神和灶王的龛——我亲手糊的——都烧了。亲友中很有些人说我成了二毛子的。什么二毛子三毛子的，我再不给谁磕头。人若是不可靠，神仙就更没准儿了。

我并没变成忧郁的人。这种事本来是可以把人愁死的，可是我没往死牛犄角里钻。我原是个活泼的人，好吧，我要打算活下去，就得别丢了我的活泼劲儿。不错，意外的大祸往往能忽然把一个人的习惯与脾气改变了；可是我决定要保持住我的活泼。我吸烟、喝酒，不再信神佛，不过都是些使我活泼的方法。不管我是真乐还是假乐，我乐！在我学艺的时候，我就会这一招，经过这次的变动，我更必须这样了。现在，我已快饿死了，我还是笑着，连我自己也说不清这是真的还是假的笑，反正我笑，多咱死了多咱我并上嘴。从那件事发生了以后，直到如今，我始终还是个有用的人、热心的人，可是我心中有了个空儿。这个空儿是那件不幸的事给我留下的，像墙上中了枪弹，老有个小窟窿似的。我有用，我热心，我爱给人家帮忙，但是不幸而事情没办到好处，或者想不到地扎手，我不着急，也不动气，因为我心中有个空儿。这个空儿会教我在极热心的时候冷静，极欢喜的时候有点悲哀，我的笑常常和泪碰在一处，而分不清哪个是哪个。

这些，都是我心里头的变动，我自己要是不说——自然连我自己也说不大完全——大概别人无从猜到。在我的生活上，也有了变动，这是人人能看到的。我改了行，不再当裱糊匠，我没脸再上街口去等生意，同行的人，认识我的，也必认识黑子；他们只须多看我几眼，我就没法再咽下饭去。在那报纸还不大时行的年月，人们的眼睛是比新闻还要厉害的。现在，离婚都可以上衙门去明说明讲，早年间男女的事儿可不能这么随便。我把同行中的朋友全放下了，连我的师傅、师母都懒得去看，我仿佛是要由这个世界一脚跳到另一个世界去。这样，我觉得我才能独自把那桩事关在心里头。年头的改变教裱糊匠们的活路越来越狭，但是要不是那回事，我也不会改行改得这么快、这么干脆。放弃了手艺，没什么可惜；可是这么放弃了手艺，我也不会感谢"那"回事儿！不管怎说吧，我改了行，这是个显然的变动。

决定扔下手艺可不就是我准知道应该干什么去。我得去乱碰，像一只空船浮在水面上，浪头是它的指南针。在前面我已经说过，我认识字，还能抄抄写写，很够当个小差事的。再说呢，当差是个体面的事，我这丢了老婆的人若能当上差，不用说那必能把我的名誉恢复了一些。现在想起来，这个想法真有点可笑；在当时我可是诚心地相信这是最高明的办法。"八"字还没有一撇儿，我觉得很高兴，仿佛我已经很有把握，既得到差事，又能恢复了名誉。我的头又抬得很高了。

哼！手艺是三年可以学成的；差事，也许要三十年才能得上吧！一个钉子跟着一个钉子，都预备着给我碰呢！我说我识字，哼！敢情有好些个能整本背书的人还挨饿呢。我说我会写字，敢情会写字的绝不算出奇呢。我把自己看得太高了。可是，我又亲眼看见，那做着很大的官儿的，一天到晚山珍海味地吃着，连自己的姓都不大认得。那么，是不是我的学问又太大了，而超过了做官所需要的呢？我这个聪明人也没法儿不显着糊涂了。

慢慢地，我明白过来。原来差事不是给本事预备着的，想做官第一得有人。这简直没了我的事，不管我有多么大的本事。我自己是个手艺人，所认识的也是手艺人；我爸爸呢，又是个白丁，虽然是很有本事与品行的白丁。我上哪里去找差事当呢？

事情要是逼着一个人走上哪条道儿，他就非去不可，就像火车一样，轨道已摆好，照着走就是了，一出花样准得翻车！我也是如此。决定扔下了手艺，而得不到个差事，我又不能老这么闲着。好啦，我的面前已摆好了铁轨，只准上前，不许退后。

我当了巡警。

巡警和洋车是大城里头给苦人们安好的两条火车道。大字不识而什么手艺也没有的，只好去拉车。拉车不用什么本钱，肯出汗就能吃窝窝头。识几个字而好体面的，有手艺而挣不上饭的，只好去当巡警；别的先不提，挑巡警用不着多大的人情，而且一挑上先有身制服穿着，六块钱拿着；好歹是个差事。除了这条道，我简直无路可走。我既没混到必须拉车去的地步，又没有做高官的舅舅或姐丈，巡警正好不高不低，只要我肯，就能穿上一身铜纽子的制服。当兵比当巡警有起色，即使熬不上军官，至少能有抢劫些东西的机会。可是，我不能去当兵，我家中还有俩没娘的小孩呀。当兵要野，当巡警要文明；换句话说，当兵有发邪财的机会，当巡警是穷而文明一辈子；穷得要命，文明得稀松！

以后这五六十年的经验，我敢说这么一句：真会办事的人，到时候才说话，爱张罗办事的人——像我自己——没话也找话说。我的嘴老不肯闲着，对什么事我都有一片说词，对什么人我都想很恰当地给起个外号。我受了报应：第一件事，我丢了老婆，把我的嘴封起来一二年！第二件是我当了巡警。在我还没当上这个差事的时候，我管巡警们叫作"马路行走""避风阁大学士"和"臭脚巡"。这些无非都是说巡警们的差事只是站马路，无事忙，跑臭脚。哼！我自己当上"臭脚巡"了！生命简直就是自己和自己开玩笑，一点不假！我自己打了自己的嘴巴，可并不因为我做了什么缺德的事；至多也不过爱多说几句玩笑话罢了。在这里，我认识了生命的严肃，连句玩笑话都说不得的！好在，我心中有个空儿；我怎么叫别人"臭脚巡"，也照样叫自己。这在早年间叫作"抹稀泥"，现在的新名词应叫着什么，我还没能打听出来。

我没法不去当巡警，可是真觉得有点委屈。是呀，我没有什么出众的本事，但是论街面上的事，我敢说我比谁知道的也不少。巡警不是管街面上的事情吗？那么，请看看那些警官儿吧：有的连本地的话都说不上来，二加二是四还是五都得想半天。哼！他是官，我可是"招募警"；他的一双皮鞋够开我半年的饷！他什么经验与本事也没有，可是他做官。这样的官儿多了去啦！上哪儿讲理去呢？记得有位教官，头一天教我们操法的时候，忘了叫"立正"，而叫了"闸住"。用不着打听，这位大爷一定是拉洋车出身。有人情就行，今天你拉车，明天你姑父做了什么官儿，你就可以弄个教官当当；叫"闸住"也没关系，谁敢笑教官一声呢！这样的自然是不多，可是有这么一位教官，也就可以教人想到巡警的操法是怎么稀松二五眼了。内堂的功课自然绝不是这样的教官所能担任的，因为至少得认识些个字才能"唬"得下来。我们内堂的教官大概可以分为两种：一种是老人儿们，多数都有口鸦片烟瘾；他们要是能讲明白一样东西，就凭他们那点人情，大概早就做上大官儿了；唯其什么也讲不明白，所以才来做教官。另一种是年轻的小伙子们，讲的都是洋事，什么东洋巡警怎么样，什么法国违警律如何，仿佛我们都是洋鬼子。这种讲法有个好处，就是他们信口开河瞎扯，我们一边打盹一边听着，谁也不准知道东洋和法国是什么样儿，可不就随他的便说吧。我满可以编一套美国的事讲给大家听，可惜我不是教官罢了。这群年轻的小人们真懂外国事儿不懂，无从知道；反正我准知道他们一点中国事儿也不晓得。这两种教官的年纪上、学问上都不同，可是他们有个相同的地方，就是他们都高不成低不就，所以对对付付地只能做教官。他们的人情真不小，可是本事太差，所以来教一群为六块洋钱而一声不敢出的巡警就最合适。

教官如此，别的警官也差不多是这样。想想：谁要是能去做一任知县或税局局长，谁肯来做警官呢？前面我已交代过了，当巡警是高不成低不就，不得已而为之。警官也是这样。这群人由上至下全是"狗熊耍扁担，混碗儿饭吃"。不过呢，巡警一天到晚在街面上，不论怎样抹稀泥，多少得能说会道，见机而作，把大事化小，小事化无；既不多给官面上惹麻烦，又让大家都过得去；真的吧假的吧，这总得算点本事。而做警官的呢，就连这点本事似乎也不必有。阎王好做，小鬼难当，诚然！

# 六

我再多说几句，或者就没人再说我太狂傲无知了。我说我觉得委屈，真是实话；请看吧：一月挣六块钱，这跟当仆人的一样，而没有仆人们那些"外找儿"；死挣六块钱，就凭这么个大人——腰板挺直，样子漂亮，年轻力壮，能说会道，还得识文断字！这一大堆资格，一共值六块钱！

六块钱饷粮，扣去三块半钱的伙食，还得扣去什么人情公议儿，净剩也就是两块上下钱吧。衣服自然是可以穿官发的，可是到休息的时候，谁肯还穿着制服回家呢；那么，不做不做也得有件大褂什么的。要是把钱做了大褂，一个月就算白混。再说，谁没有家呢？父母——哎，先别提父母吧！就说一夫一妻吧：至少得赁一间房，得有老婆的吃、喝、穿。就凭那两块大洋！谁也不许生病，不许生小孩，不许吸烟，不许吃点零碎东西，连这么着，月月还不够嚼谷！

我就不明白为什么肯有人把姑娘嫁给当巡警的，虽然我常给同事的做媒。当我一到女家提说的时候，人家总对我一撇嘴，虽不明说，但是意思很明显，"哼！当巡警的！"可是我不怕这一撇嘴，因为十回倒有九回是撇完嘴而点了头。难道是世界上的姑娘太多了吗？我不知道。

由哪面儿看，巡警都活该是鼓着腮帮子充胖子而教人哭不得笑不得的。穿起制服来，干净利落，又体面又威风，车马行人，打架吵嘴，都由他管着。他这是差事；可是他一月除了吃饭，净剩两块来钱。他自己也知道中气不足，可是不能不硬挺着腰板，到时候他得娶妻生子，还是仗着那两块来钱。提婚的时候，头一句是说："小人呀当差！"当差的底下还有什么呢？没人愿意细问，一问就糟到底。

是的，巡警们都知道自己怎样的委屈，可是风里雨里他得去巡街下夜，一点懒儿不敢偷；一偷懒就有被开除的危险；他委屈，可不敢抱怨，他劳苦，可不敢偷闲，他知道自己在这里混不出来什么，而不敢冒险搁下差事。这点差事扔了可惜，做着又没劲；这些人也就人儿似的先混过一天是一天，在没劲中要露出劲儿来，像打太极拳似的。

世上为什么应当有这种差事和为什么有这样多肯做这种差事的人？我想不出来。假若下辈子我再托生为人，而且忘了喝迷魂汤，还记得这一辈子的事，我必定要扯着脖子去喊：这玩意儿整个的是丢人，是欺骗，是杀人不流血！现在，我老了，快饿死了，连喊这么几句也顾不及了，我还得先为下顿的窝窝头着忙呀！

自然在我初当差的时候，我并没有一下子就把这些都看清楚了，谁也没有那么聪明。反之，一上手当差我倒觉出点高兴来：穿上整齐的制服、靴帽，的确我是漂亮精神，而且心里说：好吧歹吧，这是个差事；凭我的聪明与本事，不久我必有个升腾。我很留神看巡长、巡官们制服上的铜星与金道，而想象着我将来也能那样。我一点也没想到那铜星与金道并不按着聪明与本事颁给人们呀。

新鲜劲儿刚一过去，我已经讨厌那身制服了。它不教任何人尊敬，而只能告诉人："臭脚巡"来了！拿制服的本身说，它也很讨厌：夏天它就像牛皮似的，把人闷得满身臭汗；冬天呢，它一点也不像牛皮了，而倒像是纸糊的；它不许谁在里边多穿一点衣服，只好任着狂风由胸口钻进来，由脊背钻出去，整打个穿堂！再看那双皮鞋，冬冷夏热，永远不教脚舒服一会儿；穿单袜的时候，它好像是两大篓子似的，脚趾脚踵都在里边乱抓弄，而始终找不到鞋在哪里；到穿棉袜的时候，它们忽然变得很紧，不许棉袜与脚一齐伸进去。有多少人因包办制服、皮鞋而发了财，我不知道，我只知道我的脚永远烂着，夏天闹湿气，冬天闹冻疮。自然，烂脚也得照常地去巡街站岗，要不然就别挣那六块洋钱！多么热，或多么冷，别人都可以找地方去躲一躲，连洋车夫都可以自由地歇半天，巡警得去巡街、得去站岗，热死冻死都活该，那六块现大洋买着你的命呢！

记得在哪儿看见过这么一句：食不饱，力不足。不管这句在原地方讲的是什么吧，反正拿来形容巡警是没有多大错儿的。最可怜，又可笑的是我们既吃不饱，还得挺着劲儿，站在街上得像个样子！要饭的花子有时不饿也弯着腰，假充饿了三天三夜；反之，巡警却不饱也得鼓起肚皮，假装刚吃完三大碗鸡丝面似的。花子装饿倒有点道理，我可就是想不出巡警假装酒足饭饱有什么理由来，我只觉得这真可笑。

人们都不满意巡警的对付事、抹稀泥。哼！抹稀泥自有它的理由。不过，在细说这个道理之前，我愿先说件极可怕的事。有了这件可怕的事，我再返回头来细说那些理由，仿佛就更顺当、更生动。好！就这样办啦。

# 七

应当有月亮，可是教黑云给遮住了，处处都很黑。我正在个僻静的地方巡夜。我的鞋上钉着铁掌，那时候每个巡警又须带着一把东洋刀，四下里鸦雀无声，听着我自己的铁掌与佩刀的声响，我感到寂寞无聊，而且几乎有点害怕。眼前忽然跑过一只猫，或忽然听见一声鸟叫，都教我觉得不是味儿，勉强着挺起胸来，可是心中总空空虚虚的，仿佛将有些什么不幸的事情在前面等着我。不完全是害怕，又不完全气粗胆壮，就那么怪不得劲的，手心上出了点凉汗。平日，我很有点胆量，什么看守死尸，什么独自看管一所脏房，都算不了一回事。不知为什么这一晚上我这样胆虚，心里越要耻笑自己，便越觉得不定哪里藏着点危险。我不便放快了脚步，可是心中急切地希望快回去，回到那有灯光与朋友的地方去。

忽然，我听见一排枪！我立定了，胆子反倒壮起来一点；真正的危险似乎倒可以治好了胆虚，惊疑不定才是恐惧的根源，我听着，像夜行的马竖起耳朵那样。又一排枪，又一排枪！没声了，我等着，听着，静寂得难堪。像看见闪电而等着雷声那样，我的心跳得很快。啪，啪，啪，啪，四面八方都响起来了！

我的胆气又渐渐地往下低落了。一排枪，我壮起气来；枪声太多了，真遇到危险了；我是个人，人怕死；我忽然跑起来，跑了几步，猛地又立住，听一听，枪声越来越密，看不见什么，四下漆黑，只有枪声，不知为什么，不知在哪里，黑暗里只有我一个人，听着远处的枪响。往哪里跑？到底是什么事？应当想一想，又顾不得想；胆大也没用，没有主意就不会有胆量。还是跑吧，糊涂地乱动，总比呆立哆嗦着强。我跑，狂跑，手紧紧地握住佩刀。像受了惊的猫狗，不必想也知道往家里跑。我已忘了我是巡警，我得先回家看看我那没娘的孩子去，要是死就死在一处！

要跑到家，我得穿过好几条大街。刚到了头一条大街，我就晓得不容易再跑了。街上黑黑乎乎的人影，跑得很快，随跑随着放枪。兵！我知道那是些辫子兵。而我才刚剪了发不多日子。我很后悔我没像别人那样把头发盘起来，而是连根儿烂真正剪去了辫子。假若我能马上放下辫子来，虽然这些兵们平素很讨厌巡警，可是因为我有辫子或者不至于把枪口冲着我来。在他们眼中，没有辫子便是二毛子，该杀。我没有了这么条宝贝！我不敢再动，只能蒙在黑影里，看事行事。兵们在路上跑，一队跟着一队，枪声不停。我不晓得他们是干什么呢？待了一会儿，兵们好像是都过去了，我往外探了探头，见外面没有什么动静，我就像一只夜鸟儿似的飞过了马路，到了街的另一边。在这极快地穿过马路的一会儿里，我的眼梢瞭着一点红光。十字街头起了火。我还藏在黑影里，不久，火光远远地照亮了一片；再探头往外看，我已可以影影绰绰地看到十字街口，所有四面把角的铺户已全烧起来，火影中那些兵们来回地奔跑，放着枪。我明白了，这是兵变。不久，火光更多了，一处接着一处，由光亮的距离我可以断定：凡是附近的十字口与丁字街全烧了起来。

说句该挨嘴巴的话，火是真好看！远处，漆黑的天上，忽然一白，紧跟着又黑了。忽然又一白，猛地冒起一个红团，有一块天像烧红的铁板，红得可怕。在红光里看见了多少股黑烟和火舌们高低不齐地往上冒，一会儿烟遮住了火苗；一会儿火苗冲破了黑烟。黑烟滚着，转着，千变万化地往上升，凝成一片，罩住下面的火光，像浓雾掩住了夕阳。待一会儿，火光明亮了一些，烟也改成灰白色儿，纯净，旺炽，火苗不多，而光亮结成一片，照明了半个天。那近处的，烟与火中带着种种的响声，烟往高处起，火往四下里奔；烟像些丑恶的黑龙，火像些乱长乱钻的红铁笋。烟裹着火，火裹着烟，卷起多高，忽然离散，黑烟里落下无数的火花，或者三五个极大的火团。火花、火团落下，烟像痛快轻松了一些，翻滚着向上冒。火团下降，在半空中遇到下面的火柱，又狂喜地往上跳跃，炸出无数火花。火团远落，遇到可以燃烧的东西，整个地再点起一把新火，新烟掩住旧火，一时变为黑暗；新火冲出了黑烟，与旧火连成一气，处处是火舌、火柱，飞舞，吐动，摇摆，颠狂。忽然哗啦一声，一架房倒下去，火星，焦炭，尘土，白烟，一齐飞扬，火苗压在下面，一齐在底下往横里吐射，像千百条探头吐舌的火蛇。静寂，静寂，火蛇慢慢地，忍耐地，往上翻。绕到上边来，与高处的火接到一处，通明，纯亮，忽忽地响着，要把人的心全照亮了似的。

我看着，不，不但看着，我还闻着呢！在种种不同的味道里，我咂摸着：这是那个金匾黑字的绸缎庄，那是那个山西人开的油酒店。由这些味道，我认识了那些不同的火团，轻而高飞的一定是茶叶铺的，迟笨黑暗的一定是布店的。这些买卖都不是我的，可是我都得，闻着它们火葬的气味，看着它们火团的起落，我说不上来心中怎样难过。

我看着，闻着，难过，我忘了自己的危险，我仿佛是个不懂事的小孩，只顾了看热闹，而忘了别的一切。我的牙打得很响，不是为自己害怕，而是对这奇惨的美丽动了心。

回家是没希望了。我不知道街上一共有多少兵，可是由各处的火光猜度起来，大概是热闹的街口都有他们。他们的目的是抢劫，可是顺着手儿已经烧了这么多铺户，焉知不就棍打腿地杀些人玩玩呢？我这剪了发的巡警在他们眼中还不个臭虫一样，只须一搂枪机就完了，并不费多少事。

想到这个，我打算回到"区"里去，"区"离我不算远，只须再过一条街就行了。可是，连这个也太晚了。当枪声初起的时候，连贫带富，家家关了门；街上除了那些横行的兵们，简直成了个死城。及至火一起来，铺户里的人们开始在火影里奔走，胆大一些的立在街旁，看着自己的或别人的店铺燃烧，没人敢去救火，可也舍不得走开，只那么一声不出地看着火苗乱窜。胆小一些的呢，争着往胡同里藏躲，三五成群地藏在巷内，不时向街上探探头，没人出声，大家都哆嗦着。火越烧越旺了，枪声慢慢地稀少下来，胡同里的住户仿佛已猜到是怎么一回事，最先是有人开门向外望望，然后有人试着步往街上走。街上，只有火光人影，没有巡警，被兵们抢过的当铺与首饰店全大敞着门！……这样的街市教人们害怕，同时也教人们胆大起来；一条没有巡警的街正像是没有老师的学房，多么老实的孩子也要闹哄哄。一家开门，家家开门，街上人多起来；铺户已有被抢过的了，跟着抢吧！平日，谁能想到那些良善守法的人民会去抢劫呢？哼！机会一到，人们立刻显露了原形。说声抢，壮实的小伙子们首先进了当铺、金店、钟表行。男人们回去一趟，第二趟出来已掺夹上女人和孩子们。被兵们抢过的铺子自然不必费事，进去随便拿就是了；可是紧跟着那些尚未被抢过的铺户的门也拦不住谁了。粮食店，茶叶铺，百货店，什么东西也是好的，门板一律砸开。

我一辈子只看见了这么一回大热闹：男女老幼喊着叫着，狂跑着，拥挤着，争吵着，砸门的砸门，喊叫的喊叫，嗑喳！门板倒下去，一窝蜂似的跑进去，乱挤乱抓，压倒在地的狂号，身体利落的往柜台上蹿，全红着眼，全拼着命，全奋勇前进，挤成一团，倒成一片，散走全街。背着，抱着，扛着，曳着，像一片战胜的蚂蚁，昂首疾走，去而复归，呼妻唤子，前呼后应。

苦人当然出来了。哼！那中等人家也不甘落后呀！

贵重的东西先搬完了，煤米柴炭是第二拨。有的整坛地搬着香油，有的独自扛着两口袋面，瓶子罐子碎了一街，米面撒满了便道。抢啊！抢啊！抢啊！谁都恨自己只长了一双手，谁都嫌自己的腿脚太慢！有的人会推着一坛子白糖，连人带坛在地上滚，像屎壳郎推着个大粪球。

强中自有强中手，人是到处会用脑子的！有人拿出切菜刀来了，立在巷口等着："放下！"刀晃了晃。口袋或衣服，放下了；安然地，不费力地，拿回家去。"放下！"不灵验，刀下去了，把面口袋砍破，下了一阵小雪，二人滚在一团。过路的急走，捎带着说了句："打什么，有的是东西！"两位明白过来，立起来向街头跑去。抢啊，抢啊！有的是东西！

我挤在了一群买卖人的中间，藏在黑影里。我并没说什么，他们似乎很明白我的困难，大家一声不出，而紧紧地把我包围住。不要说我还是个巡警，连他们买卖人也不敢抬起头来。他们无法去保护他们的财产与货物，谁敢出头抵抗谁就是不要命，兵们有枪，人民也有切菜刀呀！是的，他们低着头，好像倒怪羞惭似的。他们唯恐和抢劫的人们——也就是他们平日的照顾主儿——对了脸，羞恼成怒，在这没有王法的时候，杀几个买卖人总不算一回事呢！所以，他们也保护着我。想想看吧，这一带的居民大概不会不认识我吧！我三天两头地到这里来巡逻。平日，他们在墙根撒尿，我都要讨他们的厌，上前干涉；他们怎能不恨恶我呢！现在大家正在兴高采烈地白拿东西，要是遇见我，他们一人给我一砖头，我也就活不成了。即使他们不认识我，反正我是穿着制服，佩着东洋刀呀！在这个局面下，冒而咕咚地出来个巡警，够多么不合适呢！我满可以上前去道歉，说我不该这么冒失，他们能白白地饶了我吗？

街上忽然清静了一些，便道上的人纷纷往胡同里跑，马路当中走着七零八散的兵，都走得很慢；我摘下帽子，从一个学徒的肩上往外看了一眼，看见一位兵士，手里提着一串东西，像一串儿螃蟹似的。我能想到那是一串金银的镯子。他身上还有多少东西，不晓得，不过一定有许多硬货，因为他走得很慢。多么自然，多么可羡慕呢！自自然然地，提着一串镯子，在马路中心缓缓地走，有烧亮的铺户做着巨大的火把，给他们照亮了全城！

兵过去了，人们又由胡同里钻出来。东西已抢得差不多了，大家开始搬铺户的门板，有的去摘门上的匾额。我在报纸上常看见"彻底"这两个字，咱们的良民们打抢的时候才真正彻底呢！

这时候，铺户的人们才有出头喊叫的："救火呀！救火呀！别等着烧净了呀！"喊得教人一听见就要落泪！我身旁的人们开始活动。我怎么办？他们要是都去救火，剩下我这一个巡警，往哪儿跑呢？我拉住了一个屠户！他脱给了我那件满是猪油的大衫。把帽子夹在夹肢窝底下，一手握着佩刀，一手揪着大襟，我擦着墙根，逃回"区"里去。

# 八

我没去抢，人家所抢的又不是我的东西，这回事简直可以说和我不相干。可是，我看见了，也就明白了。明白了什么？我不会干脆的、恰当的、用一半句话说出来；我明白了点什么意思，这点意思教我几乎改变了点牌气。丢老婆是一件永远忘不了的事，现在它有了伴儿，我也永远忘不了这次的兵变。丢老婆是我自己的事，只须记在我的心里，用不着把家事国事天下事全拉扯上。这次的变乱是多少万人的事，只要我想一想，我便想到大家，想到全城，简直地我可以用这回事去断定许多的大事，就好像报纸上那样谈论这个问题那个问题似的。对了，我找到了一句漂亮的了。这件事教我看出一点意思，由这点意思我咂摸着许多问题。不管别人听得懂这句与否，我可真觉得它不坏。

我说过了：自从我的妻潜逃之后，我心中有了个空儿。经过这回兵变，那个空儿更大了一些，松松通通地能容下许多玩意儿。还接着说兵变的事吧！把它说完全了，你也就可以明白我心中的空儿为什么大起来了。

当我回到宿舍的时候，大家还全没睡呢。不睡是当然的，可是，大家一点也不显着着急或恐慌，吸烟的吸烟，喝茶的喝茶，就好像有红白事熬夜那样。我的狼狈的样子，不但没引起大家的同情，倒招得他们直笑。我本排着一肚子话要向大家说，一看这个样子也就不必再言语了。我想去睡，可是被排长给拦住了："别睡！待一会儿，天一亮，咱们全得出去弹压地面！"这该轮到我发笑了；街上烧抢到那个样子，并不见一个巡警，等到天亮再去弹压地面，岂不是天大的笑话！命令是命令，我只好等到天亮吧！

还没到天亮，我已经打听出来：原来高级警官们都预先知道兵变的事儿，可是不便于告诉下级警官和巡警们。这就是说，兵变是警察们管不了的事，要变就变吧；下级警官和巡警们呢，夜间糊糊涂涂地照常去巡逻站岗，是生是死随他们去！这个主意够多么活动而毒辣呢！再看巡警们呢，全和我自己一样，听见枪声就往回跑，谁也不傻。这样的巡警正好对得起这样的警官，自上而下全是瞎打混地当"差事"，一点不假！

虽然很要困，我可是急于想到街上去看看，夜间那一些情景还都在我的心里，我愿白天再去看一眼，好比较比较，教我心中这张画儿有头有尾。天亮得似乎很慢，也许是我心中太急。天到底慢慢地亮起来，我们排上队。我又要笑，有的人居然把盘起来的辫子梳好了放下来，巡长们也作为没看见。有的人在快要排队的时候，还细细刷了刷制服，用布擦亮了皮鞋！街上有那么大的损失，还有人顾得擦亮了鞋呢。我怎能不笑呢！

到了街上，我无论如何也笑不出来了！从前，我没真明白过什么叫作"惨"，这回才真晓得了。天上还有几颗懒得下去的大星，云色在灰白中稍微带出些蓝，清凉，暗淡。到处是焦糊的气味，空中游动着一些白烟。铺户全敞着门，没有一个整窗子，大人和小徒弟都在门口，或坐或立，谁也不出声，也不动手收拾什么，像一群没有主儿的傻羊。火已经停止住延烧，可是已被烧残的地方还静静地冒着白烟，吐着细小而明亮的火苗。微风一吹，那烧焦的房柱忽然又亮起来，顺着风摆开一些小火旗。最初起火的几家已成了几个巨大的焦土堆，山墙没有倒，空空地围抱着几座冒烟的坟头。最后燃烧的地方还都立着，墙与前脸全没塌倒，可是门窗一律烧掉，成了些黑洞。有一只猫还在这样的一家门口坐着，被烟熏得连连打嚏，可是还不肯离开那里。

平日最热闹体面的街口变成了一片焦木头破瓦，成群的焦柱静静地立着，东西南北都是这样，懒懒地，无聊地，欲罢不能地冒着些烟。地狱什么样？我不知道。大概这就差不多吧！我一低头，便想起往日街头上的景象，那些体面的铺户是多么华丽可爱。一抬头，眼前只剩了焦糊的那么一片。心中记得的景象与眼前看见的忽然碰到一处，碰出一些泪来。这就叫作"惨"吧？火场外有许多买卖人与学徒们呆呆地立着，手揣在袖里，对着残火发愣。遇见我们，他们只淡淡地看那么一眼，没有任何别的表示，仿佛他们已绝了望，用不着再动什么感情。

过了这一带火场，铺户全敞着门窗，没有一点动静，便道上、马路上全是破碎的东西，比那火场更加凄惨。火场的样子教人一看便知道那是遭了火灾，这一片破碎静寂的铺户与东西使人莫名其妙，不晓得为什么繁华的街市会忽然变成绝大的垃圾堆。我就被派在这里站岗。我的责任是什么呢？不知道。我规规矩矩地立在那里，连动也不敢动，这破烂的街市仿佛有一股凉气，把我吸住。一些妇女和小孩子还在铺子外边拾取一些破东西，铺子的人不作声，我也不便去管；我觉得站在那里简直是多此一举。

太阳出来，街上显着更破了，像阳光下的叫花子那么丑陋。地上的每一个小物件都露出颜色与形状来，花哨得奇怪，杂乱得使人憋气。没有一个卖菜的、赶早市的、卖早点的，没有一辆洋车、一匹马，整个的街上就是那么破破烂烂，冷冷清清，连刚出来的太阳都仿佛垂头丧气不大起劲，空空洞洞地悬在天上。一个邮差从我身旁走过去，低着头，身后扯着一条长影。我哆嗦了一下。

待了一会儿，段上的巡官下来了。他身后跟着一名巡警，两人都非常的精神，在马路当中当当地走，好像得了什么喜事似的。巡官告诉我：注意街上的秩序，大令已经下来了！我行了礼，莫名其妙他说的是什么？那名巡警似乎看出来我的傻气，低声找补了一句：赶开那些拾东西的，大令下来了！我没心思去执行，可是不敢公然违抗命令，我走到铺户外边，向那些妇人、孩子们摆了摆手，我说不出话来！

一边这样维持秩序，我一边往猪肉铺走，为的是说一声，那件大褂等我给洗好了再送来。屠户在小肉铺门口坐着呢，我没想到这样的小铺也会遭抢，可是竟自成个空铺子了。我说了句什么，屠户连头也没抬。我往铺子里望了望：大小肉墩子，肉钩子，钱筒子，油盘，凡是能拿走的吧，都被人家拿走了，只剩下了柜台和架肉案子的土台！

我又回到岗位，我的头痛得要裂。要是老教我看着这条街，我知道不久就会疯了。

大令真到了。十二名兵，一个长官，捧着就地正法的令牌，枪全上着刺刀。噢！原来还是辫子兵啊！他们抢完烧完，再出来就地正法别人；什么玩意呢？我还得给令牌行礼呀！

行完礼，我急快往四下里看，看看还有没有捡拾零碎东西的人，好警告他们一声。连屠户的木墩都搬了走的人民，本来不值得同情；可是被辫子兵们杀掉，似乎又太冤枉。

说时迟，那时快，一个十四五岁的男孩子没有走脱。枪刺围住了他，他手中还攥住一块木板与一只旧鞋。拉倒了，大刀亮出来，孩子喊了声："妈！"血溅出去多远，身子还抽动，头已悬在电线杆子上！

我连吐口唾沫的力量都没有了，天地都在我眼前翻转。杀人，看见过，我不怕。我是不平！我是不平！请记住这句，这就是前面所说过的，"我看出一点意思"的那点意思。想想看，把整串的金银镯子提回营去，而后出来杀个拾了双破鞋的孩子，还说就地正"法"呢！天下要有这个"法"，我×"法"的亲娘祖奶奶！请原谅我的嘴这么野，但是这种事恐怕也不大文明吧？

事后，我听人家说，这次的兵变是有什么政治作用，所以打抢的兵在事后还出来弹压地面。连头带尾，一切都是预先想好了的。什么政治作用？咱不懂！咱只想再骂街。可是，就凭咱这么个"臭脚巡"，骂街又有什么用呢！

## 九

简直我不愿再提这回事了，不过为圆上场面，我总得把问题提出来；提出来放在这里，比我聪明的人有的是，让他们自己去细咂摸吧！

怎么会"政治作用"里有兵变?

若是有意教兵来抢,当初干吗要巡警?

巡警到底是干吗的?是只管在街上小便的,而不管抢铺子的吗?

安善良民要是会打抢,巡警干吗去专拿小偷?

人们到底愿意要巡警不愿意?不愿意吧!为什么刚要打架就喊巡警,而且月月往外拿"警捐"?愿意吧!为什么又喜欢巡警不管事:要抢的好去抢,被抢的也一声不言语?

好吧,我只提出这么几个"样子"来吧!问题还多得很呢!我既不能去解决,也就不便再瞎叨叨了。这几个"样子"就真够教我糊涂的了,怎想怎不对,怎摸不清哪里是哪里,一会儿它有头有尾,一会儿又没头没尾,我这点聪明不够想这么大的事的。

我只能说这么一句老话,这个人民,连官儿、兵丁、巡警,带安善的良民,都"不够本"!所以,我心中的空儿就更大了呀!在这群"不够本"的人们里活着,就是个对付劲儿,别讲究什么"真"事儿,我算是看明白了。

还有个好字眼儿,别忘下:"汤儿事。"谁要是跟我一样,想不出什么好办法来,顶好用这个话,又现成,又恰当,而且可以不至把自己绕糊涂了。"汤儿事",完了;如若还嫌稍微秃一点呢,再补上"真他妈的",就挺合适。

## 十

不须再发什么议论,大概谁也能看清楚咱们国的人是怎回事了。由这个再谈到警察,稀松二五眼正是理之当然,一点也不出奇。就拿抓赌来说吧:早年间的赌局都是由顶有字号的人物做后台老板;不但官面上不能够抄拿,就是出了人命也没有什么了不得的;赌局里打死人是常有的事。赶到有了巡警之后,赌局还照旧开着,敢去抄吗?这谁也能明白,不必我说。可是,不抄吧,又太不像话;怎么办呢?有主意,拣着那老实的办几案,拿几个老头儿老太太,抄去几打儿纸牌,罚上十头八块的。巡警呢,算交上了差事;社会上呢,大小也有个风声,行了。拿这一件事比方十件事,警察自从一开头就是抹稀泥。它养着一群混饭吃的人,做些个混饭吃的事。社会上既不需要真正的巡警,巡警也犯不上为六块钱卖命。这很清楚。

这次兵变过后，我们的困难增多了老些。年轻的小伙子们，抢着了不少的东西，总算发了邪财。有的穿着两件马褂，有的十个手指头戴着十个戒指，都扬扬得意地在街上扭，斜眼看着巡警，鼻子里哽哽地哼白气。我只好低下头去，本来嘛，那么大的阵式，我们巡警都一声没出，事后还能怨人家小看我们吗？赌局到处都是，白抢来的钱，输光了也不折本儿呀！我们不敢去抄，想抄也抄不过来，太多了。我们在墙儿外听见人家里面喊"人九""对子"，只作为没听见，轻轻地走过去。反正人们在院儿里头耍，不到街上来就行。哼！人们连这点面子也不给咱们留呀！那穿两件马褂的小伙子们偏要显出一点也不怕巡警——他们的祖父、爸爸，就没怕过巡警，也没见过巡警，他们为什么这辈子应当受巡警的气呢？——单要来到街上赌一场。有骰子就能开宝，蹲在地上就玩起活来。有一对石球就能踢，两人也行，五个人也行，"一毛钱一脚，踢不踢？好啦！'倒回来'！"啪，球碰了球，一毛。耍儿真不小呢，一点钟里也过手好几块。这都在我们鼻子底下，我们管不管呢？管吧！一个人，只佩着连豆腐也切不齐的刀，而赌家老是一帮年轻的小伙子。明人不吃眼前亏，巡警得绕着道儿走过去，不管的为是。可是，不幸，遇见了稽察，"你难道瞎了眼，看不见他们聚赌"？回去，至轻是记一过。这份儿委屈上哪儿诉去呢？

这样的事还多得很呢！以我自己说，我要不是佩着那么把破刀，而是拿着把手枪，跟谁我也敢碰碰，六块钱的饷银自然合不着卖命，可是泥人也有个土性，架不住碰在气头儿上。可是，我摸不着手枪，枪在土匪和大兵手里呢。

明明看见了大兵坐了车不给钱，而且用皮带抽洋车夫，我不敢不笑着把他劝了走。他有枪，他敢放，打死个巡警算得了什么呢！有一年，在三等窑子里，大兵们打死了我们三位弟兄，我们连凶手也没要出来。三位弟兄白白地死了，没有一个抵偿的，连一个挨几十军棍的也没有！他们的枪随便放，我们赤手空拳，我们这是文明事儿呀！

总而言之吧，在这么个以蛮横不讲理为荣、以破坏秩序为增光耀祖的社会里，巡警简直是多余。明白了这个，再加上我们前面所说过的食不饱、力不足那一套，大概谁也能明白个八九成了。我们不抹稀泥，怎么办呢？我——我是个巡警——并不求谁原谅，我只是愿意这么说出来，心明眼亮，好教大家心里有个谱儿。

爽性我把最泄气的也说了吧：

当过了一二年差事，我在弟兄们中间已经是个了不得的人物。遇见官事，长官们总教我去挡头一阵。弟兄们并不因此而忌妒我，因为对大家的私事我也不走在后边。这样，每逢出个排长的缺，大家总对我咕唧："这回一定是你补缺了！"仿佛他们非常希望要我这么个排长似的。虽然排长并没落在我身上，可是我的才干是大家知道的。

我的办事诀窍，就是从前面那一大堆话中抽出来的。比方说吧，有人来报被窃，巡长和我就去察看。糊糊地把门窗户院看一过儿，顺口搭音就把我们在哪儿有岗位、夜里有几趟巡逻，都说得详详细细，有滋有味，仿佛我们比谁都精细，都卖力气。然后，找门窗不甚严密的地方，话软而意思硬地开始反攻："这扇门可不大保险，得安把洋锁吧？告诉你，安锁要往下安，门坎那溜儿就很好，不容易教贼摸到。屋里养着条小狗也是办法，狗圈在屋里，不管是多么小，有动静就会汪汪，比院里放着三条大狗还有用。先生你看，我们多留点神，你自己也得注点意，两下一凑合，准保丢不了东西了。好吧，我们回去，多派几名下夜的就是了；先生歇着吧！"这一套，把我们的责任卸了，他就赶紧得安锁养小狗；遇见和气的主儿呢，还许给我们泡壶茶喝。这就是我的本事。怎么不负责任，而且不教人看出抹稀泥来，我就怎办。话要说得好听，甜嘴蜜舌地把责任全推到一边去，准保不招灾不惹祸。弟兄们都会这一套，可是他们的嘴与神气差着点劲儿。一句话有多少种说法，把神气弄对了地方，话就能说出去又拉回来，像有弹簧似的。这点，我比他们强，而且他们还是学不了去，这是天生来的才分！

赶到我独自下夜，遇见贼，你猜我怎么办？我呀！把佩刀攥在手里，省得有响声；他爬他的墙，我走我的路，各不相扰。好嘛，真要教他记恨上我，藏在黑影儿里给我一砖，我受得了吗？那谁，傻王九，不是瞎了一只眼吗？他还不是为拿贼呢！有一天，他和董志和在街口上强迫给人们剪发，一人手里一把剪刀，见着带小辫的，拉过来就是一剪子。嗬！教人家记上了。等傻王九走单了的时候，人家照准了他的眼就是一把石灰："让你剪我的发，× 你妈妈的！"他的眼就那么瞎了一只。你说，这差事要不像我那么去当，还活着不活着呢？凡是巡警们以为该干涉的，人们都以为是"狗拿耗子多管闲事"，有什么法子呢？

我不能像傻王九似的，平白无故地丢去一只眼睛，我还留着眼睛看这个世界呢！轻手蹑脚地躲开贼，我的心里并没闲着，我想我那俩没娘的孩子，我算计这一个月的嚼谷。也许有人一五一十地算计，而用洋钱做单位吧？我呀，得一个铜子一个铜子地算。多几个铜子，我心里就宽绰；少几个，我就得发愁。还拿贼，谁不穷呢？穷到无路可走，谁也会去偷，肚子才不管什么叫作体面呢！

## 十一

这次兵变过后，又有一次大的变动：大清国改为中华民国了。改朝换代是不容易遇上的，我可是并没觉得这有什么意思。说真的，这百年不遇的事情，还不如兵变热闹呢。据说，一改民国，凡事就由人民主管了；可是我没看见。我还是巡警，饷银没有增加，天天出来进去还是那一套。原先我受别人的气，现在我还是受气；原先大官儿们的车夫、仆人欺负我们，现在新官儿手底下的人也并不和气。"汤儿事"还是"汤儿事"，倒不因为改朝换代有什么改变。可也别说，街上剪发的人比从前多了一些，总得算作一点进步吧。牌九、押宝慢慢地也少起来，贫富人家都玩"麻将"了，我们还是照样地不敢去抄赌，可是赌具不能不算改了良，文明了一些。

民国的民倒不怎样，民国的官和兵可了不得！像雨后的蘑菇似的，不知道哪儿来的这么些官和兵。官和兵本不当放在一块儿说，可是他们的确有些相像的地方。昨天还一脚黄土泥，今天做了官或当了兵，立刻就瞪眼；越糊涂，眼越瞪得大，好像是糊涂灯，糊涂得透亮儿。这群糊涂玩意儿听不懂哪叫好话，哪叫歹话，无论你说什么，他们总是横着来。他们糊涂得教人替他们难过，可是他们很得意。有时候他们教我都这么想了：我这辈大概做不了文官或是武官啦！因为我糊涂得不够程度！

几乎是个官儿就可以要几名巡警来给看门护院，我们成了一种保镖，挣着公家的钱，可为私人做事。我便被派到宅门里去。从道理上说，为官员看守私宅简直不能算作差事；从实利上讲，巡警们可都愿意这么被派出来。我一被派出来，就拨升为"三等警"；"招募警"还没有被派出来的资格呢！我到这时候才算入了"等"。再说呢，宅门的事情清闲，除了站门、守夜，没有别的事可做；至少一年可以省出一双皮鞋来。事情少，而且外带着没有危险；宅里的老爷与太太若打起架来，用不着我们去劝，自然也就不会把我们打在底下而受点误伤。巡夜呢，不过是绕着宅子走两圈，准保遇不上贼；墙高狗厉害，小贼不能来，大贼不便于来——大贼找退职的官儿去偷，既有油水，又不至于引起官面严拿；他们不惹有势力的现任官。在这里，不但用不着去抄赌，我们反倒保护着老爷、太太们打麻将。遇到宅里请客玩牌，我们就更清闲自在：宅门外放着一片车马，宅里到处亮如白昼，仆人来往如梭，两三桌麻将，四五盏烟灯，彻夜地闹哄，绝不会闹贼，我们就睡大觉，等天亮散局的时候，我们再出来站门行礼，给老爷们助威。要赶上宅里有红白事，我们就更合适：喜事唱戏，我们跟着白听戏，准保都是有名的角色，在戏园子里绝听不到这么齐全。丧事呢，虽然没戏可听，可是死人不能一半天就抬出去，至少也得停三四十天，念好几棚经；好了，我们就跟着吃吧；他们死人，咱们就吃犒劳。怕就怕死小孩，既不能开吊，又得听着大家呕呕地真哭。其次是怕小姐偷偷跑了，或姨太太有了什么大错而被休出去，我们捞不着吃喝、看戏，还得替老爷、太太们怪不得劲儿的！

教我特别高兴的是当这路差事，出入也随便了许多，我可以常常回家看看孩子们。在"区"里或"段"上，请会儿浮假都好不容易，因为无论是在"内勤"或"外勤"，工作是刻板儿排好了的，不易调换更动。在宅门里，我站完门便没了我的事，只须对弟兄们说一声就可以走半天。这点好处常常教我害怕，怕再调回"区"里去；我的孩子们没有娘，还不多教他们看看父亲吗？

就是我不出去，也还有好处。我的身上既永远不疲乏，心里又没多少事儿，闲着干什么呢？我呀，宅上有的是报纸，闲着就打头到底地念。大报小报，新闻社论，明白吧不明白吧，我全念，老念。这个，帮助我不少，我多知道了许多的事，多识了许多的字。有许多字到如今我还念不出来，可是看惯了，我会猜出它们的意思来，就好像街面上常见着的人，虽然叫不上姓名来，可是彼此怪面善。除了报纸，我还满世界去借闲书看。不过，比较起来，还是念报纸的益处大，事情多，字眼儿杂，看着开心。唯其事多字多，所以才费劲；念到我不能明白的地方，我只好再拿起闲书来了。闲书老是那一套，看了上回，猜也会猜到下回是什么事；正因为它这样，所以才不必费力，看着玩玩就算了。报纸开心，闲书散心，这是我的一点经验。

在门儿里可也有坏处：吃饭就第一成了问题。在"区"里或"段"上，我们的伙食钱是由饷银里坐地儿扣，好歹不拘，天天到时候就有饭吃。派到宅门里来呢，一共三五个人，绝不能找厨子包办伙食，没有厨子肯包这么小的买卖的。宅里的厨房呢，又不许我们用，人家老爷们要巡警，因为知道可以白使唤几个穿制服的人，并不大管这群人有肚子没有。我们怎办呢？自己起灶，做不到，买一堆盆碗锅勺，哪时知道就又被调了走呢？再说，人家门头上要巡警原为体面好看，好，我们若是给人家弄得盆朝天碗朝地，刀勺乱响，成何体统呢？没法子，只好买着吃。

这可够别扭的。手里若是有钱，不用说，买着吃是顶自由了，爱吃什么就叫什么，弄两盅酒儿伍的，叫俩可口的菜，岂不是个乐子？请别忘了，我可是一月才共总进六块钱！吃的苦还不算什么，一顿一顿想主意可真教人难过，想着想着我就要落泪。我要省钱，还得变个样儿，不能老啃干馍馍、辣饼子，像填鸭子似的。省钱与可口简直永远不能碰到一块，想想钱，我认命吧，还是弄几个干烧饼和一块老腌萝卜，对付一下吧；想到身子，似乎又不该如此。想，越想越难过，越不能决定；一直饿到太阳平西还没吃上午饭呢！

我家里还有孩子呢！我少吃一口，他们就可以多吃一口，谁不心疼孩子呢？吃着包饭，我无法少交钱；现在我可以自由地吃饭了，为什么不多给孩子们省出一点来呢？好吧，我有八个烧饼才够，就硬吃六个，多喝两碗开水，来个"水饱"！我怎能不落泪呢！

看看人家宅门里吧，老爷挣钱没数儿！是呀，只要一打听就能打听出来他拿多少薪俸，可是人家绝不指着那点固定的进项，就这么说吧，一月挣八百块的，若是干挣八百块，他怎能那么阔气呢？这里必定有文章。这个文章是这样的，你要是一月挣六块钱，你就死挣那个数儿，你兜儿里忽然多出一块钱来，都会有人斜眼看你，给你造些谣言。你要是能挣五百块，就绝不会死挣这个数儿，而且你的钱越多，人们越佩服你。这个文章似乎一点也不合理，可是它就是这么做出来的，你爱信不信！

报纸与宣讲所里常常提倡自由；事情要是等着提倡，当然是原来没有。我原没有自由；人家提倡了会子，自由还没来到我身上，可是我在宅门里看见它了。民国到底是有好处的，自己有自由没有吧，反正看见了也就得算开了眼。

你瞧，在大清国的时候，凡事都有个准谱儿；该穿蓝布大褂的就得穿蓝布大褂，有钱也不行。这个，大概就应叫作专制吧！一到民国来，宅门里可有了自由，只要有钱，你爱穿什么、吃什么、戴什么，都可以，没人敢管你。所以，为争自由，得拼命地去搂钱；搂钱也自由，因为民国没有御史。你要是没在大宅门待过，大概你还不信我的话呢，你去看看好了。现在的一个小官都比老年间的头品大员多享着点福：讲吃的，现在交通方便，山珍海味随便地吃，只要有钱。吃腻了这些还可以拿西餐洋酒换换口味；哪一朝的皇上大概也没吃过洋饭吧？讲穿的，讲戴的；讲看的听的，使的用的，都是如此；坐在屋里你可以享受全世界最好的东西。如今享福的人才真叫作享福，自然如今搂钱也比从前自由得多。别的我不敢说，我准知道宅门里的姨太太擦五十块钱一小盒的香粉，是由什么巴黎来的；巴黎在哪儿？我不知道，反正那里来的粉是很贵。我的邻居李四，把个胖小子卖了，才得到四十块钱，足见这香粉贵到什么地步了，一定是又细又香呀，一定！

好了，我不再说这个了；紧自贫嘴恶舌，倒好像我不赞成自由似的，那我哪敢呢！

我再从另一方面说几句，虽然还是话里套话，可是多少有点变化，好教人听着不俗气厌烦。刚才我说人家宅门里怎样自由，怎样阔气，谁可也别误会了人家做老爷的就整天地大把往外扔洋钱，老爷们才不这么傻呢！是呀，姨太太擦比一个小孩还贵的香粉，但是姨太太是姨太太，姨太太有姨太太的造化与本事。人家做老爷的给姨太太买那么贵的粉，正因为人家有地方可以抠出来。你就这么说吧，好比你做了老爷，我就能按着宅门的规矩告诉你许多诀窍：你的电灯、自来水、煤、电话、手纸、车马、天棚、家具、信封信纸、花草，都不用花钱；最后，你还可以白使唤几名巡警。这是规矩，你要不明白这个，你简直不配做老爷。告诉你一句到底的话吧，做老爷的要空着手儿来，满膛满馅地去，就好像刚惊蛰后的臭虫，来的时候是两张皮，一会儿就变成肚大腰圆，满兜儿血。这个比喻稍粗一点，意思可是不错。自由地搂钱，专制地省钱，两下里一合，你的姨太太就可以擦巴黎的香粉了。这句话也许说得太深奥了一些，随便吧！你爱懂不懂。

这可就该说到我自己了。按说，宅门里白使唤了咱们一年半载，到节了年了的，总该有个人心，给咱们哪怕是顿犒劳饭呢，也大小是个意思。哼！休想！人家做老爷的钱都留着给姨太太花呢，巡警算哪道货？等咱被调走的时候，求老爷给"区"里替我说句好话，咱都得感激不尽。

你看，命令下来，我被调到别处。我把铺盖卷打好，然后恭而敬之地去见宅上的老爷。看吧，人家那股子劲儿大了去啦！带理不理的，倒仿佛我偷了他点东西似的。我托付了几句：求老爷顺便和"区"里说一声，我的差事当得不错。人家微微地一抬眼皮，连个屁都懒得放。我只好退出来了，人家连个拉铺盖的车钱也不给；我得自己把它扛了走。这就是他妈的差事，这就是他妈的人情！

# 十二

机关和宅门里的要人越来越多了。我们另成立了警卫队，一共有五百人，专做那义务保镖的事。为的是显出我们真能保卫老爷们，我们每人有一杆洋枪和几排子弹。对于洋枪——这些洋枪——我一点也不感兴趣：它又沉、又老、又破，我摸不清这是由哪里找来的一些专为压人肩膀而一点别的用处没有的玩意儿。我的子弹老在腰间围着，永远不准往枪里搁；到了什么大难临头，老爷们都逃走了的时候，我们才安上刺刀。

这可并非是说，我可以完全不管那支破家伙；它虽然是那么破，我可得给它支使着。枪身里外，连刺刀，都得天天擦；即使永远擦不亮，我的手可不能闲着。心到神知！再说，有了枪，身上也就多了些玩意儿，皮带、刺刀鞘、子弹袋子，全得弄得利落抹腻，不能像猪八戒挎腰刀那么懈懈松松的，还得打裹腿呢！

多出这么些事来，肩膀上添了七八斤的分量，我多挣了一块钱；现在我是一个月挣七块大洋了，感谢天地！

七块钱，扛枪，打裹腿，站门，我干了三年多。由这个宅门串到那个宅门，由这个衙门调到那个衙门；老爷们出来，我行礼；老爷们进去，我行礼。这就是我的差事。这种差事才毁人呢：你说没事做吧，又有事；说有事做吧，又没事。还不如上街站岗去呢。在街上，至少得管点事，用用心思。在宅门或衙门，简直永远不用费什么一点脑子。赶到在闲散的衙门或"汤儿事"的宅子里，连站门的时候都满可以随便，挂着枪立着也行，抱着枪打盹也行。这样的差事教人不起一点儿劲，它生生地把人耗疲了。一个当仆人的可以有个盼望，哪儿的事情甜就想往哪儿去，我们当这份儿差事，明知一点好来头没有，可是就那么一天天地穷耗，耗得连自己都看不起自己。按说，这么空闲无事，就应当吃得白白胖胖，也总算个体面呀。哼！我们并蹲不出膘儿来。我们一天老绕着那七块钱打算盘，穷得揪心。心要是揪上，还怎么会发胖呢？以我自己说吧，我的孩子已到上学的年岁了，我能不教他去吗？上学就得花钱，古今一理，不算出奇，可是我上哪里找这份钱去呢？做官的可以白占许多许多便宜，当巡警的连孩子白念书的地方也没有。上私塾吧，学费节礼、书籍笔墨，都是钱。上学校吧，制服、手工材料、种种本子，比上私塾还费得多。再说，孩子们在家里，饿了可以掰一块窝窝头吃；一上学，就得给点心钱，即使咱们肯教他揣着块窝窝头去，他自己肯吗？小孩的脸是更容易红起来的。

我简直没办法。这么大个活人，就会干瞪着眼睛看自己的儿女在家里荒荒着！我这辈无望了，难道我的儿女应当更不济吗？看着人家宅门的小姐、少爷去上学，嗬！车接车送，到门口还有老妈子、丫环来接书包，抱进去，手里拿着橘子、苹果和新鲜的玩具。人家的孩子这样，咱的孩子那样；孩子不都是将来的国民吗？我真想辞差不干了。我愣当仆人去，弄俩零钱，好教我的孩子上学。

可是人就是别人了辙，人到哪条辙上便一辈子拔不出腿来。当了几年的差事——虽然是这样的差事——我事事入了辙，这里有朋友，有说有笑，有经验，它不教我起劲，可是我也仿佛不大能狠心地离开它。再说，一个人的虚荣心每每比金钱还有力量，当惯了差，总以为去当仆人是往下走一步，虽然可以多挣些钱。这可笑，很可笑，可是人就是这么个玩意儿。我一跟朋友们说这个，大家都摇头。有的说，人家混得都很好的，干吗去改行？有的说，这山望着那山高，咱们这些苦人干什么也发不了财，先忍着吧！有的说，人家中学毕业生还有当"招募警"的呢，咱们有这个差事当，就算不错；何必呢？连巡官都对我说：好歹混着吧，这是差事；凭你的本事，日后总有升腾！大家这么一说，我的心更活了，仿佛我要是固执起来，倒不大对得住朋友似的。好吧，还往下混吧。小孩念书的事呢？没有下文！

不久，我可有了个好机会。有位冯大人哪，官职大得很，一要就要十二名警卫：四名看门，四名送信跑道，四名做跟随。这四名跟随得会骑马。那时候，汽车还没出世，大官们都讲究坐大马车。在前清的时候，大官坐轿或坐车，不是前有顶马，后有跟班吗？这位冯大人愿意恢复这点官威，马车后得有四名带枪的警卫。敢情会骑马的人不好找，找遍了全警卫队，才找到了三个；三条腿不大像话，连巡官都急得直抓脑袋。我看出便宜来了：骑马，自然得有粮钱哪！为我的小孩念书起见，我得冒下子险，假如从马粮钱里能弄出块儿八毛的来，孩子至少也可以去私塾了。按说，这个心眼不甚好，可是我这是卖着命，我并不会骑马呀！我告诉了巡官，我愿意去。他问我会骑马不会？我没说我会，也没说我不会；他呢，反正找不到别人，也就没究根儿。

有胆子，天下便没难事。当我头一次和马见面的时候，我就合计好了：摔死呢，孩子们入孤儿院，不见得比在家里坏；摔不死呢，好，孩子们可以念书去了。这么一来，我就先不怕马了。我不怕它，它就得怕我，天下的事不都是如此吗？再说呢，我的腿脚利落，心里又灵，跟那三位会骑马的瞎扯巴了一会儿，我已经把骑马的招数知道了不少。找了匹老实的，我试了试，我手心里攥着把汗，可是硬说我有了把握。头几天，我的罪过真不小，浑身像散了一般，屁股上见了血。我咬了牙。等到伤好了，我的胆子更大起来，而且觉出来骑马的快乐。跑，跑，车多快，我多快，我算是治服了一种动物！

我把马治服了，可是没把粮草钱拿过来，我白冒了险。冯大人家中有十几匹马呢，另有看马的专人，没有我什么事。我几乎气病了。可是，不久我又高兴了：冯大人的官职是这么大、这么多，他简直没有回家吃饭的工夫。我们跟着他出去，一跑就是一天。他当然喽，到处都有饭吃，我们呢？我们四个人商议了一下，决定跟他交涉，他在哪里吃饭，也得有我们的。冯大人这个人心眼还不错，他很爱马，爱面子，爱手下的人。我们一对他说，他马上答应了。这个，可是个便宜。不用往多里说。我们要是一个月准能在外边白吃半个月的饭，我们不就省下半个月的饭钱吗？我高了兴！

冯大人，我说，很爱面子。当我们去见他交涉饭食的时候，他细细看了看我们。看了半天，他摇了摇头，自言自语地说："这可不行！"我以为他是说我们四个人不行呢，敢情不是。他登时要笔墨，写了个条子："拿这个见总队长去，教他三天内都办好！"把条子拿下来，我们看了看，原来是教队长给我们换制服：我们平常的制服是斜纹布的，冯大人现在教换呢子的；袖口、裤缝和帽箍，一律要安金绦子。靴子也换，要过膝的马靴。枪要换上马枪，还另外给一人一把手枪。看完这个条子，连我们自己都觉得不合适：长官们才能穿呢衣，镶金绦，我们四个是巡警，怎能平白无故地穿上这一套呢？自然，我们不能去教冯大人收回条子去，可是我们也怪不好意思去见总队长。总队长要是不敢违抗冯大人，他满可以对我们四个人发发脾气呀！

你猜怎么着？总队长看了条子，连大气没出，照话而行，都给办了。你就说冯大人有多么大的势力吧！嗬！我们四个人可抖起来了，真正细黑呢制服，镶着黄澄澄的金绦，过膝的黑皮长靴，靴后带着白亮亮的马刺，马枪背在背后，手枪挎在身旁，枪匣外搭拉着长杏黄穗子。简直可以这么说吧，全城巡警的威风都教我们四个人给夺过来了。我们在街上走，站岗的巡警全都给我们行礼，以为我们是大官儿呢！

当我做裱糊匠的时候，稍微讲究一点的烧活，总得糊上匹菊花青的大马。现在我穿上这么抖的制服，我到马棚去挑了匹菊花青的马，这匹马非常的闹手，见了人是连啃带踢；我挑了它，因为我原先糊过这样的马，现在我得骑上匹活的；菊花青，多么好看呢！这匹马闹手，可是跑起来真作脸，头一低，嘴角吐着点白沫，长鬃像风吹着一垄春麦，小耳朵立着像俩小瓢儿，我只须一认镫，它就要飞起来。这一辈子，我没有过什么真正得意的事；骑上这匹菊花青大马，我必得说，我觉到了骄傲与得意！

按说，这回的差事总算过得去了，凭那一身衣裳与那匹马还不值得高高兴兴地混吗？哼！新制服还没穿过三个月，冯大人吹了台，警卫队也被解散；我又回去当三等警了。

# 十三

警卫队解散了。为什么？我不知道。我被调到总局里去当差，并且得了一面铜片的奖章，仿佛是说我在宅门里立下了什么功劳似的。在总局里，我有时候管户口册子，有时候管铺捐的账簿，有时候值班守大门，有时候看管军装库。

这么二三年的工夫，我又把局子里的事情全明白了个大概。加上我以前在街面上、衙门口和宅门里的那些经验，我可以算做个百事通了，里里外外的事，没有我不晓得的。要提起警务，我是地道内行。可是一直到这个时候，当了十年的差，我才升到头等警，每月挣大洋九元。

大家伙或者以为巡警都是站街的，年轻轻的好管闲事。其实，我们还有一大群人在区里、局里藏着呢。假若有一天举行总检阅，你就可以看见些稀奇古怪的巡警：罗锅腰的，近视眼的，掉了牙的，瘸着腿的，无奇不有。这些怪物才真是巡警中的盐，他们都有资格有经验，识文断字，一切公文案件，一切办事的诀窍，都在他们手里呢。要是没有他们，街上的巡警就非乱了营不可。这些人，可是永远不会升腾起来；老给大家办事，一点起色也没有，平生连出头露面的体面一次都没有过。他们任劳任怨地办事，一直到他们老得动不了窝，老是头等警，挣九块大洋。多咱你在街上看见：穿着洗得很干净的灰色大褂，脚底下可还穿着巡警的皮鞋，用脚后跟慢慢地走，仿佛支使不动那双鞋似的，那就准是这路巡警。他们有时候也到大"酒缸"上，喝一个"碗酒"，就着十几个花生豆儿，挺有规矩，一边往下咽那点辣水，一边叹着气。头发已经有些白的了，嘴巴儿可还刮得很光，猛看很像个太监。他们很规则，和蔼，会做事，他们连休息的时候还得穿着那双不得人心的鞋！

跟这群人在一处办事，我长了不少的知识。可是，我也有点害怕：莫非我也就这样下去了吗？他们够多么可爱，又多么可怜呢！看着他们，我心中时常忽然凉那么一下，教我半天说不上话来。不错，我比他们都年岁小，也不见得比他们不精明，可是我有希望没有？年岁小？我也三十六了！

这几年在局子里可也有一样好处，我没受什么惊险。这几年，正是年年春秋准打仗的时期，旁人受的罪我先不说，单说巡警们就真够瞧的。一打仗，兵们就成了阎王爷，而巡警头朝下！要粮、要车、要马、要人、要钱，全交派给巡警，慢一点送上去都不行。一说要烙饼一万斤，得，巡警就得挨着家去到切面铺和烙烧饼的地方给要大饼；饼烙得，还得押着清道夫给送到营里去；说不定还挨几个嘴巴回来！

要单是这么伺候着兵老爷们，也还好；不，兵老爷们还横反呢。凡是有巡警的地方，他们非捣乱不可，巡警们管吧不好，不管吧也不好，活受气。世上有糊涂人，我晓得；但是兵们的糊涂令我不解。他们只为逗一时的字号，完全不讲情理；不讲情理也罢，反正得自己别吃亏呀；不，他们连自己吃亏不吃亏都看不出来，你说天下哪里再找这么糊涂的人呢。就说我的表弟吧，他已当过十多年的兵，后来几年还老是排长，按说总该明白点事儿了。哼！那年打仗，他押着十几名俘虏往营里送。嗬！他得意非常地在前面领着，仿佛是个皇上似的。他手下的弟兄都看出来，为什么不先解除了俘虏的武装呢？他可就是不这么办，拍着胸膛说一点错儿没有。走到半路上，后面响了枪，他登时就死在了街上。他是我的表弟，我还能盼着他死吗？可是这股子糊涂劲儿，教我也没法抱怨开枪打他的人。有这样一个例子，你也就能明白一点兵们是怎样地难对付了。你要是告诉他，汽车别往墙上开，好啦，他就非去碰碰不可，把他自己碰死倒可以，他就是不能听你的话。

在总局里几年，没别的好处，我算是躲开了战时的危险与受气。自然啰！一打仗，煤米柴炭都涨价儿，巡警们也随着大家一同受罪，不过我可以安坐在公事房里，不必出去对付大兵们，我就得知足。

可是，在局里我又怕一辈子就窝在那里，永没有出头之日，有人情，可以升腾起来；没人情而能在外边拿贼办案，也是个路子，我既没人情，又不到街面上去，打哪儿升高一步呢？我越想越发愁。

# 十四

到我四十岁那年，大运亨通，我补了巡长！我顾不得想已经当了多少年的差，卖了多少力气，和巡长才挣多少钱；都顾不得想了。我只觉得我的运气来了！

小孩子拾个破东西，就能高兴得玩耍半天，所以小孩子能够快乐。大人们也得这样，或者才能对付着活下去。细细一想，事情就全糟。我升了巡长，说真的，巡长比巡警才多挣几块钱呢？挣钱不多，责任可有多么大呢！往上说，对上司们事事得说出个谱儿来；往下说，对弟兄们得既精明又热诚；对内说，差事得交得过去；对外说，得能不软不硬地办了事。这，比做知县难多了。县长就是一个地方的皇上，巡长没那个身份，他得认真办事，又得敷衍事，真真假假，虚虚实实，哪一点没想到就出蘑菇。出了蘑菇还是真糟，往上升腾不易呀，往下降可不难呢。当过了巡长再降下来，派到哪里去也不吃香：弟兄们要吃、喝！你这做过巡长的……这个那个地扯一堆。长官呢，看你是刺儿头，故意地给你小鞋穿，你怎么忍也忍不下去。怎办呢？哼！由巡长而降为巡警，顶好干脆卷铺盖家去，这碗饭不必再吃了。可是，以我说吧，四十岁才升上巡长，真要是卷了铺盖，我干吗去呢？

真要是这么一想，我登时就得白了头发。幸而我当时没这么想，只顾了高兴，把坏事儿全放在了一旁。我当时倒这么想：四十做上巡长，五十——哪怕是五十呢！——再做上巡官，也就算不白当了差。咱们非学校出身，又没有大人情，能做到巡官还算小吗？这么一想，我简直地拼了命，精神百倍地看着我的事，好像看着颗夜明珠似的！

做了二年的巡长，我的头上真见了白头发。我并没细想过一切，可是天天揪着心，唯恐哪件事办错了，担了处分。白天，我老喜笑颜开地打着精神办公；夜间，我睡不实在，忽然想起一件事，我就受了一惊似的，翻来覆去地思索；未必能想出办法来，我的困意可也就不再回来了。

公事而外，我为我的儿女发愁：儿子已经二十了，姑娘十八。福海——我的儿子——上过几天私塾，几天贫儿学校，几天公立小学。字嘛，凑在一块儿他大概能念下来第二册国文；坏招儿，他可学会了不少，私塾的、贫儿学校的、公立小学的，他都学来了，到处准能考一百分，假若学校里考坏招数的话。本来嘛，自幼失了娘，我又终年在外边瞎混，他可不是爱怎么反就怎么反呗。我不恨铁不成钢去责备他，也不抱怨任何人，我只恨我的时运低，发不了财，不能好好地教育他。我不算对不起他们，我一辈子没给他们弄个后娘，给他们气受。至于我的时运不济，只能当巡警，那并非是我的错儿，人还能大过天去吗？

福海的个子可不小，所以很能吃呀！一顿胡搂三大碗芝麻酱拌面，有时候还说不很饱呢！就凭他这个吃法，他再有我这么两份儿爸爸也不中用！我供给不起他上中学，他那点"秀气"也没法考上。我得给他找事做。哼！他会做什么呢？

从老早，我心里就这么嘀咕：我的儿子宁可去拉洋车，也不去当巡警；我这辈子当够了巡警，不必世袭这份差事了！在福海十二三岁的时候，我教他去学手艺，他哭着喊着地一百个不去。不去就不去吧，等他长两岁再说；对个没娘的孩子不就得格外心疼吗？到了十五岁，我给他找好了地方去学徒，他不说不去，可是我一转脸，他就会跑回家来。几次我送他走，几次他偷跑回来。于是只好等他再大一点吧，等他心眼转变过来也许就行了。哼！从十五到二十，他就愣荒荒过来，能吃能喝，就是不爱干活儿。赶到教我给逼急了："你到底愿意干什么呢？你说！"他低着脑袋，说他愿意挑巡警！他觉得穿上制服，在街上走，既能挣钱，又能就手儿散心，不像学徒那样永远圈在屋里。我没说什么，心里可刺着痛。我给打了个招呼，他挑上了巡警。我心里痛不痛的，反正他有事做，总比死吃我一口强啊。父是英雄儿好汉，爸爸巡警儿子还是巡警，而且他这个巡警还必定跟不上我。我到四十岁才熬上巡长，他到四十岁，哼！不教人家开革出来就是好事！没盼望！我没续娶过，因为我咬得住牙。他呢，赶明儿个难道不给他成家吗？拿什么养着呢？

是的，儿子当了差，我心中反倒堵上个大疙瘩！

再看女儿呀，也十八九了，紧自搁在家里算怎回事呢？当然，早早撮出去的为是，越早越好。给谁呢？巡警，巡警，还得是巡警？一个人当巡警，子孙万代全得当巡警，仿佛掉在了巡警阵里似的。可是，不给巡警还真不行呢：论模样，她没什么模样；论教育，她自幼没娘，只认识几个大字；论陪送，我至多能给她做两件洋布大衫；论本事，她只能受苦，没别的好处。巡警的女儿天生来的得嫁给巡警，八字造定，谁也改不了！

唉！给了就给了吧！撮出她去，我无论怎说也可以心净一会儿。并非是我心狠哪，想想看，把她撂到二十多岁，还许就剩在家里呢。我对谁都想对得起，可是谁又对得起我来着！我并不想唠里唠叨地发牢骚，不过我愿把事情都撂平了，谁是谁非，让大家看。

当她出嫁的那一天，我真想坐在那里痛哭一场。我可是没有哭；这也不是一半大的事了，我的眼泪只会在眼里转两转，简直地不会往下流！

# 十五

儿子有了事做，姑娘出了阁，我心里说：这我可能远走高飞了！假若外边有个机会，我愣把巡长撂下，也出去见识见识。什么发财不发财的，我不能就窝囊这么一辈子。

机会还真来了。记得那位冯大人呀，他放了外任官。我不是爱看报吗？得到这个消息，就找他去了，求他带我出去。他还记得我，而且愿意这么办。他教我去再约上三个好手，一共四个人随他上任。我留了个心眼，请他自己向局里要四名，作为是拨遣。我是这么想：假若日后事情不见佳呢，既省得朋友们抱怨我，而且还可以回来交差，有个退身步。他看我的办法不错，就指名向局里调了四个人。

这一喜可非同小喜。就凭我这点经验知识，管保说，到哪儿我也可以做个很好的警察局局长，一点不是瞎吹！一条狗还有得意的那一天呢，何况是个人？我也该抖两天了，四十多岁还没露过一回脸呢！

果然，命令下来，我是卫队长；我乐得要跳起来。

哼！也不是咱的命不好，还是冯大人的运不济；还没到任呢，又撤了差。猫咬尿泡，瞎欢喜一场！幸而我们四个人是调用，不是辞差；冯大人又把我们送回局里去了。我的心里既为这件事难过，又为回局里能否还当巡长发愁，我脸上瘦了一圈。

幸而还好，我被派到防疫处做守卫，一共有六位弟兄，由我带领。这是个不错的差事，事情不多，而由防疫处开我们的饭钱。我不确实地知道，大概这是冯大人给我说了句好话。

在这里，饭钱既不必由自己出，我开始攒钱，为是给福海娶亲——只剩了这么一档子该办的事了，爽性早些办了吧！

在我四十五岁上，我娶了儿媳妇——她的娘家父亲与哥哥都是巡警。可倒好，我这一家子，老少里外，全是巡警，凑吧凑吧，就可以成立个警察分所！

人的行动有时候莫名其妙。娶了儿媳妇以后，也不知怎么我以为应当留下胡子，才够做公公的样子。我没细想自己是干什么的，直入公堂地就留下胡子了。小黑胡子在我嘴上，我捻上一袋关东烟，觉得挺够味儿。本来嘛，姑娘聘出去了，儿子成了家，我自己的事又挺顺当，怎能觉得不是味儿呢？

哼！我的胡子惹下了祸。总局局长忽然换了人，新局长到任就检阅全城的巡警。这位老爷是军人出身，只懂得立正看齐，不懂得别的。在前面我已经说过，局里、区里都有许多老人们，长相不体面，可是办事多年，最有经验。我就是和局里这群老手儿排在一处的，因为防疫处的守卫不属于任何警区，所以检阅的时候便随着局里的人立在一块儿。

当我们站好了队，等着检阅的时候，我和那群老人们还有说有笑，自自然然的。我们心里都觉得，重要的事情都归我办，提哪一项事情我们都知道，我们没升腾起来已经算很委屈了，谁还能把我们踢出去吗？上了几岁年纪，诚然，可是我们并没少做事儿呀！即使说老朽不中用了，反正我们都至少当过十五六年的差，我们年轻力壮的时候是把精神、血汗耗费在公家的差事上，冲着这点，难道还不留个情面吗？谁能够看狗老了就一脚踢出去呢？我们心中都这么想，所以满没把这回事放在心里，以为新局长从远处瞭我们一眼也就算了。

局长到了，大个子胸前挂满了徽章，又是喊，又是蹦，活像个机器人。我心里打开了鼓。他不按着次序看，一眼看到我们这一排，他猛虎扑食似的就跑过来了。岔开脚，手握在背后，他向我们点了点头。然后忽然他一个箭步跳到我们跟前，抓起一个老书记生的腰带，像摔跤似的往前一拉，几乎把老书记生拉倒；抓着腰带，他前后摇晃了老书记生几把，然后猛一撒手，老书记生摔了个屁股墩。局长对准了他就是两口唾沫："你也当巡警！连腰带都系不紧？来！拉出去毙了！"

我们都知道，凭他是谁，也不能枪毙人。可是我们的脸都白了，不是怕，是气的。那个老书记生坐在地上，哆嗦成了一团。

局长又看了看我们，然后用手指画了条长线："你们全滚出去，别再教我看见你们！你们这群东西也配当巡警！"说完这个，仿佛还不解气，又跑到前面，扯着脖子喊："是有胡子的全脱了制服，马上走！"

有胡子的不止我一个，还都是巡长巡官，要不然我也不敢留下这几根惹祸的毛。

二十年来的服务，我就是这么被刷下来了。其实呢，我虽四十多岁，我可是一点也不显着老苍，谁教我留下了胡子呢！这就是说，当你年轻力壮的时候，你把命卖上，一月就是那六七块钱。你的儿子，因为你当巡警，不能读书受教育；你的女儿，因为你当巡警，也嫁个穷汉去吃窝窝头。你自己呢，一长胡子，就算完事，一个铜子的恤金、养老金也没有，服务二十年后，你教人家一脚踢出来，像踢开一块碍事的砖头似的。五十以前，你没挣下什么，有三顿饭吃就算不错；五十以后，你该想主意了，是投河呢，还是上吊呢？这就是当巡警的下场头。

二十年来的差事，没做过什么错事，但我就这样卷了铺盖。

弟兄们有含着泪把我送出来的，我还是笑着；世界上不平的事可多了，我还留着我的泪呢！

# 十六

穷人的命——并不像那些施舍稀粥的慈善家所想的——不是几碗粥所能救活了的；有粥吃，不过多受几天罪罢了，早晚还是死。我的履历就跟这样的粥差不多，它只能帮助我找上个小事，教我多受几天罪；我还得去当巡警。除了说我当巡警，我还真没法介绍自己呢！它就像颗不体面的痣或瘤子，永远跟着我。我懒得说当过巡警，懒得再去当巡警，可是不说不当，还真连碗饭也吃不上，多么可恶呢！

歇了没有好久，我由冯大人的介绍，到一座煤矿上去做卫生处主任，后来又升为矿村的警察分所所长；这总算运气不坏。在这里我很施展了些我的才干与学问：对村里的工人，我以二十年服务的经验，管理得真叫不错。他们聚赌、斗殴、罢工、闹事、醉酒，就凭我的一张嘴，就事论事，干脆了当，我能把他们说得心服口服。对弟兄们呢，我得亲自去训练。他们之中有的是由别处调来的，有的是由我约来帮忙的，都当过巡警；这可就不容易训练，因为他们懂得一些警察的事儿，而想看我一手儿。我不怕，我当过各样的巡警，里里外外我全晓得；凭着这点经验，我算是没被他们给撅了。对内对外，我全有办法，这一点也不瞎吹。

假若我能在这里混上几年，我敢保说至少我可以积攒下个棺材本儿，因为我的饷银差不多等于一个巡官的，而到年底还可以拿一笔奖金。可是，我刚做到半年，把一切都布置得有个大概了，哼！我被人家顶下来了。我的罪过是年老与过于认真办事。弟兄们满可以拿些私钱，假若我肯睁着一只眼闭着一只眼的话。我的两眼都睁着，种下了毒。对外也是如此，我明白警察的一切，所以我要本着良心把此地的警务办得完完全全，真像个样儿。还是那句话，人民要不是真正的人民，办警察是多此一举，越办得好越招人怨恨。自然，容我办上几年，大家也许能看出它的好处来。可是，人家不等办好，已经把我踢开了。

在这个社会中办事，现在才明白过来，就得像发给巡警们皮鞋似的。大点，活该！小点，挤脚？活该！什么事都能办通了，你打算合大家的适，他们要不把鞋打在你脸上才怪。这次的失败，因为我忘了那三个宝贝字——"汤儿事"，因此我又卷了铺盖。

这回，一闲就是半年多。从我学徒时候起，我无事也忙，永不懂得偷闲。现在，虽然是奔五十的人了，我的精神气力并不比哪个年轻小伙子差多少。生让我闲着，我怎么受呢？由早晨起来到日落，我没有正经事做，没有希望，跟太阳一样，就那么由东而西地转过去；不过，太阳能照亮了世界，我呢，心中老是黑乎乎的。闲得起急，闲得要躁，闲得讨厌自己，可就是摸不着点儿事做。想起过去的劳力与经验，并不能自慰，因为劳力与经验没给我积攒下养老的钱，而我眼看着就是挨饿。我不愿人家养着我，我有自己的精神与本事，愿意自食其力地去挣饭吃。我的耳目好像做贼的那么尖，只要有个消息，便赶上前去，可是老空着手回来，把头低得无可再低，真想一跤摔死，倒也爽快！还没到死的时候，社会像要把我活埋了！晴天大日头地，我觉得身子慢慢往土里陷；什么缺德的事也没做过，可是受这么大的罪。一天到晚我叼着那根烟袋，里边并没有烟，只是那么叼着，算个"意思"而已。我活着也不过是那么个"意思"，好像专为给大家当笑话看呢！

好容易，我弄到个事：到河南去当盐务缉私队的队兵。队兵就队兵吧，有饭吃就行呀！借了钱，打点行李，我把胡子剃得光光地上了"任"。

半年的工夫，我把债还清，而且升为排长。别人花俩，我花一个，好还债。别人走一步，我走两步，所以升了排长。委屈并挡不住我的努力，我怕失业。一次失业，就多老上三年，不饿死，也憋闷死了。至于努力挡得住失业挡不住，那就难说了。

我想——哼！我又想了！——我既能当上排长，就能当上队长，不又是个希望吗？这回我留了神，看人家怎做，我也怎做。人家要私钱，我也要，我别再为良心而坏了事；良心在这年月并不值钱。假若我在队上混个队长，连公带私，有几年的工夫，我不是又可以剩下个棺材本儿吗？我简直地没了大志向，只求腿脚能动便去劳动；多咱动不了窝，好，能有个棺材把我装上，不至于教野狗们把我嚼了。我一眼看着天，一眼看着地。我对得起天，再求我能静静地躺在地下。并非我倚老卖老，我才五十来岁；不过，过去的努力既是那么白干一场，我怎能不把眼睛放低一些，只看着我将来的坟头呢！我心里是这么想，我的志愿既这么小，难道老天爷还不睁开点眼吗？

来家信，说我得了孙子。我要说我不喜欢，那简直不近人情。可是，我也必得说出来：喜欢完了，我心里凉了那么一下，不由得自言自语地嘀咕："哼！又来个小巡警吧！"一个做祖父的，按说，哪有给孙子说丧气话的，可是谁要是看过我前边所说的一大片，大概谁也会原谅我吧？有钱人家的儿女是希望，没钱人家的儿女是累赘；自己的肚中空虚，还能顾得子孙万代，和什么"忠厚传家久，诗书继世长"吗？

我的小烟袋锅儿里又有了烟叶，叼着烟袋，我顺摸着将来的事儿。有了孙子，我的责任还不止于剩个棺材本儿了；儿子还是三等警，怎能养家呢？我不管他们夫妇，还不管孙子吗？这教我心中忽然非常的乱，自己一年比一年的老，而家中的嘴越来越多，哪个嘴不得用窝窝头填上呢！我深深地打了几个嗝儿，胸中仿佛横着一口气。算了吧，我还是少思索吧，没头儿，说不尽！个人的寿数是有限的，困难可是世袭的呢！子子孙子子孙孙，万年永实用，窝窝头！

风雨要是都按着天气预测那么来，就无所谓狂风暴雨了。困难若是都按着咱们心中所思虑地一步一步慢慢地来，也就没有把人急疯了这一说了。我正盘算着孙子的事儿，我的儿子死了！

他还并没死在家里呀！我还得去运灵。

福海，自从成家以后，很知道要强。虽然他的本事有限，可是他懂得了怎样尽自己的力量去做事。我到盐务缉私队上来的时候，他很愿意和我一同来，相信在外边可以多一些发展的机会。我拦住了他，因为怕事情不稳，一下子再教父子同时失业，如何得了。可是，我前脚离开了家，他紧随着也上了威海卫。他在那里多挣两块钱。独自在外，多挣两块就和不多挣一样，可是穷人想要强，就往往只看见了钱，而不多合计合计。到那里，他就病了；舍不得吃药。及至他躺下了，药可也就没了用。

把灵运回来，我手中连一个钱也没有了。儿媳妇成了年轻的寡妇，带着个吃奶的小孩，我怎么办呢？我没法再出外去做事，在家乡我又连个三等巡警也当不上，我才五十岁，已走到了绝路。我羡慕福海，早早地死了，一闭眼三不知；假若他活到我这个岁数，至好也不过和我一样，多一半还许不如我呢！儿媳妇哭，哭得死去活来，我没有泪，哭不出来，我只能满屋里打转，偶尔地冷笑一声。

以前的力气都白卖了。现在我还得拿出全套的本事，去给小孩子找点粥吃。我去看守空房；我去帮着人家卖菜；我去做泥水匠的小工子活；我去给人家搬家……除了拉洋车，我什么都做过了。无论做什么，我还都卖着最大的力气，留着十分的小心。五十多了，我出的是二十岁的小伙子的力气，肚子里可是只有点稀粥与窝窝头，身上到冬天没有一件厚实的棉袄，我不求人白给点什么，还讲仗着力气与本事挣饭吃，豪横了一辈子，到死我还不能输这口气。时常我挨一天的饿，时常我没有煤上火，时常我找不到一撮儿烟叶，可是我决不说什么；我给公家卖过力气了，我对得住一切的人，我心里没毛病，还说什么呢？我等着饿死，死后必定没有棺材，儿媳妇和孙子也得跟着饿死，那只好就这样吧！谁教我是巡警呢！我的眼前时常发黑，我仿佛已摸到了死，哼！我还笑，笑我这一辈的聪明本事，笑这出奇不公平的世界，希望等我笑到末一声，这世界就换个样儿吧！

老张的哲学

# 第一

老张的哲学是"钱本位而三位一体"的。他的宗教是三种：回、耶、佛；职业是三种：兵、学、商；言语是三种：官话、奉天话、山东话。他的……三种；他的……三种；甚至于洗澡平生也只有三次。洗澡固然是件小事，可是为了解老张的行为与思想，倒有说明的必要。

老张平生只洗三次澡：两次业经执行，其余一次至今还没有人敢断定是否实现，虽然他生在人人是"预言家"的中国。第一次是他生下来的第三天，由收生婆把那时候无知无识的他，像小老鼠似的在铜盆里洗的。第二次是他结婚的前一夕，自动地到清水池塘洗的。这次两个铜元的花费，至今还在账本上写着。这在老张的历史上是毫无可疑的事实。至于将来的一次呢，按着多数预言家的推测：设若执行，一定是被动的。简言之，就是"洗尸"。

洗尸是回教的风俗，老张是否崇信穆罕默德呢？要回答这个问题，似乎应当侧重经济方面，较近于确实。设若老张"呜乎哀哉尚飨"之日，止是羊肉价钱低落之时，那就不难断定他的遗嘱有"按照回教丧仪，预备六小件一海碗的清真教席"之倾向。（自然惯于吃酒吊丧的亲友们，也可以借此换一换口味。）而洗尸问题或可以附带解决矣。

不过，十年、二十年，或三十年后肉价的涨落，实在不易有精密的推测；

况且现在老张精神中既无死志，体质上又看不出颓唐之象，于是星相家推定老张尚有十年、二十年，或三十年之寿命，与断定十年、二十年，或三十年后肉价之增减，有同样之不易。

猪肉贵而羊肉贱则回，猪羊肉都贵则佛，请客之时则耶。

为什么请客的时候则耶？

耶稣教是由替天行道的牧师们，不远万里而传到只信魔鬼不晓得天国的中华。老教师们有时候高兴请信徒们到家里谈一谈，可以不说"请吃饭"，说"请吃茶"；请吃茶自然是西洋文明人的风俗。从实惠上看，吃饭与吃茶是差得多；可是中国人到洋人家里去吃茶，那"受宠若惊"的心理，也就把计较实惠的念头胜过了。

这种妙法被老张学来，于是遇万不得已之际，也请朋友到家里吃茶。这样办，可以使朋友们明白他亲自受过洋人的传授，至于省下一笔款，倒算不了什么。满用平声仿着老牧师说中国话："明天下午五点钟少一刻，请从你的家里走到我的家里吃一碗茶。"尤为老张的绝技。

营商，为钱；当兵，为钱；办学堂，也为钱！同时教书、营商又当兵，则财通四海利达三江矣！此之谓"三位一体"；此之谓"钱本位而三位一体"。

依此，说话三种，信教三样，洗澡三次……莫不根据于"三位一体"的哲学理想而实施。

老张也办教育？

真的！他有他自己立的学堂！

他的学堂坐落在北京北城外，离德胜门比离安定门近的一个小镇上。坐北朝南的一所小四合房，包着东西长南北短的一个小院子。临街三间是老张的杂货铺，上自鸦片，下至葱蒜，一应俱全。东西配房是他和他夫人的卧房。夏天上午住东房，下午住西房；冬天反之；春秋视天气冷暖以为转移。既省凉棚及煤火之费，长迁动着于身体也有益。北房三间打通了隔断，足以容五十多个学生，土砌的横三竖八的二十四张书桌，不用青灰，专凭墨染，是又黑又匀。书桌之间列着洋槐木做的小矮脚凳；高身量的学生，蹲着比坐着舒服；小的学生，坐着和吊着差不多。北墙上中间悬着一张孔子像，两旁配着彩印的日俄交战图。西墙上两个大铁帽钉子挂着一块二尺见方的黑板；钉子上挂着老张的军帽和阴阳合历的宪书。门口高悬着一块白地黑字的匾，匾上写着"京师德胜汛[1] 公私立官商小学堂"。

老张的学堂，有最严的三道禁令：第一是无论春夏秋冬闰月不准学生开教室的窗户；因为环绕学堂半里而外全是臭水沟，无论刮东西南北风，永远是臭气袭人。不准开窗以绝恶臭，于是五十多个学生喷出的炭气，比远远吹来的臭气更臭。第二是学生一切用品点心都不准在学堂以外的商店去买；老张的立意是在增加学生爱校之心。第三不准学生出去说老张卖鸦片。因为他只在附近烟馆被官厅封禁之后，才作暂时的接济；如此，危险既少，获利又多；至于自觉身份所在不愿永远售卖烟土，虽非主要原因，可是我们至少也不能不感谢老张的热心教育。

老张的地位：村里的穷人都呼他为"先生"。有的呢，把孩子送到他的学堂，自然不能不尊敬他。有的呢，遇着开殃榜、批婚书、看风水……都要去求他，平日也就不能不有相当的敬礼。富些的人都呼他为"掌柜的"，因为他们日用的油盐酱醋之类，不便入城去买，多是照顾老张的。德胜汛衙门里的人，有的呼他为"老爷"，有的叫他"老张"，那要看地位的高低；因为老张是衙门里挂名的巡击。称呼虽然不同，而老张确乎是镇里——二郎镇——一个重要人物！老张要是不幸死了，比丢了圣人损失还要大。因为哪个圣人能文武兼全、阴阳都晓呢？

老张的身材按营造尺是五尺二寸，恰合当兵的尺寸。不但身量这么适当，而且腰板直挺，当他受教员检定的时候，确经检定委员的证明他是"脊椎动物"。红红的一张脸，微点着几粒黑痣；按《麻衣相法》说，主多才多艺。两道粗眉连成一线，黑丛丛地遮着两只小猪眼睛。一只短而粗的鼻子，鼻孔微微向上掀着，好似柳条上倒挂的鸣蝉。一张薄嘴，下嘴唇往上翻着，以便包着年久失修、渐形垂落的大门牙，因此不留神看，最容易错认成一个夹馅的烧饼。左脸高仰，右耳几乎扛在肩头，以表示着师位的尊严。

批评一个人的美丑，不能只看一部而忽略全体。我虽然说老张的鼻子像鸣蝉，嘴似烧饼，然而决不敢说他不好看。从他全体看来，你越看他嘴似烧饼，

---

[1] 德胜汛：即驻防德胜门外的军队。

便越觉得非有鸣蝉式的鼻子配着不可。从侧面看，有时鼻洼的黑影，依稀的像小小的蝉翅。就是老张自己对着镜子的时候，又何尝不笑吟吟地夸道："鼻翅掀着一些，哼！不如此，怎能叫妇人们多看两眼！"

## 第二

那是五月的天气，小太阳噘着血盆似的小红嘴，忙着和那东来西去的白云亲嘴。有的唇儿一挨慌忙地飞去；有的任着意偎着小太阳的红脸蛋；有的化着恶龙，张着嘴想把她一口吞了；有的变着小绵羊跑着求她的青眼。这样艳美的景色，可惜人们却不曾注意，那倒不是人们的错处，只是小太阳太娇羞了、太泼辣了，把要看的人们晒得满脸流油。于是富人们支起凉棚索性不看；穷人们倒在柳荫之下做他们的好梦，谁来惹这个闲气。

一阵阵的热风吹来的柳林蝉鸣、荷塘蛙曲，都足以增加人们暴躁之感。诗人们的幽思，在梦中引逗着落花残月，织成一片闲愁。富人们乘着火艳榴花、茧黄小蝶，增了几分雅趣。老张既无诗人的触物兴感，又无富人的及时行乐；只伸着右手，仰着头，数院中杏树上的红杏，以备分给学生作为麦秋学生家长送礼的提醒。至于满垂着红杏的一株半大的杏树，能否清清楚楚数个明白，我们不得而知，大概老张有些把握。

"咳！老张！"老张恰数到九十八上，又数了两个凑成一百，把大拇指捏在食指的第一节上，然后回头看了一看。这轻轻的一捏，慢慢的一转，四十多年人世的经验！

"老四，屋里坐！"

"不！我还赶着回去，这两天差事紧得很！"

"不忙，有饭吃！"老张摇着蓄满哲理的脑袋，一字一珠地从薄嘴唇往外蹦。

"你盟兄李五才给我一个电话，新任学务大人，已到老五的衙门，这就下来，你快预备！我们不怕他们文面上的，可也不必故意冷淡他们，你快预备，我就走，改日再见。"那个人一面擦脸上的汗，一面往外走。

"是哪位大……"老张赶了两步，要问个详细。

"新到任的那个。反正得预备，改天见！"那个人说着已走出院外。

老张自己冷静了几秒钟，把脑中几十年的经验匆匆地读了一遍，然后三步改作两步跑进北屋。

"小三！去叫你师娘预备一盆茶，放在杏树底下！快！小四！去请你爹，说学务大人就来，请他过来陪陪。叫他换上新鞋，听见没有？"小三、小四一溜烟似的跑出屋外。"你们把《三字经》《百家姓》收起来，拿出《国文》，快！"

"《中庸》呢？"

"废话！旧书全收！快！"这时老张的一双小猪眼睁得确比猪眼大多了。

"今天把《国文》忘了带来，老师！"

"该死！不是东西！不到要命的时候你不忘！《修身》也成！"

"《算术》成不成？"

"成！有新书的就是我爸爸！"老张似乎有些急了的样子，"王德！去拿扫帚把杏树底下的叶子都扫干净！李应！你是好孩子，拿条湿手巾把这群墨猴的脸全擦一把！快！"

拿书的拿书；扫地的扫地；擦脸的擦脸；乘机会吐舌头的吐舌；挤眼睛的挤眼；乱成一团，不亚于遭了一个小地震。老张一手摘黑板上挂着的军帽往头上戴，一手掀着一本《国文》找不认识的字。

"王德！你的字典？"

"书桌上那本红皮子的就是！"

"你瞎说！该死！我怎么找不着？"

"那不是我的书桌，如何找得到！"王德提着扫帚跑进来，把字典递给老张。

"你们的书怎样？预备好了都出去站在树底下！王德快扫！"老张一手按着字典向窗下看了一眼，"哈哈！叫你扫杏叶，你偷吃我的杏子。好！现在没工夫，等事情完了咱们算账！"

"不是我有意，是树上落下来的，我一抬头，正落在我嘴里。不是有心，老师！"

"你该死！快扫！"

"你一万个该死！你要死了，我把杏子都吃了！"王德自己嘟囔着说。

王德扫完了，茶也放在杏树下，而且摆上经年不用的豆绿茶碗十二个。小四的父亲也过来了，果然穿着新缎鞋。老张查完字典，专等学务大人驾到，心里越发的不镇静。

"王德！你在门口去瞭望。看见轿车或是穿长衫骑驴的，快进来告诉我。脸朝东，就是有黄蜂蜇你的后脑海，也别回头！听见没有？"

"反正不是你脑袋。"王德心里说。

"李应！你快跑，到西边冰窖去买一块冰；要整的，不要碎块。"

"钱呢？"

"你衣袋里是什么？小孩子一点宽宏大量没有！"老张显示着做先生的气派。

李应看了看老张，又看了看小四的父亲——孙八爷——一语未发，走出去。

这时候老张才想起让孙八爷屋里去坐，心里七上八下地勉强着和孙八爷闲扯。

孙八爷看着有四十上下的年纪，矮矮的身量，圆圆的脸。一走一耸肩，一高提脚踵，为的是显着比本来的身量高大而尊严。两道稀眉，一双永远发困的睡眼；幸亏有只高而正的鼻子，不然真看不出脸上有"一应俱全"的构造。一嘴的黄牙板，好似安着"磨光退色"的金牙；不过上唇的几根短须遮盖着，还不致金光普照。一件天蓝洋缎的长袍，罩着一件铜纽宽边的米色坎肩，童叟无欺，一看就知道是乡下的土绅士。

不大的工夫，李应提着一块雪白的冰进来。老张向孙八说：

"八爷来看看这一手，只准说好，不准发笑！"

孙八随着老张走进教室来。老张把那块冰接过来，又找了一块木板，一齐放在教室东墙的洋火炉里，打着炉口，一阵阵地往外冒凉气。

"八爷！看这一手妙不妙？洋炉改冰箱，冬暖夏凉，一物两用！"老张挑着大拇指，把眼睛挤成一道缝，那条笑的虚线从脸上往里延长，直到心房上，撞得心上痒了一痒，才算满足了自己的得意。

原来老张的洋炉，炉腔内并没有火瓦。冬天摆着，看一看就觉得暖和。夏天遇着大典，放块冰就是冰箱。孙八看了止不住地夸奖："到底你喝过墨水，肚子里有货！"

正在说笑，王德飞跑地进来，堵住老张的耳朵，霹雳似的嚷了一声，"来了！"同时老张、王德一人出了一身情感不同而结果一样的冷汗！

# 第三

门外啪啪的掸鞋的声音，孙八忙着迎出来，老张扯开喉咙叫："立——正！"五十多个学生七长八短地排成两行。小三把左脚收回用力过猛，把脚踵全放在小四的脚趾上："哎哟！老师！小三立正，立在我脚上啦！"

"向左——转！摆队相——迎！"号令一下，学生全把右手放在眉边，小四痛得要哭，又不敢哭，只把手遮着眼睛隔着眼泪往外看。前面走的他认识是衙门的李五，后面的自然是学务大人了。

"不用行礼，把手放下，放下，放下！"学务大人显着一万多个不耐烦的样子。学生都把手从眉边摘下来。老张补了一句："礼——毕！"

李五递过一张名片，老张低声问："怎样？"李五偷偷地应道："好说话。"

"大人东屋坐，还是到讲堂去？"老张向学务大人行了个举手礼。

"李先生，你等我一等，我大概看看就走。行家一过眼，站在学堂外边五分钟，就知道办得好坏，那算门里出身。"学务大人耸着肩膀，紧着肚皮，很响亮地嗽了两声，然后鼓着双腮，只转眼珠、不扭脖项地往四外一看。把一口痰用舌尖卷成一个滑腻的圆弹，好似由小唧筒喷出来地唾在杏树底下。拿出小手巾擦了擦嘴，又顺手擦擦鼻凹的汗。然后自言自语地说："哼！不预备痰盂！"

"那么老五、八爷，你们哥两个东屋里坐，我伺候着大人。"老张说。

"不用'大人''大人'的！'先生'就好！新办法新称呼，比不得七八年前。把学生领到'屋里'去！"

"是！到'讲堂'去？"

"讲堂就是屋里，屋里就是讲堂！"学务大人似乎有些不满意老张的问法。

"是！"老张又行了一个举手礼，"向左——转！入讲——堂！"

学生把脚抬到过膝，用力跺着脚踵，震得地上咚咚的山响，向讲堂走来。

老张在讲台上往下看，学生们好似五十多根小石桩。俏皮一点说，好似五十多尊小石佛；瞪着眼，努着嘴，挺着脖子，直着腿。也就是老张教授有年，学务大人经验宏富，不然谁吃得住这样的阵式！五十多个孩子真是一根头发都不动，就是不幸有一根动的，也听得见响声。学务大人被屋里浓厚的炭气堵得，一连打了三个喷嚏；从口袋里掏出日本的"宝丹"，连气地往鼻子里吸，又拿出手巾不住地擦眼泪。

老张利用这个机会，才看了看学务大人：学务大人约有四十五六岁的年纪。一张黑黄的脸皮，当中镶着白多黑少的两个琉璃球。一个中部高峙的鹰鼻，鼻下挂着些干黄的穗子，遮住了嘴。穿着一件旧灰色官纱袍，下面一条河南绸做的洋式裤，系着裤脚。足下一双短筒半新洋皮鞋，露着本地蓝市布家做的袜子。乍看使人觉着有些光线不调，看惯了更显得"新旧咸宜""允执厥中"，或者也可以说是东西文化调和的先声。

老张不敢细看，打开早已预备好的第三册《国文》，开始献技。

"《新国文》第三课，找着没有？"

"找着了！"学生都用最高的调子喊了一声。

"听着！现在要'提示注意'。"老张顺着教授书的程序往下念。

"王德！把腰挺起来！那是'体育'，懂不懂？"

王德不懂，只好从已然板直的腰儿，往无可再直里挺了一挺。

"听着！现在要'输入概念'。这一课讲的是燕子。燕子，候鸟也。候鸟乃鸟中之一种，明白不明白？"

"明白呀！老师！"学生又齐喊了一声。小三差一点把舌尖咬破，因为用力过猛。

"不叫'老师'，叫'先生'！新事新称呼，昨天告诉你们的，为何不记着？该……该记着！"老张接续讲下去，"燕子自北海道飞过小吕宋，渡印度洋而至特耳其司坦，此其所以为候鸟，明白不明白？

"明白！老师，啊……啊……先生！"这一次喊得不甚齐整。

学务大人把一支铅笔插在嘴里，随着老张的讲授，一一记在小笔记本上。写完一节把舌头吐在唇边，预备往铅笔上沾唾液再往下写。写的时候是铅笔在舌上触两下，写一个字。王德偷着眼看，他以为大人正害口疮；而小三——学务大人正站在他的右边——却以为大人的铅笔上有柿霜糖。

"张先生，到放学的时候不到？"老张正待往下讲书，学务大人忽然发了话。

"差二十分钟，是！"

"你早些下堂，派一个大学生看着他们，我有话和你说。"

"是！李应，你看着他们念书！立——正！行——礼！"

学生们都立起来，又把手摆在眉边，多数乘着机会抓了抓鬓边的热汗，学务大人一些也没注意，大摇大摆地走出讲堂。

"谁要是找死，谁就乘着大人没走以前吵闹！"老张一眼向外，一眼向里，手扶着屋门，咬着牙根低声而沉痛地说。

大人来到东屋，李五、孙八立起来。孙八递过一碗茶，说："辛苦！多辛苦！大热的天，跑这么远！"

"官事，没法子！贵姓？"大人呷了一口茶，咕噜咕噜地漱口。漱了半天，结果，咽下去了。

"孙八爷，本地的绅士。"老张替孙八回答，又接着说，"今天教得好坏，你老多原谅！"

"教授得还不错，你的外国地名很熟，不过不如写在黑板上好。"大人很郑重地说。

"不瞒先生说，那些洋字是跟我一个盟兄学的。他在东交民巷做六国翻译。据他说，念外国字只要把平仄念调了，准保没错。"老张又一挤眼自外而内地一笑。

"何必你盟兄说，哪个人过学堂的不晓得中西文是一理。"大人掏出烟斗拧上了一袋烟，一面接着问，"一共有多少学生？"

"五十四名。是！今天有两个告假的：一个家里有丧事，一个出'鬼风疹'。"大人写在笔记本上。

"一年进多少学费？"

"进得好呢，一年一百五十元；不好呢，约合一百元的光景。"

大人写在笔记本上，然后问："怎么叫进得好不好？"

老张转了转眼珠，答道："半路有退学的，学费要不进来，就得算打伤耗。"

"噢！教科书用哪一家的，商务的还是中华的？"

"中华书局的！是！"

大人写在笔记本上。把铅笔含在口内，像想起什么事似的，慢慢地说："还是用商务的好哇，城里的学堂已经都换了。"

"是！明天就换！明天就换！"

"不是我多嘴，按理说'中华'这个字眼比'商务'好听。前几天在城里听宣讲，还讲'中华大强国'，怎么现在又不时兴了呢？"孙八侃侃地说着。

"你怎能比大人懂得多，那一定有个道理。"老张看看孙八，又看了看大人。

大人咳嗽了两声，把手巾掩着嘴像要打哈欠，不幸却没打成。

"官事随时变，"李五乘机会表示些当差的经验，"现在不时兴，过二年就许又复原。当差的不能随着新事走。是这样说不是？大人！"

"是！是极了！张先生！不是我在你面前卖好，错过我，普天下察学的，有给教员们出法子的没有？察学的讲究专看先生们的缝子、破绽……"

"大人高明！"李五、孙八一齐说。

"不过，"大人提高了嗓子说，"张先生，有一件事我不能不挑你的错。"

李五、孙八都替老张着急。老张却还镇静，说："是！先生指教！"

"你的讲台为什么砌在西边，那是'白虎台'，主妨克学生家长。教育乃慈善事业，怎能这样办呢！"大人一字一板地说。

"前任的大人说什么教室取左光，所以我把讲台砌在西边。实在说，我还懂一点风水阴阳。上司的命令不敢不遵，先生还得多原谅！"

"不用说前任的话，他会办事，还不致撤了差。不过我决不报上去。要是有心跟你为难，我就不和你当面说了，是不是？"大人笑了，李五、孙八也笑了。

大人又呷了一口茶，立起来。李五、孙八也立起来，只是老张省事，始终就没坐下。

"天热，多休息休息。"孙八说。

"不！下午还打算赶两处。李先生！"

"大人！"李五脸笑得像小酒醉螃蟹似的。

"我们上五里墩，还是黄鱼店？"

"大人请便，守备派我护送大人，全听大人的吩咐！"

"老五！好好伺候大人，我都得请你喝茶，不用说大人……"老张要说又吞回去了。

"黄鱼店吧！"大人似乎没注意老张说什么。

"大人多美言！老五，你领着大人由王家村穿东大屯由吴千总门口走，那一路都是柳树，有些遮掩，日光太毒。"老张说。

大人前面走，孙八跟着不住地道"辛苦"。李五偷偷地扯着老张的袖子，伸了伸大指，老张笑了。

# 第四

孙八告辞回家。老张立在门外，直等学务大人和李五走进树林，才深深地喘了一口气走进来。学生们在树底下挤热羊似的抢着喝茶。屋里几个大学生偷着砸洋炉里要化完的那块冰。

"哈哈！谁的主意喝我的茶！"老张照定张成就打。

"老师！不是我的主意，是小四头一个要喝的！"张成用手遮着头说。

"小四要喝？他拿多少学钱，你拿多少？他吃大米，你吃棒子面！喝茶？不怕伤了你的胃！都给我走进去！"老张看了看茶盆，可怜大半已被喝去。老张怒冲冲地走进教室，学生又小石桩一般地坐好。王德的嘴还满塞着冰渣。

"小三、小四、卜凤、王春……你们回家去吃饭！对家里说，学务大人来了，老师给大人预备的茶水点心，给学生泡的小叶茶，叫家里看着办，该拿多少拿多少。大人察的是你们的学问，老师不能干赔钱。听明白没有？去吧！"

小三们夹起书包，小野鹿似的飞跑去了。

"你们怎么样？是认打，认罚？"

"回家对父亲说，多少送些东西给老师！"七八个学生一齐说。

"说个准数，别含糊着，亲是亲，财是财！"

"老师！我们要是说了，父亲遇上一时不方便呢？"几个大学生说。

"不方便？起初就别送学生来念书！要念书，又要省钱，做老师的怎么天生地该饿死！不用废话，怕打的说个数目，身上发痒的，板子现成！"

老张把军帽摘下来，照旧挂在挂黑板的帽钉上。脱了长袍，把小汗衫的袖子高高挽起。一手拿起教鞭，一手从讲桌深处扯出大竹板。抢了抢教鞭，活动活动手腕。半恼半笑地说：

"给我个干脆！烧香的还愿，跳山涧的也还愿，钱是你们的，肉也是你们的。

愿打，愿罚，快着定！一寸光阴一寸金，耽误我的光阴，你们赔得起黄金吗？"

五六个心慈面善的学生，觉得大热的天吃板条，有些不好意思。他们立起来，有认从家里拿一只小雏鸡的；有认拿五百钱的；老张——记在账本上，放他们回家。其余的学生认清了：到家要钱也是挨打，不如充回光棍卖给老张几下。万一老张看着人多，也许举行一回大赦呢。

打人就要费力气，费力气就要多吃饭，多吃饭就要费钱，费钱就是破坏他的哲学，老张又何尝爱打人呢？但是，这次不打，下次就许没有一个认罚的，岂不比多吃一碗饭损失的更大？况且，万一打上心火来，吃不下东西，省一两碗饭也未可知。于是学生们的万一之望，敌不过哲学家万一之望，而要充光棍的少年们苦矣！

学生们纷纷擦拳摩掌，增高温度，以备抵抗冰凉铁硬的竹板。有的干干地落泪，却不哭喊出来。老张更怒了："好！你是不服我呀！"于是多打了三板。有的还没走到老张跟前早已痛哭流涕地央告起来。老张更怒了："好！你拿眼泪软我的心，你是有意骂我！"于是多打了三板。有的低声地哭着，眼泪串珠般地滚着。老张更怒了："好！你想半哭半不哭地骗我，狡猾鬼！"于是又打了三板。

老张和其他的哲学家一样，本着他独立不倚的哲学，无论如何设想，是不会矛盾的。

学生们随打随走，现在只剩下李应和王德二个，李应想："我是大学长，自然不会挨打，何况我已给他买了一块冰？"王德呢，自知吃杏子、吃冰等罪案，是无可幸免的，把手搓得鲜红，专备迎敌。

"李应！你怎样？"老张放下竹板，舒展着自己的手腕。

"我不知道！"李应低着头说。

"你以为我不打大学长吗？你不拦着他们喝茶、吃冰，是你的错处不是？"

"茶本来是该喝的，冰是我买的，错不错我不知道。"李应把脸涨红，理直气壮地说。

"哈哈……"老张狂笑了一阵，这回确是由内而外地笑，唯其自内而外，是最难测定是否真笑，因为哲学家的情感是与常人不同的。

"你不错，我错，我要打你！"老张忽然停住了笑声，又把竹板拾起来。

"我要是告退不念呢，叔父不允许。"李应自己想，"叫他打呢，有什么脸去见人。”

“我告退不念了！”李应想来想去，觉得叔父怎样也比老张好说话。

“什么？不念了？你要不念就不念！”

“我叔父不叫我念书了！”李应明知自己说谎，可是舍此别无搪塞老张的话。

“你叔父？噉！你叔父！去，叫你叔父把咱老张的钱连本带利今天都还清，你是爱念不念！”

李应明白了！明白一切的关系！眼泪止不住地流下来。

“哭？会哭就好！”老张用板子转过去指着王德，“你怎么样？”

“看着办，好在谁也没吃板条的瘾。”王德笑嘻嘻地说。

王德慢慢地走过去，老张却把板子放下了。王德倒吃了一惊，心里说：“老手要是走运，老屁股许要糟糕。”继而又想到：“好在一家人，也该叫老屁股替老手一回了。反正你们挨打，疼都在我心上，乐得不换换地方呢！”王德永远往宽处想，一这样想，心里立觉痛快，脸上就笑出来，于是他笑了。

“王德！你跟我到东屋去！”

“我倒不挑选地方挨打。也别说，东屋也许比西屋凉爽一些。”王德说毕，随着老张往东屋走。老张并没拿着板子。

“王德，你今年十几岁？”老张坐下，仰着脸把右手放在鬓边。

“我？大概十九岁，还没娶媳妇，好在不忙。”

“不要说废话，我和你说正经事。”老张似乎把怒气全消了。

“娶媳妇比什么也要紧，也正经。要是说娶妻是废话，天下就没有一句正经话。”王德一面说着，一面找了一条凳子坐下。

“你知道李应的家事不知道？”老张闭着一只眼问。

“我知道他叔父也姓李。”

“别的呢？”

“我还没研究过。”王德说完，哈哈地笑起来。他想起二年前在《国文》上学了“研究”两个字，回家问他父亲：“咱们晚饭‘研究’得了没有？”被他父亲一掌打在脸上，至今想起来还觉得干辣辣地发烧。父亲不明白儿子说“研究”，你说可笑不可笑。王德越发笑得声音高了。

“你是非打不可，有什么可笑呢？”

"是可笑！人要把鼻子倒长着，下雨的时候往嘴里灌水，难道不可笑？人要把胡子长在手掌上，长成天然小毛刷子，随便刷衣裳，难道不可笑？挨打是手上疼，管不着心里笑！"

"你不知道李应家里的事？"老张早知道王德是宁挨打不止笑的人物，不如听着他笑。

"我不知道。"

"好！你今年十九，李应也十九；他可以做大学长，你为何不可以？假如我要派你做大学长，你干不干？"

王德和李应是最好的学友，他只有一件事不满意李应，就是李应做大学长。王德以为凡是老人都可恨，他的父亲因为他说"研究"就打得他脸上开花。老人，在王德想，就是专凭势力不懂人情的老古董。除了老人要算年青而学老人行为的为可恶。街坊邳三年青青的当军官，打部下的兵丁比父亲打儿子还毒狠。城里的钱六才二十多岁，就学着老人娶两个媳妇。邳三、钱六该杀！至于李应呢，岁数不大，偏板着面孔替老张吹胡子瞪眼睛地管束同学。如今老张要派王德做大学长，他自己笑着说："王德！还没娶媳妇，就做大学长，未免可笑，而且可杀！"王德于是突然立起来，往外就走。

"你别走！"老张把他拦住，"有你的好处！"

"有什么好处？"

"你听着，我慢慢对你说。"老张把王德又推在小凳上，"你要当大学长，我从此不打你。可是你得帮我算铺子的账目。"

王德滴溜溜地转着两只大眼睛，没有回答。

"还有好处！你现在拿多少学钱，每天领多少点心钱？"

"学钱每月六吊，点心钱不一定，要看父亲的高兴不高兴。"

"是啊！你要是做大学长，听明白了，可是帮我算账，我收你四吊钱的学费。"

"给父亲省两吊钱？"

"你不明白，你不用对你父亲说，每月领六吊钱，给我四吊，那两吊你自己用，你看好不好？"

"不告诉父亲？他要是知道了，你替我挨打？"王德又笑了：设若父亲照打我一般地打老张一顿，多么有趣。

"你我都不说，他怎会知道，不说就是了！"

"嘴里不说，心里难过！"

"不会不难过？"

"白天不说，要是夜里说梦话呢？"

"你废话！"

"不废话！你们老人自然不说梦话，李应也许不说，可是我夜夜说。越是白天不说的，夜间越说得欢。"

"少吃饭，多喝水，又省钱，又省梦！"

"省什么？"

"省——梦！你看你师母，永远不做梦。她饿了的时候，我就告诉她，'喝点水'。"

王德止不住又高声笑起来。他想："要是人人这样对待妇女，过些年妇人不但只会喝水，而且变成不会做梦的动物。噢！想起来了，父亲常说南海有'人头鱼'，妇人头，鱼身子，不用说，就是这种训练的结果。可是人头鱼做梦不做？不知道！父亲？也许不知道。哼！还是别问他，问老人不知道的事情，结果是找打嘴巴！"

"王德！我没功夫和你废话，就这么办！去，家去吃饭！"老张立起来。

"这里问题太多，"王德屈指一一地算，"当大学长，假充老人，骗父亲的钱，帮你算账，多喝水，少吃饭，省钱省梦，变人头鱼！……不明白，我不明白！"

"明白也这么办，不明白也这么办！去！滚！"

王德没法子，立起来往外走。忽然想起来："李应呢？"

"你管不着！我有治他的法子！去！"


# 第五


老张把李应、王德的事，都支配停妥，呷了一口凉茶。茶走下去，肚里咕噜噜地响了一阵。"老张你饿了！"他对自己说，"肚子和街上的乞丐一样，永远是虚张声势，故作丑态。一饿就吃，以后它许一天响七八十次。"他按了按肚皮："讨厌的东西，不用和我示威，老张有老张的办法！"命令一下，他立刻觉得精神胜过肉体，开始计划一切：

"今天那两句'立正'叫得多么清脆！那些鬼子地名说得多么圆熟！老张！总算你有本事！……""一百四，加节礼三十，就是一百七。小三的爹还不送几斗谷子，够吃一两个月的。学务大人看今天的样子总算满意，一报上去奖金又是三十。一百七，加三十就是二百——二百整！铺子决不会比去年赚的少，虽然还没结账！……"

"李应的叔父欠的债，算是无望，辞了李应叫他去挑巡击[1]，坐地扣，每月扣他饷银两块，一年又是二十四。李应走后，王德帮咱算账，每月少要他两吊钱，可是省找一个小徒弟呢。狠心吧！舍两吊钱！……"

他越想越高兴，越高兴肚子越响，可是越觉得没有吃饭的必要！于是他跑北屋，拿起学务大人的那张名片细看了一看。那张名片是红纸金字两面印的。上面印的字太多，所以老张有几个不认识，他并不计较那个；又不是造字的圣人，谁能把《字典》上的字全认得？

名片的正面：

"教育讲习所"修业四月，参观昌平县教育，三等英美烟公司银质奖章，前十一师二十一团炮营见习生，北京自治研究会会员，北京青年会会员，署理京师北郊学务视察员，上海《消闲晚报》通信员。南飞生

旁边注着英文字：Nan FeiSheng。
背面是：

字云卿，号若艇，投稿署名亦雨山人。借用电话东局 1015。拜访专用。

"这小子有些来历！"老张想，"就凭这张名片，印一印不得一块多钱?! 老张你也得往政界上走走啊！有钱无势力，是三条腿的牛，怎能立得稳！……""哼！

---

[1] 挑巡击：当巡击兵。因当兵要经过挑选，习称"挑巡击"。

有来历的人可是不好斗，别看他嬉皮笑脸地说好话，也许一肚子鬼胎！书用得不对，讲台是'白虎台'，院里没痰盂……照实地报上去，老张你有些吃不住哇！"

老张越想越悲观，白花花的洋钱，一块挤着一块雪片似的从心里往外飞。"报上去了！'白虎台'，旧教科书，奖金三十块飞了！公文下来，'一切办法，有违定章，着即停办！'学生们全走了，一百四加节礼三十，一百七飞了！……"

老张满头冷汗，肚里乱响，把手猛地向桌上一拍，喊："飞了！全飞了！"

"没有，就飞了一只！"窗外一个女人有气无力地说。

"什么飞了？"

"我在屋里给你做饭，老鹰拿去了一只！"窗外的声音低微得好似梦里听见的怨鬼悲叹。

"一只什么？"

"小鸡！"窗外呜咽咽地哭起来。

"小鸡！小鸡就是命，命就是小鸡！"

"我今天晚上回娘家，把我哥哥的小鸡拿两只来，成不成？"

"你有哥哥？你恐吓我？好！学务大人欺侮我，你也敢！你滚蛋！我不能养着：吃我、喝我的死母猪！"

老张跑出来，照定那个所谓死母猪的腿上就是一脚。那个女人像灯草般地倒下去，眼睛向上翻，黄豆大的两颗泪珠，嵌在眼角上，闭过气去。

这时候学生吃过午饭，逐渐地回来；看见师母倒在地上，老师换着左右腿往她身上踢，个个白瞪着眼，像看父亲打母亲、哥哥打嫂子一样地不敢上前解劝。王德进来了，后面跟着李应。（他们并没回家吃饭，只买了几个烧饼在学堂外面一边吃，一边商议他们的事。）王德一眼看见倒在地上的是师母，登时止住了笑，上前就要把她扶起来。

"王德你敢！"老张的薄片嘴紧得像两片猴筋似的。

"师母死啦！"王德说。

"早就该死！死了臭块地！"

王德真要和老张宣战了，然而他是以笑为生活的，对于打架是不大通晓的。他浑身颤着，手也抬不起来，腿在裤子里转，而且裤子像比平日肥出一大块。甚至话也说不出，舌头顶着一口唾沫，一节一节地往后缩。

王德正在无可如何，只听啪的一声，好似从空中落下来的一个红枫叶，在老张向来往上扬着的左脸上，印了五条半紫的花纹。李应！那是李应！

王德开始明白：用拳头往别人身上打，而且不必挑选地方的，谓之打架。于是用尽全身力量喊了一声："打！"

老张不提防脸上热辣辣地挨了一掌，于是从历年的经验和天生来的防卫本能，施展全身武艺和李应打在一处。

王德也抢着拳头扑过来。

"王德！"李应一边打一边嚷，"两个打一个不公道，我要是倒了，有胆子你再和他干！"

王德身上不颤了，脸上红得和树上的红杏一样。听见李应这样说，一面跑回来把师母搀起来，一面自己说："两个打一个不公道，男人打女人公道吗？"

小三、小四全哭了，大些的学生都立着发抖。门内站满了闲人，很安详而精细的，看着他们打成一团。

"多辛苦！多辛苦！李应放开手！"孙八爷从外面飞跑过来舍命地分解，"王德！过来劝！"

"不！我等接应呢！"王德拿着一碗冷水，把几粒仁丹往师母嘴里灌。

"好！打得好！"老张从地上爬起来，掸身上的土。李应握着拳一语不发。

"李应！过来灌师母，该我和他干！"王德向李应点手。

老张听王德这样说倒笑了。孙八爷不知道王德什么意思，只见他整着身子扑过来。

"王德你要做什么？"孙八拦住他。

"打架！"王德说，"两个打一个不公道，一个打完一个打！"

"车轮战也不公道！你们都多辛苦！"孙八把王德连推带抱地拦过去。又回头对老张说："张先生你进屋里去，不用生气，小孩子们不知事务。"然后他又向看热闹的人们说："诸位，多辛苦！先生责罚学生，没什么新奇，散散吧！"

老张进西屋去，看热闹的批评着老张哪一脚踢得好、李应哪一捏脖子捏得妙，纷纷地散去。

孙八又跑到张师母跟前说："大嫂！不用生气，张先生是一时心急。"

张师母已醒过来，两眼呆呆地看着他，一手扶着王德，一手托着自己的头，颤作一团。

"八爷！不用和她废话！李小子你算有胆气！你，你叔父，一个跑不了！你十九，我四十九，咱们睁着眼看！"老张在屋里嚷。

"闭着眼看得见？废话！"王德替李应反抗着老张。

"好王德，你吃里爬外，两头汉奸，你也跑不了！"

"姓张的！"李应靠在杏树上说，"拆你学堂的是我，要你命的也是我，咱们走着看！"

"拆房不如放火热闹，李应！"王德答着腔说。他又恢复了他的笑的生活：一来见师母醒过来，没真死了；二来看李应并没被老张打伤；三来觉得今天这一打，实在比平日学生挨打有趣得多。

"你们都辛苦！少说一句行不行？"孙八遮五盖六地劝解，"大嫂你回家住一半天去，王德你送你师母去！李应你暂且回家！你们都进屋去写字！"孙八把其余的学生全叫进教室去。

王德、李应扶着师母慢慢地走出去。


# 第六


第二天早晨，王德欢欢喜喜领了点心钱，夹起书包上学来，他走到已经看见了学堂门的地方，忽然想起来："老张忘了昨天的事没有？老张怎能忘？"他寻了靠着一株柳树的破石桩坐下，石桩上一个大豆绿蛾翩翩地飞去，很谦虚地把座位让给王德。王德也没心看，只顾想："回家？父亲不答应。上学？老张不好惹。师母？也许死了！——不能！师母是好人；好人不会死得那么快！……"

王德平日说笑话的时候，最会想到别人想不到的地方，做梦最能梦见别人梦不到的事情。今天，脑子却似枯黄的麦茎，只随着风的扇动，向左右地摆，半点主意也没有。柳树上的鸣蝉一声声的"知了"！"知了"！可是不说"知道了什么"。他于是立起来坐下，坐下又起来，路上赶早市和进城做生意的人们，匆匆地由王德面前过去，有的看他一眼，有的连看也不看，好像王德与那块破石桩同样地不惹人注意。

"平日无事的时候，"王德心里说，"鸟儿也跟你说话，花草也向着你笑，及至你要主意的时候，什么东西也没用，连人都算在其内。……对，找李应去，他有主意！万一他没有？不能，他给我出过几回主意都不错！"

王德立起来，嘴里嘟嘟囔囔地向西走去，平日从学堂到李应家里，慢慢地走有十分钟也到了，今天王德走了好似好几个十分钟，越走像离着越远。而且不住地回头，老觉着老张在后面跟着他。

他走来走去，看见了：李应正在门外的破磨盘上坐着。要是平日，王德一定绕过李应的背后，悄悄地用手盖上李应的眼，叫他猜是谁，直到李应猜急了才放手。今天王德没有那个兴趣，从远远地就喊："李应！李应！我来了！"

李应向王德点了点头，两个人彼此看着，谁也想不起说话。

"王德，你进来看看叔父好不好？"倒是不爱说话的李应先打破了这个沉寂。

李应的家只有北屋三间，一明两暗。堂屋靠墙摆着一张旧竹椅，孤独的并没有别的东西陪衬着。东里间是李应和他叔父的卧室，顺着前檐一张小矮土炕，对面放着一条旧楠木条案，案上放着一个官窑五彩瓶和一把银胎的水烟袋。炕上堆着不少的旧书籍。西里间是李应的姐姐的卧室，也是厨房。东西虽少，摆列得却十分整洁。屋外围着短篱，篱根种着些花草。李应的姐姐在城里姑母家住的时候多，所以王德不容易看见她。

李应的叔父有五十多岁的年纪，看着倒像七八十岁的老人。黄黄的脸，虽洗得干净，只是罩着一层暗光。两只眼睛非常光锐，显出少年也是精干有为的。穿着一件旧竹布大衫，洗得已经退了色。他正卧在炕上，见王德进来微微抬起头让王德坐下。待了一会儿，他叫李应把水烟袋递给他，李应替他燃着纸捻，他坐起来一气吸了几袋烟。

"王德，"李应的叔父半闭着眼，说话的声音像久病的人一样的微细，"我明白你们的事，我都明白，然而……"

"昨天我们实在有理，老张不对！"王德说。

"有理无理，不成问题。昨天的事我都明白，不必再说。只是此后应该怎样对付。现在这个事有几层：你们的师母与老张；我与老张；你们两个和老张。"李应的叔父喘了一口气，"我的事我自有办法；你们的师母我也替她想了一想。至于你们两个，你们自然有你们自己的意见，我不便强迫你们听我的嘱咐。"他的声音越说越弱，像对自己说一样，王德、李应十分注意地听着。"李应，你和王德出去，告诉他我昨天告诉你的话。"

王德起来要往外走。

"回来！你们也商议商议你们的事，回来我或者可以替你们决定一下。"他说完慢慢地卧下。两个少年轻轻地走出去。

两个走出来坐在磨盘上。

"你知道我叔父的历史？"李应问。

"他做过知县，我知道，因为和上司讲理丢了官。"

"对！以后呢？"

"我不知道！"

"我也不知道，可是昨天叔父告诉我了，叔父自从丢了官，落得一贫如洗。他心灰意冷，无意再入政界，于是想经营一个买卖，自食其力地挣三顿饭吃。后来经人介绍，和老张借了二百块钱，又借了一百，共总三百。这是叔父与老张的关系。"

"介绍人是城里的卫四。"李应停顿了一会，接着说，"卫四后来就自荐帮助叔父经理那个小买卖。后来卫四和老张沟通一气，把买卖拆到他自己手里去，于是叔父可是无法逃出老张的债。叔父是个不爱钱的人，因为不爱钱就上了人家的暗算。我和我姐姐自幼跟着叔父，我的父母，我甚至于想不起他们的面貌。"李应说着，把嘴唇接着泪珠往嘴里咽。"叔父决不会把我送在老张的学堂去读书，要不是欠老张的债。老张拿我当奴隶，现在我才知道，那是他强迫叔父答应他的。叔父昨天哭得说不出话，他明白，然而他……他老了，打不起精神去抵抗一切了！这是他最痛心的事，也就是他只求一死的原因！前几天老张又和叔父说，叫我去挑巡击，他的意思是把我送在那个腐败衙门里，他好从中扣我的钱。叔父明白这么一办，不亚如把我送入地狱，可是他答应了老张。他只求老张快离开他，他宁可死了，也不肯和老张说话，他不惜断送一切，求老张快走。叔父是明白人，是好人，然而——老了！"

"我明白了！我们怎么办？"王德脸又涨红。

"不用说'我们'，王德！你与老张没恶感，何苦加入战团？我决不是远待你！"

"李应！我爱你，爱你叔父！不能不加入！我父亲是受了老张的骗。他见了父亲，总说：'快复辟了，王德的旧书可是不能放下，要是放下，将来恢复科考，中不了秀才，可就悔之晚矣！'我早就想不在那里念书，然而没有机会。现在我总算和老张闹破了脸，乐得乘机会活动活动。我有我的志愿，我不能死在家里！"

"我明白你的志愿，可是我不愿你为我遭些困苦！"

"我们先不必争执这一点，我问你，你打算做什么？"

"我进城去找事！只要我能挣钱，叔父的命就可以保住！"

"找什么事？"王德问。

"不能预料！"

"老张放你走不放？"

"不放，拼命！"

"好！我跟你进城！跟父亲要十块钱！"王德以为有十块钱是可以在城里住一年的。

"我一定要进城，你不必。"

"我有我的志愿，我进城不是为你，还不成？"

两个人从新想了许多方法，再没有比进城找事的好，李应不愿意同王德一齐进城，王德死说活说，才解决了。

他们一同进来见李应的叔父。


# 第七


"叔父！我们决定进城一同找事。"王德首先发言，"我要看看世界是什么样子，李应有找事的必要。两个人一同去呢，彼此有个照应。"

"好！"李应的叔父笑了一笑。

"我所不放心的是老张不放李应走。"

"我是怕我走后，老张和叔父你混闹。"

"你们都坐下，你们还是不明白这个问题的内容。老张不能不叫李应走，他也不能来跟我闹。现在不单是钱的问题，是人！"

"自然我们都是人。"王德笑着说。

"我所谓的人，是女人！"

"自然张师母是女人！"

"王德！此刻我不愿意你插嘴，等我说完，你再说。"李应的叔父怕王德不高兴，向王德笑了一笑。然后他燃着纸捻，连气吸了几口烟。把烟袋放下，又和李应要了一碗冷水漱了漱口。立起来把水吐在一个破瓦盂内，顺手整了整大衫的折缝。

"王德，李应，"李应的叔父看了看那两个少年，好像用眼光帮助他表示从言语中表示不出来的感情，"现在的问题是一个女人。李应！就是你的姐姐！"

李应不由得立起来，被叔父眼光的引领，又一语未发地坐下。

"不用暴躁，听我慢慢地说！"那位老人接续着说，"张师母是她哥哥卖给老张的，这是十几年前的事，他欠老张的债，所以她就做了折债的东西。她现在有些老丑，于是老张想依法炮制买你的姐姐，因为我也欠他的钱。他曾示意几次，我没有理他……我不是畜……李应！拿碗冷水来！"

他把头低得无可再低，把一碗冷水喝下去，把碗递给李应，始终没抬头。

"可是现在这正是你们的机会。因为在我不允许他的亲事以前，他决不会十分毒辣，致使亲事不成。那么，李应你进城，我管保老张不能不放你走。至于你们的师母，等老张再来提亲的时候，我要求他先把她释放，然后才好议婚。我想他一定要些个赎金，果然他吐这样的口气，那么，就是我们夺回你师母自由的机会。那个五彩瓶，"他并没抬头，只用手大概地向桌上指了一指，"是我宁挨饿而未曾卖掉的一件值钱的东西。李应，那是你父亲给我的。你明天把那个瓶拿进城去，托你姑父卖出去，大概至少也卖一百块钱。你拿二十元在城里找事，其余的存在你姑父那里，等老张真要还你师母自由的时候，我们好有几十元钱去赎她。她以后呢，自己再冻饿而死，我们无力再管，自然我们希望管。可是我们让她死的时候明白，她是一条自由的身子，而不是老张的奴隶。你们师母要是恢复了她的自由，老张一定强迫我写字据卖我的侄女。"

李应的叔父停住了话，把水烟袋拿起来，没有吸烟，只不错眼珠地看着烟袋。

"死是不可免的；我怕老张的笑声，然而不怕死！"

"叔父！"李应打断他叔父的话，"你不用说'死'成不成？"

老人没回答。

"老张！你个……"王德不能再忍，立起来握着拳头向东边摇着，好像老张就站在东墙外边似的。

"王德！坐下！"李老人呆呆地看着案上的五彩瓶。

王德坐下了，用拳头唧唧地撞着炕沿。

"我对不起人，对不起老张，欠债不还，以死搪塞，不光明，不英雄！"老人声音更微细了，好像秋夜的细雨，一滴一滴地冷透那两个少年的心情，"你们，王德、李应，记住了：好人便是恶人的俘虏，假如好人不持着正义和恶人战争。好人便是自杀的砒霜，假如好心只是软弱、因循、怯懦。我自己无望了，我愿意你们将来把恶人的头切下来，不愿意你们自己把心挖出来给恶人看。至于金钱，你们切记着：小心得钱，小心花钱。我自己年少的时候，有一片傻好心，左手来钱，右手花去，落得今日不能不死。死，我是不怕的，只是死了还对不起人，至少也对不起老张。以前的我是主张'以德报怨'，现在，'以直报怨'。以前我主张钱可以乱花，不准苟得，现在，钱不可苟得，也不可乱花。……王德，你用不着进城。李应去后，老张正需人帮助，他决不至于因为你和他打架而慢待你。你要是天天见老张，至少也可以替我打听他对于我的摆布。不过，你的志愿我不敢反对，进城与否，还是你自己决定。从事实上看，好似没有进城的必要。我的话尽于此，对不对我不敢说。你们去吧！不必怀念着我的死，我该死！"

李老人舒展了舒展大衫，慢慢地卧下去，随手拿起一本书，遮住自己的脸；周身一动也不动，只有襟部微微地起伏，衬着他短促的呼吸。

"设若你能还老张的钱，你还寻死吗，叔父？"王德问。

"我怎能还他的钱？"

"我回家对父亲说，他借与你钱，将来李应再慢慢地还我父亲。"

"傻孩子！你父亲哪是有钱的人！"

"他有！一收粮就有好几十块！"

"几十块？那是你们一年的用度！傻孩子，我谢谢你！"

"噢！"王德疑惑了，"原来几十块钱不算富人，那么，多少才可以算富足呢？"

多么难堪夏日午时的静寂！树上的红杏，田中的晚麦，热得都不耐烦了！阵阵的热风，吹来城内的喧闹，困的睡了，不睡的听着听着哭了。这时王德和李应又坐在破磨盘上，王德看着那翎毛凋落的丑老鸦，左顾右盼地摇着秃头脑，要偷吃树上的红杏。李应低着头注视着地上的群蚊围攻一个翠绿的嫩槐树虫。老鸹轻快地一点头，衔起一个圆红杏，拍着破翅擦着篱笆飞去。王德随着老鸹把眼睛转到东边的树上，那面丑心甜的老鸹把杏递进巢内，呀呀的一阵小鸹的笑声，布散着朴美的爱情。

李应不知不觉地要用手拨散那条绿虫身上叮着的小黄蚁。他忘了他的手被王德紧紧地握着。他一抽手，王德回过头来："李应！"

"啊！王德！"两个人的眼光遇在一处，触动了他们的泪腺的酸苦。他们毫不羞愧地、毫不虚伪地哭起来。

对哭——对着知己的朋友哭——和对笑，是人类仅有的两件痛快的事。

"你哭完了没有？我完了！"王德抹着红眼。

"不哭了！"

"好！该笑了！今天这一哭一笑，在这张破磨盘上，是我们事业的开始！李应！你看前面，黑影在我们后面，光明在我们前头！笑！"

王德真笑了，李应莫名其妙不觉地也一乐，这一乐才把他眼中的泪珠挤净。

"王德，我还是不赞成你进城！"

"非去不可！我有我的志愿！"王德停顿了一会儿，"李应，你姐姐怎样呢？"他的脸红了。

"有我姑父、姑母照应着她。"

"是吗？"王德没有说别的。

"你该回家吃饭，老人家要是不准你进城，不必固执。"

"父亲管不了，我有我的志愿！"王德说着往四下一看，"李应，我的书包呢？"

"放在屋里了吧？进来看看。"

两个人轻轻地走进去，李老人似乎昏昏地睡去。李应爬上炕去拿王德的书包。老人微微地睁开眼。

"王德呢？"

"在这里。"

"王德！不用和别人说咱们的事。你过来！"

王德走过去，老人拉住他的手，叹了一口气。王德不知说什么好，只扭着脖子看李应。

"王德！少年是要紧的时候！我，我完了！去吧！告诉你父亲，没事的时候，过来谈一谈。"

王德答应了一声，夹起书包往外走。老人从窗上镶着的小玻璃往外望了王德一望，自言自语地说：

"可爱！可爱的少年！"

# 第八

乡下人们对于城里挂着"龙旗""五色旗"或"日本旗"，是毫不关心的；对于皇帝、总统，或皇后当权，是不大注意的。城里的人们却大不同了：他们走在街上，坐在茶肆，睡在家里，自觉地得着什么权柄似的。由学堂出身的人们，坐在公园的竹椅上，拿着报纸，四六句儿地念，更是毫无疑惑地自认为国家的主人翁。责任义务且先不用说，反正国家的主人翁是有发财升官的机会，是有财上加财、官上加官的机会的。谁敢说我想的不对，谁敢说我没得权柄？噢！米更贵了，兵更多了，税更重了，管他作甚。那是乡下人的事，那是乡下人的事！……

他们不但这样想，也真的结党集社地"争自治""要民权"，发诸言语、见之文字地干起来。不但城里这样地如火如荼，他们也跑到乡间热心地传播福音……

北京自治讨成会，北京自治共成会，北京自治听成会，北京自治自进会……黑牌白字，白牌绿字，绿牌红字，不亚如新辟市场里的王麻子、万麻子、汪麻子……一齐在通衢要巷灿烂辉煌地挂起来。乡间呢，虽不能这样五光十色，却也村头村尾悬起郊外自治干成会……的大牌。乡民虽不认识字，然而会猜：

"二哥！又招兵哪！村头竖起大牌，看见没有？"一个这样说。

"不！听说围起三顷地，给东交民巷英国人做坟地，这是标记。"一个这样答。

两个，三个，四个，至于七八个，究竟猜不透到底是招兵还是做洋坟地。可是他们有自慰的方法：这七八个人之中的一个，杨木匠，断定了那块写着不可捉摸的黑字的牌子是洋槐木做的。王老叔起初还争执是柳木，经几次的鉴定，加以对于杨木匠的信仰，于是断定为洋槐木，然后满意地散去。

过了几天，二郎镇上的人们惊异而新奇地彼此告诉："关里二郎庙明天开会。老张，孙八，衙门的官人都去，还有城里的有体面的人不计其数。老张、孙八就是咱们这里的代表……"

这个消息成了镇上人们晚饭后柳荫下的夕阳会聚谈的资料。王老叔对孙八、老张加以十分敬意地说："到底人家绅士和做先生的，有表可戴，才当代表，像咱们可带什么？"

褚三却撇着嘴，把头上的青筋都涨起来，冷笑着说："王老叔！褚三虽不曾玩过表，可是拿时候比表还准。不论阴天晴天永不耽误事。有表的当不了晚睡晚起误了事，没表的也可以事事占先。"

王老叔也赞成褚三的意见。于是大家商议着明天到关里看看热闹。太阳渐渐地向西山后面游戏去，大地上轻轻地锁上一带晚烟，那是"无表可带"的乡民们就寝的时候了。

第二天真的二郎庙外老早地立上几个巡击兵。老张、孙八都穿了夏布大衫、新缎鞋，走出走入。老张仰着脸，足下用力压着才抹上煤油的红皮鞋底，作出嘎嘎的轻响。

"前面的是孙八，后面的是老张。"庙外立着的乡民指指点点地说。然后两个人又走出来，乡民们又低声地彼此告诉："这回前面的是老张，后面的是孙八。"老张轻扭脖项，左右用眼一扫，好似看见什么，又好似没看见什么，和兵马大元帅检阅军队的派头一样。

城里的人们陆续着来到，巡击兵不住地喊："闪开！闪开！这里挤，有碍代表的出入！家去看看死了人没有，开自治会与你们何干！去！去！"

乡民们也哑然自笑明白过来："可说，自治会又不给咱一斗米，何苦在这里充义务站街员！"于是逐渐地散去，只剩下一群孩子们，还争着赏识各路代表的风光。

开会的通知定的是九点钟开会，直到十二点钟，人们才到齐。只听一阵铃声，大家都坐在二郎庙的天棚底下，算是开会。

重要人物是：北郊学务大人南飞生，城北救世军军官龙树古，退职守备孙占元（孙八的叔父），城北商会会长李山东和老张、孙八。其余的大概都是各路代表的埋伏兵。

听说在国会里，管理伏兵叫作"政党"，在"公民团"里叫作"捧角"，有些不体面的北京人，也管"捧角的"叫作"捧臭脚"。要之，埋伏者即听某人之指挥，以待有所动作于团体运动者也。

大家坐下，彼此交头接耳，家事、国事、天下事一齐说。谁也想不起怎样开会。倒是孙守备有些忍不住，立起来说道："诸位！该怎么办，办哪！别白瞪着眼费光阴！"

南飞生部下听了孙守备说得不好听，登时就有要说闲话的。南飞生递了一个眼神，于是要说话的又整个地把话咽回去。南飞生却立起来说："我们应当推举临时主席，讨论章程！"

"南先生说的是，据我看，我们应当，应当举孙老守备做临时主席。"老张说。

"诸位多辛苦，家叔有些耳聋，这些文明事也不如学务大人懂得多，还是南先生多辛苦辛苦！"

孙八说完，南飞生部下全拍着手喊："赞成！""赞成！"其余的人们还没说完家事、国事、天下事，听见鼓掌才问："现在做什么？"他们还没打听明白，只见南飞生早已走上讲台，向大家深深鞠了一躬。

"鄙人，今天，那么，无才，无德，何堪，当此，重任。"

台下一阵鼓掌，孙老守备养着长长的指甲，不便鼓掌，立起来扯着嗓子喊叫了一声："好！"

"一个临时主席有什么重任？废话！"台下右角一个少年大声地说。

南飞生并未注意，他的部下却忍受不住，登时七八个立起来，摇着头，瞪着眼，把手插在腰间。问："谁说的？这是侮辱主席！谁说的，快快走出去，不然没他的好处！"

龙树古部下也全立起来，那个说话的少年也在其中，也都叉着腰怒目而视。

"诸位，请坐，我们，为公，不是，为私，何苦，争执，小端。"主席依然提着高调门，两个字一句地说。

左右两党又莫名其妙地坐下，然而嘴里不闲着：

"打死你！"

"你敢！"

"你爸爸不是好人！"

"你爸爸一百个不是好人！"

…………

"诸位！"孙守备真怒了，"我孙家叔侄是本地的绅士。借庙做会场是我们；通知地方派兵弹压是我们；预备茶点是我们。要打架？这分明是臊我孙家的脸！讲打我当守备的是拿打架当作吃蜜，有不服气的，跟我老头子干干！"孙守备气得脸像个切开的红肉西瓜，两手颤着，一面说一面往外走："八爷？走！会不开了！走！"

孙八要走，恐怕开罪于大众。不走，又怕老人更生气。正在左右为难，老张立起来说：

"今天天气很热，恐怕议不出什么结果，不如推举几位代表草定会章。"

四下埋伏喊了一声"赞成"。然后左角上说："我们举南飞生！"右角上"……龙树古！"以次："张明德""孙占元""孙定""李复才"，大概带有埋伏的全被举为起草委员。主席听下面喊一声，他说一声"通过"。被举的人们，全向着大众笑了笑。只有孙老守备听到大家喊"孙占元"，他更怒了："孙占元，家里坐着如同小皇帝，代表算什么东西！"

主席吩咐摇铃散会，大众没心听孙守备说话，纷纷往外走。他们顺手把点心都包在手巾内，也有一面走一面吃的。后来孙八检点器皿，听说丢了两个茶碗。


# 第九


孙八把叔父送上车去，才要进庙，老张出来向孙八递了一个眼色。孙八把耳朵递给老张。

"老人家今天酒喝得多点，"老张歪着头细声细气地说，"会场上有些闹脾气。你好歹和他们进城到九和居坐一坐，压压他们的火气，好在人不多。我回家吃饭，吃完赶回来给你们预备下茶水，快快地有后半天的工夫，大概可以把章程弄出来了。"

"要请客，少不了你。"孙八说。

"不客气，吃你的日子还多着，不在乎今天。"老张笑了一笑。

"别瞎闹，一同走，多辛苦！"孙八把老张拉进庙来，南飞生等正在天棚下脱去大衫凉快。老张向他们一点头说：

"诸位！赏孙八爷个脸，到九和居随便吃点东西。好在不远，吃完了回来好商议一切。"

"还是先商议。"龙树古说。

"既是八爷厚意，不可不凑个热闹。"南飞生显出特别亲热的样子，捻着小黄胡子说。

"张先生你叫兵们去雇几辆洋车。"孙八对老张说。

"我有我的包车。"龙树古说，说完绕着圆圈看了看大众。

洋车雇好，大家轧着四方步，宁叫肚子受屈，不露忙着吃饭的态度，往庙外走。众人上了车，老张还立在门外，用手向庙里指着，对一个巡击兵说话。路旁的人哪个不信老张是自治会的大总办。

车夫们一舒腰，已到德胜门。进了城，道路略为平坦，几个车夫各不相下地加快速度，贪图多得一两个铜元。路旁没有买卖的车夫们喊着："开呀！开！开过去了！"于是这几个人形而兽面的，更觉得非卖命不足以争些光荣。

孙八是想先到饭馆一步，以表示出做主人的样子。老张是求路旁人赏识他的威风，只嫌车夫跑得慢。南飞生是坐惯快车，毫不为奇。龙树古是要显包车，自然不会拦阻车夫。李山东是饿得要命，只恨车夫不长八条腿。有车夫的争光好胜，有坐车的骄慢与自私，于是烈日之下，几个车夫像电气催着似的飞腾。

到了德胜桥。西边一湾绿水，缓缓地从净业湖[1]向东流来，两岸青石上几个赤足的小孩子，低着头，持着长细的竹竿钓那水里的小麦穗鱼。桥东一片荷塘；岸际围着青青的芦苇。几只白鹭，静静地立在绿荷丛中，幽美而残忍地，等候着劫夺来往的小鱼。北岸上一片绿瓦高阁，清摄政王的府邸，依旧存着天潢贵胄的尊严气象。一阵阵的南风，吹着岸上的垂杨，池中的绿盖，摇成一片无可分析的绿浪，香柔柔地震荡着诗意。

就是瞎子，还可以用嗅觉感到那荷塘的甜美；有眼的由不得要停住脚瞻览

---

[1]　净业湖：即今积水潭。

一回。甚至于老张的审美观念也浮泛在脑际，唤之欲出了。不过哲学家的美感与常人不同一些：

"设若那白鹭是银铸的，半夜偷偷捉住一只，要值多少钱？那青青的荷叶，要都是铸着袁世凯脑袋的大钱，有多么中用。不过，荷叶大的钱，拿着不大方便，好在有钱还怕没法安置吗？……"

大家都观赏着风景，谁还注意拉着活人飞跑的活人怎样把车曳上那又长又斜的石桥。那些车夫也惯了，一切筋肉运动好像和猫狗牛马一样地凭着本能而动作。弯着腰把头差不多低到膝上，努着眼珠向左右分着看，如此往斜里一口气把车提到桥顶。登时一挺腰板，换一口气，片刻不停地把两肘压住车把，身子向后微仰，脚跟紧擦着桥上的粗石往下溜。

忽然一声"咯喳"，几声"哎哟"，只见龙军官一点未改坐的姿式，好似有个大人把他提起，稳稳当当地扔在桥下的土路上。老张的车紧随着龙树古的，见前面的车倒下，车夫紧往横里一闪。而老张因保持力量平衡的原因，把重力全放在下部，脊背离了车厢，左右摇了几摇，于是连车带人顺着桥的倾斜随着一股干尘土滚下去。老张的头顶着车夫的屁股，车夫的头正撞在龙军官的背上。于是龙军官由坐像改为卧佛。后面的三辆车，车夫手急眼快，拼命往后倒，算是没有溜下去。

龙树古把一件官纱大衫跌成土色麻袋，气不由一处起，爬起来奔过车夫来。可怜他的车夫——赵四——手里握着半截车把，直挺挺地横卧在路上，左腿上浸浸地流着人血。龙军官也吓呆了。老张只把手掌的皮搓去一块，本想卧在地上等别人过来搀，无奈烈日晒热的粗石和火炉一样热，他无法只好自己爬起来，嘴里无所不至地骂车夫。车夫只顾四围看他的车有无损伤，无心领略老张含有诗意的诟骂。

其余的车夫，都把车放在桥下，一面擦汗，一面彼此点头半笑地说：

"叫他跑，我管保烙饼卷大葱算没他的事了！"

路上的行人登时很自然地围了一个圆圈。那就立在桥上的巡警，直等人们围好，才提着铁片刀的刀靶，撇着钉着铁掌的皮鞋，一扭一扭地过来。先问了一声："坐车的受伤没有？"

"污了衣服还不顺心，还受伤？"龙军官气昂昂地说。

"一年三百六十五天，天天坐车，就没挨过这样的苦子。今天咱'有钱买花，没钱买盆，栽在这块'啦！你们巡警是管什么的？"老张发着虎威，一半向巡警，一半向观众说。

"这个车夫怎办？"巡警问。

"我叫龙树古，救世军的军官，这是我的名片，你打电话给救世军施医院，自然有人来抬他。"

"但是……"

"不用'但是'，龙树古有个名姓，除了你这个新当差的，谁不晓得咱。叫你怎办就怎办！"

北京的巡警是最服从民意的。只要你穿着大衫，拿出印着官衔的名片，就可以命令他们，丝毫不用顾忌警律上怎怎么么。假如你有势力，你可以打电话告诉警察厅什么时候你在街心拉屎，一点不错，准有巡警替你净街。龙树古明白这个，把名片递给巡警，真的巡警向他行了一个举手礼，照办一切。龙军官们又雇上车，比从前跑得更快到九和居去了。


# 第十

中华民族是古劲而勇敢的。何以见得？于饭馆证之：

一进饭馆，迎面火焰三尺，油星乱溅。肥如判官、恶似煞神的厨役，持着直径尺二、柄长三尺的大铁勺，酱醋油盐，鸡鱼鸭肉，与唾星烟灰蝇屎猪毛，一视同仁地下手。煎炒的时候，摇着油锅，三尺高的火焰往锅上扑来，要个珍珠倒卷帘。勺儿盛着肉片，用腕一衬，长长的舌头从空中把肉片接住，尝尝滋味的浓淡。尝试之后，把肉片又吐到锅里，向着炒锅猛虎扑食般地打两个喷嚏。火候既足，勺儿和铁锅撞得山响，二里之外叫馋鬼听着垂涎一丈。这是入饭馆的第一关。走进几步几个年高站堂的，一个一句："老爷来啦！老爷来啦！"然后年青的挑着尖嗓几声"看座呀"！接着一阵啪啪地掸鞋灰，哪哪地开汽水，嗖嗖地飞手巾把，嗡嗡地赶苍蝇（饭馆的苍蝇是冬夏常青的），咕噜咕噜地扩充范围的漱口。这是第二关。主客坐齐，不点菜饭，先唱"二簧"。胡琴不管高低，嗓子无论好坏，有人唱就有人叫好，有人叫好就有人再唱。只管嗓子受用，不管别人耳鼓受伤。这是第三关。二簧唱罢，点酒要菜，价码小的吃着有益也不点，价钱大的，吃了泄肚也非要不可。酒要外买老字号的原封，茶要泡好镇在冰箱里。冬天要吃鲜瓜绿豆，夏天讲要隔岁的炸黏糕。酒菜上来，先猜拳行令，迎面一掌，声如狮吼，入口三杯，气贯长虹。请客的酒菜屡进，唯恐不足；做客的酒到杯干，烂醉如泥。这是第四关。压阵的烧鸭或焖鸡上来，饭碗举起不知往哪里送，羹匙倒拿，斜着往眉毛上插。然后一阵恶心，几阵呕吐。吃的时候并没尝出什么滋味，吐的时候却节节品着回甘。"仁丹"灌下，扶上洋车，风儿一吹，渐渐清醒，又复哼哼着："先帝爷，黄骠马……"以备晚上再会。此是第五关。有此五关而居然斩关落锁，驰骋如入无人之地，此之谓"食而有勇"！

"美满的交际立于健全的胃口之上。"当然是不易的格言！

孙八等到了九和居，饭馆的五关当然要依次战过。龙树古因宗教的关系不肯吃酒。经老张再三陈说："啤酒是由外国来的，耶稣教也是外国来的，喝一点当然也没有冲突。"加以孙八口口声声非给龙军官压惊不可，于是他喝了三瓶五星啤酒。酒灌下去，他开始和大众很亲热地谈话。谈到车夫赵四，龙军官坚决地断定是："赵四早晨忘了祈祷上帝，怎能不把腿撞破？平日跑得比今天快得多，为何不出危险呢？"

"我们还是回到德胜门，还是……现在已经快三点钟。"孙八问。

"我看没回去的必要，"老张十二分恳切地说，"早饭吃了你，晚饭也饶不了你，一客不烦二主，城外去溜达溜达，改日再议章程。兄弟们哪是容易聚在一处的。"

"章程并不难拟，有的是别处自治会的，借一份来添添改改也成了。"南先生向孙八说。

"南先生你分神就去找一份，修改修改就算交卷。好在人还能叫章程捆住吗？"龙树古显着很有办事经验地这样说。

"那么，南先生你多辛苦！"孙八向南飞生作了一个揖。

"不算什么，八爷，我们上哪里去？"南飞生问。

李山东吃得过多，已昏昏地睡去。忽然依稀地听见有人说出城，由桌上把头搬起来，掰开眼睛，说："出城去听戏！小香水的'三上吊'！不用说听，说着就过瘾！走！小香水！'三上吊'！……"

老张向来不自己花钱听戏，对于戏剧的知识自然缺乏。不知小香水是哪一种香水，"三上吊"又是哪么一件怪事。嘴里不便问，心里说："倒要看看这件怪事！大概逃不出因欠债被逼而上吊！欠债不还而上吊，天生来的不是东西！……"他立起来拍着孙八的肩，"李掌柜最会评戏，他说的准保没错！八爷你的请，等你娶姨太太的时候，我和老李送你一台大戏！"

"真的八爷要纳小星？几时娶？"南飞生眉飞色舞地吹着小黄干胡子问。

"辛苦！南先生。听老张的！我何尝要娶妾？"

"娶妾是个人的事，听戏是大家的，八爷你去不去？你不去，我可要走了！"李山东半醒半睡地说。

"对！李掌柜，你请我，咱们走！"老张跟着就穿大衫。

"多辛苦！一同去，我的请！"

龙军官一定不肯去，告辞走了。孙八会了饭账，同着老张等一齐出城去娱乐。

# 第十一

"喂！李应！今天怎样？"

"今天还能有什么好处？钱是眼看就花完，事情找不到，真急死我！我决定去当巡警了！"

"什么？当巡警？你去，我不去，我有我的志愿。"

"你可以回家，要是找不到事做，我……"

"回家？夹着尾巴回家？我不能！喂！李应！城里的人都有第二个名字，我遇见好几个人，见面问我'台甫'，我们也应当有'台甫'才对。"

"找不到事，有一万个名字又管什么？"

"也许一有'台甫'登时就有事做。这么着，你叫李文警，我叫王不警。意思是：你要当巡警，我不愿意当。你看好不好？"

"你呀！空说笑话，不办正事，我没工夫和你瞎说，今天你我各走各的路，也许比在一处多得些消息。"

"不！我一个人害怕！"王德噘着嘴说。

"晴天白日可怕什么？"

"嗬！那马路上荷枪的大兵，坐摩托车的洋人，白脸的，黑脸的……那庙会上的大姑娘，父亲说过，她们都是老虎。"

"你不会躲着他们走？"

"大兵和洋人我能躲，可是她们我又害怕又爱看。"

李应和王德自从进城，就住在李应的姑母家里。饭食是他们自备，白天出去找事，晚上回来睡觉，两个人住着李应的姑母的一间小北房。饭容易吃，钱容易花，事情却不容易找。李应急得瘦了许多，把眉头和心孔皱在一处。王德却依然抱着乐观。

"李文警！"

"我叫李应！"

"好，李应，你往哪里去？"

"不一定！"

"我呢？"王德把两只眼睁得又圆又大。

"随便！"

"不能随便，你要往东，我也往东，不是还走到一路上去？至少你要往东，我就往西。"王德从袋中掏出一枚铜元，浮放在大拇指指甲上，预备向空中弹，"要头要尾？头是往东，尾是往西。"

"王德！王德！你的世界里没有愁事！"李应微微露着惨笑。

"说！要头要尾？"

"头！"

砰的一声，王德把钱弹起。他瞪着眼蹲在地上，看着钱往地上落。

"头！你往东！再见，李应！祝你成功！"王德把钱捡起笑着往西走。

李应的姑母住在护国寺街上，王德出了护国寺西口，又犹豫了：往南呢，还是往北？往南？是西四牌楼，除了路旁拿大刀杀活羊的，没有什么鲜明光彩的事。往北？是新街口、西直门。那里是穷人的住处，哪能找得到事情？王德想了半天："往北去，也许看见些新事。"

他往北走了不远，看见街东的一条胡同，墙上蓝牌白色写着"百花深处"。

"北京是好，看这胡同名多么雅！"他对自己说，"不用说，这是隐士住的地方，不然哪能起这么雅致的名字。"他一面想着，一面不知不觉地把腿挪进巷口来。

那条胡同是狭而长的。两旁都是用碎砖砌的墙。南墙少见日光，薄薄地长着一层绿苔，高处有隐隐的几条蜗牛爬过的银轨。往里走略觉宽敞一些，可是两旁的墙更破碎一些。在路北有被雨水冲倒的一堵短墙，由外面可以看见院内的一切。院里三间矮屋，房檐下垂着晒红的羊角椒。阶上堆着不少长着粉色苔的玉米棒子。东墙上懒懒地爬着几蔓牵牛花，冷落地开着几朵浅蓝的花。院中一个妇人，蓬着头发蹲在东墙下，嘴里哼哼唧唧地唱着儿曲，奶着一个瘦小孩，瘦得像一个包着些骨头的小黄皮包。

王德心里想：这一定是隐士的夫人；隐士夫人听说是不爱梳头洗脸的。他立在南墙下希望隐士出来，见识见识隐士的真面目。

等来等去，不见隐士出来。院内一阵阵孩子的啼声。"隐士的少爷哭了！"继而妇人诟骂那个小孩子。"隐士夫人骂人了！"等了半天王德转了念头："隐士也许死了，这是他的孤儿寡妻，那就太可怜了！……人们都要死的，不过隐士许死得更快，因为他未到死期，先把心情死了！……人是奇怪东西，生来还死。死了还用小木匣抬着在大街上示威。……"

王德探身偷偷地向院里望了望，那个妇人已经进到屋里去，那个小孩睡在一块小木板上。他于是怅然走出百花深处来。

"《公理报》《民事报》……看看这儿子杀父亲的新闻。"从南来了一个卖报的。

"卖报的！"王德迎面把卖报的拦住，"有隐士的新闻和招人做事的广告没有？"

"你买不买？卖报的不看报！"

王德买了一张，夹在腋下，他想："卖报的不看报，卖报可有什么好处？奇怪！想不出道理，城里的事大半是想不出道理的！"

王德坐在一家铺户外面，打开报纸先念小说，后看新闻。忽然在报纸的背面夹缝上看到：

"现需书记一人，文理通顺，字体清楚。月薪面议。财政部街张宅。"

当人找事而找不到的时候，有一些消息，便似有很大成功的可能。王德也是一个。

他立起来便向东城走。走得满头是汗，到了财政部街，一所红楼，门口绿色的铁栅栏悬着一面铜牌，刻着"张宅"。王德上了台阶，跺了跺鞋上的灰土，往里探视。门房里坐着一个老人，善眉善眼像世传当仆人的样子。卧着一个少年，脸洗得雪白，头油得漆黑。王德轻轻推开门，道了一声"辛苦"。

"又一个！广告比苍蝇纸还灵，一天黏多少！"那个少年的说，"你是看报来的吧？没希望，趁早回家！"

"我没见着你们主人，怎见得没希望？"王德一点不谦虚地说。

"我们上司还没起来，就是起来也不能先见你；就是见你，凭你这件大衫，遇上上司心里不痛快，好不好许判你五年徒刑。"

"我要是法官，为你这一头黑油漆就恢复凌迟。"王德从与老张决裂后，学得颇强硬。

"你怎么不说人话？"

"你才不说人话！"

"先生！"那个年老的一把拉住王德，"我去给你回一声去。我们老爷真的还没起来，我同你去见我们的大少爷。来！"

王德随着那个年老的走入院里，穿廊过户走到楼背后的三间小屋。老仆叫王德等一等，他进去回禀一声。

"进去！"老仆向王德点手。

王德进去，看屋里并没什么陈设，好像不是住人的屋子。靠墙一张洋式卧椅，斜躺着一个少年。拿着一张《消闲录》正看得入神。那个少年戴着金丝眼镜，嘴里上下金牙衔着半尺来长，小山药般粗（不是那么粗，王德也无从看见那个人的金牙），中间镶着金箍的"吕宋烟"。手上戴着十三四个金戒指，脚下一双镶金边的软底鞋。胸前横着比老葱还粗的一条金表链，对襟小褂上一串蒜头大的金纽，一共约有一斤十二两重。

"你来就事？"那个少年人把报纸翻了翻，并没看王德。

"是！"

"今年多大？"

"十九岁！"

"好！明天上工吧！"

"请问我的报酬和工作？"

"早八点来，晚八点走，事情多，打夜工。扫书房，抄文件，姨太太出门伺候着站汽车。"

"府上是找书记？"

"广义的书记！"

"薪金？"

"一月四块钱，伺候打牌分些零钱。"

那个少年始终没看王德，王德一语未发地走出去。

王德走出大门，回头望了望那座红楼。

"这样的楼房就会养着这样镶金的畜生！"

王德太粗鲁！

# 第十二

王德从财政部街一气跑回李应的姑母家。李应的姑父开着一个小铺子，不常在家。姑母今天也出去。王德进到院内垂头丧气地往自己和李应同住的那间小屋走。

"王德！回来得早，事情怎样？"李应的姐姐隔着窗户问。

"姑母没在家？"

"没有，进来告诉我你的事情。进来，看院中多么热！"

王德才觉出满脸是汗，一面擦着，一面走进上房去。

"静姐！叔父有信没有？"王德好像把一肚子气消散了，又替别人关心起来。

"你坐下，叔父有信，问李应的事。信尾提着老张无意许张师母的自由。"

王德、李应和李静——李应的姐姐——是一同长起来的，无日不见面，当他们幼年的时候。李静自从她叔父事业不顺，进城住在她姑母家里。白天到学堂念书，晚间帮着姑母做些家事，现在她已经毕业，不复升学。

她比李应大两岁，可是从面貌上看，她是妹妹，他是哥哥。她轻轻的两道眉，圆圆的一张脸，两只眼睛分外明润，显出沉静清秀，她小的时候爱王德比爱李应还深，她爱王德的淘气，他的好笑，他的一笑一个酒窝，他的漆黑有神的眼珠……

王德的爱她，从环境上说，全村里再没有一个女子比她清秀的，再没有一个像她那样爱护他的，再没有一个比她念的书多的……

他们年幼的时候，她说笑话给他听，他转转眼珠又把她的笑话改编一回，说给她听，有时编得驴唇不对马嘴。他们一天不见不见也见几次；他们一天真见不着，他们在梦里见几次。他们见不着的时候，像把心挖出来抛在沙漠里，烈风吹着，飞砂打着，热日炙着；他们的心碎了，焦了，化为飞灰了！他们见着，安慰了，快活了，他们的心用爱情缝在一处了！

他们还似幼年相处的那样亲热，然而他们不自觉地在心的深处多了一些东西，多了一些说不出的情感。幼年的时候彼此见不着，他们哭；哭真安慰了他们。现在他们见不着，他们呆呆地坐着，闷闷地想着，他们愿杀了自己，也不甘隔离着。他们不知道到底为什么，好像一个黄蝴蝶追着一个白蝴蝶一样地不知为什么。

他们的亲爱是和年岁继续增加的。他们在孤寂的时候，渺渺茫茫地有一点星光，有一点活力，彼此掩映着，激荡着。他们的幽深的心香，纵隔着三千世界，好像终久可以联成一线，浮泛在情天爱海之中的。他们遇见了，毫不羞愧地谈笑；他们遇不见，毫不羞愧地想着彼此，以至于毫不羞愧地愿意坐在一处、住在一处、死在一处……

"静姐！张师母的历史你知道？"

"一点，现在的情况我不知道。"

"你——你与——"

"王德，你又要说什么笑话？"

"今天笑话都气跑了，你与老——"

"老什么，王德？"

"静姐，你有新小说没有，借给我一本？"

"你告诉我你要说的话！"

"我告诉你，你要哭呢？"

"我不哭，得了，王德，告诉我！"

"老张要——"王德说到这里，听见街门响了一声，姑母手里拿着大包小罐走进来。

两个人忙着赶出去，接她手中的东西，姑母看了王德一眼没有说什么。王德把东西放在桌上，脸红红地到自己的小屋里去。

李静的姑母有六十来岁的年纪，身体还很健壮。她的面貌、身材、服装，哪一样也不比别人新奇。把她放在普通中国妇女里，叫你无从分别哪是她，哪是别人。你可以用普通中国妇人的一切形容她，或者也可以用她代表她们。

她真爱李应和李静，她对她的兄弟——李应的叔父——真负责任看护李应们。她也真对于李氏祖宗负责任，不但对于一家，就是对于一切社会道德、家庭纲纪，她都有很正气而自尊的负责的表示。她是好妇人，好中国妇人！

"姑娘！你可不是七八岁的孩子，凡事你自己应当知道谨慎。你明白我的话？"

"姑母你大概不愿意我和王德说话？王德和我亲兄弟一样，我爱他和爱李应一样。"

"姑娘！姑娘！我活了快六十岁了，就没看见过女人爱男人不怀着坏心的。姑娘你可真脸大，敢说爱他！"

"姑母，说'爱'又怕什么呢？"李静笑着问。

"姑娘你今天要跟我顶嘴，好！好静儿！我老婆子就不许你说！你不懂爱字怎么讲？别看我没念过书！"

"得了，姑母，以后不说了，成不成？"李静上前拉住姑母的手，一上一下地摇着，为的是讨姑母的喜欢。

"啊！好孩子！从此不准再说！去泡一壶茶，我买来好东西给你们吃。"

好妇人如释重负，欢欢喜喜把买来的水果点心都放在碟子里。

李静把茶泡好，李应也回来了。姑母把王德叫过来，把点心水果分给大家，自己只要一个烂桃和一块挤碎了的饽饽。

"姑母，我吃不了这么多，分给你一些。"李应看姑母的点心太少，把自己的碟子递给她。

"不！李应！姑母一心一意愿意看着你们吃。只要你们肥头大耳朵的，就是我的造化。阿弥陀佛！佛爷保佑你们！有钱除了请高香献佛，就是给你们买吃的！"

好妇人不说谎，真的这样办！

"李应，你的事怎样？"李静故意避着王德。

"有些眉目，等姑父回来，我和他商议。"

"你见着他？"姑母问。

"是，姑父晚上回来吃饭。"

"李应！快去打酒！你姑父没别的嗜好，就是爱喝杯咸菜酒！好孩子快去！"

"李应才回来，叫他休息一会儿，我去打酒。"王德向那位好妇人说。

"好王德，你去，你去！"好妇人从一尺多长的衣袋越快而越慢地往外一个一个地掏那又热又亮的铜钱，"你知道哪个酒店？出这条街往南，不远，路东，挂着五个金葫芦。要五个铜子一两的二两。把酒瓶拿直了，不怕摇荡出来，去的时候不必，听明白没有？快去！好孩子！……回来！酒店对过的猪肉铺看有猪耳朵，挑厚的买一个。他就是爱吃个脆脆的酱耳朵，会不会？——我不放心，你们年青的办事不可靠。把酒瓶给我，还是我去。上回李应买来的羊肉，把刀刃切钝了，也没把肉切开。还是我自己去！"

"我会买！我是买酱耳朵的专家！"王德要笑又不好意思，又偷着看李静一眼。

"我想起来了。"好妇人真的想了一会儿，"你们两个也不用出去吃饭，陪着你姑父一同吃好不好？"

王德没敢首先回答，倒是李应主张用他们的钱多买些菜，大家热闹一回。姑母首肯，又叫李应和王德一同去买菜打酒。因为做买卖的专会欺侮男人，两个人四只眼，多少也可少受一些骗。然后又嘱咐了两个少年一顿，才放他们走。

李静帮助姑母在厨房预备一切，李静递菜匙，姑母要饭勺；李静拿碟子，姑母要油瓶；于是李静随着姑母满屋里转——一件事也没做对。


# 第十三


王德、李应买菜回来，姑母一面批评，一面烹调。批评得太过，至于把醋当了酱油，整匙地往烹锅里下。忽然发觉了自己的错误，于是停住批评，坐在小凳上笑得眼泪一个挤着一个往下滴。

李应的姑父回来了。赵瑞是他的姓名。他约有五十上下年纪，从结婚到如今他的夫人永远比他大十来岁。矮矮的身量，横里比竖里看着壮观得像一个小四方肉墩。短短的脖子，托着一个圆而多肉的地球式的脑袋。两只笑眼，一个红透的酒糟鼻。见人先点头含笑，然后道辛苦，越看越像一个积有经验的买卖人。

赵姑父进到屋里先普遍地问好，跟着给大家倒茶，弄得王德手足无措——要是王德在赵姑父的铺子里，他还有一点办法：他至少可以买赵姑父一点货物，以报答他的和蔼。

赵姑母不等别人说话，先告诉她丈夫，她把醋当作了酱油。赵姑父听了，也笑得流泪，把红鼻子淹了一大块。

笑完一阵，老夫妻领着三个青年开始享受他们的晚饭。赵姑父递饭布菜，强迫王德、李应也喝一点酒，尝几块猪耳朵。

二两酒三个人喝，从理想与事实上说，赵姑父不会喝得超过二两或完全二两。然而确有些醉意，顺着鬓角往饭碗里滴滴有响地落着珍珠似的大汗珠。脸上充满了笑容，好像一轮红日，渐渐地把特红的鼻子隐灭在一片红光之中，像喷过火的火山掩映在红云赤霞里似的。

酒足饭饱，赵姑父拧上一袋关东烟，叫李应把椅子搬到院中，大家团团地围坐。赵姑母却忙着收拾杯盘，并且不许李静帮忙。于是李静泡好一壶茶，也坐在她姑父的旁边。

"姑父！我告诉你的事，替我解决一下好不好？"李应问。

"好！好！我就是喜欢听少年们想做事！念书我不反对，做事可也要紧；念书要成了书呆子，还不如多吃几块脆脆的猪耳朵。"赵姑父喷着嘴里的蓝烟，渐渐上升，和浅蓝的天化为一气，"铺子里不收你们念书的做徒弟，工厂里不要学生当工人，还不是好凭据？你去当巡警，我说实在话，简直地不算什么好营业。至于你说什么'九士军'，我还不大明白。"

"救世军。"李应回答。

"对！救世军！那是怎么一回事？"

"我今天早晨出门在街上遇见了老街坊赵四。他在救世军里一半拉车，一半做事。他说救世军很收纳不少青年，挣钱不多，可是做的都是慈善事。我于是跑到救世军教会，听了些宗教的讲论，倒很有理。"

"他们讲什么来着？"王德插嘴问。

"他们说人人都有罪，只有一位上帝能赦免我们，要是我们能信靠他去做好事。我以为我们空挣些钱，而不替社会上做些好事，岂不白活。所以……"

"李应！这位上帝住在哪里？"王德问。

"天上！"李应很郑重地回答。

"是佛爷都在天上……"赵姑父半闭着眼，衔着烟袋，似乎要睡着，"不过，应儿，去信洋教我有些不放心。"

"我想只要有个团体，大家齐心做好事，我就愿意入，管它洋教不洋教。"李应说。

"你准知道他们做好事？"李静问。

"你不信去看，教堂里整齐严肃，另有一番精神。"

"我是买卖人，三句话不离本行，到底你能拿多少钱，从教堂拿。"

"赵四说一月五块钱，不过我的目的在做些好事，不在乎挣钱多少。"

"好！你先去试试，不成，我们再另找事。"赵姑父向李应说完，又向着王德说，"你的事怎样？"

"许我骂街，我就说。"王德想起那个镶金的人形兽。

"别骂街，有你姐姐坐在这里，要是没她，你骂什么我都不在乎。这么着，你心里骂，嘴里说好的。"

王德于是把日间所经过的事说了一遍。然后又发挥他的志愿。

"你看，"王德向赵姑父说，"我入学堂好不好？事情太不易找，而且做些小事我也不甘心！"

"念书是好意思，可是有一样，你父亲能供给你吗？你姐姐，"赵姑父指着李静说，"念了五八年书，今天买皮鞋，明天买白帽子，书钱化得不多，零七八碎差一点没叫我破产，我的老天爷！我不明白新事情，所以我猜不透怎么会一穿皮鞋就把字认识了。你知道你的家计比我知道的清楚，没钱不用想念书，找事做比什么也强——姑娘，可别多心，我可无意说你花我的钱，我不心疼钱！好姑娘，给姑父再倒碗茶！"

赵姑父的茶喝足，把烟袋插在腰里。向着屋里说：

"我说——我要回铺子，应儿们的事有和我说的地方，叫他们到铺子找我去。"

"我说——"屋内赵姑母答了腔，然后拿着未擦完的碟子走出来，"今天的菜好不好？"

"好！就是有些酸！"

"好你个——发酸？可省酱油！酱油比醋贵得多！"

老夫妇哈哈地笑起来，赵姑父又向李静说：

"谢谢姑娘，做饭倒茶的！等着姑父来给你说个老婆婆！"

"不许瞎说，姑父！"李静轻轻打了她姑父一下。

"好姑娘，打我，等我告诉你婆婆！"

赵姑父笑着往外走，姑母跟着问东问西。李应们还坐在院里，约莫赵姑父已走出去四五分钟，依然听得见他的宏亮而厚浑的笑声。

# 第十四

中秋节的第二天，老张睡到午时才醒。因为昨天收节礼，结铺子的账，索欠户的债，直到四更天才紧一紧腰带浑衣而卧地睡下。洋钱式的明月，映出天上的金楼玉宇，铜窟银山，在老张的梦里另有一个神仙世界。俗人们"举杯邀月""对酒高歌"……与老张的梦境比起来，俗人们享受的是物质，老张享受的是精神，真是有天壤之判了！

因肚子的严重警告，老张不能再睡了，虽然试着闭上眼几次。他爬起来揉了揉眼睛，设法想安置老肚的叛乱。"为什么到节令吃好的？"他想，"没理由！为什么必要吃东西？为什么不像牛马般吃些草、喝点水？没理由！"

幸亏老张没十分想，不然创出《退化论》来，人们岂不退成吃草的牛马。

"有了！找孙八去！一夸他的菜好，他就得叫咱尝一些，咱一尝一些，跟着就再尝一些，岂不把老肚敷衍下去！对！……"

老张端了端肩头，含了一口凉水漱了漱口，走过孙八的宅院来。

"八爷起来没有？"

"笑话，什么时候了，还不起来，张先生，辛苦，进来坐！"

"我才起来。"

"什么，酒又喝多了？"

"哪有工夫喝酒？结账、索债就把人忙个头朝下！没法子，谁叫咱们是被钱管着的万物之灵呢！"

"张先生，我有朋友送的真正莲花白，咱们喝一盅。"

"不！今天我得请你！"老张大着胆子说。

"现成的酒菜，不费事！"

孙八说完，老张挤着眼一笑，心里说："想不到老孙的饭这么容易希望！"

酒饭摆好，老张显着十分亲热的样子，照沙漠中的骆驼贮水一般，打算吃下一个礼拜的。孙八是看客人越多吃，自己越喜欢。不幸客人吃得肚子像秋瓜裂缝一命呜呼，孙八能格外高兴地去给客人买棺材。

"八爷！我们的会期是大后天？"老张一面吃一面说，又忙着从桌上往嘴里捡喷出来的肉渣。

"大概是。"

"你想谁应当做会长？"

"那不是全凭大家选举吗？"孙八爷两三月来受自治界的陶染，颇有时把新词句用得很恰当。

"谁说的？自治会是我们办的，会员是我们约的，我们叫谁做会长谁才能做！"说着，老张又夹起一块肥肉片放在嘴里。

"可就是！就是！你说谁应当做会长？"

"等一等，八爷还有酒没有？我还欠一盅，喝完酒请大嫂热热地、酸酸地、辣辣地给咱做三碗烫饭，咱们一气吃完，再谈会务，好不好？"

"好！"孙八去到厨房嘱咐做烫饭。

老张吃完三碗烫饭，又补了三个馒头、几块中秋月饼，才摸了摸肚子，说了一句不能不说的："我饱了！"然后试着往起捧肚子，肚子捧起，身子也随着立起，在屋内慢慢地走。舌根有些压不住食管，胃里的东西一阵阵地往上顶。

"八爷！有仁丹没有？给我几粒！新添的习气，饭后总得吃仁丹！"老张闭着嘴笑了一笑，以防食管的泛滥。

孙八给了老张几粒仁丹，老张吃下去，又试着往椅子上坐。

"小四！小四！"孙八喊。

"来了！叫我干什么？正跟小三玩得好好的！"

"去告诉你妈快沏茶！"

小四看了老张一眼，偷偷在他爹的耳根说："老师不喝茶，他怕伤胃。"孙八笑了一笑。小四回头看老张，恐怕老张看出他的秘密，赶紧对老张说："老师，我没告诉我爹你不喝茶！"

"好孩子，说漏了！我不喝坏茶？你爹的茶叶多么香，我怎能不喝，快去，好孩子！"

孙八满意了，小四忸忸怩怩地一条腿蹦到厨房去。

"八爷！据我的意见是举令叔，咱们的老人家，做会长。"

"家叔实在没有心干这个事，况且会里的人们不喜欢老年人。"

"八爷你听着，我有理由：现在会中的重要人物是谁？自然是南飞生、龙树古和你、我。咱们几个的声誉、才力全差不多，要是我们几个争起来，非把会闹散不可。闹散了会并不要紧，要紧的是假若政府马上施行自治，我们无公可恃，岂不是'大姑娘临上轿穿耳朵眼'，来不及吗？所以现在一来要避免我们几个人的竞争，二来要在不竞争之中还把会长落在我们手里，这就是我主张举令叔，咱们的老人家的原因。"

"原因在哪？"孙八问。

"我的八爷！这还不显而易见！你看，你是本地绅士，令叔是老绅士。身份、财产、名望，从哪里看这个会长也得落在孙家。要是被别人抬了去，不但是你孙家的羞耻，也是咱们德胜汛的没面目。可是，你这个绅士到底压不过咱们老人家的老绅士去。你运动会长，南飞生们可以反对，我们要抬出去咱们老人家，保管他们无话可说。老人家自然不愿办事，那么，正好，叫老人家顶着名，你我暗中操持一切。你听明白了，我可不是有意要咱们老人家。一句话说到底，我们不能叫外人把会长拿了去！"

"是！就是！越说越对！"孙八立起来向窗外喊，"小三的妈！换好茶叶沏茶！"

"你、我和李山东自然没有不乐意举老人家的，"老张接着说，"龙树古呢，我去跟他说，他不敢不服从咱们。剩下一个南飞生叫他孤掌难鸣干瞪眼。至于职员呢，把调查股股长给老龙，文牍给南飞生，会计是我的，因为你怎好叔父做会长，侄子做会计？你来交际。我管着钱，你去交际，将来的结果是谁交际得广，谁占便宜。"

"就是！李山东呢？"

"他——他的庶务！掌柜的当庶务叫作'得其所哉'！"

"可是，我们这样想，会员们能照着办吗？"

"八爷！你太老实了！老实人真不宜于办文明事！会员不是你我约来捧场的吗？你拿钱买点心给他们吃，他们能不听你的命令吗？"

"好！就这么办！张先生你多辛苦，去告诉他们。"

"自然！赔些车钱不算什么！"老张拍着肚皮：一来为震动肠胃，二来表示着慷慨热心。

"车钱我的事，为我叔父做会长，叫你赔钱，天下没有这种道理！"

"小事！我决不在乎！"老张说着捧起肚子就往起站。

"你等等，天还早，我去给你拿车钱！"

"不！"老张摇着头摆着手往外就走。

孙八一手拦着老张，一手从衣袋里掏出两块钱。老张不接钱，只听着孙八把钱往自己衣袋里放。当啷一声两块钱确乎沉在自己衣袋的深处，不住地说："哪有这么办的？"然后又捧着肚子坐下。

两个人又谈了些关于自治会的事情。孙八打算如果叔父做了会长，他就在城里买一所房，以便广为交际。老张是自治成功，把学堂交给别人办，自己靠着利息钱生活，一心地往政界走。两个人不觉眉飞色舞，互相夸赞。

"说真的，八爷，做什么营业也没有做官妙。做买卖只能得一点臭钱（钱少而由劳力得来的，谓之臭钱。看老张著《经济原理》第二十三章），做官就名利兼收了！比如说，商人有钱要娶小老婆，就许有人看不起他。但是人一做官，不娶小老婆，就没人看得起。同是有钱，身份可就差多了！"

"就是！就是！"

"说话找话，八爷！你到底要立妾不要？"老张的主要目的才由河套绕过来，到了渤海口。

"我没心立妾，真的！"孙八很诚恳地说。

"八爷！八爷！你得想想你的身份啊！现在你是绅士，自治一成功你就是大人，有几个做大人的不娶妾？我问问你！武官做到营长不娶小，他的上司们能和他往来不能？文官做到知事不娶小，有人提拔他没有？八爷！你可是要往政界走的，不随着群走，行吗？"老张激昂慷慨，差一些没咬破中指写血书。

"你八嫂子为我生儿养女的，我要再娶一个，不是对不起她吗？"

"娶妾不是反对八嫂！"老张把椅子搬近孙八，两只猪眼挤成一道缝，低声而急切地说，"你要入政界，假如政界的阔人到府上看看，凭八嫂子的模样打扮，拿得出手去吗？你真要把八嫂陈列出去，不把人家门牙笑掉才怪！事实如此，我和八嫂一点恶感没有，你听清楚了！况且现在正是妇女贱的时候，你是要守旧的、维新的、大脚的、缠足的，随意挑选，身价全不贵，我们四十多的人了，不享这么一点福，等七老八十老掉了牙再说？而且娶妾是往政界走的第一要事，乐得不来个一举两得？论财产呢，你是财神，我是土地，我还要尝尝小老婆的风味，况且你偌大的大绅士，将来的大人！八爷！你细细想想，我说的有什么不受听，你只管把拳头往老张嘴上抡！"

"岂敢！岂敢！你说的都有理！"

"本来是有理的！我为什么不劝你嫖？其实嫖也是人干的事。因为有危险！自己买个姑娘，又顺心、又干净、又被人看得重，是只有好处没有害处。八爷，你想想！你有意呢，我老张不图分文，保管给你找个可心的人！"

孙八没有回答。

"你自己盘算着，我得进城了！"老张立起来，谢了谢孙八的饭，往外走，孙八送出大门。

小三、小四正在门外树底下玩耍，见老张出来，小四问：

"明天放学不放，老师？"

"一连放了三天还不够？"老张笑着说。真像慈蔼和祥的老师一样。

"好你个老师！吃我们的饭，不放我们的学，等我告诉我妈，以后永远不给你做饭！"

"你爹给我吃。"

"我爹？叫我妈打他的屁股！"

"胡说！小四！"孙八轻轻打了小四一掌。

"你妈才霸道！"老张看了孙八一眼。

"不霸道，像张师母一样？敢情好！"小四是永远不怕老张的。

"小四！快来！看这个大蜘蛛，有多少条腿！哟……"

"是吗，小三？……"小四跑到墙根去。

老张乘着机会逃之夭夭了！


# 第十五

　　老张本想给龙树古写封信，告诉他关于选举的计划。继而一想，选举而外，还有和龙树古面谈的事。而且走着进城不坐车，至少可以比写信省三分邮票。于是他决定做个短途的旅行。

　　龙树古住在旧鼓楼大街，老张的路线是进德胜门较近。可是他早饭吃得过多，路上口渴无处去寻茶喝。不如循着城根往东进安定门，口渴之际，有的是护城河的河水，捧起两把，岂不方便，于是决定取这条路。

　　古老雄厚的城墙，杂生着本短枝粗的小树；有的挂着半红的虎眼枣，迎风摆动，引得野鸟飞上飞下地啄食。城墙下宽宽的土路，印着半尺多深的车迹。靠墙根的地方，依旧开着黄金野菊，更显出幽寂而深厚。清浅的护城河水，浮着几只白鸭，把脚洗得鲜黄，在水面上照出一圈一圈的金光。

　　老张渴了喝水，热了坐在柳树底下休息一会儿。眼前的秋景，好像映在一个不对光的像匣里，是不会发生什么印象的。他只不住地往水里看，小鱼一上一下地把水拨成小圆圈，他总以为有人从城墙上往河里扔铜元，打得河水一圈一圈的。以老张的聪明自然不久地明白那是小鱼们游戏，虽然，仍屡屡回头望也！

　　老张随喝随走，进了安定门。又循着城根往旧鼓楼大街走。

　　龙树古的住宅是坐东朝西的，一个小红油漆门，黑色门心，漆着金字，左边是"上帝言好事"，右边是"耶稣保平安"。左边门框上一面小牌写着"救世军龙"。

　　龙树古恰巧在家，把老张让到上屋去。老张把选举的事一一说明，龙树古没说什么，作为默认。

谈罢选举，老张提起龙树古的欠债，龙军官只是敷衍，满口说快还，可是没有一定日期。老张虽着急，可是龙树古不卑不亢的支应，使老张无可发作。

院中忽然一阵轻碎的皮鞋响，龙凤——龙军官的女儿——随着几个女友进来，看老张在上屋里，她们都到东屋里去说笑。

"姑娘还上学?"老张直把她们用眼睛——那双小猪眼——送到东屋去，然后这样问。

"现在已毕业，在教会帮我做些事。"

"好! 姑娘也能挣钱，算你姓龙的能干!"

"那全凭上帝的保佑!"

"我要是有这么好的一个女儿，我老张下半世可以衣食无忧。可惜我没有那个福分。"老张很凄惨地说。

"我不明白你的意思。"

"这不难明白! 现在做官的人们，哪个不想娶女学生。凭姑娘这些本事，这个模样，何愁不嫁个阔人; 你后半世还用愁吃穿吗?"

"我们信教的还不能卖女儿求自己的富贵!"龙树古板着面孔，代表着上帝的尊严。

"老龙! 不能只往一面想啊! 论宗教，我不比你懂得少，你现时的光景比前三四年强得多，为什么? 上帝的恩典! 为什么你有这么好的女儿? 上帝的恩典! 上帝给你的，你就有支配的权力。上帝给你钱，你可以随意花去，为什么不可以把上帝给的女儿随意给个人家，你自己享些福? 信佛，信耶稣，全是一理，不过求些现世福报。我说的宗教的道理，你想是不是?"

龙树古没回答，老张静静地看老龙的脸。

"你的债总还不清，并不是不能还，是不愿意还!"老张又刺了老龙一枪。

"怎么?"

"你看，有这么好的姑娘，你给她说个婆家，至少得一千元彩礼，债还还不清? 把债还清，再由姑娘的力量给你运动个一官半职的，这不是一条活路? 再说，收彩礼是公认的事，并不是把女儿卖了。你愿意守着饼挨饿，我就没有办法了!"

龙树古还没说话。

老张立起来背着手在屋内走来走去，有时走近门窗向龙姑娘屋里望一望。

"你也得替我想想，大块银饼子放秃尾巴鹰，谁受得了？你想想，咱们改日再见。你愿意照着我的主意办，我是分文不取，愿意帮忙！"

老张说完，推开屋门往外走，又往东屋望了望。

龙树古只说了一句"再见"！并没把老张送出去。

老张走远了，自己扑哧的一笑，对自己说："又有八成，好！"他高兴异常，于是又跑到东城去看南飞生，以便暗中看看南飞生对于自治会的选举有什么动作。见了南飞生，南飞生对于会务一字没说，老张也就没问。

可幸的南飞生留老张吃晚饭，老张又吃了个"天雨粟，鬼夜哭"。吃完忙着告辞，手捧圆肚，一步三叹地挤出安定门。


# 第十六


老张奔走运动，结果颇好，去到孙八处报功邀赏。孙八又给他两块钱。两个人拟定开会通知，还在二郎庙开会。

城内外的英雄到齐，还由南飞生做主席。他先把会章念了一遍，台下鼓掌赞成，毫不费事地通过。（注意！其中一条是"各部职员由会长指派之"。）

会章通过，跟着散票选举。会员彼此地问："写谁?""写自己成不成?"……吵嚷良久，并无正确的决定，于是各人随意写。有的只画了一个"十"字，有的写上自己名字，下面还印上一个斗迹。乱了半点多钟，大家累得气喘喘的才把票写好。

坏了！没地方投放，执事先生们忘了预备票匦。有的主张各人念自己的票，由书记写在黑板上；有的主张不论谁脱下一只袜子来，把票塞进去……最后龙树古建议用他的硬盖手提箱权当票匦。大众同意，把票纸雪片般的投入箱里，纷纷地散去，只有十几个人等着看选举结果。

南飞生念票，老张记数目，孙八、龙树古左右监视。

票纸念完，南、孙、张全倒吸一口凉气瞪了眼，原来龙树古当选为会长。

老张把心血全涌上脸来，孙八把血都降下去。一个似醉关公，一个似病老鼠，彼此看看说不出话。南飞生不露声色，只是两手微颤，龙树古坦然地和别的会员说闲话，像没看见选举结果似的。

"这个选举不能有效！"老张向大众说，"票数比到会的人数多，而且用的是老龙的箱子，显有弊病！"

"就是！就是！"孙八嚷。

"怎见得票数不符？"台下一个人说，"入场既无签到簿，就无从证明到会的人数。现在会员差不多散净，当然票数比现在的人数多。至于票匦有无弊病，以龙君的人格说，似乎不应当这样血口喷人。况且事前有失检察，事后捏造事实，这是有心捣乱，破坏自治！"

一个闷雷把老张打得闭口无言。

"上了当！怎办？"孙八把老张扯在一旁问。

"联络南飞生一齐反对老龙！"老张递给南飞生一个眼色，南飞生走下台来。

"怎么办？南先生！南大人！"老张问。

"事前为什么不和我联成一气？事已至此，我也没有法！"南飞生把头摇得像风车似的。

"你得辛苦辛苦！"孙八说。

"我只有一条法子。"

"听你的，南先生！"孙八真急了！

"我们现在强迫他指定职员，"南飞生依然很镇静地说，"他要是把重要职员都给我们呢，我们联络住了，事事和他为难，不下一两个月，准把他挤跑。他要是不把重要职员给我们，我们登时通电全国，誓死反对。"

"就是！就是！南先生你去和他说。"孙八真是好人，好人是越急越没主意的。

南飞生还没走到龙树古面前，只听会员中的一位说："请会长登台就职！"

龙树古慢慢地立起来往台上走，南飞生把他拦住。

"会计是你的！"龙树古向南飞生低声地说。南飞生点了点头，把会长的路让开。

会长登台先说了几句谦虚话，然后指定职员。

"南飞生先生，会计。"

老张打了一个冷战。

"孙定先生，交际。"

"辛苦!"孙八向自己说。

"张明德先生，庶务。"

老张又打了一个半冷半热的冷战。

"李复才先生，调查。……"

台下一鼓掌，龙树古又说了几句关于将来会务的设施，然后宣布散会。

龙会长下来和孙八等一一地握手（个个手心冷凉），然后同南飞生一同进城。

孙八气得要哭，李山东肚子饿极了，告辞回铺子去吃饭。

"好! 一世打雁，今天叫雁啄了眼! 老张要不叫你姓龙的尝尝咱世传独门的要命丸什么滋味，咱把家谱改了不姓张!"

"就是! 张先生你得多辛苦!"

"八爷! 你真要争这口气?"

"我要! 我要! 我要!"

"好! 找个小馆先吃点东西，老张有办法!"老张显出十分英雄的气概，用腿顶屁股，用屁股顶脊骨，用脊骨顶脖子，用脖子顶着头，节节直竖地把自己挺起来。听说在《进化论》上讲，人们由四足兽变为两足动物，就是这么挺起来的。

两个人在德胜门关里找了一个小饭馆，老张怒气填胸，把胃的容量扩大，越吃越勇，直到"目眦尽裂""怒发冲冠"!

"八爷! 你真要争气?"

"千真万真!"

"好! 你不反对我的计划?"

"你说! 我是百依百随!"

"第一你要娶妾不娶?"

"我——"

"八爷! 你开付饭账，改日再见!"老张站起就走。

"这叫什么话，你坐下!"

"你看，头一件你就给我个闷葫芦。就是说一天，还不是吊死鬼说媒，白饶一番舌吗？"

"你坐下，娶！娶！"

"本来应当如此！"老张又坐下，"你听着，龙树古有个女儿，真叫柳树上开红花，变了种的好看。他呢，现在债眼比炮眼还大，专靠着她得些彩礼补亏空。我去给你把她买过来，你听清楚了，他可不欠我的债。买他女儿做妾，这还不毁他个到底！"

"我——"

"要做就做，不做呢，夹起尾巴去给龙军官、龙会长磕头，谁也不能说八爷不和善！"

"老张你太把我看小了！做！做！你多辛苦！"

"不用急！"老张先下热药，后下凉剂，使病人多得些病痛的印象，"这里决没危险！他的债非还不可，我们出钱买他的女儿，叫作正合适。这手过钱，那手写字据，决不会有差错！"

孙八只是点头，并未还言。

"八爷！你会饭账！你在家里等喜信吧！亲事一成，专等吃你的喜酒！把脸卷起来，乐！乐！"

孙八真的乐了！


# 第十七


一个回教徒，吃香蕉的时候并不似吃猪肉那样怀疑。为什么？那未免太滑稽，假如单纯地答道："不吃猪肉而吃羊肉，正如人们吃香蕉而不吃鱼油蜡烛。"这个问题只好去问一个脾气温和的回教徒，普通人们只用"这个好吃"和"那个不好吃"来回答，是永远不会确切的。

同样，龙树古为什么信耶稣教？我除了说"信教是人们的自由"以外，只好请你去问龙树古。

假如你非搜根探底地问不可，我只好供给你一些关于龙树古的事迹，或者你可以由这些事迹中寻出一个结论。

龙树古的父母，是一对只赌金钱不斗志气"黑头到老"的夫妻。他们无限惭愧地躺在棺材里，不曾践履人们当他们结婚的时候所给的吉祥话——"白头偕老"。他们虽然把金钱都赌出去，可是他们还怀着很大的希望，因为他们有个好儿子，龙树古自幼就能说他父母要说的话，做他父母要做的事。龙老者背着龙树古和人们常说："有儿子要不像树古那样孝顺，那叫作骆驼下骡子，怪种！"

龙老者专信二郎神，因为二郎神三只眼，当中那只眼专管监察赌场而降福于虔诚的赌徒。龙老太太专信城隍爷，龙树古小的时候曾随着母亲做过城隍出巡时候的轿前红衣神童。总之，龙树古自幼就深受宗教的陶染。

他在十八岁的时候，由他父母把东城罗老四驾下的大姑娘，用彩绣的大轿运来给他做媳妇。那位大姑娘才比他多七八岁，而且爱他真似老姐姐一样。有时候老夫妇不在家，小夫妇也开过几次交手战，可是打架与爱情无伤，打来打去，她竟自贡献给他一个又白又胖的小女孩——龙凤。

龙凤生下来的第二天，就经一个道士给她算命。道士说：她非出家当尼姑不可，不然有克老亲。龙老夫妇爱孙女心盛，不忍照道士所说的执行。果然，龙凤不到三岁把祖父母全都克死。至今街坊见着龙凤还替龙老夫妇抱屈伤心！

龙树古自双亲去世，也往社会里去活动。不幸，他的社会，他的政府，许马贼做上将军，许赌棍做总长，只是不给和龙树古一样的非贼非盗的一些地位。更不幸地，他的夫人当龙凤八九岁的时候也一命呜呼！她的死，据医生说是水火不济，肝气侵肺。而据邻居说，是龙凤命硬，克伐十族。不然，何以医生明知是肝气侵肺，而不会下药攻肝养肺？

龙树古自丧妻之后，仍然找不到事做，于是投到救世军教会，领洗做信徒。最初信教的时候，邻居都很不满意他，甚至于见了龙凤，除不理她之外，私下里还叫她"洋妞儿"！后来龙树古做了军官，亲友又渐渐改变态度，把龙凤的"洋妞儿"改为"女学生"。

龙凤现在已有二十岁，她的面貌，谁也不能说长得丑，可是谁也不说她是个美人。因为她红润的脸永远不擦铅粉和胭脂，她的浓浓的眉毛永远不抹黑墨，她的长而柔软的头发永远不上黄蜡和香油。试问天下可有不施铅华的美人？加以她的手不用小红袖盖着，她的脚不用长布条裹得像个小冬笋，试问天下可有大手大脚的美人？

"野调无腔的山姑娘！她是没有妈的孩子，咱们可别跟她学！"这是邻居们指着龙凤而教训他们的女孩子的话。

他们父女却非常的快活，龙树古纵有天大的烦恼，一见了他的爱女，立刻眉开眼笑地欢喜起来。她呢，用尽方法去安慰他，伺候他，龙树古现在确乎比他夫人在世的时候还觉得舒服一些。

我关于龙军官的事情，只能搜罗这一些，假如有人嫌不详细，只好请到鼓楼大街一带去访问。那些老太婆们可以给你极丰富的史料，就是那给龙凤算命的道士有几位夫人，她们都说得上来。

# 第十八

李应真的投入救世军。王德依然找不到事做，除了又跟父亲要了几块钱而外，还是一团骄傲，不肯屈就一切。李应早间出去，晚上回来，遇上游街开会，回来得有时很晚。王德出入的时间不一定，他探听得赵姑母出门的消息，就设法晚些出去或早些回来，以便和李静谈几句话。李静劝他好几次，叫他回家帮助父亲操持地亩，老老实实地做个农夫，并不比城里做事不舒服。王德起初还用话支应，后来有一次自己管不住自己的嘴了。他说：

"静姐！我有两个志愿，非达到不可：第一，要在城里做些事业；第二，要和你结婚。有一样不成功，我就死！"

李静脸上微红，并未回答。

王德这几句话，在梦里说过千万遍，而不敢对她说。今天说出来了，随着出了一身热汗。好像久被淤塞的河水找着一个出口，心中的一切和河水的泛溢一般无法停止。

"静姐！静姐！"他上前拉住她的手，"我爱你！"

"兄弟！你怎么有些呆气？"

"我不呆，我爱你，我爱你！"王德虽然已经心乱了，可是还没忘用"爱"

字来代表他心中的话。

"你放开我的手，姑母这就回来！"

他不放开她的手，她也就没再拒绝而由他握着，握得更紧了一些。

"我不怕姑母，我爱你！我死，假如你不答应我！"

"你先出去，等姑母下午出门，你再来！"

"我要你现在答应我！你答应了我，从此十年不见面，我也甘心，因为我知道世界上有一个爱我的人！说！静姐！"

"你真是年轻，兄弟！我下午答复你还不成？姑母就回来！"

王德知道姑母的慈善与严厉，心中的血都蒸腾起来化为眼中的泪。李静的眼睛也湿了。两个人用握在一处的手擦泪，不知到底是谁的手擦谁的眼泪。

"我爱你！姐姐！"王德说完，放开她的手走出去。

他出了街门，赵姑母正从东面来，他本来想往东，改为往西去，怕姑母看见他的红眼圈。

李静手里像丢了一些东西，呆呆地看着自己，从镜子里。不知不觉地抬起自己的手吻了一吻，她的手上有他的泪珠。

赵姑母进来，李静并没听见。

"静儿！快来接东西！"

她懒懒地用手巾擦干了眼睛，出来接姑母买来的东西——不知道是什么东西。

"姑娘！怎么又哭了！"

"没哭，姑母！"她勉强着笑了一笑。

"我知——道你小心里的事，不用瞒我。"

"真的没哭！"

"到底怎么了？"

"我——有些不舒服。直打喷嚏，好像是哭了似的。"

"是不是？你姑父不听话，昨天非给你烂柿子吃不可。瞧，病了没有！这个老——"好妇人开始着急了，"好孩子，去躺一躺，把东西先放在这里。想吃什么？姑母给你做。对了，你爱吃嫩嫩的煮鸡子，我去买！我去买！"

"姑母，我不想吃什么，我去躺一躺就好了！"

"不用管我，我去买！孙山东的小铺有大红皮油鸡子，这么大。"赵姑母用手比着，好像鸡子有茶壶那么大。说完，把脚横舒着，肥大的袖子抡得像飞不动的老天鹅一样跑出去。

李静躺在床上，不知想的什么，不知哭的什么，但是想，哭！

想起自己去世的父母，自己的叔父，李应，王德……不愿意哭，怕伤了姑母的心，然而止不住。……不愿意想，然而一寸长的许多人影在脑子里转。……忘了王德，为谁哭？为王德哭？想的却不仅是他！……

爱情要是没有苦味，甜蜜从何处领略？爱情要是没有眼泪，笑声从何处飞来？爱情是神秘的、宝贵的、必要的，没有他，世界只是一片枯草、一带黄沙，为爱情而哭而笑而昏乱是有味的、真实的！人们要是得不着恋爱的自由，一切的自由全是假的；人们没有两性的爱，一切的爱是虚空的。现在李静哭了，领略了爱的甜味！她的心像冲寒欲开的花，什么也不顾地要放出她的香、美、艳丽！她像黑云里飞着的孤雁，哀啼着望、唤她的伴侣！她自己也不知道哭什么，想什么，羞愧什么，希望什么。只有这一些说不出的情感是爱情的住所。爱情是由这些自觉的甜美而逐渐与一个异性的那些结合，而后美满的。在这种情境之中的，好像一位盲目的诗人，夜间坐在花丛里，领略着说不出的香甜；只有一滴滴的露珠，湿透了他的襟袖，好似情人们的泪！

赵姑母去了不到十分钟就回来了。从门外就半哭半笑地喊：

"静儿！静儿！姑母可是老得要不得了！"

李静坐起来隔着玻璃往外看，只见姑母左手拿着两个鸡子，右手从衣襟上往下擦鲜黄的蛋汁。

"可要不得了，我这不中用的老东西！四个鸡子摔了一半！只顾快走，不看电线杆子，你看！"赵姑母说着、擦着、哭着、笑着，同时并举地忙着。

赵姑母把鸡子放在小铁锅里煮，手擦眼泪，嘴吹锅里的热气，以便看鸡子在锅里滚了几个滚。还不住地说："姑娘爱吃嫩的，爱吃嫩的……"嘴里只顾说，心里不记时间，捞出鸡子一看，已经一个煮裂了缝。

最激烈的中国家庭革命，就是子女拒绝长辈所给的吃食。吃九个半，假如长辈给你十个，至少你也是洋人转生的。李静不愿意惹姑母闹脾气，慢慢把鸡子吃了。然后打起精神，要帮着姑母做事，姑母拦着不叫做。

"姑母，我真好了！"李静说。

"是不是？一吃鸡子准好！我年轻的时候，公公婆婆活着，鸡子？一根鸡毛也吃不着！我的肚子啊，永远空着多半截，就是盼着你叔父接我回娘家住几天，吃些东西。一吃就好！公公婆婆也不是对我不好，他们对儿媳妇不能不立规矩。幸亏有你叔父，要不是他，我早就饿成两层皮了！说起你叔父，现在受这罪，老天爷要是戴着眼镜，决不至于看不出好坏人！静儿！等你姑父回来，你跟他要一块钱，给你叔父买些东西给他送了去。我那个兄弟，待我真是一百一，我可忘不了他！"

姑母侄女一阵乱谈，姑母把说过一百二十五回的话，又说到一百二十六回。李静不用听，就可以永远回答得不错。

吃过午饭，赵姑母到东城去看亲戚。

王德并没往远处去，只围着护国寺庙前后转。有时走进庙里，从破烂的殿门往里呆呆地看着不走时运缺袍少帽的菩萨。他约莫着赵姑母已经出门，匆匆地跑回来。轻轻开了街门，先往自己屋里走，以备万一姑母没出门好再走出去。到了自己屋里，学着小说中侦探的样子，把耳朵靠在墙上听姑母屋里有无动静。听了半天，一无人声，二无犬吠，才慢慢开开门，低声叫了一声："静姐！"

"你进来，王德！"

李静坐在一张小椅上，王德没说话，走上前去吻了她一下。

接吻除了野蛮人可以在晴天白日之下做，文明人是不做的，纵然做，也在黑影里。现在这两个野蛮化的男女，居然如此，你说……我没得说！

他们真敢冒险，真敢乱做，他们又吻了一吻，你说……

…………

"你去吧，王德，我明白你的心！"


# 第十九

老张正要打龙树古的门，门忽然开开。老张往旁边一闪，走出一个少年，看了老张一眼，往前走去。

"李应！你上这里来做什么？"老张向前赶了几步。

"你管不着！"李应停住步。

"小小年纪，不必记仇，告诉我，到这里干什么？"

"见龙军官！"

"啊，见老龙！见他干什么？"

"有事！"

"好，不用告诉我，我打听得出来！"

李应怒冲冲地走去，老张看着他的后影，扑哧的笑了一声。

老张回过头来，门前站着龙凤，她也望着李应。老张心里痒了一下，心里说："可惜咱钱不多，把一朵鲜花，往孙八身上推！无法！……"跟着，他换了一副笑容，走上前去："凤姑娘！你父亲在家？"

"我给你通知一声去。"龙凤把黑布裙轻轻一撩跑进去，好像一个小黑蝴蝶。老张低头把眼光斜射到她的腿腕："多么细软的腿腕！"她又跑出来说："请进来！"

老张进去，龙凤开开屋门，老张一看屋里，倒吸了一口凉气！

堂屋中间摆着一张长桌，盖着雪白的桌布。当中一瓶鲜花，四下摆着些点心和茶具。龙军官坐在桌子的一头，左边坐着三个黄头发、绿眼珠、尖鼻子、高脑门的洋人；右边坐着两个中国人，嘀里嘟噜说外国话。老张除了庚子联军入京的时候做过日本买卖以外，见着外国人，永远立在十丈以外看，现在相隔只有五尺，未免腿脚有些发软。

"请进来！"龙军官并没看老张。

老张鼓一鼓勇气，把腿搬起来往里挪。龙树古把手向右边的一个空椅一指，老张整团地咽唾液，坐下，坐的和洋人离着仅二尺多！

"张先生，北城的绅士，也是教育家。"龙军官向大众介绍，老张不住点头。

"凤姑娘你也坐下！"龙凤坐在她父亲的对面。

父女把茶倒好，龙军官向左边中间坐的那个年老的外国人说：

"请葛军官祈祷谢茶。"

那位军官用中国话迟迟顿顿地祷告起来，其余的全垂头合目屏住气。老张乘机会看看合眼的洋人什么样子，因为洋人睡觉是不易见的。只听一声："阿门!"众人全抬起头睁开眼,老张开始把眼闭上。

龙军官把茶递给大众,一一地问:"要糖和牛奶不要?"问到老张,他说了一个字"要"!心里想:"反正多要两块糖不吃亏!"

龙凤把点心递给大家,老张见洋人拿点心往嘴里送,他才大胆地拿了一块。

龙树古说说笑笑,洋人听不懂的,由右边坐的那两个人给翻译,于是洋人也笑了。龙凤和洋人是中西两掺地说,老张一点也不明白,只乘着大家不留神又拿了一块点心,把牛奶茶闭着气一口灌下去。

"赵四好了没了?"那个年老的洋人问。

"早好了!现在早晚祷告,很有进步!"龙树古回答。

"为粥厂捐钱怎样?"一个年轻的洋人问。

"已捐进三百七十五元二毫。"挨着老张坐着的人说。

"这位张先生是慈善家,每年要捐钱的。"龙树古笑着向洋人说。

那位老洋人向老张一笑,用中国话问:"你好不好?"

"好!"老张仿着洋腔说。

"你捐钱不捐?现在。"洋人又问。

老张看着龙树古,龙树古替老张回答:"他捐!年年要捐的!"龙军官紧跟向一个中国人说:"把捐册拿出来,请张先生认捐。"

"我没带着钱!"老张忙着说。

"不要紧!"那位拿着捐册的人说,"写了数目以后我们派人去取。久仰大善士!久仰!"

"凭老龙叫洋人念咒,洋人就登时低头念,咱现在惹不了他!"老张一面想,一面接捐册。从头至尾看了一遍,张、王、李、赵,不是五元就是三元,并没有半个铜子或一毛钱的。又看了一遍,结果发现了有一位是捐五毛钱的。于是老张咬着牙写了五角小洋的捐。

大家又闲谈了半天,龙树古和那位年老的外国人商议,去见李人善士劝捐,于是大家立起预备出去。

老张向龙军官丢了一个眼色,军官装没看见,反向龙凤说:

"把东西收拾起来,晚饭不用等我,我回来得早不了!"然后龙军官又回过头来向老张说,"多谢帮我们的款!一同出去好不好?"

老张随着众人出了街门，龙树古向老张说了声"再见"！跟着洋人扬长而去。老张蹲在墙根下发呆。

他呆呆地想了半天，立起来又去敲门。

"张先生还没走？"龙凤开开门说。

"我不能走，我的话还没和你父亲说完。"

"父亲回来得早不了，你愿意等着也好。"龙凤说完，哪的一声把门关上。

债没讨成，亲事没说定，倒叫洋人诈去五毛钱，老张平生哪受过这样的苦子！计无可出，掏出小账本写上了一句："十一月九日，老张一个人的国耻纪念日。"

# 第二十

"下雨是墨盒子，刮风是香炉。"是外国人对于北京的简妙的形容。中国人听了这两句话，只有夸赞形容得妙，而不觉得一个都城像墨盒子和香炉为不应当的。本来，为什么都城一定不像香炉和墨盒子，为什么世界不……

李静和姑父要了一块钱，买了些点心之类，出城去看她的叔父。出了她姑母的门，那冬天每日必来的北风已经由细而粗地刮起来。先是空中一阵阵的哨子响，好似从天上射来的千万响箭。跟着由野外吹来的黄沙和路上的黑土卷成一片灰潮，从一切有孔的东西打过穿堂。兜着顺着风走的人，兽的脚踵，压着逆着风走的脚面，把前者催成不自主的速进，把后者压成钉在地上的石桩。一阵风过，四外天空罩上一圈沙雾，阳光透过，好像飘浮着一层黄雪。跟着由远而近的响声又作，远处的高树先轻轻地点头，近处的一切可动的东西也渐次摇动。继而后面的怒潮又排山倒海而来，远近上下的东西就在吼叫中连成一片不可分析地波动与激荡。如此一阵，一阵，又一阵，树枝折了，薄的土墙倒了，路上的粪土吹净了，到红日西落的时候，才惨淡荒寒地休息一刻，等着夜里再攻袭大地的一切。

李静握着她的毛项巾，半闭着眼，走三步停两步地往前奔。走了好大半天才到德胜门。那城门洞的风更与众不同，好似千万只野牛，被怒火烧着，争着从城洞往外挤；它们的利角，刺到人的面上，比利刃多一点冷气，不单是疼。那一个城门洞分秒不停地涨着一条无形有声的瀑布，狂浪打得人们连连转身，如逆浪而行的小鱼。李静倒退着，挨着城墙，用尽全身力量，费了五分钟，才挤出去。出了城门风势更野了，可是吹来的黄沙比城里的腥恶的黑土干净多了。她奋斗着，到底到了家，只是鼻洼的沙土，已经积了半寸多厚。

篱墙被风吹得"咯吱，咯吱"地响，那座破磨盘，在她的眼里，一起一落地好像要被风刮走。除了这些响声，屋里连一声咳嗽都没有。她好似到了一个阴寒沉寂的山洞。

"叔父！我回来了！"

"啊？静儿？快进来！"

她的叔父围着一个小火炉，看着一本书。见了李静，他喜欢得像一个蜜蜂被风刮进一间温室满列着鲜花。可是他说话的声音依然非常低细，当风吼的时候，没有人可以听清楚他说的什么。

"叔父！是我！"

"快坐下烤一烤手！"

"我先去洗一洗脸。"她用那冻红的手指摸着脸蛋。

"不用！先坐下，我看看你！"

"叔父，我给你买来些点心。"她把点心包给她叔父看，纸包上已裹满了沙土。

"你又跟你姑父要了钱？以后千万别再跟他要，他的钱不是容易来的！"

"是！叔父你近来怎样？"

"我？照旧。好，你去洗脸！你又胖了一些，我放心了！"

她洗了脸，从袋中拿出两块钱来："叔父，这是李应给你的。"

"好！放在桌上吧。"

"叔父，你吃什么？我给你做一做！"李静见桌上放着一块冻豆腐和些葱蒜之类。

"好！给我做做。我自己做腻了！不吃，像缺些什么似的；吃，真是麻烦！"

李静一面收拾一切，一面和叔父说李应、王德的事，叔父点头的时候多于说话。饭食做好，叔侄欢欢喜喜地吃了。

"静儿你今年多大了?"她叔父低声问。

"叔父,你把我的岁数也忘了,到年底二十二!"李静半笑着,心中实在悲伤她叔父已把记忆力丧失。

"叔父老了!"他把手托住头额默默不语的半天,然后又问,"那么你二十二了,你自己的事怎样?"

"什么是我自己的事,叔父?"

"妇女是没有自己的事的,人们也不许妇女有自己的事;可是我允许你主张你自己的事!"

"你是要叫我在城里找一点事做?"

"哪有事给你们做!我的意思是你自己的婚事。静儿,你待你叔父要和待你母亲一样,要说什么,说!"

"这个事——"

"静儿!我先说吧!现在有人要买你做妾,你要是心目中有相当的人,赶快决定。你有了托身之处,我呢,怎样死也甘心!"

李静明白叔父所指的人,因为王德曾给过她些暗示。

"叔父!除死以外有第二个办法没有?"她把那两条好看的眉毛拧在一处。

"没有!没有!你靠近我一些,我细细地告诉你!"李静把小凳搬近了他一些,她叔父的声音,像半枯的黄叶,在悄悄的寒风里,作着悲哀的微响。"我明说吧:老张要买你!我打算在他提婚之际,把张师母救出来,现在已算失败,不用细说。第一步失败,第二步不能再延宕。就是你有合适的人,我赶快与你们立了婚约。我呢,对不起老张,只好一死!"

"叔父,你想我和李应要是有心的,能叫你死不能?"李静的声音颤了!

"静儿!把气稳下去!我活着怎见比死了强?这样的废物死了,除了你和李应哭我一场,以外别无影响。我宁愿死不愿见老张。他上次来,带着两个穿土色军衣的兵。他说:'不还钱,送侄女,两样全不做,当时把你送到监牢里去!'那两个灰色的东西立在窗外喊:'把他捆了走,不用废话!'……静儿!死了比这个强!"

"我不能看着你死,李应也不能!不能!不能!"她的脸变成灰色了!

"你听着!子女是该当享受子女的生命的,不是为老人活着!你要是不明白我的心，而落于老张之手，你想，我就是活着，不比死还难过？断送个半死的老人和一个青年，哪个便宜，事情为什么不找便宜的做？我只要听你的事，告诉我！"

"姑母管束很严，我见不着生人，除了王德。"

"王德是个好孩子！"

"我们还都年轻。"

"爱情是年轻人讲的！好！静儿！我去和你王伯父商议。"

"可是我不能听着你寻死，叔父！"

"静儿！风小一点了，进城吧！我明白你们，你们不明白我！姑娘，回去吧，问你姑父姑母好！"老人立起来，颤着把手扶在她肩上细细地端详她。她不能自制地哭了。

"静儿，走吧！唉！……"


# 第二十一


李静昏昏沉沉地进了德胜门，风是小了，可是泪比来的时候被风吹出来的更多了！

过了德胜桥，街上的人往前指着说："看！董善人！"一个老妇人急切地向一个要饭的小姑娘说："还不快去，董善人在那里，去！"

李静也停住看：一位老先生穿着一件蓝布棉袍盖到脚面，头上一顶僧帽，手中一挂串珠。圆圆的脸，长满银灰的胡子，慈眉善目的。叫花子把他围住，他从僧帽内慢慢掏，掏出一卷钱票，给叫花子每人一张。然后狂笑了一阵，高朗朗地念了一声"阿弥陀佛"！

李静心中一动，可是不敢走上前去，慢慢地随着那位老先生往南走。走过了蒋养房东口，那位先生忽然又狂笑了一阵，转过身来往回走，进了到银锭桥去的那条小巷。李静看着他进了小巷，才开始往姑母家走。

她低着头走，到了护国寺街东口。

"静姐！你回来了！"

王德立在一个铺子的外面，脸冻得通红。

"静姐！我的事成功了！"他像小孩子见着亲姐姐一样的亲热。

"是吗？"她说。

"是！给《大强报》校对稿子，访新闻。二年之后，凭我的才力，就是主笔。姐姐！你知道主笔都是文豪！"

"王德！"

"在！"

"姑母在家没有？"

"上铺子和姑父要钱去了。"

"快走，到家我告诉你要紧的事。"

"得令！"

王德随着赵姑父在天桥戏棚听过一次文武带打的戏。颇觉得戏剧的文学，有短峭明了的好处，每逢高兴，不知不觉地用出来。

两个人到了家，李静急切地对王德说："王德！你去给我办一件事，行不行？"

"行！可是等我说完我的事。"

"王德！"李静急得要哭，"我求你立刻给我办事去！"

"不！我要不先告诉明白你我的事，我心里好像藏着一条大蟒，一节一节地往外爬，那是这么一件事，我今天……"

"王德！你太自私了！你不爱我？"

"我不爱你，我是个没长犄角的小黄牛！"

"那么我求你做事，为什么不注意听？"

"说！姑娘！我听！说完你的再说我的！"

"你知道北城有一位董善人？你去给我打听他的住址。"

"你打听他做什么？"

"你要是爱我，请不必细问！"

"今天的事有些玄妙！不准问，不准说！好！不问就不问，王德去也！"

王德扯腿往外跑，哪的一声开开街门，随着"哎哟"了一声。李静跟着跑出来，看见王德一手遮着头，一手往起竖门闩。

"王德！打着没有？"

"没有！除了头上添了一个鹅峰。"王德说罢又飞跑去了。

不到十分钟，王德跑回来。

"王德，你的头疼不疼？"她摸了摸他的头依然是滚热的。

"不疼！静姐！我跑到街上，心生一计：与其到北城打听，不如去问巡警。果然巡警告诉我那位善人的住址，是在银锭桥门牌九十八号，你的事完了，该我说了吧？"

"说吧。"

"姐姐！你有什么心事？'说吧'两个字不像你平日的口气。"

"没有心事，你的事怎样？"

"做访员，将来做主笔！这绝不是平庸的事业！你看，开导民智，还不是顶好的事？"

"你要做文章、写稿子，报馆要是收你的稿件才怪！"

"静姐，你怎么拿我取笑！"王德真不高兴了。

"你不信我的话，等姑父回来问他，听他说什么！"

"一定！问了姑父，大概就可以证明你的话不对！"王德噘了嘴，心里想：怎样做稿子，怎样登在报上，怎样把有自己的稿子的报偷偷放在她的屋里，叫她看了，她得怎样的佩服。……

李静想她自己的事，他想他自己的事，谁也不觉寂寞地彼此看着不说话。

李应回来了。

"李应！好几年没见！"王德好容易找到一个爱听他的事情的，因为李静是不愿听的。

"王德，怎么永远说废话？今天早晨还见着，怎就好几年？"李应又对他姐姐说，"叔叔说什么来着？"

"对，姐弟说吧！今天没我说话的地方！"

"王德！别瞎吵！"李应依旧问她，"叔父怎样？"

"叔父身体照常，只嘱咐你好好做事。"李静把别的事都掩饰住。

"王德你的事情？"李应怕王德心里不愿意，赶快地问。

"你问我？这可是你爱听？好！你听着！"王德可得着个机会，"今天我出城，遇见一位亲戚，把我介绍到《大强报》报馆，一半做访员，一半做校对。

校对是天天做，月薪十元；访稿是不定的，稿子采用，另有酬金。明天就去上工试手。李应，学好了校对和编稿子，就算明白了报馆的一大部分，三二年后我自己也许开个报馆。我决不为赚钱，是为开通民智，这是地道的好事。"

王德说完，专等李应的夸奖。

"错是不错。"李应慢慢地说，"只是世界上的事，在亲自经验过以前，先不用说好说坏。"

"好！又一个闷雷！在学堂的时候我就说你像八十岁的老人。你说话真像我老祖！"王德并没缺了笑容。

"事实如此！并不是说我有经验，你没有。"

"我到底不信！世界上的事就真是好坏不能预料的吗？"

"你不明白我的意思，王德！等有工夫咱们细说，现在我要想一想我自己的事。"

李应说完走到自己的屋去，李静去到厨房做晚饭，只剩下王德自言自语地说："对！咱也想咱自己的事！"


# 第二十二

老张对龙树古下了"哀的美敦书"：

> "老龙！欠咱的钱，明天不送到，审判厅见！如有请求，钱不到人到，即仰知悉！张印"

龙树古慌了，立刻递了降书，约老张在新街口泰丰居见面，筹商一切条件；其茶饭等费概由弱国支付！

双方的战术俱不弱，可是由史学家看，到底老张的兵力厚于老龙，虽然他是军官，救世军的军官。

双方代表都按时出席，泰丰居的会议开始。

"老龙！说干脆的！大块洋钱你使了，现在和咱充傻，叫作不行！"老张全身没有一处不显着比龙树古优越，仰着头，半合着眼，用手指着老龙。

"慢慢商议，不必着急。"龙军官依然很镇静。

"不着急是儿子！晶光的袁世凯脑袋，一去不回头，你不着急，我？没办法，审判厅见！"老张扭着头不看老龙，而看着别的茶客吃东西。

"打官司，老张你不明白法律。"

"怎么？"

"你看，现在打官司讲究请律师。假如你争的是一千元的财产，律师的费用，就许是五六百。打上官司，三年五年不定完案不完，车钱你就赔不起。即使胜诉，执行之期还远得很，可是车饭和律师出厅费是现款不赊。你要惜钱不请律师，我请，律师就有一种把没理说成有理的能力。"

"我很有几位法界的朋友，"龙军官不亢不卑地接着说，"他们异口同声地说，宁受屈别打官司，除了有心争气，不计较金钱损失的。老张你平心静气地想想，顶好我们和平着办，你不信呢，非打官司不可，我老龙只有奉陪！"

老张翻了翻眼珠，从脑子里所有的账本、历史，翻了一个过。然后说：

"打官司与否，是我的自由，反正你成不了原告。你的话真罢假罢，我更没工夫想。不过老龙你我的交情要紧，似乎不必抓破了脸叫旁人看笑话。你到底怎么办？"

"慢慢地还钱。"

"别故意耍人哪，老龙！这句话我听过五百多回了！"

"你有办法没有？"

"有！只怕你不肯干！"

"咱听一听！"

"还是那句话，你有那么好的姑娘，为什么不可以得些彩礼，清理你的债务？"

"没有可靠的人替我办，彩礼也不会由天上飞下来，是不是？"

"你看这里！"老张指着他自己的鼻梁说，"你的女儿就和我的一样，只要你肯办，老张敢说：做事对得住朋友！"

"你的计划在哪里？"

"你听着，你看见过孙八爷没有？"

"不就是那位傻头傻脑的土绅士吗？"

"老龙，别小看了人！嗬！土绅士？人性好，学问好，而且是天生下来的财主！"

"他有钱是他的。"

"也许是咱们的！孙八爷年纪不大，现在也不过三十上下。前者他和我说，要娶一位女学生。我听过也就放在脑后，后来我看见凤姑娘，才想起这桩事。凭姑娘的学问面貌，孙八的性格地位，我越看越是一对天造地设的漂亮小夫妇。可是我总没和你说。"

"没明说，示过意？"

"老龙，老朋友，别一句不让！"老张故意卖个破绽，示弱于老龙，因为人们是可以赢一句话而输掉脑袋的！"果然你愿意办，我可以去对孙八说。事情成了，姑娘有了倚靠，你清了债，是不是一举两得？现在听你的，说个数目。"

"三十万块钱。"

"老龙！"老张笑起来，"别要少了哇！总统买姑娘也犯不上花三十万哪！"

"要卖就落个值得，五个铜子一个，我还买几个呢！"

"这不是卖，是明媒正娶，花红轿往外抬！彩礼不是身价！"

"那么，不写字据？"

"这——就是写，写法也有多少种。"

"老张！咱们打开鼻子说亮话：写卖券非过万不可，不写呢，一千出头就有商议。好在钱经你的手，你扣我的债。哪怕除了你的债剩一个铜子呢，咱买包香片茶喝，也算卖女儿一场，这痛快不痛快？"

"你是朋友，拿过手来！"老张伸出手和龙军官热热地握了一握，"卖券不写，婚书是不可少的！"

"随你办，办得妥，你的钱就妥。不然，钱再飞了，咱姓龙的不负延宕债务的责任。有我的女儿，有孙八的钱，有你这个人，就这么办，我敬候好音！"

"好朋友！来！今天先请咱喝盅喜酒！"

弱国担负茶饭，已见降书之内，龙军官无法要了些酒菜喂喂老张。

泰丰居会议闭幕，外面的狂风又狂吼起来。老张勇敢而快活地冲着北风往家里走，好似天地昏暗正是他理想的境域！

# 第二十三

王德噘着嘴，冲着尖锐杀肉的北风往赵姑母家里走，把嘴唇冻得通红。已经是夜里一点钟，街上的电灯被风吹得忽明忽灭，好似鬼火，一闪一闪地照着街心立着的冷刺猬似的巡警。路旁铺户都关了门，只有几家打夜工的铜铁铺，依然叮叮地敲着深冬的夜曲。间断的摩托车装着富贵人们，射着死白的光焰，比风还快地飞过，暂时冲破街市上的冷寂。

这是王德到报馆做工的第七夜。校对稿件到十一点钟才能完事，走到家中至早也在十二点钟以后。因赵姑父的慈善，依然许王德住在那里，夜间回来得晚，白天可以晚起一些，也是赵姑父教给王德的。

身上一阵热汗，外面一阵凉风，结果全身罩上一层黏而凉的油漆。走得都宁愿死了也不愿再走，才到了赵姑父家。他轻轻开开门，又轻轻地锁好，然后蹑足屏气地向自己屋里走。北屋里细长的呼声，他立住听了一会儿，心里说道："静姐！我回来了！"

王德进到自己屋里，把蜡烛点上，李应的眼被烛光照得一动一动地要睁开，然后把头往被窝里钻进去。

"李应，李应！"王德低声地叫。李应哼了一声，又把头深深地蒙在被里。王德不好意思把李应叫醒，拿着蜡烛向屋内照了一照，看见李应床下放一双新鞋。然后熄了蜡烛上床就寝。

王德睡到次日九点钟才醒，李应早已出去。

"王德！该起来了！"窗外李静这样说。

"就起。"

"昨天什么时候回来的？"

"不用说，昨天我要没血性，就死在外面了！"

"午后出去不？"

"不一定。"

"姑母下午出城去看叔父。"

"好！我不出去，有话和你说。"

"我也想和你谈一谈。"

李静到厨房去做事，王德慢慢地起来，依然噘着嘴。

赵姑母预备出门，比上阵的兵丁烦琐多了，诸事齐备，还回来两次：一次是忘带了小手巾，一次是回来用碟子盖好厨房放着的那块冻豆腐。

赵姑母真走了，王德和李静才坦然坐在一处谈话。

"姐姐，谁先说？"

"你先说，不然你也听不下去我的。"她温媚地一笑。

"好姐姐！我现在可明白你与李应的话了！你们说我没经验，说我傻，一点不假！说起来气死人，姐姐，你想报馆的材料怎么来的？"

"自然是有人投稿，主笔去编辑。"

"投稿？还编辑？以前我也那样想。"

"现在呢？"

"用剪子！"

"我不明白你的意思。"

"东一块西一块用剪子剪现成的报，然后往一处拼，他们的行话叫作'剪子活'！"

"反正不是你的错处。"

"我不能受！我以为报纸的效用全没了，要这样办！还有，昨天我写了一个稿子，因为我在路上看见教育次长的汽车轧死一个老太太，我照实地写了，并没有加什么批语，你猜主笔说什么？他说：'不愿干，早早地走，别给我惹是非。你不会写一辆汽车撞死一个无名女人，何必一定写出教育次长的车？'我说：'我看见什么写什么，不能说谎！'主笔拍着桌子和我嚷：'我就不要你说实话！'姐姐！这是报馆！我不能再干！我不能说谎欺人！"

"可是事情真不易找，好歹忍着做吧！"李静很诚恳地安慰他。

"良心是不能敷衍的！得！我不愿再说了，你有什么事？"

"唉！"李静把手放在膝上，跟着笑了一笑，她天生来地不愿叫别人替她发愁。

王德看出她的心事，立刻又豪气万丈，把男儿英雄好义的气概拿出来，把手轻轻地放在她的手背上。

"姐姐！我可以帮助你吗？这样世界我活够了，只愿为知己的一死！那是痛快事！"

"兄弟，我所以不愿意对你说的缘故，也就是因为你年轻好气。为我的事，不用说丧了你的命，就是伤了一块皮肤，我也不能做！"她松松握住他的手。

"姐姐！假如你是男的，我愿帮助你，况且你是女的，到底什么事？"

"我只能对你说，你可千万别告诉李应，他的性情并不比你温和。我不怕死，只怕死一个饶一个不上算，不聪明。"

"到底什么事？人要不完全和牛马一样，就该有比牛马深挚的感情！姐姐快说！"王德把腰板挺直这样说。

"你记得有一次你说老张要对我做什么？"

"我记得，姑母进来，所以没说完。"

"还是那件事，你知道？"

"知道！现在怎样？"

"我现在的心愿是不叫叔父死！我上次为什么叫你去打听那位董善人？"

"到如今我还不明白。"

"也是为这回事。我的心愿是：求那位善人借给我叔父钱还老张，我情愿给善人当婢女。可是我已见过他了，失败了！"李静呆呆地看着地上，停住说话。

"姐姐，详细说说！"他把她的手握紧了些。

"我乘姑母没在家，去找了那位善人去。恰巧他在家，当时见了我。我把我的心愿说给他听，他是一面落泪一面念佛。等我说完，他把我领到他的后院去，小小的一间四合院，有三间小北房，从窗眼往外冒香烟，里面坐着五六个大姑娘，有的三十多岁，有的才十七八岁，都和尼姑一样坐在黄布垫上打着木鱼念经。我进去，只有那个最年轻的抬头看了看我。其余的除把声音更提高了一些，连眼皮也没有翻。"

"尼姑庵？"王德好像问他自己。

"我看了之后，善人又把我领到前面去，他开始说话：'姑娘你要救叔父是一片孝心'，'百善孝为先'，我是情愿帮助你的。可是你要救人，先要自救。你知道生来'女身'，是千不幸万不幸，就是雌狐得道也要比雄狐迟五百年，才能脱去女身，人类也是如此。不过童女还比出嫁的强，因为打破欲关，净身参道，是不易得的。那几个姑娘，两个是我的女儿，其余的都是我由火坑内救出来的。

我不单是由魔道中把她们提拔出来，还要由人道把她们渡到神道里去。姑娘，我看你沉静秀美，道根决不浅，假如你愿意随我修持，你叔父的钱是不难筹措。'我迟疑了半天没有回答他，他又接着说：'姑娘，这件事要是遇在十年前，我当时就可以拿钱给你；现在呢，我的财产已完全施舍出去。我只觉得救人灵魂比身体还要紧。你愿意修行呢，我可以写个捐册，去找几位道友募化，他们是最喜欢听青年有志肉身成圣的。不然，我实在无法去筹钱。姑娘你想，社会上这么多苦人，我们只要拿金银去延长他们的命，而不拔渡他们的灵魂，可有什么益处；况且也没有那么些金银？你先回去，静心想一想，愿意呢，我有的是佛经，有的是地方，你可以随着她们一同修持。这是你自己的事，你的道气不浅，盼你别把自己耽误了！世上有人给你钱，可是没人能使你超凡入圣，你自己的身体比你叔父还要紧，因为你正是童身，千金难买，你叔父的事，不过才几百块钱！'我当时没有回答他，就回家来了。"

"到底你愿当尼姑不？"

"为什么我愿意？"

"你不愿意，他自然不借给你钱！"

"那还用说！"李静的脸变白了。

"姐姐！我们为什么不死呢？"王德想安慰李静，不知说什么好，不知不觉地把这句话说出来。

"王德！要是少年只求快死，世界就没人了！我想法救叔父，法子想尽，嫁老张也干，至于你我，我的心是你的，你大概明白我！"

她不能再支持了，呜咽咽哭起来。他要安慰她，要停住她的哭，可是他的泪比她的还多。


# 第二十四

王德与李静对哭，正是赵姑母与李静的叔父会面的时候。赵姑母给她兄弟买的点心、茶叶，三大五小地提在手内，直把手指冻在拴着纸包的麻绳上，到了屋内向火炉上化了半天，才将手指舒展开，差一些没变成地层内的化石。

她见了兄弟，哭了一阵，才把心中的话想起来，好似泪珠是妇女说话的引线。她把陈谷子烂芝麻尽量地往外倒，她说上句，她兄弟猜到下句，因为她的言语和大学教授的讲义一样，是永远不变，总是那一套。

有人说妇女好说话，所以嘴上不长胡子，证之赵姑母，我相信这句话有几分可信。

说来说去，说到李静的婚事问题。

"兄弟！静儿可是不小了，男大当娶，女大当嫁，可别叫她小心里怨咱们不做人事呀！再说你把她托付给我，她一天没个人家，我是一天不能把心放下。女儿千金之体，万一有些差错，咱们祖宗的名声可要紧呀！"

"自然……"

"你听我的，"她不等他说完，抢着说，"城里有的是肥头大耳朵的男子，选择个有吃有穿的，把她嫁出去，也了我们一桩心事。不然姑娘一过了二十五岁，可就不易出手啊！我们不能全随着姑娘的意思，婚事是终身大事，长得好不如命儿好；就说半壁街周三的儿子，脸上一千多个麻子，嘴还歪在一边，人家也娶个一朵花似的大姑娘。别看人家脸麻嘴歪，真能挣钱，一月成千论百地往家挣。我要有女儿，我也找这样的给！我不能随着女儿的意思，嫁个年轻俊俏的穷小子。兄弟，你说是不是？"

"也忙不得。"她兄弟低声地说。

"兄弟，你不忙，你可不知道我的心哪！你不进城，是不知道现在男女这样的乱反。我可不能看着我的侄女和野小子跑了！什么事到你们男人身上，都不着急，我们做妇人的可是不那样心宽。我为静儿呀，日夜把心提到嘴边来！她是个少娘无父的女孩子，做姑母的能不心疼她？能不管束她？你不懂，男人都是这样！"这位好妇人说着一把一把地抹眼泪。

她把点心包打开，叫兄弟吃，她半哭半笑地说：

"兄弟，吃吧！啊！没想到你现在受这个罪！兄弟！不用着急，有姐姐活着，我不能错待了你！吃吧！啊！我给你挑一块。"她拿了一块点心递给他。

他把一口点心嚼了有三分钟，然后还是用茶冲下去。他依然镇静地问：

"姐姐！假如现在有人要娶静儿，有钱有势力，可以替我还了债，可是年岁老一点。还有一个是姑娘心目中的人，又年轻又聪明。姐姐你想哪一个好？"

"先不用问哪个好，我就不爱听你说姑娘心目中有人。我们小的时候，父母怎样管束我们来着？父母许咱们自己定亲吗？要是小人们能办自己的事，那么咱们这群老的干吗的？我是个无儿无女的老绝户，可是我不跟绝户学。我爱我侄女和亲生的女儿一样，我就不能看着她信意把她自己毁了！我就不许她有什么心目中人，那不成一句话！"

好妇人越说越有理，越说越气壮，可惜她不会写字，要是她能写字，她得写多么美的一篇文字！

"那么，你的意思到底怎样？"他问。

"只要是你的主意，明媒正娶，我只等坐红轿做送亲太太！你要是不做主呢，我可就要给她订婚啦！你是她叔父，我是她姑母，姑奶奶不比叔父地位低，谁叫她把父母都死了呢！我不是和你兄弟耍姑奶奶的脾气，我是心疼侄女！"

"我明白了！"他低头不再说。

"兄弟你本来是明白人！说起来，应儿现在已经挣钱成人，也该给他张罗个媳妇了！你可不知道现在年轻人心里那个坏呀！"

"慢慢地说吧！不忙！"他只好这样回答她。

赵姑母又说了多少个女子，都可给李应做妻子。鞋铺张掌柜的女儿，缠得像冬笋那样小而尖的脚；李巡长的侄女，如何十三岁就会缝大衫……她把这群女子的历史，都由她们的曾祖说到现在，某日某时那个姑娘在厨房西南角上摔了一个小豆绿茶碗，那个茶碗碎成几块，又花了几个钱，叫铜碗的钉上几个小铜钉，原原本本地说来。她的兄弟听不清，我也写不清，好在历史本来是一本写不清的糊涂账！

# 第二十五

住在北京城而没到过中央公园 [1] 的，要不是吝惜十个铜元，是没有充分的时间丢在茶桌藤椅之间；要不是憎嫌那伟壮苍老的绿柏红墙，是缺乏赏鉴白脸

---

[1] 中央公园：即中山公园。

红唇蓝衫紫裤子的美感；要不是厌恶那雪霁松风、雨后荷香的幽趣，是没有抵御巴黎香水、日本肥皂的抵抗力。假如吝惜十枚铜元去买门票，是主要原因，我们当千谢万谢公园的管理人，能体谅花得起十枚铜元的人们的心，不致使臭汗气战胜了香水味。至于有十个铜元而不愿去，那是你缺乏贵族式的审美心，你只好和一身臭汗、满脸尘土的人们，同被排斥于翠柏古墙之外，你还怨谁？

王德住在城里已有半年，凡是不买门票随意入览的地方，差不多全经涉目。他的小笔记本上已写了不少，关于护国寺庙会上大姑娘如何坐在短凳上喝豆汁，土地庙内卖估衣的怎样一起一落地唱着价钱……可是对于这座古庙似的公园，却未曾瞻仰过，虽然他不断地由天安门前的石路上走。

他现在总算挣了钱，挣钱的对面自然是花费；于是那座公园的铁门拦不住他了。他也一手交票，一面越着一尺多高的石门限，仰着头进去了。

比护国寺、土地庙……强多了！可是，自己的身份比在护国寺、土地庙低多了！在护国寺可以和大姑娘们坐在同一条板凳上，享受一碗酸而浓于牛乳的豆汁。喝完，一个铜元给出去，还可以找回小黄铜钱至于五六个之多。这里，茶馆里的人们：一人一张椅子、一把茶壶，桌上还盖着雪白的白布。人们把身子躺在椅子上，脚放在桌上，露出红皮做的鞋底连半点尘土都没有，比护国寺卖的小洋镜子还亮。凭王德那件棉袄、那顶小帽、那双布鞋，坐在那里，要不过来两个巡警、三个便衣侦探，那么巡警、侦探还是管干什么的！

他一连绕了三个圈，然后立在水榭东边的大铁笼外，看着那群鸭子（还有一对鸳鸯呢！）伸着长长的脖子，一探一探地往塘畔一条没有冻好的水里送。在他左右只有几个跟着老妈的小孩子娇声细气地嚷："进去了！又出来了！嘴里衔着一条小鱼！……"坐大椅子的人们是不看这个的。

他看了半天，腿有些发酸。路旁虽有几条长木椅，可是不好意思坐下，因为他和一般人一样的，有不愿坐木椅的骄傲。设若他穿着貂皮大氅稳稳当当地坐在木椅上，第二天报纸上，也许有一段"富而无骄，伟人坐木椅"的新闻，不幸他没有那件大氅，他要真坐在那里，那手提金环手杖的人们，仰着脸，鼓着肚皮，用手杖指着那些古松，讲究画法，王德的鼻子，就许有被手杖打破之虞！

"还是找个清静的地方去坐！"他对自己说。

他开始向东，从来今雨轩前面绕过北面去。更奇怪了！大厅里坐着的文明人，吃东西不用筷子，用含有尚武精神的小刀小叉。王德心里想：他们要打起架来，掷起刀叉，游人得有多少受误伤的！

吃洋饭，喝洋茶，而叫洋人拿茶斟酒，王德一点也不反对。因为他听父亲说过：几十年前，洋人打破北京城，把有辫子的中国人都拴起来用大皮鞭子抽（因此他的父亲到后来才不坚决地反对剪发）。那么，叫洋人给我们端茶递饭，也还不十分不合人道。不过，要只是吃洋饭、喝洋茶、穿洋服，除给洋人送钱以外，只能区区地恫吓王德，王德能不能怕这冒充牌号的"二号洋人"！

然而王德确是失败了，他从家里出来的时候，虽没有像武官们似的带着卫兵，拿着炸弹，可是他脑中的刀剑，却明晃晃地要脱鞘而出地冲杀一阵。可怜，现在他已经有些自馁了："我为何不能坐在那里充洋人？"他今日才像雪地上的乌鸦，觉出自己的黑丑、自己的寒酸！千幸万幸，他还不十二分敬重"二号洋人"，这些念头只在他心上微微地划了一道伤痕，而没至于出血；不然，那些充洋人的不全是胎里富，也有的是由王德今日的惭愧与希企而另进入一个新地域的！

王德低着头往北走，走到北头的河岸，好了，只有一片松林，并没有多少游人。他预料那里是越来越人少的，因为游公园的人们是不往人少的地方出闷锋头的。

他靠着东墙从树隙往西边的桥上看，还依稀地看得出行人的衣帽。及至他把眼光从远处往回收，看见一株大树下，左边露着两只鞋，右边也露着两只，而看不见人们的身体。那容易想到是两个人背倚着树，面向西坐着，而把脚斜伸着。再看，一双是男鞋，一双是女鞋，王德又大胆地断定那是一男一女。

王德的好奇心，当时把牢骚赶跑，蹑足潜踪地走到那株树后，背倚树干，面朝东墙，而且把脚斜伸出去坐下。你想："假若他们回头看见我的脚，他们可以断定这里一共六只脚，自然是三个人。"

他坐下后，并听不见树那边有什么动静，只好忍耐着。看看自己的脚，又回头看看树那边的脚；看着看着，把自己的脚忽然收回来，因为他自己觉得那么破的两只鞋在这样美丽的地方陈列着，好像有些对不起谁似的。然而不甘心，看看树那边的鞋破不破。如果和我的一样破，为什么我单独害羞？他探着头先细细看那双男鞋，觉得颇有些眼熟。想起来了，那是李应的新鞋。

"真要是李应，那一个必是她——李静！"王德这样想。于是又探过头看那双女鞋，因为他可以由鞋而断定鞋的主人的。不是她，她的鞋是青的，这是蓝的。"不是静姐，谁？李应是见了女人躲出三丈多远去的。别粗心，听一听。"

树那边的男子咳嗽了两声。

"确是李应！奇怪！"他想着想着不觉地嘴里喊出来，"李应！"

"啊！"树那边好像无意中答应了一声。

王德刚往起立，李应已经走过来，穿着刺着红字的救世军军衣。

"你干什么来了，王德？"李应的脸比西红柿还红。

"我——来看'乡人摊'！"

"什么？"

"乡人摊！"王德笑着说。

"什么意思？"

"你不记得《论语》上'乡人摊，朝服立于阼阶'？你看那茶馆里的卧椅小桌，摆着那稀奇古怪的男女，还不是乡人摊？"

"王德，那是'乡人傩'[1]，老张把字念错！"

"可是改成摊，正合眼前光景，是不是？"

两个人说着，从右边转过来一位姑娘。王德立刻把笑话收起，李应脸上像用钝刀刮脸那么刺闹着。倒是那位姑娘坦然地问李应："这是你的朋友？"

"是，这就是我常说的那个王德！"

"王先生！"那位姑娘笑着向王德点了点头。

王德还了那位姑娘一个半截揖，又找补了一鞠躬，然后一语不发地呆着。

"你倒是给我介绍介绍！"她向李应说。

"王德，这是龙姑娘，我们在一处做事。"

王德又行了一礼，又呆起来。

李应不可笑，王德也不可笑，他们和受宫刑的人们一样地不可笑，而可怜！

龙凤的大方活泼，渐渐把两个青年的羞涩解开，于是三个人又坐在树下闲谈起来。

---

[1] 傩：古代的一种迎神驱鬼的风俗。

龙凤是中国女人吗？是！中国女人会这样吗？我"希望"有这么一个，假如事实上找不到这么一个。

李应、龙凤都拿着一卷《福音报》，王德明白他们是来这里卖报而不是闲逛。

三人谈了半天话，公园的人渐形多起来，李应们到前边去卖报，王德到报馆做工去了。

# 第二十六

北京的市自治运动，越发如火如荼进行得起劲。南城自治奉成会因为开会没有摇铃，而秩序单上分明写着"振铃开会"，会长的鼻子竟被会员打破。巡警把会所封禁，并且下令解散该会。于是城内外，大小、强弱，各自治团体纷纷开会讨论对待警厅的办法。有的主张缓进，去求一求内务总长的第七房新娶十三岁的小姨太太代为缓颊。有的主张强硬，结合全城市民向政府示威，龙树古的意见也倾向于后者。

龙树古在二郎庙召集了会议，讨论的结果，是先在城北散一些宣言，以惹起市民的注意，然后再想别的方法。

散会后老张把龙会长叫到僻静的地方，磋商龙凤的身价问题。老张说：孙八已经肯出一千元。龙树古说：一千出头才肯商议。老张答应再向孙八商议。龙树古又对老张说：如果不写卖券，他情愿送老张五十块钱。老张依然皱着眉说不好办，可是没说不要五十块钱。

"婚书总得写？"老张问。

"我们信教的，不懂得什么是婚书，只知道到教堂去求牧师祝婚。孙八要是不能由着我到教堂去行婚礼，那么我为什么一定随着他写婚书？"龙树古稳健而恳切地陈说。

"不写婚书，什么是凭据？别难为我，我是为你好，为你还清了债！"

"我明白，我不清债，谁卖女儿！不用说这种便宜话！"

"我去和孙八说，成否我不敢定，五十元是准了？"

"没错！"

"好朋友！"

又是五十块！老张心里高兴，脸上却愁眉不展地去找孙八。

孙八散会后已回了家，回家自然是要吃饭。那么，老张为何也回孙八的家？

孙八才拿起饭碗，老张也跟着拿起饭碗。孙八是在孙八家里拿起饭碗，老张也在孙八家里拿起饭碗。老张的最主要的二支论法的逻辑学，于此又有了切实的证明。他的二支论法是：

"你的就是我的，我的就是我的。"

"八爷！今天人家老龙高抬脚做主席，我的脸真不知道往哪里放！"

"我的脸要没发烧，那叫不要脸！你多辛苦！"孙八气得像惹恼的小青蛤蟆一样，把脖子气得和肚子一般粗。

"可是，不用生气。那个穷小子今天递了降书，挂了白旗。"

"什么降书？"孙八以为"降书"是新出版的一本什么书。

"八爷！你是贵人多忘事，你的事自己永远不记着。也好，你要做了总统，我当秘书长。不然，你把国家的事也都忘了。"

孙八笑了，大概笑的是"你做总统"。

"你没看见吗？"老张接着说，"今天老龙立在台上，只把眼睛盯在你身上。散会后他对我说，凭八爷的气度面貌，决不委屈他的女儿。这就是降书！现在饭是熟了，可别等凉了！八爷你给个价钱！"

"我还真没买过活人，不知道行市！"孙八很慎重地说。

"多少说个数目！"

"我看一百元就不少！"孙八算计了半天，才大胆地说。

老张把饭碗放下，掩着嘴，发出一阵尖而不近人情的怪笑。喉内格格地作响，把饭粒从鼻孔射出，直笑得孙八手足无措，好像白日遇见了红眼白牙的笑鬼！

"一百元？八爷！我一个人的八爷！不如把一百元换成铜元，坐在床上数着玩，比买姑娘还妥当！我的八爷！"跟着又是一阵狂笑，好像他的骨髓里含着从远祖遗传下来的毒质，遇到机会往外发散。

"太少？"孙八想不起说什么来。

"你想想，买匹肥骡子得几百不？何况那么可爱的大姑娘！"

"你也得替我想，你知道叔父的脾气，他要知道我成千论百地买人，能答应我不能？"

"可有一层啊，买人向来是秘密的事，你不会事前不对他说；事后只说一百元买的，这没什么难处。再说为入政界而娶妾，叔父自有喜欢的，还闹脾气？你真要给叔父买个小老婆，我准保叔父心花笑开骂你一阵。老人们的嘴和心，比北京到库伦还远，你信不信？"

"就是，就是！到底得用多少？"孙八明白了！像孙八这样的好人，糊涂与明白的界限是不很清楚的。

小孩子最喜欢出阁的姐姐，因为问一答十，样样有趣，而且说的是别一家的事。孙八要是个孩子，老张就是他出阁的姐姐，他能使孙八听到别一世界的事、另一种的理。

"卖古玩的不说价钱，凭买主的眼力，你反正心里有个数！"

"辛苦！张先生！我真不懂行！"

要都是懂行的，古玩铺去赚谁的钱！要都是懂行的，妓女还往谁身上散布杨梅！

"这么着，我替老龙说个数，听明白了，这可是我替老龙说，我可分文不图！据老龙的意思，得过千呢！"老张把手左右地摆，孙八随着老张的手转眼珠，好似老张是施展催眠术。

"过千——"

"哼！要写卖券，还非过万不行呢！照着亲戚似的来往，过千就成！"

"自然是走亲戚好！到底得一千几？"

说也奇怪，老实人要是受了催眠，由慎重而变为荒唐比不老实人还快。

"一千出头，哪怕是一千零五块呢。"

"就是一千零五吧！"孙八紧着说，唯恐落在后头。

"哈哈……八爷你太妙了！我说的是个比喻！假如你成千累万地买东西，难道一添价就是五块钱吗？"

孙八低着头计算，半天没有说话。

"八爷！老张可不图一个芝麻的便宜啊！你的钱，老龙的姑娘，咱们是白跑破了一对红底青缎鞋! 好朋友爱好朋友, 八爷, 说个痛快的!"

老张是没机会到美国学些实验心理学, 可惜! 不然, 岂止于是一位哲学家呢! 老张是没有功夫多写文章, 可惜! 不然他得写出多么美的文字!

话虽说了不少, 饭可是没吃完。因为吃几口说几句话, 胃中有了休息的时候, 于是越吃越饿, 直到两点多钟, 老张才说了一句不愿意说而不能不说的"我够了"! 其实主要的原因, 还是因为桌上的杯盘已经全空了。

饭后老张又振荡有致地向孙八劝诱。孙八结果认拿一千二百元做龙凤的身价。

"八爷! 大喜! 大喜! 改日喝你的喜酒!"


# 第二十七

除了李应姊弟与赵老夫妇外, 王德的第一个朋友要算蓝小山。蓝先生是王德所在的报馆的主任, 除去主笔, 要属蓝先生地位为最优。要是为他地位高, 而王德钦敬他, 那还怎算得了我们的好王德! 实在, 蓝先生的人格、经验、学问, 样样足以使王德五体投地地敬畏。

王德自入报馆所写的稿子, 只能说他写过, 而未经印在报纸上一次。最初他把稿子装在信封里, 交与主笔, 而后由主笔扔在字纸篓里; 除了他自己不痛快而外, 未曾告诉过旁人, 甚至于李氏姊弟; 因为青年是有一宗自尊而不肯示弱于人的心。后来他渐渐和蓝先生熟识, 使他不自主地把稿子拿出来, 请蓝先生批评; 于此见出王德和别的有志少年是一样, 见着真有本事的人是甘于虚心受教的。有的稿子蓝先生批评得真中肯, 就是王德自己是主笔, 也不肯, 至于不能, 收那样的稿子。有的蓝先生却十分夸奖: 文笔怎样通顺, 内容怎样有趣; 使王德不能不感激他的赏识, 而更恨主笔的瞎眼。

蓝先生的面貌并不俊俏, 可是风流大雅, 王德自然不是以貌取人的。

蓝先生大概有二十五六岁, 一张瘦秀椭圆的脸, 中间悬着一只有棱有角的尖鼻。鼻梁高处挂着一对金丝蓝光小眼镜, 浅浅的蓝光遮着一双"对眼", 看东西的时候, 左右眼珠向鼻部集中, 一半侵入眼角, 好像鼻部很有空地做眼珠的休息室；往大了说，好似被天狗吞过一半，同时并举的日月蚀，不过有蓝眼镜的遮掩，从远处看不大出来。薄薄的嘴唇，留着日本式的小胡子，显出少年老成。长长的头发，直披到项部，和西洋的诗哲有同样的风度。现在穿着一件黑羔皮袍，外罩一件浅黄色的河南绸大衫。手里一把白马尾拂尘，风儿吹过，绸大衫在下部飘起，白拂尘遮满前胸，长头发散在项后，上、中、下三部迎风乱舞，真是飘然欲仙。头上一顶青缎小帽，缝着一个红丝线结，因头发过厚的原因，帽沿的垂直线前边齐眉，后边只到耳际。足下一双青缎绿皮脸厚底官靴，膝部露着驼毛织的高筒洋式运动袜。更觉得轻靴小袖，妩媚多姿！

别的先不用说，单是关于世界上的教育问题的著作，据他告诉王德，曾念过全世界总数的四分之三。他本是个教育家，因与办教育的人们意见不合，才辞了教席而入报界服务。现在他关于"报馆组织学"和"新闻学"的书又念了全数的四分之三。论实在的，他真念过四分之四，不过天性谦虚，不愿扯满说话；加以"三"字的声音比"四"字响亮，所以永远说四分之三。

王德遭主笔的冷眼，本想辞职不干，倒是经蓝先生的感动，好似不好意思离开这样的好人。

"大生！"蓝先生送给王德的号是"大生"；本于"大德曰生"。王德后来见医生门外悬的匾额真有这么一句，心中更加悦服。而且非常骄傲地使人叫他"大生"。有的时候也觉得对他不十分恭敬似的，如果人们叫他"王德"。蓝先生说："你的朋友叫什么来着？我说的是那个信耶稣教的。"蓝先生用右手食指弹着纸烟的烟灰，嘴中把吸进去的烟从鼻孔送出来，又用嘴唇把鼻孔送出来的烟卷进去，做一个小循环。一双对眼从眼镜框下边，往下看着烟雾的旋转，轻轻地点头，好似含着多少诗思与玄想！

"李应。"王德说。

"不错！我这几天写文章过多，脑子有些不大好。他为什么信教？"

"他——他本是个诚实人，经环境的压迫，他有些不能自信，又不信社会上的一切，所以引起对于宗教的热心。据我想这是他信教的原因，不敢说准是这样。"王德真长了经验，说话至于不把应当说的说圆满了！

"那是他心理的微弱！你不懂'心理学'吧？"

"'心理学'——"

"我从你头一天到这里就看出你不懂'心理学',也就是我的'心理学'的应用。"

王德真感动了！一见面就看出懂不懂"心理学",而且是"心理学"的应用！太有学问了！王德把自傲的心整个地收起来,率直地说:

"我不明白'心理学'！"

"你自然不明白！就是我学了三年现在还不敢说全通。我只能说明白些'宗教心理''政治心理',至于'地理心理''植物心理',可就不大通了！好在我明白的是重要的,后几项不明白还不甚要紧。"

"到底'心理学'是什么,有什么用?"王德恳切地问。

"'心理学'是观察人心的学问！"

王德依旧不明白,又问:"先生能给我一个比喻吗?"

"大生！叫我'小山',别天天叫先生,一处做事,就该亲兄弟一样,不要客气！至于举个例——可不容易。"蓝先生把手托住脑门,静静地想了三四分钟,"有了！你明白咱们主笔的脾气不明白?"

"我不明白！"王德回答。

"是啊！这就是你不明白'心理学'的原因。假如你明白,你就能从一个人的言语、动作,看出他的心。比如说,你送稿子给咱们主笔,他看了一定先皱眉。你要是明白他的心理,就可断定这一皱眉是他有意收你稿子的表示,因为那是主笔的身份。他一皱眉,你赶快说:'请先生删改。'你的稿子算准登出来。你要是不明白这一点,他一皱眉,你跟他辩别好歹,得,你就上字纸篓去找你的稿子吧！这浅而易懂,这就是'心理学'！"

王德明白了！不是我的稿子不好,原来是缺乏"心理学"的知识。但是人人都明"心理学",那么天下的事,是不是只要逢迎谄媚呢?他心中疑惑,而不敢多问,反正蓝先生有学问,纵然不全对,也比我强得多。

"是！我明白了！"王德只能这样回答！

"大生！以后你写稿子,不必客气,先交给我,我替你看了,再送给主笔,我敢保他一定采用。我粗粗地一看,并不费神,你一月多得几块钱,岂不很好！"蓝小山把将吸尽的烟头,猛地吸了一口,又看了看,不能再吸,才照定痰盂掷去。然后伸出舌头舔了舔焦黄的嘴唇。

"谢谢你的厚意。"王德着实感激小山。

"大生，你一月拿多少钱?"

"从报馆?"

"从家里!"

"我只从报馆拿十块钱，不和家里要钱。"王德很得意他的独立生活。

"十块钱如何够花的!"

"俭省着自有剩钱的!"

"奇怪! 我在这里一月拿五十，还得和家里要六十，有时候还不够。我父亲在东三省有五个买卖，前任总统请他做农商总长，你猜他说什么?'就凭总统年轻的时候和我一同念书那样淘气，现在叫我在他手下做事，我不能丢那个脸!'你说老人家够多么固执! 所以他现在宁多给我钱，也不许我入政界，不然我也早做次长了!"

王德又明白了: 不怪小山那样大雅，本来人家是富家子弟，富家子弟而居然肯用功读书，毫无骄慢的态度，就太可佩服了!

"大生!"小山接着说，"你要真是能省钱，为何不储蓄起来? 我不储蓄钱，可是永远叫朋友们做，谁能保事情永远顺心;有些积蓄，是最保险!"蓝小山顺手从衣袋中掏出几本红皮的小本子在王德眼前摆了一摆，然后又放在衣袋里。王德仿佛看见那些小红本上印着金字像"大同银行"的字样。蓝小山接着说:"我看不起金钱，可是不反对别人储蓄钱，因为贫富不同，不可一概而论。我父亲的五个买卖之中，一个就是银号，所以朋友们很有托我给他们办理存款的事。大生! 你要有意存钱，不拘数目多么小，我可以帮你的忙!"

"是! 等我过一两个月，把衣服齐整齐整，一定托你给我办。"王德心里不知怎样夸赞小山才好。有钱的人而能体谅没钱的，要不是有学问、有涵养，焉能有这样高明的见解。

"干什么买衣服? 你看我!"小山掀起那件河南绸的大衫，"就是这件大衫，我还嫌它华丽，要不是有时候去见重要人，就这件袍罩我全不穿! 肚子里有学问，不在穿得好坏。"

"那么我下月薪水下来就托你给我存在银行里两块钱!"王德不敢多说，因为每句话都被小山批评得恳切刺心。

"你也可以自己到银行里去！"

"我向来没上过银行。"

"交给我也好，好在存款的折子，你自己拿着，自然不至不放心！"

"你替我拿着，比我还可靠，哪能不放心！"

"自然，这五本全是我朋友的存款单，一本也不是我自己的。"小山又指了指他自己的衣袋。

小山又说了些别的话，王德增长不少知识。然后小山进城去办事，王德开始做他的工作。

王德真喜欢了！自幼至今除了李应的叔父，还没遇过一个有学问像蓝小山的。就是以李应的叔父比蓝小山，那个老人还欠一些新知识。以李应比小山，李应不过是个性情相投的朋友，于学问上是得不着什么益处的，而小山，只有小山，是道德学问样样完美的真正益友！

王德欢欢喜喜地做完工，一路唱着走进城来。风还是很大，路上还是很静寂，可是快乐是打破一切黑暗的利器；而有好朋友又是天下第一的乐事，王德的心境何独不然。


# 第二十八


赵姑母又老掉了一个牙，恰巧落牙的时候，正是旧历的除夕；她以为这是去旧迎新的吉兆，于是欢欢喜喜地预备年菜。李静也跟着忙碌。赵姑父半夜才回来，三个人说笑一阵。赵姑母告诉丈夫，她掉了一个牙。他笑着答应给她安一个金牙，假如来年财神保佑铺子多赚些钱。她恐怕吞了金，执意不肯。于是作为罢论。

王德回家去过午，给父亲买了一条活鱼，有二尺长。给李应的叔父买了一只大肥鸡。王老者笑得把眉眼都攒在一处舍不得分开，开始承认儿子有志气能挣钱。他把鱼杀了，把鱼鳞抛在门外，冻在地上，以便向邻居陈说，他儿子居然能买一条二尺见长欢蹦乱跳的活鱼。

李应也回家看叔父，买了些食物以讨叔父的欢心。可是李老人依旧不言不语，心中像有无限的烦苦。

孙八爷带着小三、小四一天进城至于五六次之多，购办一切年货。小三、小四偷着把供佛的年糕上面的枣子偷吃了五个，小三被他母亲打了一顿，小四跑到西院去搬来祖父孙守备说情，才算脱出危险。

老张算账讨债，直到天明才完事。自己居然疯了似的喝了一盅酒，吃两个值三个铜元一个的鸡卵。而且给他夫人一顿白米粥吃——一顿管饱的白米粥！老张因年岁的关系，志气是有些消沉，行为是有些颠狂！真给妻子一顿白米粥吃！

龙树古父女也不烧香，也不迎神，只是被街上爆竹吵得不能睡。父女烤着火炉，谈了一回，又玩一回扑克牌。

南飞生新近把劝学员（学务大人）由"署理"改为"实任"。亲友送礼庆贺者，不乏其人，他把他夫人的金镯典当三十块钱，才把礼物还清，好不忙碌。快乐能使人忙碌，忙碌也生快乐，南大人自然也忙也乐，或是且忙且乐！

蓝小山先生大除夕地还研究"植物心理学"，念到半夜又作了几首诗。蓝先生到底与众不同！

每个人有他自己异于别人的生趣与事业，不能一样，也无须一样。可是对于年节似乎无论谁也免不了有一番感触，正如时辰钟到了一定的时候就响一声或好几声。生命好似具时间的机器！

…………

"新禧！新禧！多多发财！"人们全这样说着。

"大地回春，人寿年丰，福自天来……"红纸黑字这样贴在门上。

新年！难道不是？

快乐！为什么不？

贺年！谁敢不去？

"！"对了！"？"白寻苦恼！

没告诉你世界就是那么一团乱气吗？

蜗牛负着笨重的硬壳，负着！

傻象（其实心里不傻）插着长而粗的牙，插着！

人们扛着沉而旧的社会，扛着！

热了脱去大衫，冷了穿上棉袍，比蜗牛冬夏常青穿着灰色小盖聪明多了！

社会变成蜗牛壳一样，生命也许更稳固。夏天露出小犄角，冬天去蛰宿，难道不舒服？

一时半刻哪能变成蜗牛，那么，等着吧！

第一个到孙八家里贺年的，谁也猜得到是老张。孙八近来受新礼教的陶染，颇知道以"鞠躬"代"叩首"，一点也不失礼。可是老张却主持：既是贺旧历新春就不该用新礼。于是非给孙八磕头不可。他不等孙八谦让，早已恭恭敬敬地匍匐地上磕了三个头。然后又坚持非给八嫂行礼不可。幸而孙八还明白：老张是老师，万没有给学生家长内眷行礼的道理；死劝活说的，老张才不大高兴地停止。

中国是天字第一号的礼教之邦。就是那不甚识字的文明中国人也会说一句："礼多人不怪。"

孙八受了老张的礼，心中好过不去；想了半天，把小三、小四叫进来，叫他们给老张行礼，作为回拜。

小三、小四还年幼，不甚明白什么揖让进退，谁也不愿意给老师磕头。孙八强迫着他们，小三磕了一个头站起就跑，小四把手扶在地上，只轻轻点了几点头。老师却不注意那个，反正有人跪在面前，就算威风不小。

两个人坐下闲谈，谈来谈去，又谈到老张日夜计划的那件事上。

"八爷，大喜！老龙已答应了你给的价钱！"

"是吗？"孙八仿佛听到万也想不到的事情！

"是！现在只听你选择吉期！钱自然是在吉期以前给他的！"

"他得给我字据，或立婚书！"孙八问。

"八爷！只有这一件事对不起你，我把嘴已说破，老龙怎么也不肯写婚书！他也有他的理由，他们信教的不供财神，和不供子孙娘娘、月下老人一样！他不要求你到教堂行婚礼，已经是让步！"老张锁着眉头，心中好像万分难过。

孙八看老张那样可怜，不好意思紧往下追，可是还不能不问：

"没婚书，什么是凭证？"

老张低着头，没有回答。

孙八也不再往上问。

"要不这么办，"老张眼中真含着两颗人造的泪珠，"八爷。你信得及我呢，把钱交给我，等你把人抬过来，我再把钱交给老龙。他知道钱在我手里不能不放心。八爷，你看怎样？再不然呢，我把我的新媳妇给你，假如你抱了空窝，受了骗！"

"你的新媳妇？张先生你可真算有心，为什么以前不告诉我？"

"以前跟你说过，我也有意于此，现在虽有七八成，到底还没定规准。"

"谁家的姑娘？"

"我只能告诉你，她是咱村里的，等大定规了，我再告诉你她的姓名。我很盼望和你能在同日结婚凑个热闹，只是一时不能办妥，怕你等不了我。"

"再有一两个月还不成？"

"不敢说。"

"快办，一块热闹！"孙八笑着说。

好人受魔鬼试探的时候，比不好人变得还快。孙八好像对于买姑娘贩人口是家常便饭似的随便说了，不但一点不以为奇，而且催着别人快办。世上不怕有蓝脸的恶鬼，只怕有黄脸的傻好人。因为他们能，也甘心，做恶鬼的奴仆，听恶鬼的指使，不自觉地给恶鬼扩充势力。社会永远不会清明，并不是因恶鬼的作祟，是那群傻好人醉生梦死的瞎捣乱。恶鬼可以用刀用枪去驱逐，而傻好人是不露形迹地在树根底下钻窟窿的。

孙八是个好人，傻好人，唯独他肯被老张骑着走。老张要是幸而有忏悔的机会，孙八还许阻止他。老张明白他自己，是可善可恶的，而孙八是一块黑炭，自己不知道自己怎么就黑了，而且想不起怎么就不黑了，因为他就没心。

"快！我紧着办！大概五月节以前可以妥当了！"老张说。

"好，我预备我的，你去快办你的！什么时候交钱，我听你的信。就照你的主意办！"

老张又给孙八出了许多主意，怎样预备一切，孙八一五一十地都刻在心上，奉为金科玉律。

老张告辞向家，孙八把他送出大门外，临别嘱咐老张：

"别叫叔父和你八嫂子知道了！"

# 第二十九

赵四何许人也？戏园饭店找不着他，公园文社找不着他……他在我们面前，只在德胜桥摔破了腿，后来把李应介绍到救世军去。只知道他是赵四，他的父母、祖父母，当人们问他的时候，他只一笑地说："他们都随着老人们死了。"至于赵夫人，我们也只能从理想上觉得，似乎应当有这么一位女人，而在事实上，赵四说："凭咱的一副面孔、一件蓝小褂，也说娶妇生子？"

赵四在变成洋车夫以前，也是个有钱而自由的人。从他的邻居们的谈话，我们还可以得到一些现在赵四决不自己承认的事实。听说他少年的时候也颇体面，而且极有人缘在乡里之中。他曾在新年第二日祭财神的时候，买过八十多条小活鲤鱼，放在一个大竹篮内，挨着门分送给他的邻居，因为他们是没钱或吝啬买活鱼祭神的。他曾架着白肚鹰，拉着黄尾犬，披着长穗羊皮袍，带着烧酒牛肉干，到北山山环内去拿小白狐狸；灰色或草黄的，看见也不拿。他曾穿着白夏布大衫、青缎鞋，噗咚一声地跳在西直门外的小河里去救一个自尽的大姑娘。你看人们那个笑他！他曾召集逃学的学童们在城外会面，去到苇塘捉那黄嘴边的小苇雀，然后一同到饭馆每人三十个羊肉冬瓜馅的煮饺子，吃完了一散。……

常人好的事，他不好；常人不好的事，他好。常人为自己打算的事，他不打算；常人为别人不打算的事，他都张罗着。

他的高兴还没尽，而他的钱净了！平日给人家的钱，因为他不希望往回讨，现在也就要不回来；而且受过他的好处的人，现在比没受过他的钱的还不愿招呼他。有好几次，他上前向他们道辛苦，他们扭转脖项，给他看后脑瓢。于是赵四去到城外，捡了一堆砖块，在城墙上用白灰画了个圆圈，练习腕力和瞄准，预备打他们的脑瓢。

在赵四想，这不过是一种游戏：有钱的时候用饺子耍你们，没钱的时候用砖块耍你们，性质本来是一样的。谁想头部不坚固的人们，只能享受煮饺子，而受不住砖块。有一次竟打破了一个人的脑袋而咕噜咕噜地往外冒动物所应有的红而浓的血。于是赵四被巡警拿到监狱中，做了三个月的苦力。

普通人对于下过狱的人们，往往轻描淡写地加以徽号曰"土匪"，而土匪们对于下过狱的人们，谥以嘉名曰"好汉"。哪一个对？不敢说。

　　赵四被大铁链锁着的时候，并不觉得自己是土匪，也不自认为好汉。因为要是土匪，他的劣迹在哪里？要是好汉，为什么被人家拿锁疯狗的链子拴上？

　　可是他渐渐明白了：有钱便是好汉，没钱的便是土匪，由富而贫的便是由好汉而土匪。他也明白了：人们日用的一切名词并没有定而不移的标准，而是另有一些东西埋伏在名词的背后。他并没改了他旧日的态度，他只是要明白到底怎么样才算一条好汉。而身入监狱，倒像给了他得以深思默想的好机会。有钱是好汉？没钱是土匪？他又从新估量了！

　　他又悟出一条笨道理来。做好汉不一定靠着钱，果然肯替别人卖命，也许比把钱给人更强。假如不买鲤鱼分送邻居，而替他们做几桩卖力气的事，或者他们不至于把我像鲤鱼似的对待——鲤鱼是冷血动物，当然引不起热血动物的好感。

　　他想到这里，于是去找牢中的难友讨论这个问题。有的告诉他，帮助别人是自找无趣，金钱与心力是无分别的，因为不愿帮助人的，在受别人帮助后不会用自己不愿帮助别人的心想明白别人有爱人的心。不图便宜，谁肯白白替别人做事！有的笑着而轻慢地说，假若你把砖头打在国务总理脑袋上，你早到法国兵营或荷兰使馆去享福了。用砖头打普通人是和给钱与他们一样不生好结果的。有的说，到底金钱是有用的，以金钱买名誉是货真价廉的；你以前的失败，是因为你的钱花得不当，而不是钱不肯叫你做好汉。在正阳门大街上给叫花子半个铜元，比在北城根舍整套的棉衣还体面；半夜出来要饭的是天然该饿死，聪明而愿做好汉的谁肯半夜黑影里施钱做好人！……

　　赵四迷惑了，然而在夜静的时候自己还觉得自己想的对。于是他出狱之后，早晨把家里的零碎东西拿到早市去卖，下半天便设法帮助别人，以实行他做好汉的理想。

　　有一次，他把一个清道夫的水瓢抢过来替他往街心洒水，被巡警打了几拳，而且后来听说那个清道夫也被免了职。有一次，他替邻家去买东西，他赔了十几多个铜元的车钱，而结果邻舍们全听说赵四替人家买东西而赚了钱！有一次，他替一位病妇半夜里去请医生，医生困眼蒙眬地下错了药，而人们全埋怨赵四时运不济至于把有名的医生连累得下错了药！……

他灰心了！狱中想出的哲学到现在算是充分地证明，全不对！舍己救人也要凑好了机会，不然，你把肉割下来给别人吃，人们还许说你的肉中含有传染病的细菌。

他的东西卖净了，现在是自己活着与死的问题了！他真算是个傻老，生死之际还想哪条吃饭的道路可以挣饭吃而又做好事。他不能不去拉洋车了，然而他依然想，拉洋车是何等义勇的事：人家有急事，咱拉着他跑，这不是舍命救人！

哈哈！坐车的上了车如同雇了两条腿的一个小牛，下了车把钱甚至于扔在地上，不用还说一声"劳驾"或"辛苦了"！更难堪地，向日熟识的人，以至于受过赵四的好处的人，当看见他在路上飞跑的时候，他们嚷："赵四！留神地上的冰，别把耳朵跌在腔子里去，跌进去可就不方便听骂啦！"他从前认识的和尚道士们称他为施主，为善人，现在却老着面皮向他说："拉洋车的，庙前不是停车处，滚！"当赵四把车停在庙外以便等着烧香的人们的时候。

其实"拉洋车的"或是"洋车夫"这样的头衔正和人们管教书的叫"教员"，住在南海的那位先生叫"总统"有同样的意义，赵四决不介意在这一点上。不过有时候巡警叫他"怯八义""傻铛铛"……赵四未免发怒，因为他对于这些名词，完全寻不出意义；而且似乎穷人便可以任意被人呼牛呼马而毫无抵抗力的。

"人是被钱管着的万物之灵！"老张真对了！赵四没有老张那样的哲学思想，只粗野地说："没钱不算人！"

人们当困窘的极点或富足的极点，宗教的信仰最易侵入；性质是一样的，全是要活着，要多活！

可是赵四呢，信孔教的人们不管他，信吕祖的人们不理他，佛门弟子嘲笑他。这样，他是没有机会发动对于宗教的热心的。不幸，偏有那最粗浅而含洋气的救世军欢迎他和欢迎别人一样，而且管他叫"先生"。于是赵四降服了，往小处说，三四年了，就没听过一个人管他叫"先生"。其实赵四也傻，叫一声"先生"又算什么！"先生"和"不先生"分别在哪里？而赵四偏有这一点虚荣心！傻人！

有学问的人嫌基督教是个好勇斗狠的宗教。而在赵四想："学学好勇，和鬼子一般蛮横，顶着洋人的上帝打洋人，有何不可！"傻哉赵四！和别的普通中国人一样不懂大乘佛法，比普通中国人还傻，去信洋教！

赵四自入救世军，便一半给龙树古拉车，一半帮助教会做事，挣钱不多，而确乎有一些乐趣；至不济，会中人总称呼他"先生"。

# 第三十

赵四与李应是老街坊；李应在他叔父未穷的时候，也是住在城里的。……

李应在家里住了三天，也算过了新年。先到姑母家，然后到龙树古家，都说了些吉祥话。最后转到教会去找赵四。见了赵四，不好意思不说一句"新喜"！不是自己喜欢说，也不是赵四一定要他说，只是他觉得不说到底欠着一些什么似的。

"有什么可喜？兄弟！"赵四张着大嘴笑得把舌根喉孔都被看见，拉着李应的手问李老人身体怎样。他不懂得什么排场规矩，然而他有一片真心。

这时候会里没有多少人，赵四把他屋里的小火炉添满了煤；放上一把水壶，两个人开始闲谈。

赵四管比他年长的叫哥哥，小的叫兄弟。因为他既无子侄，又永远不肯受他人的尊称，所以他也不称呼别人做叔、伯，或祖父。他记得西城沟沿住的马六，在四十二岁的时候，认了一个四十岁的义父，那位先生后来娶了马六的第二个女儿做妾，于是马六由义子而升为老泰山。赵四每想起来，就替他们为难：设若马六的女儿生下个小孩子，应当算马六的孙呢，还是兄弟？若马六是个外国人，倒好办；不幸马六是中国人而必定把家庭辈数尊长弄得清清楚楚，欲清楚而不得，则家庭纲纪弛矣！故赵四坚持"无辈数主义"，一律以兄弟相称，并非仅免去称呼之繁歧，实有益于行为如马六者焉！

"兄弟！"这是赵四叫李应，"为什么愁眉不展的？"

"哼！"李应很酸苦地笑了一笑。

"有心事？"

"四哥！你明白这个世界上没有可乐的事！"

"好兄弟，别和四哥要文理，四哥不懂！我知道大饼十个铜元一斤，你要没吃的，我分给你半斤，我也吃半斤，这叫爱人。顺心地一块说笑；看着从心里不爱的呢，少理他；看着所不像人的呢，打、杀，这叫爱恶人；因为把恶人杀了，省得他多做些恶事，也叫爱人！有什么心事，告诉我，我也许有用！"

"四哥！我告诉你，你可别对外人说呀！"

"我和谁去说？对总统去说？人家管咱们拉洋车的臭事吗！"

屋中的火烧得红红的，赵四把小棉袍脱下来，赤着背，露着铁铸的臂膀；穿着一条一条的青筋。

"四哥！穿上衣服，万一受了寒！"

"受寒？屋里光着，比雪地里飞跑把汗冻在背上舒服得多！说你的事！"赵四说完，两只大手拍着胸膛；又把右臂一抢，从腋下挤出"呱"的一声。

"我有两件事：一件是为自己，一件是为我姐姐！"李应慢慢地说。

"我知道小静儿。哼，不见她有几年了！"赵四腋下又"呱"地响了一声。

"先说我自己的事！"李应脸红了，"四哥！你知道凤姑娘？"

"我怎么不知道，天天见。"

"年前龙军官对我说，要把她许给我。"

"自然你爱她！"赵四立起来。

"是！"

赵四跳起来，好似非洲土人的跳舞。腋下又挤得"呱"的一声响，恰巧门外放了一个大爆竹，赵四直往腋下看，他以为腋下藏着一个炸弹。然后蹲在地上，笑得说不出话。

"四哥你怎么了？"李应有些起疑。

"好小子爱好姑娘，还不乐！"

"先别乐！我身上就这一件棉袍。手中分文没有，叫我还敢往结婚上想！我一面不敢过拂龙军官的好意，一面又不敢冒险去做，我想了几天也不敢和叔父说。"李应看着炉中的火苗，跳跳钻钻地像一群赤着身的小红鬼。

"订下婚，过几年再娶！"

"四哥，你还不明白这件事的内容。"

"本来你不说，我怎能明白！"

"龙军官欠城外老张的钱，现在老张迫着他把凤姑娘给城外孙八做妾，所以龙军官急于叫我们结婚，他好单独对付老张。说到老张，就与我的姐姐有关系了：他要娶我姐姐折我叔父欠他的债。我第一不能结婚，因为又年轻又穷；第二我不能只管自己而把我叔父和姐姐放在一旁不管……"

"兄弟！你要这么告诉我，我一辈子也明白不了！老张是谁？孙八是怎么个东西？"赵四把眼睛瞪得像两个肉包子，心中又着了火。

李应也笑了，从新把一切的关系说了一遍。

"是杀老张去，还是用别的法子救她？"李应问。

"等等！咱想一想！"赵四把短棉袄又穿上，脸朝着墙想。

"兄弟！你回家去！四哥有办法！"

"有什么办法？"

"现在不能说，一说出来就不灵验了！"

李应又坐了一会儿，赵四一句话也没说。李应迷迷糊糊地走出教会，赵四还坐在那里像位得道的活神仙。

# 第三十一

蓝小山告诉王德，他每天到饭馆吃饭至少要用一块半钱，而吃的不能适口。王德不晓得一块多钱的饭怎样吃法，因为他只吃过至多二毛钱一顿的；可是不能不信没有这样的事，虽然自己没经验过。

报馆开张了，王德早早地来上工。他一进门只见看门的左手捧着一张报纸，上面放着一张薄而小的黑糖芝麻酱饼；右手拿着一碗白开水往蓝小山的屋里走。

王德没吃过一块半钱一顿的饭，可是吃过糖饼，而糖饼决不是一块半钱一张，况且那么薄而小的一张！

蓝小山正坐在屋里，由玻璃窗中看见王德。

"大生进来！"

王德不好意思拒绝，和看门的前后脚进去。看门的问："要别的东西不要，蓝先生？"

"去吧！"小山对仆人的词调永远是简单而含有命令气的。

王德坐下，小山拿起糖饼细嚼缓咽地自由着。

"我的胃可受不了那么油腻的东西！你知道，亲友到年节非请我吃饭不可。他们的年菜是油多肉多，吃得我肚子疼得不得了；不吃吧，他们又要说我骄傲择食！难题，难题！今天我特意买张糖饼吃，你知道，芝麻酱是最能补肚子的！中国家庭非改革不可，以至于做饭的方法都非大改特改不可！"小山说着把饼吃完，又把一碗开水轻轻地灌下去。喝完水，从抽屉里拿出两块金黄色橘子皮。把一块放在口中含着，把那一块放在手心里，像银号老板看银子成色的样子，向王德说：

"大生！说也可笑！一件平常的事，昨天一桌十几多个人会都不知道。"

"什么事，小山？"

"你看，橘子是广州来的最好，可是怎能试验是不是广州货呢？"

"我不知道！"

"你也不知道？你看这里！"小山把橘皮硬面朝外，白皮朝里往墙上一贴，真的贴住了！"这是广州来的！贴不上的是假的！昨天在西食堂吃大餐，我贴给他们看；这是常识！"

小山说罢，从墙上把橘皮揭下来又放在抽屉里。

两个人谈来谈去，谈到婚姻问题。谈男女的关系是一班新青年最得意的事。而且两个男的谈过一回关于女子的事，当时觉得交情深厚了许多。

"我明白女子的心理，比男子的还清楚，虽然我是男子。"小山说，"我明白恋爱原理比谁也透彻，虽然我现在无意于结婚，女子就是擦红抹粉引诱男性的一种好看而毫无实在的东西！恋爱就是苟合的另一名词，看见女子，不管黑白，上去诱她一回。你看透她的心理，壮着你自己的胆量，你就算是恋爱大家！我现在无意结婚，等我说要时候，我立在中央公园不用说话，女的就能把我围上！"

"我——我不敢——"

"有话请说，好在是闲谈。"

"我不敢说你的经验准对，"王德的脸又红了，"我信女子是什么都可以牺牲的，假如她爱一个男子，男子不明白她们，反而看着她们是软弱，是依赖！至于恋爱的道理我一点也不懂，可是我觉得并不是苟合，而是神圣！"

王德说不出道理来，尤其这是头一次和小山辩论，心中不能坦然地细想，就是想起来的，口中也传达不出来。

小山把一双眼珠又集中在鼻部，不住地点头。

"大生！你是没交结过女的，所以你看她们那么高。等你受过她们的害以后，你就明白我的话了！"

"我也有个女朋友……"王德被人一激，立刻把实话说出来。后悔了，然而收不回来了！

"是吗?"小山摘下眼镜，擦了擦眼镜，揉了揉眼。面部的筋肉全皱起来，皱起的纹缕，也不是哭的表示，也不是笑，更不是半哭半笑，于无可形容之中找出略为相近的说，好像英国七棱八瓣的小"牛头狗"的脸。

"是！"王德永远看不起"说过不算"的人，于是很勇敢地这样承认。

"告诉我，她是谁？我好帮助你把她弄到手！"小山用比皮袄袖子长出一块的那件绸大衫的袖子轻轻拂了王德的脸一下。

"她与我和亲姊弟一般，如今我们希望比姊弟的关系更进一层！我不愿听这个'弄'字，我十分敬爱她！"王德今天开始有一些不爱小山了，然而只在讲爱情的一点，至于别的学问，小山依旧是小山；人们哪能十全呢？会作好诗好文的，有时候许做出极不光荣的事，然而他的诗文，仍有他的价值。

"到底她是谁？'弄'罢'不弄'罢，反正我是一片好心要帮助你！女子的心理你不如我明白得多！"

"李应的姐姐，我们自幼就相知！"王德很郑重地说。

"噢！在教会的那个李应?"

"他的姐姐！"

"好！好！你们已订婚?"

"彼此心许，没有正式的定规！"

"好！我帮助你！我无意结婚，因为我看女子是玩物，我看不起她们，可是我愿帮助别人成其好事，借此或者也可以改一改我对于女子的成见！"

王德——诚实的少年——把一切的情形告诉小山。小出满口答应替王德出力，然后两个人分头去做他们的事。

老张与蓝小山的哲学不同，所以他们对于女子的态度也不同。老张买女子和买估衣一样，又要货好又要便宜；穿着不合适可以再卖出去。小山是除自己祖母以外，是女人就可以下手，如其有机可乘！从讲爱情上说，并不是祖母有什么一定的难处，实在因为她年老了！谄媚她们，把小便宜给她们，她们是三说两说就落在你的陷阱。玩耍腻了一个，再去谄媚别个，把小便宜给别个，于是你得新弃旧，新的向你笑，旧的向你哭，反正她们的哭笑是自作自受！

老张要不是因人家欠他的债，是不肯拿钱买人的，可是折债到底是损失金钱，于此，他不如小山只费两角钱为女人们买一张电影票！那不是老张的脑力弱于小山，见解低于小山，而是老张与小山所代表的时代不同，代表的文化不同！老张是正统的十八世纪的中国文化，而小山所有的是二十世纪的西洋文明。老张不易明白小山，小山不易明白老张，不幸他们住在同一个社会里，所以他们免不了起冲突，相攻击，而越发地彼此不相能。不然，以老张的聪明何苦不买一张电影票弄个女的，而一定折几百元的债！不然，小山何不花三百元买进，而五百元卖出，平白赚二百元钱，而且卖出之前，还可以同她……

# 第三十二

"妇女是干什么的?"

王德听了蓝小山的话，心中疑惑，回家之后当着赵姑母又不敢问李静，于是写了一个小纸条偷偷地递给李静。

李静的答复，也写在一个纸条上，是：

"妇女是给男人做玩物的！"

王德更怀疑了：蓝小山这样说，李静也这样说！不明白！再写一个纸条，细问！

写纸条是青年学生最爱做的，如果人们把那些纸条搜集起来，可以作好好的一篇青年心理学。可惜那些纸条不是撕了，就是掷在火炉内；王德是把纸条放在嘴里嚼烂而后唾在痰盂内的。几年前他递给一个学友一张纸条，上写："老张是大王八。"被老张发现了，打得王德自认为"王八"，这是他所以嚼烂纸条的原因。

李静的纸条又被王德接到，写着：

> "我只好做玩物了，假如世上有的男子——王德，你或者是一位——不拿妇女当玩物，那只好叫有福的女子去享受，我无望了！"

赵姑母是步步紧跟李静，王德无法和她接近，又不好意思去问李应，于是低着头，拧着眉，往街上走。

时候尚早，不到上报馆做工的时间。他信马由缰地走到中央公园，糊里糊涂地买了一张门券进去。正是新年，游人分外的多；王德不注意男人，专看女的，因为他希望于多数女子的态度上得一点知识，以帮助他解决所要解决的问题。

一群一群的女子，有的把红胭脂擦满了脸，似女性的关公；有的光抹一层三分多厚的白粉，像石灰铺的招牌；有的穿着短袍没有裙子，一扭一扭地还用手拍着膝上腰下特别发展的那一部分；有的从头到尾裹着貂皮，四个老妈搀着一个，蚯蚓般的往前挪；有的放开缠足，穿着高底洋皮鞋，鞋跟露着一团白棉花；有的白脸上戴着蓝眼镜，近看却是一只眼。

"她们一定是玩物了！"王德想，"有爱关公的，有爱曹操的，这是她们打扮不同而都用苦心打扮的原因！……"

"有没有例外？我是个不以女子当玩物的男子，有没有不以玩物自居的女子？李静？……"

王德越想越乱，立在一株大松树下，对松树说："老松！你活了这么多的年岁，你明白吧？"老松微微地摇着头。"白活！老松！我要像你这样老，什么事我也知道。"王德轻轻地打了老松几下，老松和老人一样地没知觉，毫无表示。王德无法，懒懒地出了公园到报馆去。

"小山！你的话对了！"王德一心地要和小山谈一谈。

"什么话？"

"女子是玩物！"

"谁说的？"

"你昨天说的，跟我说的！"

"我没有！"

"昨天你吃糖饼的时候说的，忘了？"

"是了！我想起来了！原谅我，这几天过年把脑子都过昏了！天天有那群讨厌的亲友请吃酒，没法子不得不应酬！你看，昨天晚上九点钟，还被参谋次长拿电话把我约去；一来他是我父亲的好友，二来我做着报界的事，怎好得罪他，去吧！大生！那位先生预备的'桂花翅子'，是又柴又硬，比鱼头还难吃！我要是有那样的厨子，早把他送警察厅了！"小山串珠般地说，毫没注意王德的问题。

朋友到交得熟了以后，即使有一些讨厌，也彼此能原谅，王德不喜欢听小山这套话，然而"参谋次长"与"桂花翅子"两名词，觉得陪衬得非常恰当，于是因修辞之妙，而忘了讨厌之实。

"大生！你有新闻稿子没有？"小山没等王德说话，又这样问。

"没有！"

"快写几条，不然今天填不上版！"

"我真没有可写的！"

"随便写：城北王老太婆由洋车摔下来，只擦破手掌上一块皮；一辆汽车碰在一株老树上，并没伤人。……谁能刨根问底地要证据。快去写，不然是个塌台！"小山很急切的，似乎对于他的职务非常负责。

"造谣生事，我不能做！"王德真不高兴了！

"得了！大生！捧我一场！造谣生事是我一个人的罪，与你无干，你只是得帮帮好朋友！"小山不住地向王德垂着手鞠躬。瘦瘦的身子往前弯着，像一条下完卵的小母黄花鱼。

好话是叫好人作恶的最妙工具，小山要强迫王德，王德许和小山宣战！然而小山央告王德，什么事再比拒绝别人央告难过？于是王德无法，写了半天，只能无中生有地写了三条。小山看了，不住地夸奖，尤其关于中央公园的一条，特别说好。他拿着笔一一地加以题目，那条关于中央公园的事，他加上一个：

"游公园恰遇女妖，过水榭巧逢山怪。"

听说因为这个题目，那天的报纸多卖了五百多张。当然那天的卖报的小孩子吆喝着："看看公园的老妖！"

"人们买报原来是看谣言！"王德把妇女问题搁下，又想到新闻纸上来，"到底是报馆的错处呢，还是人们有爱看这种新闻的要求呢？"

王德越想越不高兴，有心辞职不干，继而想到李静告诉过他，凡事应当忍耐，又把心头的怒气往下压。……她的话，她是要做玩物的……不足信！

王德担着一切好青年所应有的烦闷，做完了工，无精失采地进城。


# 第三十三

"凤姑娘！凤姑娘！"赵四低着头，眼睛看着自己的脚面，两只手直挺挺地贴在身边，叫一声凤姑娘，肘部向外部一动。

"四哥，有事吗？"龙凤问。

"凤姑娘！凤姑娘！"

"请说呀。"龙凤笑了。

"我说，可是说实话！"

"不听实话可听什么？"

"说实话，有时候真挨打！"

"我不能打你吧？"

"那么，我要说啦！"赵四咽了一口唾沫，自己对自己说，"娘的，见姑娘说不出话来！"

他以为龙凤听不见，其实她是故意装耳聋。

"四哥，咱们到屋里坐下说好不好？"龙凤就要往屋里走。

"不！不！拉洋车的跑着比走着说得顺溜，立着比坐着说得有劲！姑娘你要愿意听，还是站在这里说，不然我说不明白！"

"好！四哥请说！"她又笑了一笑。

这时候才过元宵节，北风已不似冬天那么刺骨的冷。淡淡的阳光射在北窗上，她才把两盆开得正好的水仙花，放在窗台上吸些阳光。她一面不住地闻那水仙的香味，一面听赵四说话。

"姑娘，你认识城外的老张？"赵四乘着她闻水仙花，看了她一眼，又快快地把眼光收回到自己的脚上。

"我知道他，他怎样？"

"他，他不是要买你当那不是姑娘们应当当的铛铛吗？"

"四哥！什么是铛铛？"

"巡警管我叫铛铛，我不明白什么意思，所以用它来说一切不好的事。姑娘你聪明，大概明白我的意思！"

"啊——我明白了！"龙凤呆呆地看着水仙花，被风吹的那些花瓣一片一片地颤动，射散着清香。

"要是明白了，不想办法，那么明白它做什么？"

"四哥！你有办法吗？"

"有是有，只是不好出口，你们妇人不许男人说直话！"

"你拿我当作男人，或是当作我没在这里，随便说！"

"好！听着！"赵四把手活动起来，指手画脚地说，"是这么一件事，孙八要买你做小媳妇，老张从中弄鬼！"赵四停住了，干嗽了两声。

"四哥，说！我不怪你！"龙凤急切地说。

"都是老张的主意，卖了你，好叫你父亲还清他的债。李应告诉我说，你父亲有意把你许给李应，而李应迟疑不决，向我要主意！你父亲的心意我一点不知道，我以为你和李应该早早地定规一切，别落于老张的手里！你看李应怎样？"

赵四脸红得像火烧云，看着她。奇怪，她不着急，只轻轻地摆弄她的裙缝。"到底女人另有个脾气，我要是她，不拿大刀去杀老张，我是个王八！"赵四心里这样说。

"四哥，我不拒绝李应，这是现在我能告诉你的，别的等我想想。四哥，我谢谢你！"

"好说！我走吧！你自己想想！"赵四往外走，高兴异常，今天居然跟个大姑娘说了一套痛快话!

赵四走后,龙凤坐在台阶上,听着微风吹动窗上的纸,墙头小猫撒着娇嫩而细长的啼唤,看着自己的手指,有时候放在口边咬一下指甲,一些主意想不出。坐了半天有意无意地立起来,把两盆水仙搬进屋去。顺手捡起一条灰色围巾披在肩头,到教会去找李应。

李应自从和赵四商议以后,心里像有一块硬而凉的大石头,七上八下地滚。他不喜说话,尤其不喜叫别人看破他的心事;可是有时候手里拿着铅笔,却问别人"我的铅笔"? 有时候告诉别人"就要上东城",却说成"东城是西城不是"! 旁人笑了,他也笑了,跟着一阵脸红,心里针刺似的难过。

他正在预备拿《圣经》到市场去卖,数了几次也没数清拿的是多少本。忽然赵四扶着他的肩头,低声地说:"凤姑娘在外面等着你!"

李应夹着《圣经》和龙凤往北走,谁也不知往哪里走,也不问往哪里走。

走到了城北的净业湖,两个人找了一块大青石坐下。

没有什么行人,桥上只有一个巡警走来走去,把佩刀的链子摆得哗啷哗啷响。湖内冻着厚冰,几个小孩穿着冰鞋笑笑嘻嘻地溜冰。两岸的枯柳一左一右地摇动着长枝,像要躲开那严酷的寒风似的。靠岸的冰块夹着割剩下的黄枯苇,不断地小麻雀捉住苇干,一起一伏地摆动它们的小尾巴。太阳已往西去,罩着一层淡黄的雾,斜射着银灰的冰块,连成一片寒气。那小孩的疾驰,那小麻雀的飞落,好像几个梭儿,在有忧思的人们眼前织成一个愁网。

两个人坐了一刻,又立起来沿着湖边走几步,因为桥上的巡警不住地用侦探式的眼光射着他与她。

"凤姐!"李应先说了话,"这光洁的冰块顶好做个棺材盖上我的臭皮骨!"

龙凤叹了一口气,把围巾紧了一紧,回头看着那恋恋不忍辞去大地的斜阳。

他们又不说了,忽然两个人的中间,插入两只大手,捉着他们的手腕。两个人惊得都把头向中间转过来,那两只大手松开了,后面哈哈地笑起来。

"四哥! 别这么闹!"李应半怒地说。

"好兄弟! 吓死,不比盖上大冰块痛快!"

三个人又坐下,那桥上的巡警走过来。

"警爷!"赵四说,"我们是救世军出来卖《圣经》的,拿我们当拐带妇女看，可是小鹞子拿刺猬，错睁了眼！"

龙凤怕巡警怒了，赶快立起来向巡警解说，并且把李应拿着的《圣经》给他看。巡警握着刀柄，皮鞋擦着地皮慢慢地走开。

"四哥！"龙凤对赵四说，"你怎么对巡警那么说话，他要是怒了呢？"

"发怒！警爷永远不会！他们是软的欺，硬的怕，你不拍他，他就麻你！他们不管阔人街上拉屎，单管穷人家里烧香！不用说这个，你们两个到底怎样！"

"只有一条路，死！"李应说。

"不准说死，死了再想活可就太难了！跑！跑是好的法子！"

"往哪里跑，怎么跑，有跑的钱没有！"龙凤问。

"去求龙军官，你父亲！你们要跑，他定有主意，他能甘心卖你——他的亲女儿——吗？"

"我不能跑，我跑了我的姐姐怎办？"李应问。

赵四手捧着头，想了半天，立起来一阵风似的向南跑去，跑出好远，回头说了一声："明天会上见！"


# 第三十四


赵四自己刮了一阵风，激烈而慌促地把自己吹到李应姑母的家。风要是四方相激，往往成裹着恶鬼的旋风。人要是慌急，从心里提出一股热气，也似旋风似的乱舞。于是赵四在门外耍开了旋风。赵姑母门上的黑白脸的门神，虽然它的灵应，有些含糊其词，可是全身武装到底有些威风。赵四看了它们一眼，上前握定门环在门神的腮上当当地打起来，打得门神干生气一声也不言语。

"慢打！慢打！"赵姑母嚷，"报丧的也不至这么急啊！"

赵姑母看见赵四的服装，心里有些发慌，怕赵四是明伙强盗。赵四看见她也慌了，少年妇女是花枝招展的可怕，老年妇女是红眼皱皮的可怕。不论怎样，反正见妇女不好说话！

"找谁？说！"

"老太太，这里有一位小老太太姓李的吗？"赵四又冒着不怕三冬冷气，永像灶上蒸锅似的热汗。

"胡说！我的侄女是大姑娘！什么小老太太！啊！"

"'老太太'不是比'大姑娘'尊贵？我是谦恭！"

"你是哪里来的野小子？你给我走。不然，我叫巡警，拿你到衙门去！"老妇人一抖手，把街门哪的一声关上，一边唠叨，一边往里走。

赵四不灰心，坐在石阶上等着，万一李静出来呢？

太阳已经落下去，一阵阵的冷风吹来的炒栗子的香味，引得赵四有些饿得慌。不走！坚持到底！院里炒菜的响声，妇女的说话，听得真真的，只是她不出来。

黑影里匆匆地走过一个人来，一脚踹在赵四身上。

"什么？"

"什么！肉台阶比地毡还柔软！"

"四哥？"

"是哪一块！"

"在这里干什么？"

"等换骂！"

"不用说，我姑母得罪了你。她老人家说话有时候不受听，四哥别计较！"

"谁计较她，谁是儿子！告诉我，你和她商议出什么没有？"

"不能有结果，我不能放下我姐姐不管！"

"好小子！你能把你姐姐叫出来不能？"

"四哥！你太是好人了，不过你想得不周到。姑母在家，我如何能把她叫出来！"

"改日你能不能叫我见见她？"

"那倒可以，等我和姑母说，我领她去逛公园，我们可以见面谈一谈！"

"好！就这么办！一定！"赵四说完，走上台阶摸了摸门环，自己说了一句"没打坏"！

"四哥！你吃了饭没有？"李应问。

"没有！"

"有饭钱没有？"

"没有！"

"我这里有些零钱，四哥你拿去买些东西吃！"李应掏出一张二十铜元的钱票。

赵四没等李应递给那张钱票，扯开大步一溜烟地跑去。李应赶了几步，如何赶得上赵四！

"兄弟！咱是给别人钱的，不是求钱的！明天见！"赵四跑远，回头向李应说。

赵四跑回教会，才上台阶，后面一个人拍了他的脊背一下。

"借光！"那个人说，"这里有位李应吗？"

"有！"赵四回答。

"你和他熟识？"

"我的朋友！"

"好！朋友初次见面，赏个脸，咱们到饭馆吃点东西，我有话和你说。"那个人笑嘻嘻地说。

"有话这里也可以说，不必饭馆！"

"这么着，"那个人掏出一块钱来，"你自己爱买什么买什么，这块钱是你的！"

"你要问我什么，问！要是拿钱晃我，我可是脸急！"

"奇怪！穷人会不爱钱！哪有的事！这是梦中吧？"赵四真把那个人闹迷惑了！

"我问你，"那个人低声含笑，抿着嘴笑，像妓女似的抿着嘴笑。拍着赵四的肩头，亲热地问，"朋友！李应有个姐姐？"

"有！怎样？"

"她订了婚没有？"

"不知道！"

"她长得怎样？"

"你问她的模样干吗？"

"听说她很美。朋友！不瞒你说，我打算下腿！你要是能帮我的忙，朋友，咱家里还真有些金钱，不能叫你白跑！"那个人又把那块洋钱掏出来，往赵四手中放。

赵四本来与那个人平立在阶石上，赵四往上站了一站，匀好了距离，把拳头照准了那个人的脖下就是一拳。那个人"哟"了一声，滚下台阶去。赵四一语不发走进教会。第二天早晨他起来打扫门外，见阶下有几块蓝色的碎玻璃。"这是那小子的眼镜！"赵四说完，笑了一阵。

# 第三十五

李应请求姑母允许他同李静去逛公园。姑母已有允意，而李静不肯去。因为李静已与她姑母商定一切，李静主张是：宁可嫁老张不叫叔父死；对于王德，只好牺牲。赵姑母的意见是：儿女不能有丝毫的自私，所谓儿女的爱情就是对于父母尽责。李静不能嫁王德，因为他们现在住在一处，何况又住在自己的家里。设若结婚，人家一定说他们是"先有后嫁"，是谓有辱家风。老张虽老丑，可是嫁汉之目的，本在穿衣吃饭，此外复何求！况且嫁老张可以救活叔父，载之史传，足以不朽！……

有我们孔夫子活着，对于赵姑母也要说："贤哉妇人！"我们周公在赵姑母的梦里也得伸出大指夸道："贤哉赵姑母！"何况李静！

李静要是和王德逃跑了，不但她，就是他也不用再想在我们礼教之邦活着了。与其入张氏地狱（在第十八层地狱的西南边），受老张一个人的虐待，还比受社会上人人的指骂强！她是入过学堂的，似乎明白一些道理，新道理；新道理自然是打破旧礼教的大炮。可是她入的是礼教之邦的学堂，念国文、地理，已经是洪水猛兽般可怕，还于国文、地理之外讲新道理？果然她于国文、地理之外而明白一些新事新理，以至于大胆地和王德跑了，那新教育的死刑早已宣告，就是国文、地理也没地方去念了！幸而李静聪明，对于国文、地理而外，一点别的也不求知；幸而礼教之邦的教育家明白大体，除了国文、地理等教科书外，一点有违大道的事情也不教！

洋人化的中国人说，李静之下地狱，是新教育被赵姑母战败的证据。不对！新教育何曾向赵姑母摆过阵！

赵姑母亲自见了老张，立了婚约，换回她兄弟的借券。她心里欢喜异常，一块石头可落了地！儿女大事，做长辈的算尽了责。

赵姑母又顺便去看王德的母亲，因为李静的叔父与王德的父亲曾商议过他们儿女的婚事。两位老妇人见面，谈得哭完了笑，笑完了哭，好不亲热！赵姑母怨自己管束李静不严；王老太太怪自己的儿子没出息，主张赶快给王德定个乡下姑娘以收敛他的野性。王太太留赵太太吃晚饭，赵太太一唱三叹地伤世道不良、男女乱闹。王太太旁征博引，为赵太太的理论下注解与佐证。越说越投缘，越亲热，不由得当时两位太太拜为干姊妹。赵姐姐临走，王妹妹无以为赠，狠心地把预备孵鸡的大黄油鸡卵送给赵姐姐十个。赵姐姐谦谢不遑，从衣袋中掏出戴了三十二年的一个银指箍作为回敬。这样难舍难分地洒泪而别。

王德的父亲经他夫人的教训，自己也笑自己的荒唐，于是再也不到李老人那里去。赵姑父依旧笑着向李静说："姑娘！可有婆婆家了！"

老张得意极了！脸仰得更高了，笑的时候更少了——因为高兴！

喜到皆双！老张又代理北郊自治会会长了！因为老张强迫龙树古给孙八正式的婚书，龙树古甘心把会长叫老张代理，以备正式辞职后，老张可以实任。而老张也真的答应龙树古的要求。

"凡公事之有纳入私事范围内之可能者，以私事对待之。"这是老张的政治哲学。

喜到皆三！老张院中的杏树，开了几朵并蒂花。老张乐得居然写了一首七言绝句：

"每年累万结红杏，今岁花开竟孪生。设若啼莺枝上跳，砖头打去不留情！"

老张喜极了，也忙极了。光阴不管人们的事，一个劲儿低着头往前走，老张甚至于觉得时间不够用了，于是请教员，自己不能兼顾校务了。

春暖花开，妙峰山、莲花顶、卧佛寺……照例地香会热闹起来。褚大求老张写传单，以示对于金顶娘娘的信诚。于是老张在褚大拿来的黄毛边纸上，除了"妙峰山，金顶娘娘真灵。信士褚大虔诚"之外，又加了两句，"德胜汛官商小学聘请教员、薪资面议。"褚大看了看纸上那么多字，心里说："越多越讨娘娘的欢心！"于是千谢万谢地拿到街上粘贴。

自广告粘出去以后，十来个师范毕业生，因为不认识学务委员和有势力的校长而找不到事做，来到老张那里磋商条件，有的希望过奢，条件议不妥；有的真热心服务不计较金钱，可是不忍看学生们那样受罪，于是教了三天告辞回家。最后一位先生来自山东算是留长远了。老张送给那位先生一年三十块钱。旷工一天扣洋二角。

# 第三十六

校长解决，老张去找孙八商议一切。

"张老师又来了！爹爹！"小三在院内喊。孙八正在屋里盘算喜事的花费忙着迎出老张来。两个人到屋内坐下，孙八叫小三去沏茶。

"八爷预备得怎样？有用我的地方告诉我，别客气！"

"多辛苦！预备得差不多，只剩讲轿子、定饭庄子。"

"怎样讲轿子？"

"花红轿看着眼亮啊！"

"我知道用马车文明！"

小三一溜歪斜地提着一把大茶壶，小四拿着两个茶碗，两个一对一句地喊着"一二一"进来。老张、孙八停住说话，等小三把茶倒好，孙八给了一人一个铜子："快去，买落花生吃，不叫不准进来！"

"好！吃完了再进来！"两个孩子跑出去。

"马车文明？万一马惊了把新娘摔下来，怎么办？怎么办？"孙八真心疼媳妇！

"马就不会惊，就是惊了，和车行打官司，叫他赔五百元钱，顺手又发一笔小财！"老张的哲理，永远使孙八叹服，此为一例。

"是！就是！用马车！你说城内哪个饭庄好？"

"讲款式呢，什刹海会贤堂；讲宽绰呢，后门外庆和堂。那里真敞亮，三四家同日办事也容得下。一齐办事那才叫热闹！"老张看了孙八一眼，赶快把眼光收回到茶碗上去。

"张先生！你说咱们两个一块儿办事，够多么好！"孙八自觉明敏异常，想出这么好的主意。

"一块凑热闹好极了，只是我的亲友少，你的多，未免叫旁人说我沾你的光。"老张轻轻摇着头。

"好朋友有什么占便宜不占！你朋友少，我的多，各自预备各自的酒席！谁也不吃亏！"人逢喜事精神爽，孙八现在脑子多么清晰，好似一朵才被春风吻破的花那样明润。

"要不这么着，你预备晚饭，我的早饭，早晨自然来的人少，可是啊，万一来的多，我老张也决不含糊。如此省得分三论两地算人数，你看怎样？"

"就是！就是！我的晚顿！你去定菜，我听一笔账！我是又傻又懒，你多辛苦！"孙八向老张作了一个半截揖，老张深深地还了一鞠躬。

"马车、饭庄我去定，到底哪一天办事？"

"那是你的事，合婚择日你在行，我一窍不通！"孙八笑着说，自觉话说得俏皮。

"据我看，四月二十七既是吉日，又是礼拜天。你知道礼拜天人人有'饭约'，很少地特意吃咱们。可是他们还不能不来，因为礼拜天多数人不上衙门办事，无可借口不到。八爷你说是不是？"

"就是！可有一层，亲友不吃我，我不痛快！娶你八嫂的时候，我记得一共宰了三九二十七个大肥猪。我姥姥的外甥媳妇的干女儿还吃了我半个多月！"

"八爷，你要晓得，这是文明事，与旧礼完全不同啊！"

"是吗？就是！"

"甚至于请人我也有新办法！"

"既然一事新，为什么不来个万事新？古人说：'狗日新，又日新。'狗还维新，而况人乎？"孙八得意极了，用了一句书上的话。

"是啊！八爷你算对了！我想，我们要是普请亲友，既费饭又费话，因为三姥姥五姨儿专好说不三不四的话；听着呢，真生闷气，不听呢，就是吵子。不如给它个挑选着请！"

"怎样挑着请？"

"你听着呀，我们专请有妾的亲友，凡有一位夫人的概不招待。而且有妾的到那天全要携妾出席，你看那有趣没有！一来，是有妾的就有些身份，我们有志入政界，自然不能不拉拢有身份的人；二来，凡有妾的人多少总懂得些风流事，决不会乱挑眼，耍顽固。咱们越新，他们越得夸咱们文明、风流，有身份！八爷是不是？"老张慢慢地呷了一口茶。

"错是不错，可是哪里去找那么多有妾的人呢？"孙八问。

"你老往死葫芦里想，现在维新的事不必认识才有来往！不管相识不相识，可以被请也可以请人。如此，我们把各城自治会的会员录找出来，打听有妾的，自然也是有身份的，送出二百张红帖，还愁没人来！再说，咱们给他们帖，就是他们不来，到底心目中有了咱们两个。他们管保说：'看这两个讲自治的，多么讲交情，好体面，有身份！'八爷！我替你说了吧：'就是！张先生！多辛苦'！"

老张把薄嘴片轻轻地往上下翻，哧哧地低声笑，孙八遮着嘴笑得面色通红。

两个笑了一阵，孙八低下头去想老张说的一切话。……说得真对，老张是个人才！

"只有一件事我不放心，张先生！"孙八很害羞地说，"到底老龙不写婚书是什么心意，没婚书拿什么做凭据？我并不是有心挤兑你！"

"八爷！事情交给我，有错你踢我走！你看这里！"老张掏出一张纸来，"就是我的婚约，你拿着！龙家的姑娘娶不到，我老张的小媳妇归你！"老张把那张纸放在孙八的怀里。

"不是这样说，"孙八脸羞得像个六月的大海茄，迟迟钝钝地说，"我是太小心，决不是疑惑你办事不可靠！我不能拿你这张婚书！"

"八爷！事情往实在里办，"老张更激昂起来，"你拿着！什么话呢，万一有些差错，我宁可叫把送殡的埋在坟地里，也不能对不起人！"他把那张纸强塞在孙八的衣袋里。

孙八左右为难，只一个劲儿地摆手。……到底老张战胜，然后笑着说："可是这么着，你要是把我的婚书丢失了，咱老张到手的鸭子可又飞了！不用说姑娘的身价多少，婚书上的印花税票就是四角！"

老张又坐了半天，把已定的事，一一从新估计一番。诸事妥协，老张告辞回家。

"八爷！我们就彼此不用送请帖了？"老张出了大门对孙八说。

"自然不必！"孙八说。

…………

老张后来发的请帖是："……下午四时，谨备晚餐。"

# 第三十七

李静把眼睛哭得红红的，脸上消瘦了许多。"死"是万难下决心的，虽然不断地想到那条路上去。"希望"是处于万难之境还不能铲净的，万一有些转机呢！"绝望"与"希望"把一朵鲜花似的心揉碎，只有簌簌的泪欲洗净心中的郁闷而不得！更难过地，她在姑母面前还要显出笑容，而姑母点头咂嘴地说："好孩子，人生大事，是该如此的！"

赵姑母为防范王德，告诉李应叫王德搬出去。王德明白赵姑母的用心，李静也明白，于是两个青年一语未交地分别了！

王德和蓝小山商议，可否暂时搬进报馆里，小山慨然应允，把自己的职务匀给王德不少。王德把东西收拾收拾，谢了赵姑母，然后雇了一辆骡车出门。李应只对王德说了一声"再见"，李静甚至没出来和他说半句话。而他们姊弟的泪落了多少是不可计算的。

王德到报馆，正赶上是发薪水的时候；当差的递给他一个信封，里面依旧是十块钱，并没有投稿的赠金。要是在平日，王德一毫也不计较，今天一肚子牢骚无处发泄，于是不能自止地去找主笔。

"投稿没有报酬吗？"王德气昂昂地问。

"你什么时候投过稿？"主笔问。

"蓝小山知道我投稿不是一次！"

"小孩子！十块钱就不少！不愿意干，走！八块钱，六块，四块我也使人，不是非你不成啊！"

"我不干啦！"

"走！不少你这么一位！"

铺长对徒弟，县长对人民，部长对僚属，本来都应当像父亲对儿子——中国式的父亲对中国式的儿子——王德不明白这个，可怜！

王德定了一定神，把还没有打开的行李又搬出来，雇了两辆人力车到打磨厂找了一个小客寓暂住。

…………

李应呢？他看着王德的车走没有了影，还在门外立着。他与王德相处已经十多年，他不能离开王德！他还要忍住眼泪去安慰他姐姐，眼泪是多么难忍住的！他进到北屋去，赵姑母心里像去了一块病似的，正和颜悦色地劝解李静。李静现在已一个泪珠没有，呆呆地坐着，李应也无话可说，又走出来。

往哪里走？每天出入的钟点都要告诉王德的，今天？……找王德去！

他失魂丧魄地走到王德的报馆。他一看见报馆的门，心里就痛快多了！因为那个门里有他的最好的朋友！

他进了报馆的大门，立在号房外问了一声，"王德在里边没有？"

"才搬出去，辞工不干了。"号房内的人这样的回答。

"搬到哪里去？"

"不晓得！"

"为什么辞工？"

"不知道！"

"他往东城还是西城去？"

没有回答了！

李应的心凉了！他知道王德的性情，知道他与李静的关系，知道……然而没有方法把已成不治的局面转换过来！他自己？没有本事挣钱救出叔父，没有决心去杀老张，没有朋友给他出一些主意，不用说出力。赵四？勇而无谋，李应自信的心比信赵四深！龙凤？自救不暇，哪能再把一位知心的女友拉到陷坑去！

人们当危患临头的时候，往往反想到极不要紧或玄妙的地方去，要跳河自尽的对着水不但哭，也笑，而且有时向水问：宇宙是什么？生命是什么？自然他问什么也得不到自救的方法，可是他还疯了似的非问不可；于是那自问自答的结果，更坚定了他要死的心。

李应在报馆外直立了一顿饭的工夫，才想起放开步往别处走。一步一个血印，一步一个念头；什么念头也有，除了自救！

他身不由己地进了中华门。身不由己地坐在路旁一块大青石上。绿茸茸的树叶左右地摆动，从树叶的隙空，透过那和暖的阳光。左右的深红色的大墙，在日光下射出紫的光线，和绿荫接成一片藕荷色的阴影，好像一张美术家的作品。李应两手托着双腮，一串串的眼泪从指缝间往下落，落在那柔嫩的绿苔上，像清晨的露珠。

找王德去？哪里？看叔父去，有什么用？去杀老张？耶稣的教训是不杀人的！听赵四的话和龙凤跑？往哪里跑？怎样跑？什么是生命？世界？……没有答案！向来没有！……

跑！跑！自己跑！太自私了！不自私怎样？太忍心了！怎样不？人们骂我！谁又帮助我？……

…………

他走到教会去收拾在那里放着的一些东西。匆匆地收拾好夹在腋下走出来。一步懒似一步地下教堂石阶，好像石阶吸引着他的脚，而且像有些微细的声音在他耳边："走吗？你走吗？……"

他下了石阶，依依不舍地回着头看教会的红栏杆，像血一般的红，直射到他心的深处。

远远地她来了！他的血沸腾起来，可是他躲在一株大树后。龙凤并没进教会，匆匆地在马路旁边往前走。他由树后探出头来，看她的后影。她的黑裙，她的灰色袍，依旧是一团朴美裹着她一点一点往前移动，一步一步地离远了他。五尺、四尺、三尺……她渐渐地变成一团灰色的影，灭没在四围的空气中，好像一团飞动的纸灰？她上哪里？她是不是想看我？……不能管了！我只是自私！只是懦弱！上帝知道我！

…………

# 第三十八

王德虽是农家出身，身体并不十分强壮。他自幼没做过什么苦工，在老张的学堂里除了圣经贤传乱念一气，又无所谓体操与运动，所以他的面貌身量看着很体面魁梧，其实一些力气没有。

现在他不要什么完善的计划了，是要能摔能打而上阵争锋了。现在不是打开书本讲"子曰"或"然而"了，而是五十斤的一块石头举得起举不起的问题了。于是他在打磨厂中间真正老老王麻子那里买了一把价值一元五角的小刺刀。天天到天桥、土地庙去看耍大刀舞花枪的把戏；暗中记了一些前遮后挡、钩挑拨刺的招数。这是他军事上的预备。

他给蓝小山写了几封信，要他存在银行的那几块钱。而小山并未作复。王德又亲自到报馆去找蓝先生几次，看门的不等他开口，就说："蓝先生出门了！"

"他一定是忙，"王德想，"不然，哪能故意不见我，好朋友，几块钱的事；况且他是富家出身……"

到底蓝先生的真意何在，除了王德这样往好的方面猜以外，没有人知道。

不论怎样，王德的钱算丢失了——名士花了，有可原谅！

"媳妇丢了！吾不要了！钱？钱算什么！"王德又恢复了他的滑稽，专等冲锋；人们在枪林弹雨之中不但不畏缩而且是疯了似的笑。

四月二十六的夜间，王德卧在床上闭不上眼。窗外阵阵的细雨，打得院中的树叶簌簌地响。一缕缕的凉风和着被雨点击碎的土气从窗缝潜潜地吹进来。他睡不着，起来，把薄棉被围在身上，点上洋烛，哧哧地用手巾擦那把小刺刀。渐渐地头往下低，眼皮往一处凑；恍惚父亲在雪地里焚香迎神，忽然李静手里拿一朵鲜红的芍药花，忽然蓝小山穿着一件宝蓝色的道衣念咒求雨……身子倒在床上，醒了！嘴里又黏又苦，鼻孔一阵阵地发辣，一切的幻影全都逃走，只觉得脑子空了一般地隐隐发痛。一跳一跳的烛光，映着那把光亮的刺刀，再擦！……

天明了！口也没漱，脸也没洗，把刺刀放在怀内往城里走。街上的电灯还没灭，灯罩上悬着些雨水珠，一闪一闪地像愁人的泪眼。地上潮阴阴的，只印着一些赶着城门进来的猪羊的蹄痕，显出大地上并不是没有生物。有！多着呢！

到了庆和堂的门外，两扇红漆大门还关着。红日渐渐地上来，暖和的阳光射在不曾睡觉的人的脸上，他有些发困。回去睡？不！死等！他走过街东，走一会儿，在路旁的石桩上坐一会儿，不住地摸胸间的那把刺刀！

九点钟了！庆和堂的大门开了，两个小徒弟打扫台阶过道。王德自己点了点头。

　　三四辆马车赶到庆和堂的门外，其中两辆是围着彩绸的。慢慢地围上了十几人说："又是文明结婚！……"

　　几个唱喜歌的开始运转喉咙：

　　　　"一进门来喜气冲，鸳鸯福禄喜相逢……"

　　王德看着，听着，心里刀尖刺着！

　　"走开！走开！不给钱！这是文明事！"老张的声音，不错！后面跟着孙八。

　　王德摸了摸刀，影在人群里。"叫他多活一会儿吧！明人不做暗事，等人们到齐，一手捉他，一面宣布他的罪状！"他这样想，于是忍住怒气，呆呆地看着他们。

　　老张穿一件灰色绸夹袍，一件青缎马褂，全是天桥衣棚的过手货。一双新缎鞋，确是新买的。头上一顶青色小帽配着红色线结，前沿镶着一块蓝色假宝石。

　　孙八是一件天蓝华丝葛夹袍，罩着银灰带闪的洋绸马褂。藕荷色的绸裤，足下一双青缎官靴。头上一顶巴拿马软沿的草帽。

　　老张把唱喜歌的赶跑，同孙八左右地检视那几辆马车。

　　"我说，赶车的！"老张发了怒，"我定的是蓝漆，德国蓝漆的轿式车，怎么给我黑的？看我老实不懂眼是怎着？"

　　"是啊！谁也不是瞎子！"孙八接着说，也接着发了怒。

　　"先生！实在没法子！正赶上忙，实在匀不开！"掌柜的抽了自己几个嘴巴，"当我们赶出这辆车来的时候。得啦！谁叫先生们是老照顾主呢！"赶车的连说带笑地央告。

　　"这还算人话！扣你们两块钱！"老张仰着头摇摆着进了大门。

　　"扣你们两块钱！"孙八也扭进去。

　　老张的请帖写着预备晚餐，当然他的亲友早晨不来。可是孙八的亲友，虽然不多，来了十几位。老张一面心中诅咒，一面张罗茶水，灌饿了还不跑吗？

倒是孙八出主意摆饭，老张异常不高兴，虽然只摆了两桌！

李山东管账，老早地就来了。头一桌他就坐下，直吃得海阔天空，还命令茶房添汤换饭。

南飞生到了，满面羞惭自己没有妾。可是他与自治界的人们熟识，老张不能不请他做招待。老张很不满意南飞生，并不是因为他无妾可携，是因为他送给老张一副喜联，而送给孙八一块红呢喜幛。喜联有什么用！岂有此理！

从庆和堂到旧鼓楼大街救世军龙宅不远，到护国寺李静的姑母家也不远。所以直到正午还没去迎亲。王德和赶车的打听明白，下午两点发车，大概三点以前就可以回来。

亲友来得渐多，真的多数领着妾。有的才十四五岁，扶着两个老妈一扭一扭地娇笑；有的装作女学生的样子，可是眼睛不往直里看，永远向左右溜；有的是女伶出身，穿着黄天霸的彩靴，梳着大松辫，用扇子遮着脸唧唧地往外挤笑声。……

大厅上热闹非常，男的们彼此嘲笑，女的们挤眉弄眼地犯小心眼。孙八脸红红地学着说俏皮话，自己先笑，别人不解可笑之处在哪里。

一阵喧笑，男男女女全走出来，看着发车。女的们争着上车迎亲，经南飞生的支配，选了两个不到十五岁而做妾的捧着鲜花分头上了车。赶车的把鞭儿轻扬，花车像一团彩霞似的缓缓地上了马路。


# 第三十九


赵姑母的眼泪不从一处流起，从半夜到现在，已经哭湿十几条小手巾。嘱咐李静怎样伺候丈夫，怎样服从丈夫的话，怎样管理家务……顺着她那部"妈妈百科大全书"从头至尾地传授给李静，李静话也不说，只用力睁自己的眼睛，好像要看什么而看不清楚似的。

赵姑母把新衣服一件一件给李静穿，李静的手足像垂死的一样，由着姑母搬来搬去。衣服穿好，又从新梳头擦粉。（已经是第三次，赵姑母唯恐梳的头不时兴。）

"好孩子！啊！宝贝！就是听人家的话呀！别使小性！"赵姑母一面给侄女梳头，一面说，"这是正事，做姑母的能有心害你吗？有吃有穿，就是你的造化。他老一点，老的可懂得心疼姑娘不是！嫁个年轻的愣小子，一天打骂到晚，姑母不能看着你受那个罪！"赵姑母越说越心疼侄女，鼻涕像开了闸似的往下流，想到自己故去的兄嫂，更觉得侄女的可怜，以至于哭得不能再说话。

马车到了，街上站满了人。姑母把侄女搀上马车。脸上雪白，哭得泪人似的。两旁立着的妇人，被赵姑母感动得也全用手抹着泪。

"这样的姑母，世上少有啊！"一个年老的妇人点着头说。

"女学生居然听姑母的话嫁人，是个可疼的孩子！"一个秃着脑瓢，带着一张马尾发网的妇人说。

"看看人家！大马车坐着！跟人家学！"一个小媳妇对一个八九岁的小女孩急切地说。

"哼！大马车？花红轿比这个体面！"一个没牙的老太太把嘴唇撇得像小驴儿似的。

李静上了车，或者说入了笼。那个迎亲的小媳妇，不到十五岁而做妾的那个，笑着低声地问："今年十几？"李静没有回答。那个小媳妇又问："是唱戏的，还是做暗事的？"李静没有回答。

马车周围遮着红绸，看不见外面，而听得到街上一切的声音。街上来往的人们，左一句，右一句："看！文明结婚！"车后面一群小孩子，学着文明结婚用的军乐队，哼哼唧唧学吹喇叭。

李静几日的闷郁和心火被车一摇动，心里发慌，大汗珠从鬓角往下流，支持不住自己的身子，把头挣了挣，结果向车背碰了去。还算万幸，车背只有一小块极厚的玻璃砖。那个小媳妇也慌了，她问："怎么啦？怎么啦？"李静闭着眼，心中还明白，只是不回答。那个小媳妇把李静的腰搂住，使她不致再倒下去。如此，恍恍惚惚地到了庆和堂。人们把红毡放在地下，两个女的从车上往下搀李静。车里的那个小媳妇低声而郑重地说："搀住了！她昏过去了！"看热闹的挤热羊似的争着看新娘，身量小的看不见，问前面的："长得怎样？"前面的答："别瞎操心！长得比你强！"

李静听着那两个妇人把她扶进去，由着她们把她放在一把椅子上，她像临刑的一个囚犯，挣扎着生命的末一刻。孙八着了慌，催老张去拿白糖水、万应锭，而老张只一味地笑。

"不用慌，这是妇女的通病。"老张笑着对孙八说，然后又对李静说，"我说，别装着玩儿呀！老张花钱娶活的，可不要死鬼！"他哈哈地笑了一阵，好似半夜的枭啼。又向众人说："诸位！过来赏识赏识，咱们比比谁的鸟儿漂亮！"

老张这样说着，孙八拿着一壶热水，四下里找茶碗，要给李静沏糖水。他上了大厅的第一层石阶，觉得背上被人推了一把，手中的水壶洒出许多热水。他回过头来看，立在后面的那个人，正四下看，像要找谁似的。孙八登时认清了那个人，跟着喊出来：

"诸位！把他拦住！"

众人正在大厅内端详李静，听孙八喊，赶快地全回过头来：那个人拿着刀！男人们闭住了气，女人们拔起小脚一逗一逗地往大厅的套间跑。本来中国男女是爱和平而不喜战争的。

老张眼快，早认出王德，而王德也看见老张。两个人的眼光对到一点，老张搬起一把椅子就往外扔，王德闪过那张飞椅，两手握着刺刀的柄扑过老张去，老张往后退，把脚一点不客气地踩着那妇女们小尖蹄。妇女们一阵尖苦地叫喊，更提醒了老张，索性倒退着，一手握着一个妇人当他的肉盾。

孙八乘王德的眼神注在屋内，猛地由上面一压王德的手腕，王德疯虎一般地往外夺手。众人们见孙八已经合住王德的刀柄，立刻勇武百倍，七手八脚把王德拉倒。

"小子！拿刀吓唬人吗？"老张把王德的刀拾起来，指着王德说。

"诸位！放开我！"王德瞪圆了眼睛，用力争夺，结果，众人更握紧了他一些。

"别松手，我就怕流血！"孙八向大众喊。

"诸位！老张放阎王账，强迫债主用女儿折债。他也算人吗？"王德喊。

"放阎王债？别和我借呀！娶妾？咱老张有这个福分！"老张搬起李静的脸，亲了一个嘴给大家看。李静昏过去了。

"是啊！你小孩子吃什么吃不着的醋！"男女一齐地哈哈地笑起来。

孙八打算把王德交给巡警，老张不赞成，他打算把王德锁起来，晚间送到步军统领衙门，好如意地收拾他，因为在步军统领衙门老张有相识的人。孙八与老张正磋商这件事，茶房进来说：

"孙八爷的喜车回来了！"


# 第四十


"谁去搀新娘？"孙八跳起来，向那群女的问。

"八爷！"茶房说，"赶车的说，没有娶来！"

"什么？"

"没有娶来！车到那里，街门锁着，院中毫无动静。和街坊打听，他们说昨天下半天还看见龙家父女，今天的事就不得而知了！"

"好！好！"孙八坐在台阶上，再也说不出话。

"孙八！傻小子！你受了老张的骗！你昏了心！"王德说完，狂笑了一阵。

孙八好像觉悟了一些，伸手在衣袋中乱掏，半天，掏出老张给他的那张婚书。

"好！好！"孙八点着头把婚书递给老张看。

亲友渐渐地往外溜，尤其妇女们脑筋明敏，全一拐一拐地往外挪小脚。只剩下李山东和孙八至近的几个朋友依旧按着王德不放手。

"傻小子！你没长着手？打！"王德笑得都难听了！

"八爷！"老张不慌不忙地从衣袋里也掏出一张纸来，"真的在这里，那张不中用！别急，慢慢地想办法！"

"好！好！"孙八只会说这么一个字。

"傻小子！打他！"王德嚷。

孙八几把把那张婚书扯碎，又坐在地上，不住地，依旧地，说："好！好！"

…………

"我说，你往哪里拉我？"

"跑到哪里是哪里，老头儿！"

"你要是这么跑，我可受不了，眼睛发晕！"

"闭上眼！老头儿！"

赵四拉着孙守备，比飞或者还快地由德胜门向庆和堂跑。

"到啦！老头儿！"赵四的汗从手上往下流，头上自不用说，把孙守备搀下车来。"往里走！我一个人的老者！"

孙守备迷迷糊糊的，轧着四方步慢慢地往里走。赵四求一个赶马车的照应他的洋车，也跟着进来。

"老头儿！看！八爷在地上坐着！我不说瞎话吧！"

孙守备可怒了！

"啊！小马！"——小马是孙八的乳名，"你敢瞒着我买人，你好大胆子！"

"小马胆子不小！"赵四说，"这里有个胆子更大的，老头儿！"赵四指着王德。

"这又是怎回事？"孙守备更莫名其妙了。

"我不是都告诉了你？这就是王德！"

"我叫小马说！"孙守备止住了赵四说话。

"对！小马你说！"赵四命令着孙八。

"叔父！我丢了脸！我这口气难忍！我娶不到媳妇，我也不能叫姓张的稳稳当当地快乐！"孙八一肚子糊涂气，见了叔父才发泄出来。

"傻小子！受了骗，不悔过，还要争锋呢！哈哈！"王德还是狂笑。

"你们放开他！"孙守备向握着王德的人们说。

"别放！他要杀人！"孙八嚷。

这时候孙八的命令是大减价了，众人把王德放开，王德又是一阵傻笑。

"姓张的，"孙守备指着老张说，"你是文的，是武的？我老头子要斗一斗你这个地道土匪！"

老张微微地一笑：哲学家与土匪名词相差够多远！

"你老人家听明白了！"老张慢慢地陈说，"老龙骗了我，而不是我有意要八爷！"

"姓龙的在哪儿哪？"孙守备问。

赵四从腰带间摸出一个信封，双手递给孙守备。

孙守备戴上花镜，双手颤着，看那封信：

"孙八先生：老张买李静全出于强迫，不但他毁了一个好女子，他也要了李静的叔父的命。你我的事全是老张的诡计，我欠他的债，所以他叫我卖女还债。先生是真正的好人，一时受了他的欺弄，我不能把我的女儿送给先生以铸成先生的大错。至于来生的千余元，可否作为暂借，容日奉偿？现在我携女潜逃，如先生慨允所请，当携女登门叩谢，并商订还款办法。至于李静，先生能否设法救她，她是个无父无母的苦女子！……

龙树古启"

　　孙守备看完，递给孙八，孙八结结巴巴地看了一过。

　　"小马！你怎样？"

　　"我没主意！反正我的媳妇丢了，我也不能叫姓张的娶上！"

　　"老人家！老祖宗！"李静跪在地上央告孙守备，"发善心救救我！老张是骗人，是强迫我叔父！我不能跟他！我不能！我做牛做马，不能嫁他！老祖宗，你救人吧！"

　　她几日流不出的眼泪一气贯下来，不能再说话！

　　"姑娘！"孙守备受不住了，是有人心的都应当受不住！"你起来！我老命不要了，跟老张干干！"

　　"别这么着！老人家！"老张笑着说，"咱们是父一辈子一辈的好朋友！"

　　"谁跟你是朋友，骂谁的始祖！"孙守备起誓。

　　这太难以为情了，据普通人想。可是普通人怎能比哲学家呢？老张决不介意鲁莽的言语，况且占便宜的永远是被骂的，而骂人者只是痛快痛快嘴呢！

　　"这么着，"老张假装地脸一红；说红就红，要白就白，这是我们哲学家老张夫子的保护色，"老人家你要是打算要这个姑娘，我双手奉送，别管我花多少钱买的！"

　　这样一说，你还不怒，还不避嫌疑！你一怒，一怕嫌疑，还不撒手不管；你一不管，姑娘不就是我的了吗？

　　"你胡说！"孙守备真怒了，不然，老张怎算得了老张呢！"我要救她，我不能叫一朵鲜花插在你这堆臭粪上！"

　　孙守备怒了，然而还说要救李静，这有些出乎老张意料之外；不要紧，看风转舵，主意多着呢！老张看了看自己的罗盘，又笑了一笑，然后说："到底老人家有什么高见？咱听一听！"

"打——官——司！跟你打——官——司！"孙守备一字一字清清楚楚地说。

打官司？是中国人干的事吗？难道法厅，中国的法厅，是为打官司设的吗？别看孙守备激烈蹦跳地说，他心里明白自己的真意。他做过以军职兼民事的守备。打官司？笑话！真要人们认真地打官司，法官们早另谋生活去了。孙守备明白这个，那么老张能不明白？

"老人家！"老张笑着说，"你呢，年纪这么高了；我呢，我也四五十了，咱们应当找活道走，不用往牛犄角里钻。老人家，你大概明白我的话，打官司并不算什么稀罕事！"

"活路我有：李静交我带走，龙家的事我们另办，没你的事，你看怎样？"孙守备问老张。

要不是为折债，谁肯花几百元钱买个姑娘？"以人易钱"不过是经济上的通融！那么，有人给老张一千元，当然把李静再卖出去！退一步说，有人给李静还了债，当然也可以把她带走。虽然老张没赚着什么，可是到底不伤本呢！所以我们往清楚里看，老张并不是十分的恶人，他却是一位循着经济原则走的，他的头脑确是科学的。他的勇敢是稳稳当当的有经济上的立脚点；他的退步是一卒不伤平平安安地把全军维持住。他决不是怯懦，却是不鲁莽！所不幸的是他的立脚点不十分雄厚稳健，所以他的进退之际不能不权衡轻重，看着有时候像不英武似的。果然他有十个银行、八个交易所、五个煤矿，你再看看他！可怜！老张没有那么好的基础！"资本厚则恶气豪"是不是一句恰对的评语，我不敢说，我只可怜老张的失败是经济的窘迫！

"我花钱买的姑娘，你凭什么带了走？"老张问。

"给你钱我可以把她带走？"孙守备早就想到此处，也就是他老人家早就不想打官司的表示。

"自然！"

…………

# 第四十一

　　人家十四岁的男女就结婚，一辈子生十六胎，你看着多了，不合乎优生学的原则了；可是人家有河不修，有空地不种树，一水一旱就死多少？十六胎？不多！况且人家还有，除了水旱，道德上、伦理上种种的妙用呢？童养媳妇偷吃半块豆腐干，打死！死了一个，没人管！借用一块利息钱的，到期不还，死罪！又死了一个，没人管！又死了一个，或是一群，没人管！你能生多少？十六个！好！生！二十六个也不多！没人管！没人管你生，没人管你死，岂非一篇绝妙的人口限制论！而且这样的学说在实行上，也看着热闹而有生气呢！

　　老张明白这个，哪有哲学家不明白这点道理的？花钱买姑娘，那比打死一个偷吃半块豆腐干的童养媳妇慈善多了，多得多！买了再卖，卖了再买，买了打死，死了一个再买两个，没人管！孙守备要管？好！拿钱来！

　　孙守备呢？他也明白这个。钱到事成。不用想别的？打官司？法治国的人民不打官司！

　　于是，老张拿着一卷银票，精精细细地搁在靠身的衣袋内（可惜人们胸上不长两个肉袋）。然后去到庆和堂的账房，把早晨摆的那两桌酒席，折到孙八的账上。又央告茶房把他的那几块红幛和南飞生送的喜联摘下来。把红幛和喜联一齐卷好，他问：

　　"挂幛子的铁钩呢？"

　　"那是我们的！"茶房回答，"你要吗？一个铜子一个！"

　　"那么，你们收着吧！再见！"

　　老张把红幛等夹在腋下出了庆和堂。走一步摸三回，恐怕银票从衣袋中落出来。一面摸一面想，越想越好笑，对自己说："这样傻！咱没伤什么！明天早晨上市，这几块红幛不卖一块两块的；这对喜联？没人要！好歹还不换两包火柴！……"他出了德胜门天已渐黑，远处的东西已看不甚清楚。

　　发财的人，走道看地；作诗的人，走路看天。老张是有志发财的，自然照例眼看地。他下了德胜门吊桥，上了东边的土路。眼前黑糊糊好像一个小钱包。他不敢用手去摸，怕是晚间出来寻食的刺猬；心里想到这里，脚不由得向前一踢。要是皮包当然是软的，这件东西也确是软的，然而一部分粘在他的鞋上——新鞋！"倒霉！妈的，不得人心的狗，欺侮你张太爷！"

他找了一块土松的地方，轻轻地磨鞋底。然后慌忙地往家里奔，怕黑夜里遇见路劫。他倚仗着上帝、财神、土地的联合保佑！平安到了家，一点东西没吃，只喝了一气凉水。把银票数了三四回，一张一张地慢慢地放在箱内，锁上，把钥匙放在衣袋内。然后倒在床上睡他的平安觉！

…………

孙守备叫赵四送王德回家，王德只是呆笑。赵四把王德用绳拦在洋车上，送他回家。

孙守备和李静坐了一辆马车回德胜门外。

李山东帮助孙八算清了账一同回家。李山东看着孙八进了门，然后折回铺子去。

孙八进了街门没话找话说："小三、小四！还没睡哪？"

"啊！爹回来了！你娶的小媳妇在哪儿哪？给我瞧瞧！"小三说。

小四光着袜底下了地，扯住孙八向衣襟各处翻。然后问："你把小媳妇藏在哪儿啦？"他平日与孩子们玩耍的时候，"娶姑娘""送姐姐"，都是一些小布人，所以他以为他爹的小媳妇也是一尺来高的。

"别闹！别闹！你妈呢？"孙八问。

"妈在屋里哭哪！都是你这个坏爸爸，娶小媳妇，叫妈哭得像'大妈虎子'似的！坏爸爸！"


# 第四十二

庆和堂，孙、张办喜事的第二天，孙守备早晨起来去开街门。门儿一开，顺着门四脚朝天地倒进一个人来。

"嗨！我的老头！开门不听听外面有打呼的没有哇。"赵四爬起来笑着向孙守备行了一礼。

"赵四，你怎么这样淘气，不叫门，在这里睡觉！"孙守备也笑了。

"叫门！我顶着城门来的，天还没亮，怎能叫门？所以坐在这里，不觉地做上梦了。"

"进来！进来！"

赵四跟着孙守备进了外院的三间北屋，好像书斋，可是没有什么书籍。

"你该告诉我龙家父女的事了！"孙守备说。

"别忙！老头儿！给咱一碗热茶，门外睡得身上有些发僵！"

孙守备给了赵四一碗热茶，赵四咕噜咕噜地一气喝完，舒展舒展了四肢，又拍了拍脑门。"得！寒气散尽，热心全来；老头儿咱要说了！"

"说你的！"

"龙树古欠老张的钱是真的。老张强迫老龙卖女儿还债是真的。八爷出一千多元买龙凤也是真的。只有龙树古卖女儿是假的。他不能卖他的女儿，可是老张的债是阎王债，耽搁一天，利钱重一天，所以他决定先还清老张，再和八爷央告，这是他的本意，据我看他不是坏人。"

"他们逃到哪里去？"孙守备问。

"他们没逃，他们专等见八爷，或是你，老头！"

"无须见我，你去和八爷说，叫龙树古写张字据分期还钱，不必要利息！你看这公道不公道？你办得明白吗？"

"我明白！老头！别人的事我办得明白干脆，就是不明白咱自己的事！"

一阵敲门的声响，赵四跑出去："找谁？我是赵四！这是孙老头的家！"

"四哥，我和我叔父来了！"

赵四并不问孙守备见他们不见，毫不怀疑地把他们领进来。快到屋门他才喊起来："老头！有人来了！"

李老者扶着李静，慢慢地进屋里去，深深地向孙守备行了一礼，没有说什么。

"姑娘你好了？"孙守备问李静。

"我好了！叔父和我特来谢谢您的大惠，只是他与我不知道说什么好！"李静说。

"姑娘，不用说别的！我自己的女儿要是活着，现在比你大概大两三岁，也是你这么好看，这么规矩。她死了！我看见你就想起她！"孙守备看着李静，心中一阵酸痛，泪流下来了！李静不由得也哭了！

赵四用脚尖走出去。他不怕打仗，只怕看人哭。

"姑娘！"孙守备拭着泪说，"你们叔侄此后的生活怎样？"

李静看了看她的叔父，李老人微微向她摇了摇头。她不知道说什么好，不由得脸红了。

"孙老者！"李老人低声地说，"以往的事我们无可为报，也没有可说的，以后的事只看我们叔侄的命运吧！"

"老先生！"孙守备很诚恳地对李老人说，"我明白你的高傲，现在呢，我决不是为你，自然也不是为我；我们年纪都老了，还希望什么不成？可是我们当为姑娘设想。怎样安置她是唯一的问题。"

李老人一声没言语，李静呆呆地看着两个老人，没有地方插嘴。

赵四又进来了，一边腋下夹着小三，那一边夹着小四，两个孩子用小手指头刺赵四的胳肢窝，赵四撇着大嘴哈哈地笑，两个孩子也笑得把脸涨红像娇嫩的红玫瑰花片。这是小三、小四头次见赵四，好像赵四有一种吸引力，能把孩子们的笑声吸引出来。赵四的脸在孩子们的小黑眼珠里是一团笑雾蒙着，无论怎么看也可爱、可笑。

赵四把两个孩子放在地上，孙八跟着也进来。孙八看看叔父，看看李静，脸上红了两阵，羞眉愧眼地坐下，连一声"辛苦"也忘了说。

"八爷！"孙守备对孙八说，"龙家的事我都告诉了赵四，你们快去办。"

"就是！"孙八点了点头。

李老人立起来，向孙家叔侄行了一礼，然后对孙老者说："改天再谈！"

李静扶着叔父慢慢走出来，孙家叔侄只送到院里。

"这位老人颇文雅呢！"孙老者对他侄子说。

"就是！"孙八说。

"也很自尊！"赵四说。

"就是！"孙八又说。

"赵四！"孙守备向赵四说，"你自己的事怎样？"

"事全是人家的，我永远没事！"赵四回答。

"你吃什么呢？"

"拉车！饿不死！人家不愿意去的买卖，咱拉！人家不敢打的大兵，咱敢！我倒不能饿死，只怕被人家打死；可是打死比饿死痛快！"赵四得意非常，发挥自己的心愿。跟着拍着嘴学蛤蟆叫唤，招得小三、小四跳起脚来笑。

"这么着，"孙守备说，"你真到过不去的时候，你找我来，我现在什么也不敢给你！"

"哼！老头儿！咱平生没求过人！我要来看你，是我有钱的时候！别的，不用说！老头儿！咱们心照吧！"

"赵四！你是个好小子！八爷！你同赵四去办龙家的事吧！"

"就是！叔父！"

"你别走！别走！"小三、小四拉着赵四不许他出门。

"你们等着我！我去给你们拿小白老鼠去！这么小！"赵四用拇指控着食指的第一节比画着说。

小三、小四松了手，赵四一溜烟似的跑出去。


# 第四十三


王德自从被赵四送回家，昏昏沉沉地只是傻笑。饭也不吃，茶也不想，只整瓢地喝凉水。起初还扎挣着起来，过了两天头沉得像压着一块大石头，再也起不来。终日像在雾里飘着，闭上眼看见血淋淋的一颗人头在路上滚，睁开眼看见无数恶鬼东扯西拉地笑弄他！醒着喊："静姐，不用害怕！刀！杀！"睡着喊："老张！看刀！杀！人头！……"

王老夫妇着了慌，日夜轮流看着儿子；王夫人声声不住地咒骂李静，王老者到村中请了医生，医生诊视完毕，脉案写的是："急气伤寒，宜以散气降毒法治之。"下了几味草药，生姜灯心为引。嘱咐王老者，把窗户关上，服药之后，加上两床棉被，手心见汗，就算见效。王老者一一地照办，不料王德的体质特别，药吃下去，汗也没出，气更大了：把两床棉被一脚踢下去，握着枕头，睁着血红的眼睛，说："往哪里跑，杀！"

医药不灵，第二步自然是求神，所谓"先科学后宗教"者是也。于是王夫人到西直门外娘娘庙烧香，许愿，求神方。神方下来，除香灰大葱胡用阴阳水服用之外，还有一首小诗：

"万恶淫为首，百善孝当先。欲求邪气散，当求喜冲天。"

王夫人花了五个铜元的香资求娘娘庙的道士破说神方上的启示。道士说："邪气缠身，妖狐作祟，龙凤姻缘，灾难自退！"

王夫人虽不通文理，可是专会听道士、女巫的隐语，因为自幼听惯，其中奥妙，不难猜度。于是她三步改作两步走，跑到家里和丈夫商议给儿子娶妻以冲邪气。王老者自然不敢故违神意，咬着牙除掉了三亩地，搭棚办喜事。为儿子成家，无法，虽然三亩地出手是不容易再买回来的！

娶的是德胜门关外马贩子陈九的二女儿，真是能洗、能做、能操持家务！而且岁数也合适，今年她才二十七岁。由提亲到迎娶，共需四十八点钟。王家是等着新娘赶散邪气，陈家是还有四个姑娘待嫁，推出一个是一个，越快越不嫌快。

王德迷迷糊糊地被两个头上全戴着红石榴花的老妇人扶着，拜了天地入洞房。

果然，他一来二去地清醒过来。看见身边有个大姑娘，把他吓了一跳，喊起来："妈！妈！快来！"

"来了！我的宝贝！你可知道叫'妈'了！你个倾人的货！"王夫人看见儿子明白过来，又是哭又是笑。

"她是谁？"王德还是坐不起来，用手指着陈姑娘。

"她！我的宝贝！不亏了她把你的邪气冲散，你就把我倾死了！"说着王夫人又落下泪来。"她是你的媳妇！"

王德眼前一黑，喉中一阵发甜，一口鲜血喷在被子上，两眼紧闭，脸像黄蜡一般。

"我的宝贝！王德！王德！你可别要妈的命啊！王德！"王夫人哭成泪人儿一般，陈姑娘也立在一旁落泪，而不敢高声地哭，就是哭也不知道哭什么好。

王老者跑进来也吓呆了，只能安慰着他们说："淤血吐出来就好了！去！沏白糖水，灌！"

王德慢慢地还醒过来，不知是糖水的功用，还是什么，他身体弱得起不来，半个多月才渐渐地坐起来。

拿水拿饭，以至于拿尿壶，陈姑娘本本分分地伺候王德。他起初还不理她，而她低声下气地做，一毫怨怒都没有。王德不由得心软起来，开始与她说话。王夫人听见小两口说话，心中笑得她自己也形容不出来。

家庭间要是没有真爱情，可以用魔术替代之！聪明的中国人的家庭制度永远不会衰败，因为他们都会耍魔术。包袱里，包袱面，无有夹带藏掖，说变就变，变！王德就是包袱底下的那只小白兔，那只小花耗子！至于她，陈姑娘，还不过是一个张半仙手指缝夹着的小红豆！及至他明白了他是小白兔，他还不能不承认他与她小红豆，同是魔术家的玩物；因为怜爱她，安慰她，谁叫同是被人耍的材料呢！你要恨她，离弃她，除了你真能战胜一切魔术家，她又何曾甘心在包袱和指缝之间活着呢！

王德渐渐复了元气，家庭间倒也相安无事，他到前门外把行李取回来，又到报馆去看蓝先生，蓝先生依然不见他；于是他死心踏地地帮助父亲做地亩中的工作，不敢再冒险去进城找事。再说，现在他不是要为自己活着了，是要对妻子负责了，还敢冒昧着干吗？而浪子回头，青年必须经过一回野跑，好像兽之走圹。然后收心敛性地做父母的奴隶，正是王老夫妇所盼望的！

对于李静，他没有忘她，然而不敢去见她，也不敢想她；他已有了女人，他应当对他已有的女人负责！他软弱？难道陈姑娘不可怜？因为她的可怜而牺牲了真的爱情？无法！谁叫你事前无勇，事后还有什么可说的！

李静呢？听说王德结了婚，只有听着！她只有一天消瘦一天，这是她所能做到的，别的？……

# 第四十四

"姑娘，你自己的事还要留心啊！你知道妇女一过了年轻的时候，可就……"龙树古对龙凤说。

"我明白！父亲！不过，我立志等着李应！"龙凤很坚决地说。

"可是他到哪里去？是生是死？全不得而知！就是他没死，为什么他一封信也不给你写，这是他爱你的表示吗？"

"给我写信不写，爱我不爱，是他的事；我反正不能负他，我等着他！"

"那么你不上奉天去？"龙军官有些着急的样子。

"我在这里等着他！"

"那就不对了，姑娘！奉天的工作是上帝的旨意！上帝选择咱们父女到奉天去，难道我们不服从他吗？"

龙凤眼含着泪，没有回答。

"再说，"龙军官接着说，"上奉天并与等李应不冲突，你可以在奉天等他呀！我们的事是私的，上帝的事是公的，我们不能只顾自己而误了上帝的事业！"

"上帝的事业与人们的爱情有同样的重要！我知道李应什么时候回来，他回来而我走了，我们何年再能见面？父亲，你上奉天，我依旧在这里，难道你不放心？"

"我是不放心！自从你母亲死后，我寸刻离不开你！我要不为你，何苦受这些罪？"

他们父女全低着头落泪，待了半天，龙凤问：

"要是我出嫁了，还能和父亲一处住吗？"

"那是另一回事，出嫁以前我不能离开你！姑娘别傲性，你再听一回父亲的话，哪怕只此一回呢？"

怎样新的人也不会把旧势力铲除净尽，主张"非孝"的家庭革命者可以向父母宣战，然而他受不起父母的央告，软化；况且父母子女之间的爱情，有时候是不能以理智判断分析呢？龙凤无法！她明白什么是"爱"，可是她还脱不净那几千年传下来的"爱"的束缚——"爱"是子女对父母的孝敬！

龙树古受华北救世军总部的委派，到奉天立支部宣扬福音，所以他们父女有这一场的小冲突。龙树古已与孙八说妥还债的办法，而到奉天去的原因的一个，听说是到奉天可以多挣几块钱。

龙凤的苦处已非她一颗珍珠似的心所能容了！她怀疑了她的父亲，到底他的一切设施，是不是为她？她把李应丢失了，设若李应没有走，她的父亲是否真意地把她给李应呢？她向来对于父亲非常亲爱，今日忽然改变？她真的爱李应，将来她的父亲要是迫她嫁别人呢？……她看不清楚，想也想不明白，她怀疑她的父亲，可是她还不敢不服从他。……

教会中开欢送会，欢送龙家父女。祷告、唱诗循序做过，一位华北总会派来的军官致词，大意是：“信着上帝的支配，救世军布满全球；凭着我们的信力，驱逐一切魔鬼！去了私念，戴上上帝的衣帽；舍了生命，背起耶稣的苦架。牺牲了身体，寻求天国的乐趣！……这是龙家父女的责任……阿门！”

龙家父女——和会中人握了手，致了谢，慢慢地走出教会。

赵四右手拿着一束玫瑰花，左手提着一小匣点心。双手齐举迎上龙家父女去。把花递给龙凤，把点心递给龙军官。然后对她说：

“这几朵花是吉祥如意！”

对他说：

“这几块点心吃了解饿！”

说完，一语不发地垂手而立看着他们父女。

他们明白赵四的意思，笑着接了东西，向赵四道谢。

“你们几时走？”赵四问。

“还有一半天的工夫。”龙军官回答。

“有用我的地方没有？”赵四又问。

“有！”龙凤没等她父亲张口，抢着说，“四哥，你去给我买一点茶叶去！我今天五点钟回家，你要买来，那个时候给我送去顶好！”

“就那么办！”赵四接了龙凤的钱去出城买茶叶。

…………

“你父亲呢？”赵四问龙凤。

“出门了，这是我叫你这个时候来的原因。四哥！我父亲对我的态度到底怎么样，你明白不明白？”龙凤十二分恳切地问。

“我不明白，”赵四说，“可我也不敢错想了人！以前的事错都在你们！”

“谁？”

“你与李应，李静与王德！”

“怎么？”

"不敢跑！不敢跑！现在，把跑的机会也没有了！"

"四哥！"龙凤叹了一口气，"往事不用再说。我问你，李应是生是死？"

"他要是跑了，他就是活了；我没得着他的消息，可是我敢这么下断语！"

"万一他要回来，你可千万告诉他，我还等着他呀！"

"我不上心，我是狗！"赵四当着妇女不敢起极野的誓！

"四哥！我谢谢你！以后的消息是全凭你做枢纽了！"

"没错，姑娘！"

"好！这是我的通信处，他回来，或是有消息，千万告诉我！"

"可我不会写字呢？"

"姓赵的赵你会写吧？"

"对付着！"

"一张白纸上写着一赵字，再求别人写个信封，我就明白是他回来了！四哥，办得到办不到？"

妇人要是着急，出的主意有时候轻微得可笑，可是她们的赤子之心比男人多一点！

"办得到！好！姑娘，一路平安！"


# 第四十五


赵四没有什么哲学思想，他对于生、死、生命等问题没有什么深刻的见解。他也不似诗人常说："生命是何等酸苦的一篇功课呢！死吧！"他只知道：到生的时候就生，到死的时候就死！在生死中间的那条路上，只好勇敢地走！可是，到底什么时候死呢？据他想：典当铺里没有抵押品，饼铺里不欠钱，穿着新大褂，而且袋中有自由花的两角钱，那就是死的时候！

赵四的理想有一部分的真理：人们当在愁波患海之中，纵身心微弱，也还扎挣着往前干，好像愁患的链锁箍住那条迎风欲倒的身体，欲死而不得。这样的一个人，一旦心缝中觉得一阵舒服，那团苦气再拧结不住；于是身上一发轻，心中一发暖，眼前一发亮，死了！

李老人便是这么一个在患难中浮泛的人，他久病的身体好似被忧患捆住、胶住，他甘心一死，而那条酷虐的铁链越箍越紧，他只能用他的骨瘦如柴的身躯负着那一片海水似的愁闷。现在，他把老张的债清了，他的侄女又在他的左右了，他的侄子跑了，跑了是正合他的意，于是他心里没有可想的了，那层愁苦的胶漆失了紧缚之力！他自己知道，于就寝之前，自己照了照镜子，摸了摸眉间的皱纹，觉得舒展开了。点了点头，叹了一口气，盖好了被子，长眠去了！

…………

他死了！死去一天、两天、三天……世界上没有事似的：风吹着，雨落着，花开着，鸟唱着……谁理会世上少了一个人！

她，李静，闭眼看见他，睁眼看见他，他还是她自幼相从的叔父，然而他可摸到的身体已埋在沙土之中了！风、雨、花、鸟，还依然奏着世界的大曲，谁知道，谁理会世界上少了一个人，世界上有个可怜的她！

王德在灵前哭了李老人一场，然而没有和她说话！她又看见了他一次，他已经是别个女人的他了！

赵姑母只在李老人死的第二日哭了她兄弟一阵，把李老人所卖的五彩瓶的钱，除李应花去的，还有二十多元，交给李静，一句话没多说地走了！她不能理李静，李静是个没廉耻的女孩子，临嫁逃走的！

蓝小山写来一对挽联，穿着一身重孝，前来吊唁。然后对她贡献他的爱情，这是他的机会，她没有理他！

孙守备帮助她料理丧事，安慰着她："姑娘！我就当你的叔父，你将来的事有我负责，只不要哭坏你的身体！……"

王德是别人的了！

李应不知到哪里去！

姑母家回不去，也不肯去！

蓝小山的爱情不能接受！

孙守备的恩惠无可为报，而他的护持也不能受，他的思想和她的相隔太远！

别人，没有知道她的，更没有明白她的！

…………

她找她叔父去了！

花谢花开，花丛中彼此不知道谁开谁谢！风、雨、花、鸟，还鼓动着世界的灿烂之梦，谁知道又少了一朵鲜美的花！她死了！

…………

这段故事的时期，大概在中华民国八九年到十一二年之间。到现在我写这个故事，一切的局面已经不是前几年的故态。如步军统领衙门几年前还是个很有势力的，现在已经是历史上的材料了！我们书中的人物，死的没法再生，而生的在这几年内，又变化万端了。

我们第一位英雄老张，因他盟兄李五做了师长，一个电报送到北京政府保荐老张做南方某省的教育厅长。老张与教育厅长两名词发生关系以后，自有新闻纸与政府公文做将来为老张写传记的材料，不用我们分心。我所应当在这里附带说一两句的是：老张做厅长之后娶了两个妾，一共还没用了五百块钱。这是他平生最得意的事。……

听说李应跑到天津，现在已经成立了一些事业。他由赵四处得到龙凤的通信处，给她写过几封信，而一封回信也没接到。据传说龙凤嫁了一个富人，她的父亲已辞去教会的事不做，而与女儿女婿一处住。李应当怎样的难受？……

孙八经孙守备的监视，不敢再萌娶妾的心。大概俟孙老者死后再说。可是现在孙老者还十分健壮。龙树古把欠孙八的钱还清，孙八把一千多元都交给了李山东，扩充他的买卖。……

南飞生因做事有手腕，已经做了县知事，听说也颇赚钱呢！

王德父亲死了，他当了家，而且做了父亲，陈姑娘贡献给他一个肥胖的大男孩！……

蓝小山换了一副玳瑁边的赭色眼镜，因为蓝眼镜好像不吉祥似的。别的事，与其说我们不知道，还不如说我们不明白蓝小山的玄妙，较为妥当。

赵四还是拉车挣饭吃，有一次真买了一对小白老鼠给小三、小四送去，据小三说，那对小白老鼠也不如赵四有趣！……